NORA ROBERTS

Lilienträume

Autorin

Nora Roberts wurde 1950 in Maryland geboren. Ihren ersten Roman veröffentlichte sie 1981. Inzwischen zählt sie zu den meistgelesenen Autorinnen der Welt: Ihre Bücher haben eine weltweite Gesamtauflage von über 500 Millionen Exemplaren. Auch in Deutschland erobern ihre Bücher und Hörbücher regelmäßig die Bestsellerlisten. Nora Roberts hat zwei erwachsene Söhne und lebt mit ihrem Ehemann in Maryland. Unter dem Namen J. D. Robb veröffentlicht Nora Roberts seit Jahren ebenso erfolgreich Kriminalromane.

Nora Roberts

Lilienträume

Roman

Deutsch
von Uta Hege

blanvalet

Die Originalausgabe erschien 2012 unter dem Titel
»The Last Boyfriend« bei The Berkley Publishing Group,
a division of Penguin Putnam Inc., New York.

MIX
Papier | Fördert
gute Waldnutzung
FSC® C014496

Penguin Random House Verlagsgruppe FSC® N001967

1. Auflage 2025

Neumarkter Straße 28, 81673 München
produktsicherheit@penguinrandomhouse.de
(Vorstehende Angaben sind zugleich Pflichtinformationen nach GPSR.)

Redaktion: Ulrike Nikel
Umschlaggestaltung und -motive: © Johannes Wiebel | punchdesign;
unter Verwendung von Motiven von stock.adobe.com
(angkhan; nunawwoofy; kosoff) und Shutterstock.com
(Anelina; Sundry Photography; Jan Martin Will; Vibrant Image Studio)
BSt · Herstellung: DiMo
Satz: Uhl + Massopust, Aalen
Druck und Bindung: GGP Media GmbH, Pößneck
Printed in Germany
ISBN 978-3-7341-1399-4

www.blanvalet.de

Für Dan und Charlotte.
Wegen des Vertrauens, das euch verbindet.
Wegen der Großzügigkeit und Innigkeit
eurer Beziehung.
Wegen eures lichtvollen Humors.
Und wegen der großen Liebe, die alles überstrahlt.

Liebe, die man sucht, ist gut,
doch besser ist es, man findet sie unverhofft.
William Shakespeare

Das Herz hat seine Gründe,
die der Verstand nicht kennt.
Blaise Pascal

1

Ein voller, runder Wintermond ergoss sein Licht über die alten Mauern des Hotels am Markt von Boonsboro. Hell schimmerten die frisch gestrichenen Zäune und Veranden, und das auf Hochglanz polierte Kupferdach glänzte. Altes und Neues, Vergangenheit und Gegenwart waren hier eine gelungene, glückliche Verbindung eingegangen.

Noch blieben die Fenster dunkel in dieser Dezembernacht, hüteten weiter die Geheimnisse des alten Gebäudes. Erst in ein paar Wochen würde es sich in seiner vollen Pracht präsentieren und in erneuertem Gewand an eine große Tradition anknüpfen.

Während er mit seinem Pick-up an einer roten Ampel hielt, blickte Owen Montgomery die Hauptstraße hinauf, betrachtete die weihnachtlich geschmückten Fenster der Wohnungen und Läden. Bunte Lichter blinkten fröhlich, und zu seiner Rechten sah er hinter einem Fenster im ersten Stock einen erlesen dekorierten Baum. Dort wohnte bis zur Fertigstellung des Hotels die künftige Managerin – eine elegante junge Dame von sicherem Geschmack und Stilgefühl, die selbst ihrer provisorischen Unterkunft ihren ganz besonderen Stempel aufzudrücken wusste.

Nächstes Jahr um diese Zeit, ging es ihm durch den

Kopf, würde das BoonsBoro Inn ebenfalls in hellem Glanz erstrahlen. Und der festlich geschmückte Weihnachtsbaum von Hope Beaumont stünde dann vor einem der Fenster ihrer Wohnung im zweiten Stock des Hotels.

Er lenkte seinen Blick nach links, hinüber zur Pizzeria von Avery McTavish, einer guten Freundin. Auch sie hatte für weihnachtlichen Schmuck gesorgt und auf der Veranda bunte Lichterketten aufgehängt. Und in ihrer Wohnung im ersten Stock entdeckte er einen beleuchteten Baum. Davon abgesehen aber lag die Wohnung in vollkommener Dunkelheit. Früher hatte dort sein Bruder Beckett gewohnt, bevor er zu seiner Lebensgefährtin Clare gezogen war.

Sobald die Ampel Grün zeigte, bog Owen rechts in die St. Paul Street ein, um anschließend gleich links auf den hoteleigenen Parkplatz zu fahren. Dort lehnte er sich auf seinem Sitz zurück und dachte nach. Vielleicht sollte er später noch schnell hinüber zu Avery auf eine Pizza und ein Bier gehen, sobald er seine Inspektionsrunde beendet hatte.

Zwar war das eigentlich nicht nötig, aber Owen waren solche Kontrollgänge zur Gewohnheit geworden. Vor allem wenn er sich den ganzen Tag um andere Projekte kümmern musste. Er und seine Brüder führten nämlich ein gefragtes und entsprechend florierendes Bauunternehmen, das sie von ihrem verstorbenen Vater übernommen hatten, und alle drei fühlten sich der Familientradition in hohem Maße verpflichtet. Wohl mit ein Grund, dass Owen auch heute unbedingt sehen wollte, wie weit die Arbeiten am Hotel gediehen waren.

Er schaute hinüber zur Pizzeria Vesta. Dort schien noch ziemlich viel Betrieb zu herrschen, obwohl bereits in einer halben Stunde geschlossen wurde. Avery würde ihn bestimmt nicht rausschmeißen. Im Gegenteil: Bestimmt wäre sie froh, sich in Ruhe noch mit ihm auf ein Bier zusammensetzen zu können. Das machten sie schließlich des Öfteren, nachdem alle Gäste gegangen waren. Er genauso wie seine Brüder.

Obwohl der Gedanke an ein Bier und einen gemütlichen Plausch mit Avery durchaus verlockend war, siegte die Vernunft. Er musste morgen früh um sieben schon wieder zur Stelle sein, und da schien es besser, den Abend nicht mehr übermäßig auszudehnen.

Er kletterte aus seinem warmen Wagen hinaus in die eisige Winterluft, kramte eilig seine Schlüssel aus der Tasche und zog seine Jacke zum Schutz gegen den kalten Wind enger um sich, während er um die Ecke herum zum Vordereingang ging.

Jeder seiner Schlüssel hatte eine andere Farbe. Er fand das einfach praktisch, weil er auf diese Weise nicht lange suchen musste – seine Brüder hingegen hielten es für eine leicht neurotische Marotte. Ohnehin war Owen unter den drei hochgewachsenen, gut aussehenden Montgomerys derjenige, der alles gerne gründlich plante. Pedantisch nannten das die anderen beiden bisweilen.

Drinnen angekommen, schaltete er die Lampen an und schaute sich lächelnd und zufrieden um. Was er sah, gefiel ihm. Warme Pastelltöne dominierten in der Lobby, deren Charme unterstrichen wurde durch die cremefarbene Vertäfelung und die alte Backsteinmauer, die einen interessanten Kontrast bildete. Es war Becketts Idee gewesen, sie einfach so zu belassen und nur zu restaurieren.

Dekorative Bodenfliesen betonten die Größe des Raumes, und ein wundervoller mehrarmiger Bronzeleuchter, den seine Mutter entdeckt hatte, tauchte alles in ein weiches Licht. Er wirkte weder übertrieben schick noch unangebracht altmodisch – er war genau richtig und sah aus, als gehöre er nur dorthin. An diesen Platz in der Lobby des BoonsBoro Inn.

Owens Blicke wanderten weiter, hinüber zur rechten Seite, wo sich die Toiletten mit den grünen Marmorbecken befanden. Aha, dachte er, die Wände waren im Laufe des Tages gestrichen worden, sodass auch hier nahezu alles fertig war. Er zog sein Notizbuch aus der Tasche und schrieb ein paar Kleinigkeiten auf, die noch nachgebessert werden mussten. Ihm entging nichts.

Als Nächstes wandte er sich nach links, trat durch einen Rundbogen und betrachtete die steinerne Wand, die an die zweihundert Jahre alt sein musste. Statt sie neu zu verputzen und zu streichen, war sie sorgfältig freigelegt worden. Ebenfalls auf Wunsch von Beckett, der als Architekt ein Auge für so etwas hatte.

Owen musste schmunzeln, als er die Wirtschaftsräume sah. Hier hatte jemand gründlich Klarschiff gemacht. Was vermutlich Hope zu verdanken war, die unermüdlich seit Wochen versuchte, seinen Bruder Ryder samt provisorischem Büro aus diesem Trakt zu werfen, damit endlich aufgeräumt werden konnte. Offensichtlich hatte sie ihn überredet oder einfach Tatsachen geschaffen. Zum Teil wenigstens.

Denn jetzt standen die ganzen Sachen in dem Raum

herum, der einmal Hopes Direktionsbüro werden sollte. Die beiden Sägeböcke mit der großen Sperrholzplatte, die als Arbeitstisch diente, die provisorischen Regale, in denen neben Farbdosen und sonstigem Kram vor allem der dicke weiße Ordner stand, der seinem Bruder so viel bedeutete wie anderen Leuten die Bibel. Diverse Werkzeuge lagen verstreut auf dem Boden. Nicht mehr lange, und Hope würde den armen Ryder auch aus diesem Zimmer vertreiben.

Ein paar Schritte weiter ging es in die Küche. Owen schaute sich um. Aha, sie hatten die Lampen angebracht. Direkt über der Kochinsel den großen Eisenleuchter und zwischen den Fenstern kleine, dazu passende Wandlampen. Der Raum strahlte perfekte Harmonie aus. Während die warm schimmernden Holzschränke mit den cremefarbenen Griffen und die farblich abgestimmten Granitplatten eine gemütliche Atmosphäre versprachen, garantierten die zahlreichen blitzenden Edelstahlgeräte höchsten technischen Standard. Er öffnete die Kühlschranktür, um sich ein Bier zu holen, ließ es aber. Lieber nicht, dachte er, schließlich musste er noch fahren, und griff stattdessen nach einer Pepsi. Während er trank, notierte er schnell, dass vor den Fenstern noch die Vorhänge fehlten.

Weiter ging's zur Rezeption. Der Sims, den Ry aus einer dicken alten Holzbohle gezimmert hatte, passte ausgezeichnet zu der Backsteinwand. Allerdings wurde das Gesamtbild durch herumliegende Planen sowie durch Farbeimer und Werkzeugkästen erheblich beeinträchtigt. Hier war noch einiges zu tun.

Owen machte sich zurück auf den Weg zum Foyer

und wollte gerade Richtung Lounge weitergehen, als er plötzlich aus dem ersten Stock das Geräusch von Schritten vernahm. War etwa einer seiner Brüder noch da? Im Dunkeln?

Verwundert eilte er durch einen kurzen Flur zur Treppe, die heute erst ihr Geländer erhalten hatte. Während er nach oben stieg, glitt seine Hand beinahe zärtlich über das glatt geschliffene Metall. Fühlte sich super an.

»Ry, bist du da oben?«

Er erhielt keine Antwort. Stattdessen fiel krachend eine Tür ins Schloss. Owen schrak zusammen, ging aber mit zusammengekniffenen Augen entschlossen weiter die Treppe hinauf. Durchaus möglich, dass seine Brüder sich mal wieder einen blöden Scherz mit ihm erlaubten. Da war es besser, so zu tun, als habe man die Sache auf Anhieb durchschaut.

»Oh«, stieß er mit gespielt furchtsamer Stimme hervor. »Das ist bestimmt der Geist. Bitte, tu mir nichts!«

Oben angekommen, bemerkte er, dass die Tür des »Elizabeth und Darcy« oder E&D genannten Zimmers geschlossen war. Ganz anders als etwa nebenan, wo man ungehindert das Innere des T&O, des Titania-und-Oberon-Zimmers«, überblicken konnte.

Wirklich witzig, dachte er erbost.

Lautlos schlich er weiter, um die Tür aufzureißen, in den Raum zu stürzen und denjenigen zu erschrecken, der hier Geisterstunde spielte. Er legte seine Hand auf den geschwungenen Griff, drückte ihn vorsichtig herunter, doch die Tür blieb zu.

»Blödmann«, knurrte er, musste aber gegen seinen Willen leise lachen.

Sein Anflug von Heiterkeit verging in dem Moment, als schlagartig nicht nur die Zimmertür aufflog, sondern die des Balkons gleich mit. Erst spürte er nur den winterlich kalten Luftzug, bis ihm mit einem Mal sommersüßer Geißblattduft entgegenwehte.

»Meine Güte.«

Gut, das mit dem Geist war nicht neu. Inzwischen hatte er dessen Existenz mehr oder weniger akzeptiert. Immerhin waren in den letzten Monaten ein paar Dinge geschehen, für die es keine logische Erklärung gab. Vor allem sein Bruder Beckett beharrte auf diesem real existierenden Geist und hatte ihm sogar einen Namen verpasst: Elizabeth oder Lizzy. Weil sich dieses rätselhafte Wesen scheinbar bevorzugt im E&D aufzuhalten schien.

Während Beckett sich bereits einiger angeblicher Geisterkontakte rühmte, hatte Owen dieses Vergnügen bislang nicht gehabt. Er kannte Elizabeth nur aus Erzählungen. Deshalb klappte ihm jetzt die Kinnlade herunter, als die Tür des Badezimmers abwechselnd zu- und aufflog, um irgendwann wie von selbst ins Schloss zu fallen. Oder wie von Geisterhand, dachte Owen.

»In Ordnung, okay. Hm, tut mir leid, wenn ich störe. Ich wollte nur …« Die Zimmertür wurde ihm direkt vor der Nase zugeworfen, und nur ein beherzter Satz nach hinten bewahrte ihn davor, dass sein Gesicht Bekanntschaft mit dem dicken Holz machte.

»Aber hallo, was soll denn das? Inzwischen müsstest du wissen, wer ich bin. Ich bin Owen, Becketts Bruder, und jeden Tag hier. Deshalb dürftest du eigentlich gemerkt haben, dass von mir nichts Böses droht und ich in friedlicher Absicht komme, wie man so sagt.«

Er zuckte zusammen, denn schon wieder öffnete sich die Tür des Badezimmers und flog gleich darauf erneut krachend zu. Elizabeth schien verstimmt, dachte er. »Pass auf, dass du nichts kaputt machst in deiner Wut. Was hast du überhaupt für ein Problem? Ich wollte nur … Oh, verstehe.«

Er räusperte sich leise, nahm die Wollmütze vom Kopf und fuhr sich mit den Händen durch das dichte dunkelbraune Haar. »Hör zu, du warst mit ›Blödmann‹ nicht gemeint. Ich dachte, Ry sei hier oben. Du kennst doch meinen anderen Bruder Ryder? Der kann manchmal echt ein Blödmann sein.« Owen langte sich an den Kopf. Nicht zu fassen, dachte er. Da stand er im Flur eines noch nicht fertigen Hotels und redete mit einem Geist. Entschuldigte sich sogar bei ihm.

Als die Tür wieder einen Spaltbreit aufging, schob er sich vorsichtig in den Raum. »Ich mach nur schnell die Balkontüren zu. Sie dürfen nämlich nicht die ganze Nacht offen stehen.« Hohl hallte das Echo seiner Stimme in dem leeren Zimmer. Grundgütiger, was tat er da?

Er war erleichtert, als im Haus gegenüber auf der anderen Straßenseite plötzlich Licht anging. In Averys Apartment. Kurz darauf sah er sie durchs Zimmer laufen. Sehr handfest und gar nicht geisterhaft.

Dafür nahm hier, sobald er die Balkontür geschlossen hatte, der süße Geißblattduft zu. »Ich hab dich schon mal gerochen«, murmelte er, ohne seinen Blick vom Fenster gegenüber abzuwenden. »Beckett sagt, du hättest ihn gewarnt, als dieses Arschloch Sam Freemont in Clares Wohnung eingestiegen ist. Das war echt nett von dir. Die beiden werden heiraten: Beck und Clare. Was du sicherlich schon weißt. Und auch dass er sie bereits seit einer Ewigkeit liebt.«

Owen trat durch die geöffnete Tür des Badezimmers, schaute sich in dem ungewöhnlich geformten Spiegel über dem Waschtisch an. Es ließ sich nicht leugnen: Mit seinen weit aufgerissenen Augen und den zerzausten Haaren sah er ziemlich panisch aus. Automatisch strich er mit den Fingern durch die wirren Strähnen.

Das kam davon, wenn man sich mit Geistern einließ.

»Ich dreh jetzt schnell meine Runde zu Ende und hau dann ab. Nur damit du informiert bist: Bald ist das Haus fertig. In einigen Räumen fehlt noch der Feinschliff, bei dir aber nicht. Die Handwerker sind froh, dass sie hier nichts mehr zu tun haben. Irgendwie war ihnen dieses Zimmer nicht ganz geheuer. Womit ich dir nicht zu nahetreten will. Also, dann erst einmal ... Wir sehen uns morgen oder auch nicht. Wer weiß ...«

Wie auch immer, überlegte er und tastete sich rückwärts aus dem Raum, während ihn der Geißblattduft noch eine Weile begleitete. Obwohl Elizabeth eindeutig zu den guten Geistern zu gehören schien, war er heilfroh, als er wieder auf der Straße stand und die Tür hinter sich schloss.

Draußen wurde es langsam hell, als Owen, Kaffee und Gebäck jonglierend, quer über den mit Raureif bedeckten Parkplatz lief und abermals das Hotel betrat. Er marschierte schnurstracks in die Küche und stellte seine Tasche, das Tablett mit den drei Kaffeebechern und die Schachtel mit den Donuts auf den Tisch.

Dann ging er hinüber zur Rezeption, um den gasbetriebenen Kamin anzuschalten. Froh über die Wärme, die sich schnell auszubreiten begann, streifte er die Handschuhe von seinen klammen Fingern, steckte sie ordentlich in seine Jackentasche und kehrte zurück in die Küche. Zog aus seinem Aktenkoffer sein Clipboard, um nochmals die Termine dieses Tages durchzugehen. Punkt sieben Uhr piepste das Handy, das er stets am Gürtel trug: Zeit für die morgendliche Teambesprechung.

Allerdings waren die Brüder nicht ganz so pünktlich wie er, und so konnte er noch in Ruhe einen halben Donut essen, bis ein Motorengeräusch ihm die Ankunft seines Bruders Ryder verriet. Eine Baseballmütze mit dem Logo des Familienunternehmens auf dem Kopf, trat der älteste Montgomery in einer dicken, abgewetzten Arbeitsjacke und löcherigen Jeans durch die Tür. Seine Laune war eindeutig schlecht und ließ darauf schließen, dass die Zeit daheim für einen Kaffee zu knapp gewesen war. Dumbass, sein Hund, trottete hinter seinem Herrchen durch die Tür, hob schnuppernd seinen Kopf in der Hoffnung, etwas von den duftenden Donuts abzubekommen.

Missmutig griff Ryder nach einem Kaffeebecher.

»Der ist für Beck«, erklärte Owen, ohne dass er hinsehen musste. »Ist eigentlich unschwer an dem aufgemalten B zu erkennen.«

Mit einem unwirschen Knurren schnappte Ryder sich den richtigen Becher, trank erst einmal einen großen Schluck, bevor er die Donuts inspizierte. Er entschied sich für einen mit Marmeladenfüllung. Als D.B., wie der Hund meist genannt wurde, mit seinem Schwanz fordernd auf den Küchenboden klopfte, warf er ihm ein Stück des Gebäcks hin.

»Beck kommt wieder mal zu spät«, bemerkte Owen streng.

»Es war ja nicht seine Idee, dass wir uns bereits vor Sonnenaufgang treffen.« Ryder ließ keinen Zweifel daran, dass ihm dieses Arrangement ebenfalls nicht passte. Offenbar war er erst in letzter Minute aufgestanden, denn auch zum Rasieren hatte die Zeit nicht gereicht. Dunkle Stoppeln bedeckten die kantigen Linien seines Gesichts. Nur seine grünen, goldgesprenkelten Augen verrieten, dass Koffein und Zucker zu wirken begannen und er langsam wach wurde.

»Wir müssen uns so früh treffen, weil wir später zu oft unterbrochen werden«, verteidigte Owen seine Zeitplanung. »Ich hab gestern Abend auf dem Weg nach Hause noch mal eine Runde durchs Haus gedreht. Ihr wart ja recht fleißig.«

»Das kannst du laut sagen. Mit dem zweiten Stock dürften wir heute fertig werden. Es fehlen nur noch ein paar Zierleisten und Kranzprofile, ein paar Lampen und diese verdammten beheizbaren Handtuchhalter im Badezimmer. Sogar die ersten Geländer sind inzwischen angebracht.«

»Hab ich gesehen. Ein paar Sachen sind mir allerdings aufgefallen …«

»Ach.«

»Ja, und bestimmt bemerke ich noch mehr, wenn wir gleich gemeinsam die oberen beiden Etagen abgehen.«

»Warum fangen wir nicht einfach schon mal an?« Ryder nahm sich einen zweiten Donut und marschierte los. Gefolgt von seinem Hund, der daraufhin sogleich seinen Gebäckanteil zugeworfen bekam. D.B. fing es mit der Präzision eines Baseballspielers auf.

»Beck ist noch nicht da.«

»Der Kerl hat eine Frau«, rief Ryder dem Bruder in Erinnerung. »Und drei Kinder, die er vielleicht zur Schule fahren muss. Er wird kommen, sobald er kann. Wieso berichten wir ihm nicht einfach, was die Begehung ergeben hat?«

»Na schön. Hier unten müssen ein paar Stellen nachgestrichen werden«, fing Owen an.

»Ich hab selbst Augen im Kopf.«

»Trotzdem sollten wir bald mit dem Aufhängen der Vorhänge beginnen. Natürlich erst nachdem die Fensterputzer da waren. Wenn ihr mit dem zweiten Stock tatsächlich heute fertig werdet, könnten die Männer Anfang nächster Woche kommen.«

»Hast du gesehen, dass wir aufgeräumt haben? Aber es müsste noch mal gründlich geputzt werden. Vielleicht könnte unsere Managerin sich darum kümmern.«

»Mach ich, ich wollte heute Morgen sowieso mit ihr reden. Bevor ich beim Bauamt die Nutzungsgenehmigung beantrage.«

Ryder blickte seinen Bruder von der Seite an. »Immer mit der Ruhe, schließlich haben wir, die Feiertage abgezogen, noch gut zwei Wochen Zeit.«

Aber Owen ließ sich nicht von seinem sorgfältig ausgearbeiteten Terminplan abbringen. »Trotzdem ziehen wir alles zügig durch. Von oben nach unten. Glaubst du etwa, Mom und Carolee und Hope fallen am Ende nicht irgendwelche Änderungs- und Ergänzungswünsche ein?

Du wirst heilfroh sein, wenn dann zumindest alles andere erledigt ist.«

»Vermutlich hast du recht. Und weil wir gerade beim Thema sind: Wir müssen irgendwie dafür sorgen, dass sie uns nicht mehr so oft in die Quere kommen wie bisher.«

Auf dem Weg nach oben hörten sie, wie unten eine Tür geöffnet wurde.

»Zweiter Stock«, rief Owen. »Kaffee steht in der Küche.«

»Dem Himmel sei Dank.«

»Der Himmel hat den Kaffee nicht gekauft.« Owen strich mit seinen Fingern über das ovale Bronzeschild, in das er »Direktion« hatte eingravieren lassen. »Sieht echt elegant aus.«

»Wie das ganze Haus.«

Owen nickte, als er durch das Bad, die kleine Küche und die Wohnräume ging. »Eine nette, gemütliche Wohnung. Hübsch und praktisch, wie Hope selbst.«

»Sie ist fast so pingelig wie du.«

»Denk dran, wer dich morgens immer mit Donuts und deiner Dosis Koffein versorgt.«

Bevor Ryder seinen Kommentar abgeben konnte, betrat Beckett den Raum. Frisch rasiert und ziemlich munter. Zumindest wenn man in Rechnung stellte, dass er jeden Morgen mit drei Kindern unter zehn Jahren zu kämpfen hatte, die ihr Frühstück wollten und ihre Pausenbrote, und die er anschließend zur Schule beziehungsweise Vorschule fahren musste.

Owen erinnerte sich noch gut an das alltägliche Chaos

bei ihnen zu Hause und fragte sich, wie seine Eltern der Versuchung hatten widerstehen können, sie mit irgendwelchen möglichst starken Pillen ruhigzustellen.

»Einer der Hunde hat in Murphys Bett gekotzt, deshalb bin ich ein bisschen spät«, präzisierte Beckett seine ersten Erlebnisse dieses Tagen. »Aber reden wir lieber von Erfreulicherem.«

»Gut. Owens Lieblingsthema ist derzeit das Putzen der Fenster und das Einräumen der Möbel.«

Beckett, der gerade gedankenverloren den Kopf des Hundes streichelte, blickte auf. »Jetzt schon? Es fehlen doch überall Leisten, teilweise muss noch gestrichen werden, und was weiß ich.«

»Hier oben ist alles fertig.« Owen öffnete die Tür zum sogenannten »Penthouse«, einer der beiden Suiten. »Hier können wir auf alle Fälle mit dem Einrichten beginnen. Und in Hopes Wohnung ebenfalls. Ich werde ihr also sagen, dass sie eine Generalreinigung dieser Etage veranlassen soll.« Owen sah sich noch einmal um. »Und dann soll sie zu Bast's fahren und Bescheid geben, welche Möbel als Erstes geliefert werden müssen.«

Während er schnell notierte, was sie alles benötigen würden, tauschten seine Brüder hinter seinem Rücken vielsagende Blicke.

»Ich vermute, dann räumen wir jetzt wirklich ein.«

»Wen meinst du mit *wir*?«, wandte Ryder sich an Beckett. »Ich übernehm das mit meinen Männern ganz sicher nicht. Wir haben nämlich auch so alle Hände voll zu tun.«

»Mich brauchst du nicht anzugiften.« Abwehrend hob Beckett beide Hände. »Ich hab selbst genug Probleme am Hals. Allein die Bäckerei, dieses letzte Lieblingsprojekt unserer Mutter, das wie alles andere spätestens gestern fertig sein muss. Wie ich das organisieren soll, keine Ahnung.«

»Mir wäre eine kurze Pause durchaus recht«, murmelte Ry, bevor er Owen folgte.

Der zweite der Brüder blieb kurz vor der angelehnten Tür des E&D stehen. »Vielleicht solltest du mal mit deiner Freundin Lizzy reden, Beckett«, meinte er. »Damit sie diese Tür hier offen und die zum Balkon geschlossen lässt.«

»Was willst du, ist doch alles in Ordnung.«

»Jetzt schon, aber gestern Abend nicht. Da war die Dame anscheinend aus irgendwelchen Gründen sauer und hat wie eine Wilde mit den Türen geknallt.«

Fasziniert zog Beckett, der jüngste Montgomery, seine Brauen hoch. »Ach ja?«

»Ja, und wenn ich nicht geträumt habe, bin ich ihr bei dieser Gelegenheit zum ersten Mal persönlich begegnet – wenn man das von einer unsichtbaren Gestalt sagen kann. Ich war gerade auf meiner Runde durchs Haus, als ich plötzlich von oben Schritte hörte. Erst dachte ich an einen blöden Scherz, den sich einer von euch erlaubt – doch dann war sie es. Offenbar hat sie den ›Blödmann‹, mit dem ich euch meinte, auf sich bezogen …«

Beckett verzog sein Gesicht zu einem breiten Grinsen. »Sie kann manchmal ganz schön temperamentvoll sein, unsere Lizzy.«

»Hab ich gemerkt. Vielleicht solltest du für alle Fälle noch mal mit ihr reden, bevor sie weiß Gott was anstellt. Schließlich bist du unser Spezialist fürs Übersinnliche.«

»Hier sind wir ebenfalls fertig«, erklärte Ryder ihm. »Im T&O sowie im N&N hingegen fehlen noch die Kranzprofile und die Sockelleisten und im E&R die Deckenlampe für das Bad und ein paar Kleinigkeiten. Hinten im J&R stehen noch jede Menge Kisten herum. Lampen, Lampen, Lampen, Wandregale und diverses andere Zeug. Gehört alles weggeräumt – sonst ist der Raum okay.«

»Danke für die Belehrung.« Ryder tippte sich an den Kopf. »Ich hab das alles hier oben abrufbereit gespeichert, auch ohne dass ich mir jedes Detail zehnmal aufschreibe.«

»Haken für die Morgenmäntel, Handtuch- und Toilettenpapierhalter …«, setzte Owen an.

»Stehen heute auf dem Programm.«

»Spiegel, TV-Geräte, Abdeckungen für Steckdosen und Schalter, Türpuffer …«

»Wird ebenfalls heute erledigt.«

»Hast du auch die Liste, auf der steht, was in welches Zimmer kommt?«

»Nerv mich nicht.«

»Ihr habt die Schilder für die Notausgänge noch nicht aufgehängt.« Auf dem Weg Richtung Speisesaal arbeitete Owen weiter seine Liste ab. »Und hier müssen die Wandleuchter befestigt und die Kästen für die Feuerlöscher gestrichen und angebracht werden.«

»Ich mach mich an die Arbeit, sobald du endlich die Klappe hältst.«

»Hotelprospekt, Preisliste, Speise- und Getränkekarte,

sonstiges Informationsmaterial – alles, was in den Zimmern ausgelegt werden soll …«

»Das ist nicht mein Job.«

»Okay, das übernimmt Hope.« Owen wandte sich an Beckett: »Wie lange bist du noch mit der Bäckerei beschäftigt?«

»Ich reiche morgen die Pläne zur Genehmigung ein.«

»Gut. Dann stehst du uns ja wieder zur Verfügung.« Owen zog sein Handy aus der Tasche und rief den Kalender auf. »Dann würde ich sagen, dass wir am fünfzehnten Januar eröffnen – ab diesem Tag können Zimmer reserviert werden. Die Eröffnungsparty starten wir zwei Tage früher. Ein Tag bleibt uns zwischendrin zum Aufräumen – müsste also reichen.«

»Das ist ja kein Monat mehr«, beschwerte sich Ryder.

»Du und Beck und ich, wir wissen ganz genau, dass es hier nicht mal mehr Arbeit für zwei Wochen gibt. Noch vor Weihnachten werden wir mit allem fertig sein. Und wenn wir diese Woche anfangen, die Möbel aufzustellen, dürften bis Neujahr sämtliche Zimmer eingerichtet sein. Anschließend bleiben uns immer noch zwei Wochen für den allerletzten Schliff und diverse Nachbesserungen.«

»Er hat recht«, meinte Beckett. »Jetzt beginnt der Endspurt, Ry. Der Countdown läuft.«

Achselzuckend stopfte Ryder seine Hände in die Taschen seiner Jeans. »Irgendwie ein seltsames Gefühl, dass wir bald wirklich fertig sind.«

»Kopf hoch«, tröstete Owen ihn. »In einem solchen Haus gibt es wahrscheinlich immer was zu tun.«

Während er noch nickte, hörte man von unten das Poltern schwerer Stiefel. »Der erste Teil des Trupps ist da. Los, lasst uns unser Werkzeug holen.«

Owen beschäftigte sich an diesem Tag überwiegend mit dem Anbringen von Kranzprofilen an den Einbauschränken. Wobei es seine Konzentration nicht weiter störte, dass E-Mails, Anrufe und SMS ihn im Fünf-Minuten-Takt bei der Arbeit unterbrachen.

Im ganzen Gebäude herrschte reges Treiben, überall hörte man Stimmen und Musik aus einem Radio, das Ry angeschaltet hatte. Es roch nach Farbe, frisch gesägtem Holz und starkem Kaffee. Eine Mischung, die für das Familienunternehmen typisch war und die Brüder an ihren verstorbenen Vater erinnerte.

Alles, was Owen über Schreinerei und Baugewerbe wusste, hatte er von seinem Dad gelernt. Und als er jetzt von der Leiter stieg, um sich das Ergebnis seiner Arbeit anzusehen, wusste er, Thomas Montgomery wäre stolz auf ihn. Sie hatten aus dem alten Haus mit den verwitterten Veranden, den geborstenen Fenstern, den bröckelnden Wänden und den durchgebrochenen Böden ein wahres Juwel gemacht. Eine Zierde für den Marktplatz ihrer Heimatstadt.

Becketts Know-how als Architekt und sein Wissen um das bautechnisch Machbare hatten ebenso dazu beigetragen wie die schier unerschöpflichen, visionären Ideen seiner Mutter und Ryders handwerkliches Können sowie sein eigenes überragendes Organisationstalent und seine Begabung, sich selbst das kleinste Detail zu merken. Nicht zu vergessen all die fleißigen Arbeiter, die unter Rys Führung zu einem großartigen Team zusammenwuchsen.

Schmunzelnd dachte Owen zurück an jenen gar nicht so fernen Abend, an dem am Küchentisch der Montgomerys der ehrgeizige Plan geboren wurde, und schaute sich noch einmal im N&N um.

Seine Mutter verfügte wirklich über einen untrüglichen Blick und ein sicheres Gespür. Sie hatte das Blau der Wände und die schokoladenbraune Decke durchgesetzt. Er selbst war nicht gerade begeistert gewesen – bis er den Effekt dieser Kombination erkannte. Das Nick-und-Nora-Zimmer war rundherum glamourös, besser ließ es sich nicht beschreiben. Vor allem in Verbindung mit dem angrenzenden Badezimmer, wo dieselben Farben vorherrschten. Blaue Glasfliesen, kombiniert mit gedämpftem Braun, dazu das helle Licht eines Kristalllüsters. Es sah einfach überwältigend aus.

Vielleicht war ihm dieser verschwenderisch im Stil des Art déco ausgestattete Raum von allen sogar der liebste, dachte er. Weil er so ungewöhnlich war, so extravagant und individuell. Kein bisschen hotelmäßig. Doch das galt eigentlich für alle Räume. Etwas anderes hätte seine Mutter nie geduldet.

Das Summen des Handys riss Owen aus seinen Gedanken und erinnerte ihn daran, dass er noch ein paar Gespräche führen musste. Er ging nach unten, schaute kurz am Hintereingang vorbei, wo gerade das Geländer der Außentreppe angebracht wurde, kam zitternd wieder nach drinnen und ging vor in die Lobby, wo das Radio plärrte und die Nagelpistolen trommelnd den Takt schlugen.

Unmöglich, hier in Ruhe zu telefonieren.

Eilig schnappte er sich Jacke und Aktenkoffer und rief Beckett, der in der Lounge mit dem Anbringen von Fußleisten beschäftigt war, zu: »Bin drüben im Vesta, falls mich jemand sucht.«

»Es ist erst kurz vor zehn. Die haben noch gar nicht auf.«

»Genau deshalb geh ich ja hin.«

Kurz darauf stand er frierend an der Ampel und verfluchte den Verkehr, der einen schnellen Sprint über die Straße unmöglich machte. Also sah er weiter zu, wie aus seinem Mund Wölkchen gefrierenden Atems quollen. Sobald endlich Grün aufleuchtete, spurtete er schnellstmöglich zur Pizzeria hinüber und klopfte ungeduldig gegen die Fensterscheibe. Niemand reagierte, obwohl drinnen Licht brannte.

Seufzend holte er sein Handy hervor und wählte Averys Nummer.

»Verdammt, Owen, jetzt klebt Pizzateig an meinem Handy.«

»Hauptsache, du bist da. Wenn du nicht gleich aufmachst, friere ich hier draußen fest.«

Mit einem abermaligen »Verdammt« wurde das Gespräch beendet, aber Sekunden später tauchte sie auf – in einer weißen Schürze über den Jeans und einem schwarzen Pulli, dessen Ärmel bis zu den Ellenbogen hochgekrempelt waren.

Alles wie immer, bis auf die Haare. Diese Farbe kannte er noch nicht, doch sie erinnerte ihn irgendwie an das Kupferdach des Hotels. Von Natur aus war Avery rothaarig wie die sagenumwobenen Kriegerprinzessinnen der Schotten, von denen sie abstammte, aber seit ein paar Monaten probierte sie fast jede Woche eine neue Farbe aus. Und als sei das allein nicht schlimm genug, hatte sie sich einen radikalen Kurzhaarschnitt verpassen lassen, der gar nicht zu ihr passte. Fand Owen zumindest.

Ihre leuchtend blauen Augen funkelten ihn zornig an. »Was willst du?«, fragte sie barsch. »Ich bin mitten in den Vorbereitungen.«

»Ich brauch ein bisschen Ruhe. Du wirst gar nicht merken, dass ich da bin«, sagte er und schob sich vorsichtshalber an ihr vorbei, bevor sie protestieren konnte. »Ich muss dringend ein paar Telefongespräche führen, was bei dem Lärm da drüben einfach nicht geht.«

Sie beäugte argwöhnisch die Tasche unter seinem Arm.

»Okay, ich muss außerdem ein bisschen Papierkram erledigen«, räumte er ein und setzte dabei sein gewinnendstes Lächeln auf. »Ich werde bestimmt ganz leise sein.«

Avery gab nach. »Meinetwegen. Aber stör mich bloß nicht.«

»Hm, bevor du wieder nach hinten gehst – du hast nicht zufällig einen Kaffee für mich?«

»Nein, zufällig nicht. Ich knete gerade Teig, der jetzt an meinem neuen iPhone klebt. Ich hatte gestern Spätschicht, und um acht heute Morgen hat Franny angerufen und sich krankgemeldet. Zwei andere Mitarbeiter liegen ebenfalls mit Fieber im Bett, und Dave kann nicht einspringen, weil bei ihm eine Wurzelbehandlung ansteht. Und zu allem Überfluss fällt mittags eine

Reisegruppe ein. Verstehst du, dass ich auch ohne dich ein kleines Problem habe?«

Ihre Vorhaltungen waren berechtigt, und so nickte er bloß knapp. »Okay.«

Sie deutete auf den langen Tresen. »Mach dir selbst einen Kaffee – oder auch nicht«, sagte sie und eilte zurück zu ihrem Teig.

Er hätte ihr ja angeboten zu helfen, aber für ein solches Angebot schien sie nicht in der Stimmung. Zum Dank hätte er bloß noch eins draufgekriegt. Er kannte sie lange genug, um das zu wissen. Wenn sie gehetzt, gestresst und gereizt war, ließ man sie besser in Ruhe.

Aber sie war tough, sehr sogar, und nichts schmiss sie so leicht um. Auch nicht die aktuellen Engpässe. Sie musste nur zwischendurch Dampf ablassen. Das machte sie bereits als freches rothaariges Schulmädchen oder später an der Highschool als kesse Cheerleaderin. Und sie änderte sich auch nicht, als sie vor einigen Jahren kurzerhand die Pizzeria erwarb. Alle Skeptiker mussten inzwischen zugeben, dass Avery den Laden nicht nur gewaltig in Schwung gebracht hatte, sondern zudem eine Pizza zubereitete, nach der man süchtig werden konnte.

Owen schwang sich auf einen Hocker am Tresen, genoss die Stille, die nur gelegentlich unterbrochen wurde von schwachem Klopfen und Klappern aus der Küche, doch verglichen mit dem Handwerkerlärm im Hotel klang es wie Musik in seinen Ohren.

Er holte iPad und Clipboard aus dem Aktenkoffer, löste das Handy vom Gürtel und rief ein paar Leute an. Anschließend schrieb er diverse E-Mails, ging seinen Kalender durch, schaute Aufträge, Rechnungen und Terminzusagen durch und tauchte erst wieder aus seiner Arbeit auf, als ihm wie von Zauberhand plötzlich ein Becher dampfenden Kaffees unter die Nase geschoben wurde.

Typisch Avery, trotz ihrer Schimpftirade. Er hob den Kopf und sah in ihr hübsches Gesicht. »Danke. Das wäre wirklich nicht nötig gewesen. Bei deinem ganzen Stress.«

»Egal«, sagte sie mit gewohnt fröhlicher Stimme. »Inzwischen hab ich alles unter Kontrolle und bin mit den Vorbereitungen fertig.«

Er schnupperte Richtung Küche, von wo der Duft verschiedener Pastasoßen herüberwehte. Owen liebte besonders die Spaghetti mit Meeresfrüchten, die so original italienisch waren wie Mode von Armani. Überhaupt deutete an Avery außer dem Aussehen – rote Haare, helle blaue Augen, milchig weiße Haut mit Sommersprossen – nichts auf ihr schottisches Erbe hin.

Er hatte sich bereits oft gefragt, wem sie ihren unbändigen Tatendrang und ihr Talent fürs Kochen verdankte, aber genau wie alles andere schienen diese Eigenschaften einfach ein Teil von ihr zu sein.

Sie ging in die Hocke, zog ein paar Behälter aus dem Kühlschrank, in denen sich die Beläge für die verschiedenen Pizzasorten befanden.

»Franny ist echt krank. Und Dave hat üble Zahnschmerzen. Ich kann froh sein, dass er heute überhaupt für zwei Stunden reinkommt. Irgendwie fühl ich mich mies, weil ich ihm nicht einfach sage, er soll zu Hause bleiben. Aber dann krieg ich wirklich Probleme.«

Seufzend wandte sie sich wieder ihrer Arbeit zu.

»Du siehst müde aus«, sagte Owen, der jetzt erst die violetten Schatten unter ihren Augen entdeckte.

Sie hob den Kopf und bedachte ihn mit einem bösen Blick. »Danke. So was hören Frauen gerne.« Gab dann aber achselzuckend zu: »Ich bin in der Tat hundemüde, zumal ich gestern Abend lange ferngesehen und gelesen habe. Erst das eine, dann das andere. Ich dachte, es macht nichts, weil ich eigentlich ausschlafen wollte – bis mittags hatte ich mir freigenommen –, doch dann machte mir Franny einen Strich durch die Rechnung. Also musste ich gleich nach dem Anruf in aller Herrgottsfrühe raus und nach unten hetzen.«

»Du schuftest wirklich wie ein Pferd – zum Glück macht sich die viele Arbeit wenigstens bezahlt.«

»Das schon, aber heute tröstet mich selbst das nicht. Und wie schaut's bei euch aus? Ihr habt ja auch reichlich zu tun.«

»Es wird langsam überschaubar. Immerhin können wir morgen ganz oben mit dem Einrichten beginnen.«

»Schon?« Sie starrte ihn aus großen Augen an. »Wirklich?«

»Sofern der Typ vom Bauamt endgültig sein Okay gibt. Er wird heute Nachmittag das ganze Haus von oben bis unten inspizieren, doch ich erwarte keine Probleme und betrachte die Geschichte als reine Formalität. Deshalb läuft alles weiter nach Plan. Ich hab eben mit Hope telefoniert – sie wird sich mit meiner Mutter und Tante um die Endreinigung kümmern. Möglicherweise sind sie schon drüben – um halb elf wollten sie sich treffen.«

»Ich würde euch ja zu gerne helfen, nur heute wird das nichts.«

»Mach dir keine Gedanken. Die drei können, wenn sie wollen, Hilfe bei den Frauen anfordern, die sich auch sonst ums Putzen kümmern.«

»Trotzdem schade, ich hätte wirklich gerne mit angepackt. Na, vielleicht klappt es ja morgen.« Plötzlich verdüsterte sich ihre Miene. »Owen Montgomery, und auf diese tolle Neuigkeit lässt du mich eine geschlagene Stunde warten? So lange bist du nämlich inzwischen hier.«

»Sorry, aber du hast mich vorhin derart runtergeputzt, dass ich dachte, es sei ratsam …«

»Quatsch«, unterbrach sie ihn temperamentvoll. »Hättest du es mir sofort erzählt, wäre meine Laune schlagartig besser geworden. Es war also deine Schuld.« Sie lächelte ihn bei diesen Worten aus müden Augen liebevoll an.

»Warum setzt du dich nicht kurz?«

»Ich bleib lieber in Bewegung, bevor ich einschlafe«, meinte sie und räumte die riesige Vorratsdose mit schwarzen Oliven in den Kühlschrank zurück und ging in die Küche. Durch die geöffnete Tür sah er, wie sie in den Töpfen mit Soßen rührte. Owen kam es vor, als würde sie ständig mindestens ein halbes Dutzend Dinge gleichzeitig tun. Manchmal wirkte sie auf ihn wie ein Jongleur, der es schaffte, immer mehrere Bälle in der Luft zu halten, und nur selten einen fallen ließ.

Für Owen, den peniblen Planer, war ihre spontane, manchmal ans Chaotische grenzende Lebensweise bisweilen recht gewöhnungsbedürftig. »Ich sollte langsam wieder rübergehen. Danke für den Kaffee.«

»Nichts zu danken. Falls jemand von euch heute hier zu Mittag essen will – kommt lieber erst um halb zwei. Weil dann die Reisegruppe weg ist.«

»Okay.« Er packte seine Sachen ein und wandte sich zum Gehen, hielt vor der Tür noch einmal kurz inne. »Avery? Was ist das für eine Farbe? Die von deinem Haar?«

»Das hier? Kupfer.«

»Hab ich's doch geahnt. Also bis später.« Grinsend trat er hinaus in die Kälte.

2

Owen legte seinen Werkzeuggürtel an und glich seine Liste abermals mit der seines Bruders ab.

»Im zweiten Stock wimmelt es nur so von Frauen«, klärte Ryder ihn verbittert auf.

»Sind sie wenigstens nackt?«

»Scherzkeks. Eine von ihnen ist Mom.«

»Okay, vergiss die Frage.«

»Mom, Carolee, unsere Managerin, vielleicht inzwischen Clare und weiß Gott wer sonst noch. O Mann, sie sind wie ein Wespenschwarm – ständig kommt eine von ihnen mit irgendeiner blöden Frage angeschwirrt.« Ryder griff nach seinem Energiedrink. »Und da du sie reingelassen hast, wirst du ihnen gefälligst auch ihre verdammten Fragen beantworten. Wo zum Teufel warst du überhaupt die ganze Zeit?«

»Hatte ich doch gesagt: drüben im Vesta, um ungestört zu telefonieren. Der Mann vom Bauamt kommt heute Nachmittag, und sobald er alles abgenommen hat, können wir die Möbel in die ersten Zimmer schleppen. Außerdem werden im zweiten Stock die Jalousien angebracht und …«

»Hör auf, ich krieg Kopfschmerzen.«

»Schon gut. Du solltest froh und dankbar sein, dass ich dir diesen ganzen Kram abnehme. Wie auch immer:

Jetzt mach ich erst mal im ersten Stock mit den Fußleisten weiter.«

»Nein, du gehst in den zweiten Stock und suchst dir dort eine Beschäftigung.« Ryder bohrte Owen einen Finger in die Brust. »Dann hast nämlich du die Weiber am Hals, die von dir herbeordert wurden und jetzt überall im Weg sind.«

Owen seufzte. Eigentlich würde er lieber in Ruhe seinen Arbeiten mit Nagelpistole und Bohrmaschine nachgehen. Widerstrebend verließ er die Männerwelt und stieg die Treppe hinauf in den zweiten Stock.

Und landete im Reich der Frauen.

Kaum oben angekommen, schlug ihm der Duft von Bodylotions und Parfums entgegen, durchsetzt vom Geruch nach Bad- und Bodenreinigern, die nach Zitrone, Orange oder sonst was rochen. Fröhliches Lachen und Schnattern empfing ihn. Owen schüttelte den Kopf und begann Ryder zu verstehen.

Dann entdeckte er seine Mutter. Justine Montgomery rutschte auf den Knien herum und scheuerte den Badezimmerboden im »Penthouse«. Die dunklen Haare aufgesteckt, die Ärmel eines schlabbrigen grauen Sweatshirts bis zu den Ellenbogen hochgeschoben, wackelte sie zum Takt einer Melodie aus ihrem iPhone mit ihrem in einer engen Jeans steckenden Hinterteil.

Owen trat zu ihr und hockte sich neben sie. Sie erschrak nicht, hob bloß ihren Kopf. Vielleicht hatte sie wirklich hinten Augen, wie sie gerne behauptete, dachte ihr Sohn. Oder einen siebten Sinn. Jetzt setzte sie sich auf die Fersen, zog die Stöpsel aus den Ohren und lächelte ihn fragend an.

»Macht es dir nichts aus, dass du hier auf den Knien liegst und schrubbst? Das könntest du einer der Putzfrauen überlassen.«

»Nein, es macht mir sogar einen Heidenspaß, selbst mit anzupacken. Zu helfen, das ganze Haus auf Hochglanz zu bringen. Allerdings ist Baustellendreck wirklich hartnäckig. Trotz der vielen früheren Putzaktionen findet man immer noch was. Wir haben uns aufgeteilt. Carolee ist schon unten, und Hope kümmert sich erst mal um ihre eigene Wohnung. Heute Nachmittag kommt auch noch Clare für ein paar Stunden vorbei.«

»Ich komm gerade aus dem Vesta. Avery hätte ebenfalls gerne geholfen, aber es geht ihr heute nicht aus.«

Justine Montgomery hörte gar nicht zu – ihre Gedanken waren woanders. Stolz blickte sie sich um. »Es ist einfach großartig, was ihr drei Jungs geschaffen habt.«

»Mit deiner Hilfe«, verbesserte er sie, und sie lächelte erneut.

»Da hast du natürlich recht. Und weil du schon mal hier bist, nimm doch bitte die Regale für das Bad aus der Kiste, ja? Das eine kommt hier vorne und das andere da drüben hin.« Sie deutete auf die genannten Stellen.

»Ich wusste gar nichts von diesen Regalen.«

»Häng sie einfach auf. Und dann könntest du dir einen kräftigen Mann von unten holen, der bei dem Spiegel im Schlafzimmer hilft – der ist für dich allein zu schwer. Wenn du so weit bist, zeig ich dir, wo er hängen soll.«

So war seine Mutter, dachte Owen. Immer für Überraschungen gut. Kaufte einfach zwei zusätzliche Regale fürs Bad. Na ja, wenigstens hatte er seinen Werkzeuggürtel nicht vergeblich dabei.

Unter den kritischen Augen von Justine brachte er erst die beiden dekorativen Regale an und machte sich dann mit einem seiner Männer an den großen Wandspiegel mit dem reich verzierten, vergoldeten Rahmen.

»Etwas nach links, ein bisschen höher, nein, tiefer«, kommandierte seine Mutter und stand da mit resolut in die Hüfte gestemmten Händen.

»Er hängt.«

Justine trat neben ihren Sohn, schlang grinsend einen Arm um seine Hüfte und betrachtete ihrer beider Spiegelbild. »Perfekt. Danke, Owen. Und jetzt geh bitte rüber und hol Hope. Sie weiß, was unten noch aufzuhängen ist. Ich nehm mir währenddessen schon mal die Fliesen vor.«

Erneut schüttelte Owen den Kopf, unternahm jedoch keinen Versuch, Justine ihr Vorhaben auszureden. Wenn sie unbedingt selbst putzen wollte, bitte schön.

Hope Beaumont jedoch bei einer ähnlichen Tätigkeit anzutreffen, das schockierte ihn endgültig. Immerhin war sie Managerin in großen First-Class-Hotels gewesen und hatte für alles und jedes Leute gehabt, doch jetzt stand die ehemalige Miss Philadelphia County auf einer Trittleiter in ihrer zukünftigen Küche und wusch die Schranktüren ab. Ihre dunklen Haare waren unter einem Tuch versteckt, und ein alter Lappen baumelte aus der Gesäßtasche ihrer mit weißen Farbflecken bespritzten und am rechten Knie sichtbar abgewetzten Jeans.

Sie drehte sich zu ihm um und blies sich die dunklen

Fransen aus der Stirn. »Irgendwie ist es viel schmutziger, als es aussah.«

»Auf Baustellen dringt der Dreck eben in jede Ritze.«

Sollte er ihr sagen, dass sie gegen diesen Schmutz noch wochen-, wenn nicht monatelang würde ankämpfen müssen? Besser nicht, sie merkte es früh genug.

Sie setzte sich kurz auf die Leiter und angelte eine Flasche Wasser von der Arbeitsplatte. »Und hier oben kommen wirklich morgen schon die Möbel rein?« Lächelnd hob sie ihre Flasche an den Mund.

»So ist es zumindest geplant.«

Ihre leicht rauchige Stimme passte perfekt zu den dunklen, ausdrucksvollen Augen und dem vollen, sinnlichen Mund, dachte er. Und bestimmt war es ein Riesenvorteil, eine so gut aussehende Managerin für das Hotel gewonnen zu haben. Was Owen allerdings bei ihr am meisten gefiel, war die Tatsache, dass sie genauso gut organisiert und praktisch veranlagt war wie er selbst.

»Hättest du kurz Zeit? Mom meinte, dass es im ersten Stock noch ein paar Sachen aufzuhängen gibt.«

»Im Erdgeschoss desgleichen, falls deine Zeit dafür reicht. Je mehr Kisten wir leer bekommen, umso leichter tun wir uns mit dem Saubermachen. Und die Möbelpacker müssen nicht ständig irgendwelchen sperrigen Sachen aus dem Weg gehen.«

Exakt seine Meinung. Hope sprach ihm aus der Seele. »Sag mir einfach, was ich machen soll. Am besten fang ich gleich hier an.«

»Ich hätte da ein paar Regale anzubringen.«

Heute war offenbar Regaltag. »Gerne, zeig mir nur, wo du sie haben willst.«

»Sie befinden sich noch in der anderen Wohnung, aber ich kann sie gleich holen.«

»Lass mal, ich schick einen meiner Männer rüber.«

»Super, dann sollten wir uns zwischenzeitlich hier ein paar Dinge vornehmen. Etwa alles, was Justine fürs Jane-und-Rochester-Zimmer ausgesucht hat.«

Hope dachte wirklich ausgesprochen effizient, bemerkte er erneut. Genau wie er.

»Ich hab heute früh mit Avery gesprochen«, fuhr sie fort. »Sie ist vollkommen erledigt, weil so viele Leute bei ihr ausgefallen sind. Eigentlich wollte ich ihr heute Abend ein bisschen helfen, aber schätzungsweise werden wir hier ganz schön lange brauchen.« Avery war ihre Freundin aus Collegezeiten und hatte Hope sehr zugeredet, Washington zu verlassen und diesen Job in einer kleinen Stadt und in einem kleinen Hotel anzunehmen.

Im ersten Stock führte sie ihn zu einer Reihe Kartons. »Wo wollen wir anfangen? Vielleicht gehen wir einfach von hinten nach vorne durch, dann wäre J&R als Erstes dran.« Sie deutete auf die Kartons. »Die sind alle sortiert nach Zimmern und genau beschriftet, sodass du nichts verwechseln kannst.«

Owen war ein weiteres Mal schwer beeindruckt. »Damit dürfte ich für eine Weile beschäftigt sein. Lass uns gleich hier anfangen, okay?«

»In Ordnung. Am besten zeig ich dir schnell, wo was genau hinkommt, und verzieh mich anschließend. Falls du noch irgendwelche Fragen hast, du weißt ja, wo du mich findest.«

Sie zog ein Klappmesser aus ihrer Tasche und schlitzte eine der sorgfältig zugeklebten Kisten auf.

»Eine Frau mit einem eigenen Klappmesser. Nicht schlecht.«

»Ich hab mir jede Menge Werkzeug zugelegt, seit ich hierhergezogen bin. Um ein Haar hätte ich sogar eine Nagelpistole erstanden, aber das fand ich dann doch ein bisschen übertrieben.«

Sie nahm zwei Kupferregale mit abgerundeten Ecken aus dem geöffneten Karton.

»Dafür konnte ich nicht widerstehen, allerlei Überflüssiges für mein Arbeitszimmer anzuschaffen. Als Frustkauf sozusagen. Wobei ich nicht wirklich verstehe, was mich derart an neuen Aktenordnern und farblich sortierten Post-its reizt.«

»Keine Ahnung. Aber falls es dich tröstet: Mir geht es genauso.«

Während sie sich munter weiter unterhielten, zeigte sie ihm, wo die Regale angebracht werden sollten, und er maß aus und markierte.

»Das wird perfekt«, meinte sie schließlich. »Das Kupfer von Wanne und Regalen, der Spiegel mit dem dunklen Goldrahmen, die wunderschönen Fliesen – es könnte nicht besser sein.«

Sie drehte sich einmal um sich selbst und kehrte ins Schlafzimmer zurück.

»Auch dieser Raum wird großartig werden. Ich seh ihn schon vor mir, wie er mit Möbeln aussieht. Bestimmt wird er zu den Lieblingszimmern unserer Gäste gehören.«

Sie zog ein Notizbuch aus der Tasche, hakte ein paar Dinge ab und schrieb andere hinein.

Grinsend sah er sie an. »Es ist schön, zur Abwechslung mal jemanden im Team zu haben, der genauso tickt wie ich.«

»Man spart auf Dauer einfach Zeit, wenn man sich Notizen macht.«

»Wem sagst du das?«

Sie nahmen diverse Sachen aus den Kisten und schickten sich an, hinüber zum E&R, dem Eve-und-Roarke-Zimmer, zu gehen, als sie um ein Haar mit Ryder zusammengestoßen wären.

»Mom schickt mich, um irgendeine Deckenlampe aufzuhängen. Bloß, wo zum Teufel steckt das blöde Ding?«

»Ich hab's in der Hand«, sagte Owen.

»Dann kannst du es auch aufhängen.«

»Wollte ich gerade. Aber du könntest stattdessen etwas anderes tun. Wir brauchen noch ein paar Sachen aus Hopes Wohnung drüben, damit sie angebracht werden können. Würdest du die holen?«

»Ich kann das später selbst erledigen«, warf Hope ein.

»Um was handelt es sich?«

»Wandregale. Für Wohnzimmer und Bad. Sie befinden sich in beschrifteten Kartons in meiner Abstellkammer.« Als sie die verwirrte Miene ihres Gegenübers sah, erklärte sie: »Im zweiten Schlafzimmer. Dort hab ich erst mal alles abgestellt.«

»Okay.«

»Warte, wie willst du reinkommen?«, rief sie ihn zurück und zog einen Schlüsselbund aus der Vordertasche ihrer Jeans. »Da, dieser ist es.«

Achtlos stopfte er ihn in die Tasche. »Sind in diesen

Kartons hier zufällig auch diese verdammten Leisten mit den Kleiderhaken?«

»Ein paar.«

»Dann häng sie um Gottes willen auf. Ich will nämlich kein Wort mehr über diese Dinger hören. Ich selbst brauch die für den behindertengerechten Raum.«

»Im J&R stehen die Kisten, die du suchst, und auf einer steht ›Kleiderhaken‹. Wenn du sowieso ins Marguerite-und-Percy-Zimmer musst, nimm doch gleich andere Sachen mit. Alles was mit M&P beschriftet ist. Aber häng noch nichts auf, sondern warte auf deine Mutter oder mich. Dort unten fehlt übrigens ein kleines Eckregal neben dem Waschbecken. Wäre zumindest ganz nützlich.«

Wieder zog Hope ihr Notizbuch aus der Tasche und blätterte kurz darin herum. »Das hier sind die erforderlichen Maße samt einer Skizze, wie so etwas aussehen könnte.«

Ryder starrte erst das kleine Buch und dann sie aus zusammengekniffenen Augen an. »Wozu mit einem Mal ein Regal?«

»Weil es in dem ganzen Raum bisher keine Stelle gibt, an der man mehr ablegen kann als eine Zahnbürste.«

»Gib mir den verdammten Zettel«, sagte er, nahm ihn missmutig entgegen und machte auf dem Absatz kehrt, um aus dem Raum zu stapfen.

»Und du bist ganz sicher, dass der Kerl dein Bruder ist?«, sagte Hope zu Owen.

»Ziemlich sicher. Er ist einfach ein bisschen gestresst, weil alles gleichzeitig fertig werden soll: das Hotel, Becketts Haus und die Bäckerei.«

»Ist wirklich ganz schön viel«, gab sie zu. »Aber du bist trotzdem nicht gestresst, obwohl du genauso viel am Hals hast.«

»Ich schätze, es liegt daran, dass wir für verschiedene Sachen zuständig sind. Ich führe die Verhandlungen und behalte die Termine im Auge, während er auf den Baustellen dafür sorgen muss, dass die Arbeit auch wirklich vorangeht.«

Im E&R angekommen, stellten sie ihre Kisten auf dem Boden ab. Vorsichtig zog Hope aus einer ein kleines Glasregal heraus. »Schau, das ist nur eine Kleinigkeit, aber zugleich ein Detail, das hernach eine große Wirkung entfaltet.«

»Du meinst, es würde etwas fehlen, wenn es nicht da wäre?«

»Ja, manchmal sind es die kleinen Dinge, die für eine besondere Atmosphäre sorgen.« Sie ging ins Bad und klopfte lächelnd gegen eine Wand. »Genau da soll es hin. Wenn du mich jetzt nicht mehr brauchst, werde ich erst mal wieder nach oben gehen.«

Auf dem Weg zurück in ihre Wohnung sah sie noch kurz in der Westley-und-Butterblume-Suite bei Carolee vorbei, die fröhlich einen Wischmopp schwang. »Mein Gott, das Badezimmer blitzt und blinkt ja richtig.«

Justines Schwester, das Gesicht leicht gerötet, schob sich grinsend die rotblonden Haare aus der Stirn. »Ich sag dir eines – seit Jahren hab ich mich nicht mehr derart beim Putzen angestrengt. Aber ich tu es irgendwie ja auch für mich. Schließlich werde ich hier bald arbeiten. Brauchst du meine Hilfe?«

»Nein danke, obwohl du schon viel weiter bist als

ich«, gab Hope gut gelaunt zurück. »Ich lege gerade eine kurze Pause ein, weil ich Owen zeigen musste, wo er noch Regale aufhängen soll. Jetzt schau ich rasch, was Justine treibt, und dann kümmere ich mich wieder um meine Wohnung. Oh, fast hätte ich's vergessen. Wenn du in den nächsten Tagen mal ein bisschen Zeit hast, sollten wir uns gemeinsam die Reservierungssoftware ansehen – immerhin kann man ab sofort Zimmer buchen. Nicht dass wir da böse Überraschungen erleben.«

»Wann immer du willst, Boss.« Carolee, die Hope unterstützen und sich vor allem um die Reservierungen kümmern sollte, war völlig euphorisch.

Hope lächelte, während sie weitereilte. Sie war ebenfalls aufgeregt wie seit Langem nicht mehr. Fast so wie damals, als sie den Superjob im Wickham Hotel angeboten bekam.

Wenn sie daran dachte, wie es geendet hatte, wollte sie lieber keine Vergleiche anstellen. Als nämlich ihre Beziehung zum Juniorchef ausgesprochen hässlich endete, konnte sie nichts mehr in Washington halten – keine Bitte des Seniors und auch keine Gehaltserhöhung. Sie hatte diesem prachtvoll renovierten Haus in einer hübschen kleinen Stadt in Maryland, wo zudem ihre beiden besten Freundinnen lebten, den Vorzug gegeben.

Sie stieg die Treppe in den zweiten Stock hinauf und betrat das »Penthouse«. Justine saß gemütlich auf der breiten Fensterbank, von der aus die gesamte Hauptstraße zu überblicken war.

»Ich mach gerade Pause«, sagte sie, als Hope hereinkam. »Das Bad ist einfach riesig – was ich allerdings mir selbst zuzuschreiben habe und sonst niemandem.«

»Wenn du möchtest, übernehm ich den Rest.«

»Nein, lass nur. Ich hab eben daran gedacht, wie das Haus aussah, als wir es kauften. Die Jungs hielten mich anfangs für verrückt wegen dieses Plans. Und jetzt ist es so großartig geworden. Mein Tommy wäre bestimmt schrecklich stolz auf seine Söhne.«

»Indirekt hat auch er einen Anteil am Gelingen. Schließlich war er es, der den dreien alles beibrachte.«

Justines Miene wurde weich. »Das hast du schön ausgedrückt. Und genau so ist es.« Sie drückte Hope die Hand und schaute nach draußen. »Ich freu mich schon darauf, das Haus zu sehen, wenn es schneit, wenn nach dem Winter die ersten Frühlingsblumen ringsum blühen, wenn die Sommersonne es bescheint und der Wind im Herbst die Blätter von den Bäumen fegt. Bestimmt sieht es zu allen Jahreszeiten wundervoll aus.«

»Ich werde mich immer gut darum kümmern.«

»Das glaub ich dir unbesehen. Andererseits weiß ich, dass du bestimmt hier glücklich wirst. Alle, die mit diesem Haus zu tun haben, sollten glücklich sein.«

»Ich bin jetzt schon glücklich.« Deutlich glücklicher jedenfalls als in den letzten Jahren, dachte Hope. Weil sie hier einen guten Job für nette, anständige Leute machen konnte, auf den sie sich freute.

Nachdem sie ihre Schränke zu Ende geputzt hatte, lief sie hinüber in den Geschenkeshop auf der anderen Straßenseite, der ebenfalls den Montgomerys gehörte. Sie fand, dass sie sich für ihre Mühen eine Belohnung verdient hatte, und die hübschen handgetöpferten Schalen stachen ihr bereits seit Längerem ins Auge.

Zufrieden trug sie ihre Neuerwerbung in ihre Wohnung, wo sie auf Ryder traf, der gerade Kisten heranschleppte.

»Was habt ihr Frauen nur immer mit Regalen?«, fragte er. »So viel Abstellfläche braucht doch kein Mensch.«

»Kommt ganz drauf an, was man offen aufstellen möchte«, gab sie kühl zurück und betrachtete die Schälchen.

»Unnütze Staubfänger.«

»Sagst du. Für andere sind es Erinnerungsstücke oder einfach Dekorationsgegenstände, die ihnen gefallen. Weil sie ihrem persönlichen Stil entsprechen.«

»Okay, okay. Und wo zum Teufel möchtest du deinen persönlichen Stil zum Ausdruck bringen? Los, ich hab schließlich noch anderes zu tun.«

»Stell die Kisten einfach ab. Ich bring die Regale später selbst an.«

Ryder ließ sich das nicht zweimal sagen, doch bevor er das Zimmer verlassen konnte, stand plötzlich seine Mutter mit vor der Brust verschränkten Armen vor ihm und bedachte ihn mit einem Blick, als wolle sie ihn auf Zwergenmaß schrumpfen lassen.

»Ich muss mich für meinen Sohn entschuldigen. Er hat offenbar dermaßen schlechte Laune, dass er jegliches gute Benehmen vermissen lässt.«

»Schon in Ordnung«, beschwichtigte Hope. »Er hat zu viel um die Ohren.«

»Das ist kein Grund, unhöflich zu sein. Oder, Ryder?«

»Nein, Ma'am«, räumte er reumütig ein und fügte an Hope gewandt hinzu: »Ich häng die Regale gerne für dich auf. Zeig mir einfach, wo du sie haben willst.«

Justine warf ihm einen letzten durchdringenden Blick zu und kehrte zu ihrer Arbeit zurück.

»Also? Wo sollen die Dinger hin?«

»Da hätte ich einen Vorschlag, der dir bestimmt zusagt.«

Zu ihrer Überraschung grinste er bis über beide Ohren. »Na, da bin ich mal gespannt.«

»Lass sie einfach liegen und verabschiede dich.«

Er schob seine Daumen in den Werkzeuggürtel. »Du hast Nerven. Was denkst du eigentlich, was meine Mutter mit mir macht, wenn deine Regale nicht bald an der Wand hängen?«

Sie lachte. »Okay, die Stellen sind markiert.«

»Wieso das?«

»Ich hab bereits alles ausgemessen.« Sie wies auf den Platz zwischen den beiden Fenstern und neben der Tür. »Den Rest kriegst du ja wohl alleine hin«, sagte sie und verließ den Raum, bevor Ryders schlechte Laune endgültig zurückkehrte.

Nachdem die Reisegesellschaft abgefertigt und es etwas ruhiger geworden war, verzog Avery sich mit einer Portion Spaghetti ins Hinterzimmer, wo die Spielautomaten hingen. Zum Glück pflegten die Mittagsgäste nicht zu spielen, und deshalb würde es sicher noch ein, zwei Stunden dauern, bis das schrille Piepsen und laute Heulen einsetzte. In dem Moment nämlich, wenn der erste Trupp Jugendlicher auf dem Heimweg von der Schule in ihrem Hinterzimmer einfiel. Auch wenn es manchmal lästig war – die Einnahmen aus den Spielautomaten ließen sich sehen. Zumindest als Zubrot.

Überraschend schaute Clare herein, die ebenfalls nur aus zweiter Hand von den Fortschritten im Hotel wusste. Sie führte den kleinen Buchladen vor Ort. »Ich konnte leider auch nicht helfen, denn die Reisegruppe kam nach dem Essen zu uns, um sich mit Literatur über die Schlachtfelder der Gegend zu versorgen.« Sie aß von ihrem Salat, den sie sich aus der Küche geholt hatte. »Immerhin weiß ich von Beckett, dass der Mann vom Bauamt grünes Licht gegeben hat. Und zwar fürs ganze Haus.«

»Ist ja großartig.«

»Ja, jetzt kann wirklich das Einräumen der Möbel beginnen, nachdem der Bau als technisch einwandfrei abgenommen wurde. Auch Hopes Wohnung ist mehr oder weniger bezugsfertig.«

Avery stocherte in ihrem Nudelberg herum. »Und ich bin nicht dabei.«

»Wir werden schon noch zum Einsatz kommen, denn das Ganze zieht sich über Wochen hin.«

»Na schön, hilft ja nichts«, sagte sie und schob sich ein paar Nudeln in den Mund. »Aber dir geht's gut, wie ich sehe. Zumindest siehst du total happy aus.«

»Vermutlich weil eines der Hündchen heute Morgen sein ganzes Frühstück in Murphys Bett gespuckt hat. Lecker!«

»Ein echter Grund zum Feiern.«

»Wie man's nimmt – zumindest hat Murphy mich damit verschont und ist zu Beck gerannt, der sich dann der Sauerei angenommen hat.«

»Glückspilz. Hundekotze am frühen Morgen wäre auch nicht mein Ding.«

»Stimmt. Aber vor allem bin ich glücklich darüber, wie sehr die Jungs Beckett lieben und wie sehr sie ihm vertrauen. Und dass sie ihn als Teil unserer Familie betrachten und nichts gegen unsere Heirat haben. Da fällt mir wirklich ein Stein vom Herzen. Überdies hab ich wirklich ein Riesenglück: Wer begegnet schon zweimal im Leben einem Traummann oder der großen Liebe?«

»Vielleicht war einer ja für mich bestimmt, und es wäre nur gerecht, wenn du Beckett an mich abtrittst.«

»Haha, kleiner Scherz, was?« Plötzlich wurde sie ganz ernst. »Avery, Beckett geb ich im Leben nicht mehr her. Nie und nimmer. Ich weiß nicht, ob jemand begreift, wie viel mir diese zweite Chance bedeutet.« Vehement schüttelte sie ihren Kopf mit dem weizenblonden Pferdeschwanz, um gleich darauf wieder einen lustigen Ton anzuschlagen. »Nimm einfach einen seiner Brüder«, sagte sie und grinste die Freundin an.

»Was hältst du davon, wenn ich beide nehme? Vier zusätzliche Hände wären ganz bestimmt nicht schlecht. Spaß beiseite: Irgendwie häng ich mit allem hinterher. Wie etwa mit den Weihnachtseinkäufen. Jedes Mal red ich mir ein, dass ich alle Zeit der Welt habe.«

»Kopf hoch, bislang hast du noch alles auf die Reihe gebracht, und zwar ganz alleine. Konntest du eigentlich schon mit den Montgomerys über deinen Plan sprechen?«

»Nein, ich muss erst gründlich nachdenken. Du hast doch Beckett nichts davon erzählt?«

»Wenn ich dir verspreche dichtzuhalten, dann tu ich das auch. Obwohl es mir nicht leichtfällt. Normalerweise haben wir keine Geheimnisse voreinander.«

Avery seufzte. »Liebe ist einfach was Wunderbares. Was meinen Plan angeht: In Momenten wie diesem kommt mir die Idee wie der totale Wahnsinn vor. Aber …«

»Du würdest es super hinkriegen.«

»Das sagst du nur, um mich aufzumuntern.« Avery lachte und sah plötzlich nicht mehr ganz so müde aus. »Aber jetzt muss ich wieder an meine Arbeit. Gehst du noch mal rüber ins Hotel?«

»Ich schau zumindest kurz vorbei. Laurie und Charlene halten in der Buchhandlung die Stellung, sodass mir ein bisschen Zeit bleibt, bevor ich die Jungs abholen muss.«

»Mach mit deinem Handy ein paar Fotos und schick sie mir, um meine Neugier zu befriedigen.«

»Wird gemacht.« Clare stand auf, stülpte eine Wollmütze über den Kopf und hüllte ihren zierlichen Körper in einen dicken Mantel. »Und du, Schätzchen, sieh zu, dass du ein bisschen Schlaf bekommst.«

»Versprochen. Sobald wir heute Abend schließen, werde ich mich rauf in meine Wohnung schleppen und mich sofort ins Bett hauen. Lass nur«, meinte sie, als Clare die Teller nehmen wollte. »Ich geh sowieso gleich wieder in die Küche.«

Sie winkte ihrer Freundin hinterher, lockerte die schmerzenden Schultern und wandte sich erneut ihrer Arbeit zu.

Bis sieben herrschte Hochbetrieb im Vesta. Avery schob Pizzas am laufenden Meter in den Ofen, die entweder für das Restaurant oder den Lieferservice bestimmt waren, und richtete ganz nebenbei Spaghetti, Burger und Pommes auf Tellern an. Jetzt hätte sie wirklich zusätzliche Hände gebraucht.

Als sei ihre stumme Bitte erhört worden, tauchte plötzlich Owen auf. »Wo ist Avery?«, erkundigte er sich bei einer der Bedienungen.

»Irgendwo, vermutlich in der Küche. Der gesamte Chor der Highschool ist nach der Probe hier eingefallen, da kannst du dir denken, wie es zugeht.«

Ohne zu überlegen, schnappte er sich einen der Blöcke, die auf dem Tresen lagen, und nahm kurzerhand ein paar Bestellungen im Nebenzimmer auf.

Als er wieder nach vorne kam, sah er sie in der Ecke an dem großen Steinofen herumwerkeln.

»Die Bestellungen von hinten«, sagte er und legte ihr die Zettel hin. »Ich kümmere mich um die Getränke.«

Auf Owen war einfach Verlass, dachte sie, während sie weiter Pizzas belegte. Er war früher schon mit ihr durch dick und dünn gegangen, und das tat er immer noch.

Drei Stunden später war es geschafft und der Ansturm vorbei. Als niemand mehr Spaghetti oder Kriegerpizza haben wollte und der letzte Gast das Restaurant verlassen hatte, schloss sie wie in Trance die Kasse ab, fuhr mit einem Lappen über den Tresen und schaltete die Öfen aus.

»Hol dir erst mal einen Drink und setz dich hin«, forderte Owen sie auf. »Das hast du dir redlich verdient.«

Sobald auch die Angestellten gegangen waren, sperrte sie ab und kam zu ihm herüber. Er saß auf einem Barhocker, vor ihm standen zwei Teller Salamipizza und zwei Gläser Rotwein.

Gott, auf Owen war wirklich Verlass. »Danke, tausend Dank.«

»War mal eine nette Abwechslung. Aber täglich. Ich weiß nicht …«

»Selbst dann macht es meistens Spaß.« Sie setzte sich endlich und trank einen Schluck von ihrem Wein. »O Mann, tut das gut«, sagte sie, während sie gleichzeitig in ein Stück Pizza biss. »Und das hier auch.«

»Liegt aber nur daran, dass deine Pizza einsame Spitze ist.«

»Man sollte meinen, dass Pizza mir langsam zum Hals raushängt. Tut sie aber nicht. Im Grunde ist sie nach wie vor mein Lieblingsessen.« Sie seufzte. »Ich würde ja gerne noch rübergehen, um mir alles anzusehen, doch selbst dazu bin ich nicht mehr fähig.«

»Morgen ist auch noch ein Tag.«

»Schon, aber alle Leute fragen danach. Und reden davon, wie stolz ihr sein müsst. Mit Grund. Ich kann mich erinnern, wie ich mich gefühlt habe, als ich dieses Restaurant übernahm. Stolz und aufgeregt zugleich und ein bisschen ängstlich. Ich dachte, das hier ist jetzt dein Restaurant, wirklich deines. Und dieses Empfinden beschleicht mich von Zeit zu Zeit immer noch.« Sie stieß ein schwaches Lachen aus. »Heute allerdings nicht unbedingt.«

»Du hast allen Grund, stolz auf dich zu sein. So wie du den Laden in Schwung gebracht hast.«

»Viele Leute hielten damals deine Mom für verrückt, weil sie das Lokal an mich vermietete. Wie in aller Welt sollte ich es schaffen, ohne entsprechende Ausbildung so etwas zu stemmen?«

Owen schüttelte den Kopf. »Ich dachte keine Sekunde so. Aber ich wusste ja auch, dass du alles schaffst, was du dir in den Kopf setzt.«

»Nicht alles. Ein berühmter Rockstar wäre ich bestimmt nie geworden, obwohl ich mir das vorübergehend eingebildet habe.«

Er erinnerte sich nur zu gut. Die Begeisterung, mit der sie auf ihre Gitarre eingedroschen hatte, war erheblich größer gewesen als ihr musikalisches Talent. »Wie alt warst du damals, vierzehn?«

»Fünfzehn. Mein Dad wäre beinahe in Ohnmacht gefallen, als ich plötzlich mit schwarz gefärbtem Haar und jeder Menge Tätowierungen nach Hause kam.«

»Nur gut, dass die nicht echt waren.«

Sie lächelte und nippte an ihrem Wein. »Eine schon.«

»Ach ja? Wo? Merk dir meine Frage«, bat er, als sein Handy schrillte. »Hallo, Ry, was gibt's?«

Er glitt von seinem Hocker und blickte, während er mit seinem Bruder redete, durch die Glastür auf die Lichter des Hotels.

Schließlich klappte er das Handy zu und steckte es wieder in seine Gürteltasche, um auf Averys Tattoo zurückzukommen, doch die war, den Kopf auf dem Tresen, eingeschlafen.

Owen räumte erst einmal Teller und Gläser fort und löschte die Lampen, bevor er sich mit der Frage beschäftigte, was er mit ihr anstellen sollte. Das Beste wäre, sie einfach nach oben zu tragen, beschloss er. Als er sie allerdings anheben wollte, schreckte sie hoch.

»Was ist passiert?«

»Zeit, ins Bett zu gehen. Komm, ich bring dich in deine Wohnung.«

»Ich muss noch absperren.«

»Ist vorne bereits erledigt, nur hinten ist noch offen.«

Als sie ihren Schlüsselbund aus der Tasche zog, nahm er ihn ihr einfach ab, dann schlang er einen Arm um ihre Taille und schob sie durch den Raum Richtung Tür.

»Ich hab nur kurz die Augen zugemacht.«

»Das solltest du die nächsten acht oder neun Stunden weiterhin tun«, sagte er und sperrte die Hintertür ab. »Und jetzt nach oben mit dir.« Wie schlaftrunken sie war, merkte er erst, als er sie die Treppe hochbugsierte.

Oben angekommen, öffnete er die Tür und erschrak. Ein Monat war bereits seit Averys Einzug vergangen, und nach wie vor stapelten sich die Kisten. Sie hatte einfach keine Zeit gefunden auszupacken und sich richtig einzurichten. Betreten legte er den Schlüssel auf ein kleines Tischchen neben der Tür. »Du solltest noch hinter mir abschließen.«

»Mach ich.« Obwohl sie sich vor lauter Müdigkeit kaum auf den Beinen halten konnte, sah sie ihn mit einem Lächeln an. »Du bist unglaublich süß, Owen. Ich würde dich nehmen.«

»Als was?«

»Als meinen gerechten Anteil. Gute Nacht.«

»Okay. Vergiss nicht zuzusperren, Avery.«

Er wartete draußen, bis ein leises Klicken ihm verriet, dass die Tür von innen verschlossen war.

Ihren gerechten Anteil? Was mochte sie damit meinen, fragte er sich, während er kopfschüttelnd die Treppe hinunter und zum Parkplatz ging.

Er warf einen letzten Blick auf ihre Fenster und stieg in seinen Wagen. Die ganze Fahrt über bis nach Hause meinte er, den Zitronenduft ihrer Haare zu riechen.

3

Am nächsten Tag hielt Avery nichts mehr. Sobald sie für eine Weile im Restaurant abkömmlich war, zog sie eilig ihren Mantel an, stülpte eine Skimütze über ihr Haar und stürzte quer über die Straße zum Hotel.

Auf dem Parkplatz stand ein Möbelwagen – es ging also tatsächlich los. Perfekt, dachte sie, jetzt bekam sie das Beste doch noch mit. Drinnen herrschte wie gewohnt reges Treiben. Die einen rannten mit Bohrern und Nagelpistolen herum, die anderen strichen hier und da Decken und Wände nach. Möbelpacker sah sie keine. Offenbar benutzten sie die offene Hintertreppe bei den Balkonen.

Das Erste, was ihr auffiel, war das neu installierte bronzene Treppengeländer. Avery stieß einen Schrei des Entzückens aus. So laut, dass Ryder es trotz des Lärms ringsum hörte und seinen Kopf durch die Tür des Speisesaals steckte.

»Tu mir einen Gefallen und geh nicht über diese Treppe rauf. Luther und seine Leute wollen mit dem Versiegeln anfangen.«

»Kein Problem«, sagte sie, »ich geh außen rum, aber erst will ich schauen, was sich hier unten getan hat.« Sie ließ die Augen durch die Lobby wandern, schlenderte zum Speisesaal und blieb wie gebannt in der Tür stehen. »Mein Gott, Ry, ist der Leuchter schön. Einfach umwerfend.«

»Und vor allem sauschwer.« Obwohl Ryder Montgomery nicht zu Begeisterungsstürmen neigte und alles gerne herunterspielte, sah Avery ihm an, dass ihm die ausgefallene Deckenlampe mit den eichblattförmigen Armen und den großen, eichelförmigen Birnen ausnehmend gefiel. »Du hast recht«, sagte er, »das Ding sieht wirklich nicht übel aus.« Aus seinem Mund ein großes Lob.

»Komm, gib's zu. Der Leuchter sieht einfach fantastisch aus. Und die Lampen an den Wänden stehen ihm nicht nach. Es ist wirklich unglaublich, wie viel seit meinem letzten Besuch passiert ist. Und das alles in ein paar Tagen. Jetzt bin ich gespannt auf die Fortschritte oben. Ist Hope im Haus?«

»Soviel ich weiß, ja. Vermutlich im zweiten Stock, der nach dem Willen meines Bruders heute unbedingt eingerichtet werden soll. Als ob das nicht Zeit hätte.« Ryder schüttelte den Kopf. »Und die Weiber machen ein Riesenaufheben wegen der paar Möbel.«

Avery knuffte ihn in die Seite. »Alter Miesepeter«, sagte sie liebevoll, bevor sie davonrannte. Draußen empfing sie wieder eisige Kälte, und sie blies weiße Atemwölkchen aus, als sie über die Außentreppe nach oben hastete. Im ersten Stock machte sie kurz halt und warf einen Blick in die Westley-und-Butterblume-Suite, bevor sie den weiblichen Stimmen in die obere Etage folgte.

Alle schienen sich im »Penthouse« aufzuhalten, und als sie dort eintraf, blieb ihr der Mund vor Staunen offen stehen. Hope und Justine waren gerade damit beschäftigt, für zwei mit Seidenstoff bezogene Beistellsessel den passenden Platz zu finden. Das goldene Muster auf blauem Untergrund griff den dunklen Goldton des geschwungenen Sofas auf, während die zahlreichen Kissen, die Carolee im Arm hielt, beide Farbtöne in unterschiedlichen Schattierungen durchspielten.

»Ich denke, wir sollten …« Justine unterbrach sich, als sie Avery entdeckte. »Geh mal zum Fenster und schau dir von dort alles an, ob wir noch etwas ändern müssen.«

»Ich bin vor Ehrfurcht erstarrt. O Gott, Justine. Das Zimmer ist ein Traum.«

»Schon, aber ist das Arrangement ebenso perfekt wie die Möbel selbst? Schließlich will ich nicht, dass unsere Gäste gegen irgendwelche Stühle rennen oder einen Hindernisparcours bewältigen müssen, wenn sie aus dem Fenster sehen wollen. Tu bitte einfach so, als hättest du gerade eingecheckt und wolltest erst mal nach draußen schauen.«

»Okay.« Avery schloss kurz die Augen. »Nun, Alphonse, was meinst du? Ist das Zimmer für eine Nacht in Ordnung?«

»Alphonse?«, erkundigte sich Hope.

»Mein Liebhaber, mit dem ich gerade aus Paris gekommen bin.« Sie schlenderte gemächlich durch den Raum, bevor sie mit herablassender Miene ans Fenster trat. Dann aber grinste sie und wandte sich an Justine. »Alles bestens. Straße und Markt schauen von hier oben sehr idyllisch aus, und man holt sich auf dem Weg zum Fenster auch keine blauen Flecken.« Sie machte eine kleine Pause. »Dürfen die Leute sich tatsächlich auf diese Stühle und das Sofa setzen?«

»Dafür sind die Sachen schließlich gedacht.«

Averys Fingerspitzen glitten über die Armlehne der Couch. »Euch ist ja wohl klar, dass die Leute hier nicht nur sitzen werden.«

»Über manche Dinge denk ich lieber nicht nach. Ich hätte gerne noch eine kleine Lampe für die Truhe da. Mit einem schlanken Fuß und einem glänzenden Schirm.«

»So eine hab ich bei Bast's gesehen«, erklärte Hope. »Die würde da ganz gut passen.«

»Mach dir bitte eine Notiz. Dann kann später eine von uns rüberlaufen, um die Lampe und ein paar andere Dekosachen zum Ausprobieren zu holen.«

»Es ist auch jetzt schon umwerfend«, meinte Avery.

»Wobei das hier erst der Anfang ist.« Hope zwinkerte ihr zu. »Geh erst mal mit Alphonse ins Schlafzimmer.«

»Wird vermutlich sein absoluter Lieblingsort. Wie alle Franzosen ist er nämlich unermüdlich.«

Sie folgte Hope und schnappte nach Luft, als sie den Raum betrat. »Das Bett! Ich hab es zwar bereits im Katalog gesehen, doch die Abbildung wurde diesem Prachtstück ganz eindeutig nicht gerecht.«

»Sind die Schnitzereien nicht wunderschön?« Hope strich über einen der hohen gedrechselten Pfosten. »Und findest du nicht, dass die weiße Bettwäsche, die zwar schlicht, aber sehr edel wirkt, optimal zu dem dunklen Holz passt? Ich sag dir, Carolee hat über eine Stunde an der Decke, den Kissen und der Nackenrolle herumgezupft.«

»Ich bin einfach hin und weg. Ja, du hast recht, hier sind die dezenten Farbkombinationen genau richtig.

Weiße Wäsche, dazu die bräunlichen Dekokissen und die beiden kleinen Hocker am Fußende, die beigefarbene Wolldecke … Toll.« Sie ging zum Bett und ließ ihre Hand über das zusammengerollte Plaid gleiten. »Die ist ja unglaublich weich. Eine richtige Kuscheldecke.«

»Ist auch aus Kaschmirwolle. Und wie gefällt dir der Rest?«

»Wie ich schon im Salon sagte: Es ist alles perfekt aufeinander abgestimmt. Das Holz, die Lampen, die Textilien … Ich wüsste nicht, was dem noch hinzuzufügen wäre.«

»Komm heute Abend wieder, dann ist die Suite komplett fertig. Mit allem, was Gäste so brauchen: Bücher, DVDs und all die anderen Kleinigkeiten. Wir brauchen nämlich dringend Fotos für unsere Webseite. Als nächstes Zimmer kommt W&B im ersten Stock dran. Die Leute von Bast's sind gerade losgefahren, um die Möbel zu holen.«

»Ich bin sicher, dass außer mir und Alphonse noch viele Liebespaare den Luxus des ›Penthouse‹ genießen werden. Da ist doch auch noch dieses Wahnsinnsbad mit Whirlpool, wenn ich mich recht erinnere.« Avery seufzte. »Das spar ich mir für später auf. Ich muss nämlich wieder rüber, weil Dave noch einen Termin beim Zahnarzt hat. Aber er kommt am Spätnachmittag und löst mich ab. Dann kann ich euch helfen.«

»Du bist engagiert. Vielleicht können wir was in der Bibliothek machen und im E&D. Auf jeden Fall möchte ich weitere Bilder aufhängen und im Geschenkeshop ein paar hübsche Dekosachen anschauen, die die Räume irgendwie persönlicher und gemütlicher machen. Du weißt schon, irgendwelchen Krimskrams wie Schälchen, Döschen, Figürchen … Natürlich alles stilvoll.«

»Hört sich ja tatsächlich nach Endspurt an.«

»Du sagst es. Deshalb solltest du uns langsam schöne neue Speisekarten bringen, damit ich sie in den Zimmern auslegen kann.«

»Wird gemacht, aber jetzt wird's Zeit für mich«, sagte sie und ging zur Tür, warf jedoch noch einen schnellen Blick ins Bad. »He, die Gäste können kommen. Alles schon da: Seife, Shampoo und was sonst noch der Schönheit dient. Halt, wo sind die Handtücher und Bademäntel? Ich geh mal davon aus, die Gäste brauchen ihr Zeug nicht selbst mitzubringen?«

Hope lachte. »Das leg ich alles noch bereit, bevor Ryder heute Abend die Bilder schießt. Er soll ein echt guter Fotograf sein. Sagen zumindest seine Mutter und seine Tante.«

»Stimmt wirklich«, bestätigte Avery. »Seine Fotos können sich sehen lassen. Ich hab einen Schnappschuss aufbewahrt, den er mal von mir und Owen als Teenager gemacht hat. So ein Spaßfoto – Ryder hat das super eingefangen. Ach übrigens: Weißt du, dass er gestern Abend drüben bei mir als Bedienung eingesprungen ist?«

»Ryder?«

»Nein. Owen natürlich. Und am Ende hat er mich praktisch rauf in meine Wohnung getragen. So fix und fertig, wie ich gestern war.«

»Er ist einfach ein Schatz.«

»Ja, meistens«, stimmte Avery zu.

»Genau wie Beckett. Kannst du mir mal sagen, warum Ryder so vollkommen anders ist als die beiden?«

Avery zog lachend die Konturen eines der ovalen Waschbecken nach. »Oh, er hat durchaus seine netten Seiten. Man muss nur ein bisschen graben, bis man sie entdeckt.«

»Vermutlich müsste ich Sprengstoff nehmen. Allerdings muss ich zugeben, dass er seine Arbeit gut macht. Er ist ein Tophandwerker. Grundsolide. Zwar ist der ganze Firlefanz, den wir Frauen veranstalten, seine Sache nicht, aber etwas wirklich Wichtiges würde ihm nie entgehen. Egal – er kümmert sich um das eine, wir uns um das andere.«

»Ja, und beides zusammen macht die Sache erst perfekt. In diesem Sinne bis später, so gegen fünf, schätze ich. Jetzt muss ich erst mal los.«

Eilig lief sie über die Außentreppe hinunter auf den Parkplatz, als sie Owen von der anderen Seite herankommen sah.

»Hallo.« Ein Clipboard in den Händen, musterte er sie forschend. »Du siehst heute besser aus.«

»Als wer?«

»Als die lebende Tote von gestern Abend.«

Sie boxte ihm scherzhaft in den Bauch. »Ich schlag nur deswegen nicht richtig zu, weil ich dir etwas schuldig bin. Oder ist das mit dem Trinkgeld abgegolten? Wie viel war's denn?«

»Locker fünfundzwanzig Dollar – echt nicht schlecht.« Fürsorglich knöpfte er ihr den Mantel zu. »Sag mir bitte, dass Franny und Dave inzwischen wieder auf dem Damm sind.«

»Dave ja oder zumindest teilweise. Franny leider

nicht. Es geht ihr zwar ein bisschen besser, aber sie soll lieber noch einen Tag zu Hause bleiben, bevor sie mir erneut schlappmacht.«

»Und was treibst du dich hier herum? Konntest du deine Neugier befriedigen?«

»Ich bin immer noch total geblendet. Meine Güte, Owen, so was Elegantes wie das ›Penthouse‹ hab ich mein Lebtag nicht gesehen.«

»Ich war heute noch nicht oben.« Er blickte hinauf zum zweiten Stock. »Welche Möbel haben sie denn inzwischen aufgestellt?«

»Alle. Im Salon ebenso wie im Schlafzimmer. Und als Nächstes kommt wohl W&B dran. Ab dem Spätnachmittag kann ich euch helfen, weil Dave dann bei mir den Laden schmeißt. Wirst du noch da sein?«

»Mit Sicherheit. Bis alles fertig ist, leben wir ja praktisch im Hotel.«

»Großartig, also bis später.«

Er nahm ihre Hände und rieb sie. »Du solltest wirklich nicht länger in der Kälte herumstehen. Oder Handschuhe anziehen.«

»Danke für den guten Rat, aber in diesem Fall hätte mir niemand meine Finger warm gerubbelt«, sagte sie lachend und stellte sich auf die Zehenspitzen, um ihm einen Kuss auf die Wange zu drücken.

Owens Blicke folgten ihr, als sie über die Straße davoneilte. Sie bewegte sich unglaublich schnell, genau wie früher. Sie hätte bestimmt eine gute Leichtathletin abgegeben, aber sie war lieber Cheerleaderin geworden. Weil die Uniformen einfach hübscher aussahen als ein normaler Sportdress, hatte sie ihm erklärt.

Und sie sah damals wirklich heiß in diesen Sachen aus.

Er fragte sich, ob sie die Uniform wohl aufgehoben hatte, und ob sie darin immer noch so aufreizend wirken würde wie früher. Owen schüttelte den Kopf. Warum zum Teufel stand er hier draußen in der Kälte und stellte mit einem Mal so merkwürdige Überlegungen an? Was sollte das alles?

Er ging ins Haus und stürzte sich in die Arbeit.

Als die Handwerker ihre Sachen packten, um nach Hause zu gehen, verspürte Owen Lust auf ein kaltes Bier. Doch er hatte die Rechnung ohne seine Mutter gemacht.

Statt nach einer Flasche musste er nach einer Kiste voller Bücher greifen und sie nach oben in die Bibliothek schleppen. Es war die erste von vielen. Zum Glück packten beide Brüder mit an.

»Die drei Mädels warten schon auf euch. Sie wischen schnell noch die Regale ab, und dann könnt ihr einräumen.«

»Ja, Ma'am.«

»Warum müssen es, verdammt noch mal, so viele Bücher sein?«, murmelte Ry.

»Weil verdammt viele Regale zu füllen sind«, gab Owen zurück und betrat als Erster den großen Raum.

In der Bibliothek roch es nach Politur und Parfum. Am Ende des Raumes stand Avery auf einer Trittleiter vor einem der beiden Bücherschränke, die den prachtvollen Kamin flankierten und von den Brüdern selbst entworfen und angefertigt worden waren.

Er erinnerte sich an die viele Arbeit, die sie in die Schränke investiert hatten, an das tage-, wochenlange Sägen, Schmirgeln, Kleben und Beizen. Aber wenn er jetzt das Resultat sah, dann überkam ihn tiefe Befriedigung.

»Sieht echt gut aus.« Beckett stellte seine Kiste auf den Boden, schlang die Arme um Clares Hüften, zog sie an sich und küsste zärtlich ihren Hals. »Hallo.«

»Und welcher von euch dreien bist du?« Sie drehte ihren Kopf und stellte lachend fest: »Meiner. Gut.«

»Hier wird nicht rumgeknutscht, solange wir nicht fertig sind.« Ryder zeigte mit dem Daumen Richtung Tür. »Unten wartet nämlich Nachschub.«

»Es stehen außerdem noch zwei Kisten im J&R, deren Inhalt hierhergehört.« Hope polierte in gebückter Haltung die Türen unterhalb der offenen Regalfächer. »Ist beschriftet.«

»Ich bin mit meiner Ecke fertig.« Avery sprang von der Trittleiter und wandte sich an Owen. »Wollen wir die beiden Kisten holen?«

»Warum nicht?«

Im Jane-und-Rochester-Zimmer angekommen, stellte Avery fest, dass die restlichen Kisten neu gestapelt worden waren. »Hast du etwa hier umgeräumt?«

»Ja, jetzt sieht man auf den ersten Blick, was wohin gehört.«

»Vielleicht solltest du mal in meiner Wohnung Ordnung schaffen, damit ich endlich meinen violetten Lieblingsschal wiederfinde.«

»Unter Umständen würde es schon helfen, erst mal alles auszupacken.«

»Wieso? Es sind kaum noch volle Kisten da.« Er enthielt sich eines Kommentars und widmete sich lieber den Sachen, die in die Bibliothek mussten.

Avery hingegen beschäftigten offenbar andere Dinge. »Du kümmerst dich doch um die Vermietung eurer Immobilien. Was ist eigentlich mit den Räumen unter Hopes Apartment? Ich meine das leer stehende Erdgeschoss. Wollt ihr die nicht mehr vermieten?«

»Im Prinzip schon, aber wir sind uns über den Verwendungszweck noch nicht im Klaren. Eins nach dem anderen«, sagte er und nahm eine Kiste hoch.

Avery griff sich eine andere. »Ich erledige gerne verschiedene Dinge gleichzeitig.«

»Wobei man leicht auf die Nase fällt.«

»Dafür kommt man schneller ans Ziel.«

»Nicht wenn man vorher hinfliegt«, meinte Owen und hielt ihr die Tür auf.

»Ich verfüge über ein gutes Gleichgewichtsgefühl. Owen, es sind wirklich total schöne Räume, und es ist echt schade drum, wenn die nicht genutzt werden.«

»Erst das Hotel, dann die Bäckerei und Becketts Haus. Das andere läuft uns schließlich nicht weg.«

Sie hätte ihm gerne widersprochen, doch es machte keinen Sinn. Ihr Blick fiel ins Nick-und-Nora-Zimmer, wo Justine mit ihrer Schwester beschäftigt war. Vielleicht sollte sie sich in dieser Angelegenheit lieber direkt an die Chefin wenden, dachte sie.

Zurück in der Bibliothek packte Avery mit Hope und Clare die Kisten aus und stellte Bücher in die Regale: Liebesromane, Krimis, Klassiker, Reiseführer über

Boonsboro und Umgebung, Berichte über den amerikanischen Bürgerkrieg und die Schlachten, die in Maryland stattfanden. Zwischen den Bücherreihen räumten sie zur Auflockerung allerlei Dekoratives ein: eine Sammlung alter Flaschen, ein altes Modellauto, eiserne Kerzenständer, angefertigt von Averys Vater, sowie andere Produkte einheimischen Kunsthandwerks, die im Geschenkeshop in großer Auswahl angeboten wurden.

»Ich dachte, wir hätten zu viel von diesen Sachen«, meinte Hope. »Aber wie es aussieht, brauchen wir sogar noch mehr. Bücher allerdings haben wir in ausreichender Menge.«

»Das Tablett mit der Whiskeykaraffe und den Gläsern stellen wir am besten hier ins unterste Regal.« Hope trat einen Schritt zurück und betrachtete das Endergebnis. »Du hast deine Sache hervorragend gemacht, Clare.«

»Danke, es war mir ein Vergnügen, und das meine ich genau so, wie ich es sage.«

»Wisst ihr, was hübsch wäre?« Avery lehnte sich gegen die Wand gegenüber dem Kamin. »Wir sollten den gesamten Bautrupp auf die vordere Veranda holen, ein Foto machen, es rahmen und hier aufhängen. Ein Bild, auf dem die ganze Crew des BoonsBoro Inn zu sehen ist.«

»Ausgezeichnete Idee. Mal sehen, ob wir das morgen organisieren können.« Hope schaute sich um. »Was fehlt noch? Vorm Fenster der Schreibtisch mit dem großen, ledergebundenen Gästebuch und natürlich unser spektakuläres Ledersofa sowie Sessel und Lampen. Aber für den Anfang sieht es schon passabel aus.«

»Ich hol schnell Justine und Carolee«, sagte Clare.

»Ob die es auch okay finden, oder ob sie Änderungswünsche haben?«

Sie kam nicht mehr dazu, denn von unten drang lautes Kriegsgeschrei zu ihnen herauf. »Scheint so, dass meine Jungs eingefallen sind. Eigentlich wollte ich sie bei Alva abholen und dann mit ihnen noch Pizza essen gehen, aber offenbar werden sie jetzt direkt hergebracht.«

Es klang, als würde eine Büffelherde über die Prairie donnern, als die drei Kinder die Treppe heraufstürmten.

»Mom! Mrs. Ridenour und ihr Mann haben gesagt, dass sie auch Pizza essen wollen. Können wir uns vorher das Hotel ansehen?« Ihr ältester Sohn Harry warf sich ihr kurz in die Arme, um sogleich weiterzurennen.

»Warte, warte!« Seine Mutter schlang einen Arm um Liam, ihren Zweitältesten, der ihr linkes Bein umklammert hielt, und hob den Jüngsten, Murphy, auf ihre Hüfte.

Der Kleine gab ihr einen feuchten Kuss. »Wir haben unsere Hausaufgaben gemacht und Kekse gegessen und Domino gespielt und Ben und Yoda gefüttert, und Mr. Ridenour hat jedem von uns zwei Dollar für den Megatouch geschenkt, weil wir so brav waren.«

»Das freut mich sehr.«

Liam legte seinen Kopf in den Nacken und sah flehend zu ihr auf. »Können wir jetzt gehen, Mom, und uns alles angucken?«

»Aber nicht rennen und nichts anfassen!« Sie zauste Liams goldbraune Locken.

»Dachte ich mir doch, dass ich die Rasselbande gehört habe.«

»Grandma!« Die drei stürmten gleichzeitig auf Justine zu. Sie ging in die Hocke, zog die Kinder in die Arme und sah ihre zukünftige Schwiegertochter strahlend an.

»Ich bin Großmutter. Etwas Schöneres gibt es für mich nicht«, sagte sie und gab jedem der Jungen einen Kuss.

»Dürfen wir uns dein Hotel ansehen, Grandma?« Murphy schaute sie mit großen braunen Augen treuherzig an und setzte sein engelsgleiches Lächeln auf, dem niemand widerstehen konnte. »Bitte? Wir fassen auch nichts an.«

»Ich geh mit ihnen herum«, sagte Beckett, der gerade zur Tür hereinkam. Am besten fangen wir oben an, damit wir Ry nicht in die Quere kommen, der den Ridenours gerade das Erdgeschoss zeigt. Aber sie tauchen sicher jeden Augenblick hier oben auf.«

»Kommst du mit, Grandma? Bitte. Bitte.« Harry zog an Justines Hand.

»Ist doch Ehrensache.«

»Beck sagt, wenn alles fertig ist, dürfen wir hier übernachten.« Liam packte Justines andere Hand, während Murphy die Arme nach Beckett ausstreckte. »Und in einem von den großen Betten schlafen. Übernachtest du dann auch hier?«

»Tu ich. In der ersten Nacht schlafen wir alle hier. Owen und Ryder werden ebenfalls da sein.«

Als sich die kleine Gruppe zum Gehen wandte, lehnte Avery sich für einen kurzen Moment an Owen. »Ist das nicht ein schönes Bild? Einfach wunder-, wunderschön? Clare und die Jungs, Clare und Beckett, Clare und Beckett und die Jungs. Und deine Mutter mittendrin.« Theatralisch griff sie sich ans Herz. »Wenn ich sie alle so zusammen sehe, bin ich jedes Mal total gerührt.«

»Ich betrachte es pragmatischer – es nimmt mir und Ry den Druck. War nur ein Witz«, erklärte er eilig, als sie ihre Augen argwöhnisch zusammenkniff. »Nein, Mom ist vollkommen verrückt nach den Kindern.«

»Sie ist bestimmt eine tolle Großmutter.«

»Ja, schade nur, dass Dad es nicht mehr erlebt. Er wäre mit Sicherheit ein begeisterter Großvater gewesen.«

»Ich weiß.« Sie rieb ihm aufmunternd den Rücken. »Er konnte wirklich großartig mit Kindern umgehen. Ich erinnere mich noch genau daran, wie wir bei euch gegrillt haben und er mit uns herumtobte. Ich war total verrückt nach ihm. Und immer wenn er meinen Dad besuchte, hat er mich angegrinst und gefragt: ›Na, Rotschopf, was gibt's Neues?‹« Sie stieß einen Seufzer aus. »Anscheinend bin ich heute Abend ziemlich sentimental.«

»Für Dad hast du immer zur Familie gehört.«

»Ach, Owen …«

»Ehrlich. Dein Vater war für ihn fast so etwas wie ein Bruder, und deshalb betrachtete er dich ebenfalls als Familienmitglied. Er hat mir sogar irgendwann mal gesagt, ich müsse immer auf dich aufpassen.«

»Nein, sollst du nicht.«

»Doch.« Er zog leicht an ihren kurzen kupferroten Haaren, die sie mit geringem Erfolg wieder wie früher zu einem Pferdeschwanz zusammenzubinden versucht hatte. »Übrigens muss ich dich und die anderen noch loben: Ihr habt die Bibliothek super eingeräumt. Und schnell dazu.«

»War schließlich auch hervorragend organisiert und vorbereitet«, entgegnete sie lachend und gab ihm einen Schubs. »Ach ja, was hältst du eigentlich von der Idee mit dem Foto? Du hast dich vorhin nicht dazu geäußert. Wäre doch eine schöne Erinnerung.«

»Das machen wir unbedingt! Gut, dass dir das eingefallen ist, bevor man die Leute nicht mehr zusammentrommeln kann.«

»Ich kann auch das Foto machen, falls Ryder keine Zeit hat. Er müsste mir nur seine Kamera leihen. Sag einfach Bescheid. Und jetzt finde ich, dass wir uns alle ein Feierabendbier verdient haben. Wo steckt eigentlich Hope?«

»Drüben bei Carolee vermutlich.«

»Sie wird nie Schluss machen, wenn sie nicht irgendwer zwingt. Los, hol die beiden und sag ihnen, sie sollen mit den anderen rüberkommen.« Sie stieß Owen mit dem Ellenbogen an. »Du und Ry könnt doch bestimmt auch etwas zu essen und ein Bier vertragen. Ich lauf derweilen schon mal rüber und schau nach, ob im Nebenzimmer ein schöner Tisch für euch frei ist.«

»Und du? Willst du etwa nichts essen?«

Sie sah ihn grinsend an. »Passt du schon wieder auf mich auf?«, sagte sie und war zur Tür hinaus.

Als sie am E&D vorbeikam, hörte Avery Stimmen. Neugierig öffnete sie die Tür und sah Clares Jüngsten neben der offenen Balkontür stehen. Außer ihm war niemand im Raum. Mit wem sprach er also?

»Murphy?«

»Hallo.«

»Schatz, draußen ist es furchtbar kalt. Du musst die Balkontür geschlossen lassen.«

»Ich hab sie nicht aufgemacht und nicht mal angefasst. Sie wollte wohl rausgehen, damit sie was sehen kann.«

Avery trat fröstelnd auf den Balkon und schaute sich suchend um. »Wer will raus?«

»Die Frau. Sie sagt, dass ich sie Lizzy nennen darf.«

»Oh.« Kalt lief es ihr den Rücken herunter, aber das hatte nichts mit den eisigen Außentemperaturen zu tun. »Ist sie denn jetzt hier?«

»Da draußen am Geländer.« Murphy wies auf den Balkon. »Sie hat gesagt, dass ich im Zimmer bleiben soll, weil sich meine Mom sonst Sorgen machen würde.«

»Da hat sie vollkommen recht.«

»Sie wartet.«

»Und worauf?«

»Auf Billy. Gehen wir jetzt Pizza essen?«

»Aha … Ja sicher, gleich.« Avery zuckte zusammen, als die Zimmertür geöffnet wurde – lachte dann verlegen, weil es Owen war und nicht der Geist. »Wir haben nur … Ach, ich weiß nicht. Murphy, deine Mom und Beck sind oben. Gehst du bitte zu den beiden rauf? Und versprich mir, dass du bei den anderen bleibst.«

»Okay. Ich wollte Lizzy nur kurz besuchen. Sie freut sich nämlich immer, wenn sie jemanden zum Reden hat. Bye!«

»Heiliges Kanonenrohr«, entfuhr es Avery, als Murphy fröhlich aus dem Zimmer lief. »Ich hörte Stimmen, die sich unterhielten. Zwei wohlgemerkt, doch sobald ich die Tür öffnete, war da nur Murphy – er sagte, die Frau sei draußen auf dem Balkon und er habe die Tür nicht geöffnet. Er sieht Lizzy und spricht mit ihr. Und es waren wirklich zwei verschiedene Stimmen, Owen. Echt krass, so was.«

»Jetzt beruhige dich erst mal.«

Er ging durch den Raum und schloss die Balkontür.

»Aber sie ist noch draußen. Solltest du nicht warten, bis sie wieder reinkommt?«

»Für Geister sollten geschlossene Türen kein Problem darstellen.«

»Vielleicht ist sie ja schon wieder drinnen.« Mit weit aufgerissenen Augen lehnte Avery sich mit dem Rücken an die Tür. »Das war irgendwie unwirklich. Murphy Brewster, der Geisterflüsterer. Er sagt, dass sie auf irgendeinen Billy wartet. Ich muss unbedingt mal in diesem Zimmer übernachten. Vielleicht spricht sie dann auch mit mir – obwohl es unheimlich wäre, oder? Wahnsinn.«

Owen legte ihr die Hände auf die Schultern und spürte, dass sie am ganzen Körper zitterte. »Jetzt atme ganz tief durch.«

»Keine Angst, ich bin okay. Aber man trifft schließlich nicht jeden Tag einen Geist. Wie kannst du nur derart gelassen sein?«

»Weil deine Aufregung problemlos für uns beide reicht. Und sie wartet also laut Murphy auf einen Billy?«

»Ja, der Kleine scheint einen ausgesprochen guten Draht zu ihr zu haben, wenn man das so nennen kann. Vielleicht ist Billy ja ihr Ehemann oder ihr Geliebter.«

»Sollte nicht ein Mann beide Rollen ausfüllen?«

»Du weißt schon, was ich meine. Stell dir vor: Seit hundert oder mehr Jahren wartet sie vielleicht darauf, dass er endlich kommt. Wartet und wartet. Wie romantisch.«

»Mir kommt es eher tragisch vor.«

»Auch das, aber romantisch bleibt es trotzdem. Eine Liebe bis über den Tod hinaus – so was kommt im wahren Leben fast nie vor.«

»Ich weiß nicht«, fing er an, doch sie ließ ihn nicht zu Wort kommen.

»Und deshalb kann sie das Haus nicht verlassen. Diese Liebe hält sie hier fest, weil sie übermächtig und magisch ist und wichtiger als alles andere. Weil sie einfach ...«

Krachend flog die Tür in ihrem Rücken auf und schleuderte Avery gegen Owens Brust. Er schlang die Arme um sie, damit sie nicht das Gleichgewicht verlor. Sie legte den Kopf in den Nacken und sah ihm in die Augen. »Weil diese Liebe alles für sie ist«, flüsterte sie.

Er sagte keinen Ton. Ein eisiger Wind wehte durch die offene Tür in ihrem Rücken und schlug die Tür zum Gang zu. Sie aber standen einfach weiter eng umschlungen da, und mit einem Mal lag sein Mund auf ihren Lippen, und sie fuhr ihm mit den Fingern durch das dichte Haar. Heiß und wild war sie, voller Strahlen, voller Energie und voller Glut. Avery, wie sie leibte und lebte.

Er spürte nichts anderes mehr als ein fast verzweifeltes Verlangen. Das Blut schoss wie Feuer durch seine Adern, setzte ihn in Flammen und drohte, ihn zu versengen. Ihr köstlicher Geschmack, ihre sinnlichen Bewegungen, ihre fordernd erwartungsvollen Lippen und der Duft von Zitrone, der sich plötzlich mit dem von Geißblatt mischte.

Sie hielt ihn fest umklammert, ließ sich von ihrer beider Erregung mitreißen in Richtung eines unbekannten Zieles, während sie zugleich in diesem wunderbaren Augenblick gefangen war.

Bis er sich plötzlich schwer atmend von ihr losriss und auf sie herabschaute, als sei er aus einer tiefen Trance erwacht. »Was tun wir da?«, flüsterte er. Doch im Grunde war es vollkommen egal, und so zog er sie erneut dicht an sich heran, hielt sie, als wolle er sie nicht mehr loslassen.

Ein lautes Klopfen an der Tür ließ sie verstört auseinanderfahren. »Owen? Avery?«, hörten sie Beckett rufen. »Was ist da drinnen los? Macht die verdammte Tür auf.«

»Warte.« Nur widerstrebend gab er sie frei und trat mit angehaltenem Atem zur Tür und öffnete sie.

»Was zum Teufel war hier los?«, wollte Beckett wissen, doch ein Blick auf die geöffnete Balkontür sagte ihm alles. Von allen drei Brüdern kannte er sich am besten aus mit Lizzy.

»Murphy hat gesagt, dass ihr beide hier drinnen seid. Alles in Ordnung?«

»Ja, abgesehen von unserer kleinen privaten Geisterstunde schon. Auf den Schreck können wir ein Bier gebrauchen. Gehen wir gemeinsam rüber?«

»Okay. Wir sehen uns dann im Vesta.« Beckett musterte die beiden durchdringend und wandte sich zum Gehen.

»Ich schätze, das war etwas seltsam«, sagte Avery, sobald er weg war. »Ich meine nicht nur das mit den Türen und so.«

»Findest du?«

»Ja, irgendwie schon. Sicher war all das Gerede über Liebe und Romantik daran schuld.«

Er schaute sie nur schweigend an.

Sie atmete tief durch und trat entschlossen auf ihn zu. »Ich möchte nicht, dass zwischen uns irgendetwas seltsam ist.«

»Okay.«

»Vielleicht sollten wir besser verschwinden. Aus diesem Zimmer, meine ich.«

»Okay.«

Sie boxte ihm gegen die Brust. »Ist das alles, was du sagen kannst? Okay, okay?«

»Im Augenblick erscheint mir das am sichersten.«

»Am sichersten, sehr witzig.« Sie stieß einen abgrundtiefen Seufzer aus. »Es wird zwischen uns wieder alles ganz normal werden, aber sag jetzt bitte nicht wieder okay.«

Mit diesen Worten schlüpfte sie zur Tür hinaus, sprang leichtfüßig die Treppe hinunter und lief nach draußen.

»Okay«, murmelte er leise und schloss sorgfältig alle Türen, als er ging. Täuschte er sich, oder lachte hinter seinem Rücken wirklich eine Frau?

4

Der Winter hielt Boonsboro weiter fest im Griff und brachte neben einem klarblauen Himmel klirrende Kälte, bei der selbst der kleinste Atemzug schmerzte.

»Ich will nichts mehr von irgendwelchen Änderungen oder Verschönerungen hören«, murmelte Ry, als er mit seinen Brüdern über die Außentreppe in den ersten Stock stieg.

»Komm einfach mit.« Beckett führte seine Brüder ins Jane-und-Rochester-Zimmer.

»Wie viele Kisten sind das denn noch.« Ryder stopfte seine Hände in die Hosentaschen. »Mom hat offenbar genug Lampen, Spiegel, Regale und anderen Kram gekauft, um die halbe Stadt damit zu versorgen.«

»Also, Beck, was gibt's für ein Problem?«, warf Owen ein. »Warum hast du uns hergeschleppt?«

»Beruhigt euch, ich wollte bloß in Ruhe mit euch reden, und das ist derzeit nur in diesem Raum möglich. Außerdem bist du gestern urplötzlich verschwunden, bevor wir anderen auch nur mit unserer Pizza fertig waren. Also, was in aller Welt hat Lizzy angestellt?«

»Um Himmels willen.« Ryder setzte seine Baseballkappe ab und raufte sich das dichte, dunkle Haar. »Hast du uns etwa herzitiert, um ernstlich über Geister zu reden?«

»Murphy war gestern im E&D, alleine. Die Zimmertür war geschlossen, während die Balkontür offen stand. Er ist gerade mal sechs Jahre alt, und ich möchte nicht, dass er noch mal ohne Begleitung dieses Zimmer betritt. Lizzy in allen Ehren. Ohne ihre Warnung wären wir sicher nicht rechtzeitig bei Clare gewesen, als Sam Freemont bei ihr eingestiegen ist. Wir Erwachsenen können damit umgehen, irgendwie zumindest, aber für einen kleinen Jungen ist das nichts.«

»In Ordnung.« Ryder setzte seine Kappe wieder auf. »Zur Abwechslung geb ich dir mal völlig recht. Mir selbst geht die ganze Sache mit diesem Geist entsetzlich auf die Nerven.«

Beckett schüttelte den Kopf. »Es ist schon merkwürdig. Vor allem, dass sie angeblich mit Murphy redet. Er hat ihr von der Schule und den Welpen erzählt, und sie hat ihn nach seiner Familie gefragt.«

»Dann hatte der Zwerg also eine nette Unterhaltung mit einem Geist«, warf Ryder sarkastisch ein. »Vielleicht sollte man ihm eine eigene Fernsehsendung besorgen unter dem Motto ›Die Geisterwelt zu Gast bei Murphy‹.«

»Wirklich witzig«, kommentierte Beckett, bevor er fortfuhr. »Was aber vor allem interessant ist: Sie hat ihm erzählt, dass sie gerne auf dem Balkon steht und auf die Straße hinunterschaut. Weil sie nämlich auf jemanden wartet. Auf einen Billy. Nachdem es wieder Leben und Licht in dem Gebäude gebe, werde er sie sicher bald finden. Sagt Murphy.«

»Und wer ist Billy?«, wollte Ryder wissen. »Hat Murphy euch das auch verraten?«

»Nein, mehr weiß er nicht.«

»Warum schaut ihr plötzlich mich so komisch an?«, fragte Owen. »Ich war nicht dabei, kam erst später dazu. Ich weiß es nur von Avery, die den Jungen daraufhin zu Clare schickte.«

»Ja, und dann hat er uns die Geschichte erzählt. Aber was außerdem total merkwürdig ist: Als ich runter zu euch wollte, ließ sich die Tür nicht öffnen – als sei sie von innen verriegelt gewesen.«

»Dann hat Lizzy sich wohl einen kleinen Scherz erlaubt.« Owen zuckte mit den Schultern. »Wäre ja nicht das erste Mal.«

»Und bestimmt nicht das letzte«, murmelte Ry.

»Okay«, stimmte Beckett seinen Brüdern zu und wandte sich an Owen. »Alles gut und schön. Nur als du mir die Tür geöffnet hast, sahst du aus, als hätte dir jemand einen Schlag versetzt. Darum interessiert mich, was sonst noch in dem Zimmer passiert ist, nachdem Murphy weg war.«

»Nichts Besonderes.«

»Schwachsinn.« Ryder machte eine wegwerfende Bewegung. »Eigentlich möchte ich lieber nicht an Gespenster und Geister glauben, doch wie du später im Vesta ausgesehen hast – wie eine Henne, die auf einem Nest voller kaputter Eier sitzt –, da denk ich genau wie Beck, dass noch mehr vorgefallen sein muss. Etwas Erschreckendes.«

»Nun spuck's schon aus, Owen.«

»Also gut. Avery hat mir das von Murphy erzählt und war total aufgeregt. Vor allem weil Lizzy auf diesen Billy wartet. Sie fand das unglaublich romantisch – wie in einem Roman oder Film. Liebe über den Tod hinaus und dieses ganze Zeug. Ihr wisst ja, wie rührselig Avery manchmal sein kann.«

»Ach wirklich?« Ryder zuckte die Achseln. »Mit mir hat sie sich noch nie über solchen Kram unterhalten.« Er blickte Beckett fragend an. »Mit dir etwa?«

»Nein. Aber schließlich bin nicht ich, sondern er ihr allererster Freund gewesen.«

»So ein Blödsinn.« Owen scharrte mit den Schuhspitzen auf dem Boden und erklärte halb erbost, halb verlegen: »Sie war damals fünf oder sechs, also bitte.«

»Trotzdem. Sie hat uns immer erklärt, dass sie dich später heiratet«, rief Beck ihm grinsend in Erinnerung. »Und dass ihr dann drei Hunde, zwei Katzen und fünf Kinder kriegt. Oder war es andersrum? Drei Kinder und fünf Hunde?«

»Außerdem hast du ihr damals einen Ring geschenkt«, fügte Ryder boshaft hinzu.

Sie trieben ihn in die Enge. »Aus einem verdammten Kaugummiautomaten, um Himmels willen. Was bezweckt ihr eigentlich mit eurem blöden Gerede? Ich war kaum älter als sie.«

»Aber du hast sie geküsst«, stellte Beck süffisant fest.

»Das ist einfach passiert! Da war dieses Gerede von Liebe und Romantik, dann der Geruch von Geißblatt. Avery lehnte an der Balkontür, als dein blöder Geist sie plötzlich wieder aufstieß, und dann flog sie geradewegs in meine Arme und …«

Interessiert zog Beckett seine Brauen hoch. »Ich meinte den Kuss aus eurer Kinderzeit.«

»Oh.«

»Macht nichts. Erzähl ruhig weiter.« Ryder war mit

einem Mal ganz Ohr. »Du hast also das kleine rothaarige Energiebündel geküsst?«

»Wie gesagt, es passierte irgendwie ganz automatisch.«

»Macht man schließlich immer so, wenn eine Frau einen anrempelt.« Ryder feixte.

»Du kannst mich mal.«

»Muss ein echter Wahnsinns-Zufalls-Kuss gewesen sein«, hieb Beckett in die gleiche Kerbe. »Wenn ich bloß dran denke, wie du aussahst, als du mich endlich ins Zimmer gelassen hast.«

»Zum letzten Mal, ich war es nicht, der die Tür zugesperrt hat. Das war sie.«

»Unser Energiebündel?«

»Nein, nicht Avery. Elizabeth. Und dann hat sie gelacht.«

»Avery?«

»Nein!« Owen stapfte zwischen den Kistenstapeln hin und her wie ein gereizter Stier. »Elizabeth. Nachdem Avery verschwunden war, hat sie gelacht.«

»Warum ist Avery denn so plötzlich verschwunden? War sie sauer?«, fragte Beckett.

»Nein. Das heißt, ich weiß es nicht. Sie war irgendwie komisch. Keine Ahnung, warum. Wer will das bei Frauen schon wissen?«

»Da hat er nicht unrecht«, pflichtete ihm Ryder bei und schob die Daumen in die Taschen seiner Jeans. »Aber zurück zu unserem eigentlichen Thema. Hat sie dich zurückgeküsst? Das solltest selbst du gemerkt haben.«

»Ja, hat sie.«

»So ganz richtig? Erklär dich etwas genauer, wenn's geht.«

»Meine Güte, Ry.«

»Du bist nicht der Einzige in der Familie, der detailversessen ist«, Ryder nickte Beckett zu. »Es war scheint's eindeutig ein richtig erwachsener Kuss.«

»Hab ich das bestritten? Nein, und jetzt Schluss damit. Dann hat Beck gegen die Tür gehämmert, und mit einem Mal war alles aus und vorbei. Sie hat gesagt, sie will nicht, dass es seltsam zwischen uns wird – null Idee, was sie damit gemeint hat. Jedenfalls ist sie danach gleich weg.«

»Du bist ein Idiot.« Ryder schüttelte mitleidig den Kopf. »Trotz deiner unbestrittenen Intelligenz. Du bist schlau, Beckett ist nett, und ich bin attraktiv. Und jetzt stellst du dich plötzlich derart dämlich an. Du hast es total vermasselt, Mann.«

»Inwiefern bitte hab ich mich dämlich angestellt?«

Beckett hob die Hand. »Das kann ich dir sagen. Du küsst eine Frau, bis dir die Augen im Kopf nach hinten rollen, und ihr scheint es ebenfalls zu gefallen ... Und am Ende stehst du da wie ein Holzklotz, als sie herauszufinden versucht, was das zu bedeuten hat. Du bist wirklich ein Idiot.«

»Ich dachte, sie wollte es vielleicht doch nicht wirklich ...«

»Da gibt eine seit Jahrhunderten tote Frau deiner Exfreundin einen so kräftigen Schubs, dass sie geradewegs in deine Arme fällt, schließt noch die Tür für euch ab, und du verstehst diesen Wink des Schicksals nicht. Allerdings ist die Geschichte in der Tat ziemlich seltsam.«

»Ry, hör auf damit. Sie ist keine Exfreundin. Höchstens eine Sandkastenliebe, wenn du so willst.«

Ryder legte kumpelhaft die Hand auf Owens Schulter. »Vielleicht denkt sie anders darüber. Und wenn du nicht willst, dass das Ganze noch seltsamer wird, solltest du mit ihr darüber reden.«

»Mit einem hat Avery eindeutig recht«, meinte Beckett. »Unser Geist begünstigt romantische Gefühle. Ich hab Clare ebenfalls zum ersten Mal in diesem Haus geküsst – und irgendwie kam es mir vor, als sei das Lizzys Werk gewesen. Oder zumindest zum Teil.«

»Vielleicht solltest du mal mit ihr sprechen, damit sie diese Kuppelei in Zukunft lässt.«

»Wie naiv bist du eigentlich? Einer Frau aus Fleisch und Blut Vorschriften zu machen ist schon so gut wie unmöglich – bei einem weiblichen Geist kämpfst du vermutlich vollends auf verlorenem Posten. Nein, halt dich lieber an Avery und rede mit ihr, genau wie Ry gesagt hat. Und zwar möglichst schnell.«

Er hatte gar nicht wirklich vor, ihr aus dem Weg zu gehen. Was im Übrigen in diesen letzten Wochen vor der Eröffnung des BoonsBoro Inn gar nicht möglich gewesen wäre. Sie begegneten sich praktisch ständig. Entweder weil Avery im Hotel vorbeischaute oder half oder weil er zum Essen ins Vesta ging.

Allerdings trafen sie sich absichtsvoll immer unter Bedingungen, die kein Gespräch erlaubten. Meist war ein halbes Dutzend anderer Leute in der Nähe, oder alle paar Minuten kam jemand mit einer Frage daher. Deshalb tat Owen einfach so, als sei nichts geschehen. Verhielt sich keinen Deut anders als früher. Und da Avery sich ähnlich verhielt, schien das Problem aus seiner Sicht gelöst.

Bis sie im Nick-und-Nora-Zimmer aufeinandertrafen.

Als nämlich am Ende eines langen Arbeitstags Owen die Tür zu diesem im Art-déco-Stil gestalteten Raum öffnete, um eine Lampe anzuschließen, fand er dort Avery vor, die gerade eine Stehlampe zusammenbaute.

Sie drehte kurz den Kopf. »Das Ding besteht aus hundert Einzelteilen.«

»Wird aber bestimmt sehr hübsch.«

»Gleich hab ich's. Ich muss bloß noch die Kristalltropfen reinhängen. Die da sind schon fertig«, sagte sie und deutete auf zwei Tischlampen, die links und rechts des großen Bettes auf Glastischen standen. »Ich bin nämlich heute das Lampenmädchen.«

Er wollte gerade einen Scherz anbringen, ob er dann der Birnenjunge sei, weil er eine Kiste voller Leuchtkörper dabeihatte, unterließ es aber lieber. Ihr Verhältnis war nicht mehr so zwanglos wie früher.

»Hör zu, Avery ...«

»Schaut mal!« Hope kam in Schal und Mantel durch die Tür gerannt. »Ist die nicht grandios?«, rief sie und hielt eine kleine Art-déco-Skulptur hoch, die ein Paar darstellte.

»Und so passend. Das könnten Nick und Nora sein.« Avery nahm ihr die Statue ab und drehte sie bewundernd zwischen ihren Händen.

»Ein Geschenk von Bast's. Sie ist perfekt für diesen Raum.« Hope sah sich kurz um und stellte die Statue auf die von Owen angefertigte Holzabdeckung der Heizung. »Auch die Stehlampe ist umwerfend. So, wie sie glitzert, sieht sie einfach herrlich glamourös aus. Avery, wenn du hier fertig bist, kannst du vielleicht rüberkommen ins J&R. Dort wollen wir die wunderschönen alten Häkelarbeiten deiner Großmutter aufhängen, die wir zwischenzeitlich gerahmt haben. Nur sind Justine und ich uns nicht sicher, wohin sie sollen. Eine dritte Meinung wäre da nicht schlecht.«

»Mach ich gerne. Sobald die Lampe zusammengebastelt ist. Okay?«

»Super, und dann ist Schluss für heute. Übrigens: Clare kommt abends zu mir. Wir wollen gemütlich kochen, Wein trinken, quatschen … Was ist mit dir? Hast du Zeit?«

»Ich wüsste nichts Gegenteiliges, muss aber vorsichtshalber meine Leute fragen.«

Nachdem Hope gegangen war, hängte Avery die letzten Tropfen in die Lampe und schaltete sie an. »Schau dir dieses Funkeln an, wenn sie brennt«, sagte sie.

»Ja, wirklich schön. Hör zu, Avery, ist zwischen uns alles okay?«

Nach einem Augenblick gespannter Stille sah sie flüchtig zu ihm auf. »Da ist ja schon wieder dieses Unwort.«

»Also bitte.«

Sie zog die Brauen hoch und sah ihn prüfend von unten an. »Ich bin okay. Und du?«

»Ich auch. Es ist nur …«

»Es ist alles okay. Es war nicht mein erster Kuss, Owen.«

»Nein, aber …«

»Lass es dabei: kein Problem.«

»In Ordnung«, stimmte er zu, wenngleich er genau wusste, dass es nicht stimmte. Im Grunde fühlte sich alles sehr problematisch an.

Er wechselte das Thema. »Ich nehm das Verpackungsmaterial gleich mit, denn ich muss sowieso jede Menge Zeug rausbringen.«

»Ja, gerne. Super.« Sie wandte sich zum Gehen. »Oh, hättest du noch Zeit, den Spiegel aufzuhängen? Den mit dem Strahlenkranz. Hope hat die Stelle an der Wand markiert.«

Owen nickte, während sie schon zur Tür heraus war. »Schönes Wochenende, falls wir uns nicht mehr sehen«, rief sie ihm über die Schulter zu.

»Ebenfalls.«

Stirnrunzelnd schaute er ihr hinterher, bevor er mit einem kräftigen Fluch seinen Bohrer holen ging.

»Ist zwischen uns alles okay?« Avery schwenkte ihr Weinglas. »Was für ein Idiot.«

Clare, die neben ihr auf dem Sofa in Hopes Wohnzimmer saß, lächelte die Freundin an. »Er weiß wahrscheinlich nur nicht, wie er damit umgehen soll.«

Avery sah das anders. »An dem Abend im E&D wusste er das sehr genau.«

»Sei nicht so hart. Beckett hat sich anfangs auch ziemlich seltsam aufgeführt – vielleicht ist das ja eine Eigenart der Montgomerys.«

»Aber bei euch war nach dem ersten Kuss alles klar, oder?«

»Ja, das schon.« Clares Lächeln wirkte warm und ihr Blick verträumt. »Auf jeden Fall. Bei euch liegt das anders – so lange, wie ihr euch kennt …«

»Das ist Jahrzehnte her.«

»Was ist Jahrzehnte her?«, erkundigte sich Hope, die soeben mit Obst und Käse aus der kleinen Küche kam. »Um was geht es eigentlich? Ich weiß bisher nur, dass ein Geist dich anrempelte, dass es zu einem heißen Kuss kam und Owen anschließend erschreckend lahm war.«

»Mehr ist dazu nicht zu sagen.«

»Und was ist Jahrzehnte her? Lief da mal was? Ihr kennt euch schon von Kindheit an, oder? So ähnlich wie Clare und Beckett.«

»Das kannst du nicht vergleichen. Eher war es so wie bei mir und Clint«, wandte Clare ein. »Beckett hab ich früher bloß als guten Freund betrachtet.«

»Und bei Avery und Owen war das anders?«, hakte Hope nach. »Wollt ihr mich bitte endlich aufklären?«

»Sie waren mal verlobt«, sagte Clare grinsend und prostete Avery mit ihrem Weinglas zu.

»Was?« Hope riss die schokoladenbraunen Augen auf. »Wann? Warum weiß ich davon nichts? Das ist ja der Hit schlechthin.«

»Ich war noch ein Kind, fünf oder sechs. Weil unsere Väter einander sehr nahestanden, unternahmen die Familien viel gemeinsam. Und ich hab damals eben für Owen geschwärmt.«

»Sie hat ihm sogar einen Heiratsantrag gemacht – oder vielmehr rundheraus erklärt, dass sie heiraten würden, sobald sie erwachsen seien.«

»Ist ja süß.«

Avery zuckte die Schultern. »Er fand das sicher alles furchtbar peinlich – immerhin war er schon acht. Trotzdem behandelte er mich weiterhin sehr nett. Und unglaublich geduldig.« Bei dem Gedanken wurde ihr Gesicht ganz weich, und aller Unmut verschwand. »Immerhin hab ich ihn zwei Jahre lang mit meiner Anhimmelei belästigt.«

»Wirklich eine reife Leistung von dir«, frotzelte Hope.

»Du kennst mich doch. Wenn ich mir was in den Kopf setze, geb ich nicht so schnell wieder auf. Aber dann – es hat mir fast das Herz gebrochen – fing er plötzlich an, mit Kirby Anderson herumzuhängen. Die war mir damals mit ihren zehn Jahren haushoch überlegen, diese Schlampe.« Ihre Miene wurde hart, als sei das alles gerade erst passiert. »Ich glaubte, die Welt würde für mich zusammenbrechen, und hatte zunächst mal von Jungs die Nase voll.«

»Du solltest zu Hopes Information hinzufügen, dass Kirby Anderson inzwischen eine ehrbare Ehefrau und Mutter ist. Also keinesfalls das wurde, was du ihr in deinem Zorn unterstellt hast.«

»Aber irgendwann warst du darüber hinweg, richtig?«, erkundigte sich Hope.

»Sicher. Schließlich bin ich nicht der Typ, der allzu lange jammert. Und kaum jemand bleibt schließlich gleich bei der ersten Liebe hängen.« Sie schnitt ein Stück Käse ab und schob es sich in den Mund. »Vor allem nicht, wenn es sich um einen solchen Blödmann handelt.«

Clare tätschelte ihr beruhigend die Hand. »Gib ihm eine Chance. Wahrscheinlich ist er nur unsicher – auch in Bezug darauf, was du denkst. Du weißt, wie viel du ihm und allen anderen Montgomerys bedeutest.«

»Ja.« Sie stieß einen Seufzer aus. »Es war ein wirklich toller Kuss. Ich muss zugeben, dass er in den letzten zwanzig Jahren viel dazugelernt hat.« Sie lachte. »Ich hätte auf alle Fälle nichts dagegen, ihn noch mal zu küssen.«

»Nur küssen?«, fragte Hope gedehnt. »Oder denkst du an mehr?«

»So genau hab ich darüber bislang nicht nachgedacht. Aber wo du es ansprichst – warum eigentlich nicht? Er sieht gut aus, küsst gut – da ist der Rest vermutlich auch nicht so schlecht.«

»Das heißt, du würdest mit ihm schlafen?«

»Hm.« Nachdenklich blickte Avery in ihren Wein. »Ja, wir sind beide erwachsen und derzeit ungebunden. Solange wir wissen, was wir tun, wäre das okay.«

»Irgendwie bin ich froh, dass mir momentan nicht der Sinn nach solchen Sachen steht. Was nicht nur mit meiner neuen Aufgabe zu tun hat, sondern mit Jonathan und dem desaströsen Ende unserer Beziehung. Nein: Männer, Rendezvous und Sex stehen bei mir im Augenblick einfach nicht auf dem Plan.«

»Vorsicht«, warnte Clare. »Du weißt, wie es manchmal mit Plänen läuft.«

Hope lachte. »Aber nicht wenn man so gut plant wie ich.«

Owen schlief nicht gut in dieser Nacht und war folglich am Morgen wie gerädert und schlecht gelaunt. Er ärgerte sich über sich selbst, zumal ihm das sonst nie passierte. Die Fähigkeit, in allen Lebenslagen gut zu schlafen, gehörte ebenso zu seinen Persönlichkeitsmerkmalen wie sein Organisationstalent.

Statt jedoch nach einem harten Arbeitstag und einem einstündigen Fitnesstraining, gefolgt von einem Entspannungsbad in seiner großen Wanne, einfach die Augen zuzuklappen und bis morgens durchzuschlafen, hatte er sich stundenlang ruhelos in seinem Bett gewälzt.

Eigentlich war es sein Plan gewesen, übers Wochenende kein Werkzeug mehr anzufassen und keine Rechnungen oder Terminpläne durchzusehen. Aber was zum Teufel sollte er den ganzen lieben Tag lang tun, nachdem er schon vor Sonnenaufgang aufgestanden war?

Wie nicht anders bei ihm zu erwarten, herrschte in seinem Haus tadellose Ordnung, sodass sich nicht einmal eine Verlegenheitsbeschäftigung wie Aufräumen oder Saubermachen anbot.

Die Häuser der Montgomerys lagen alle dicht beieinander in einem großen, bewaldeten Gelände und nur einen Steinwurf voneinander entfernt. Zuerst war da das Elternhaus gewesen, in dem Justine jetzt alleine lebte, doch sowohl Owen als auch Ryder wohnten bereits seit längerer Zeit ganz in der Nähe. Nur Beckett hatte lange gezögert, die Stadt zu verlassen, und deshalb sein Haus jahrelang als Rohbau stehen lassen. Aber bald würde er mit Clare und den Jungen dort einziehen.

Natürlich hatten die Brüder die Häuser gemeinsam entworfen, gebaut und ausgestattet, wobei jeder andere Prioritäten setzte. Für Owen etwa war es wichtig, dass alles sehr praktisch, logisch angeordnet und funktional war. Eben genau wie er selbst.

Jetzt stand er, mit einer legeren Jogginghose bekleidet, in der breiten Tür seiner gefliesten Terrasse und hielt eine Tasse frisch gemahlenen und gebrühten Kaffee in der Hand. Seine Kaffemaschine konnte es, worauf er sehr stolz war, mit jedem Profigerät aufnehmen. Und mit jeder Küchenperle, fand Ryder und taufte die Maschine, die Owen sich selbst zum Geburtstag geschenkt hatte, Hilda.

Obwohl der Kaffee aromatisch und köstlich war wie immer, vermochte er heute seine Laune nicht zu heben. Avery ging ihm nicht aus dem Kopf. Nicht er benahm sich seltsam, sondern sie. Und zwar in höchstem Maße. Wollte sie ihm etwa Schuldgefühle einreden, überlegte er. Nur warum? Dafür gab es doch weiß Gott keinen Grund.

Es war einfach dumm gelaufen, und am besten dachte er nicht mehr darüber nach, sagte er sich. Jedenfalls lohnte es bestimmt nicht, sich davon den Schlaf rauben zu lassen.

Owen langweilte sich. Kurz dachte er darüber nach, sich wie sonst an den Wochenenden ein opulentes Frühstück mit Eiern und Speck zuzubereiten und während des Essens mit seinem iPad zu spielen. Nur interessierten ihn an diesem Morgen weder Eier und Speck noch sein iPad. Höchst bedenklich, fand er.

Also doch hinüber in die Werkstatt fahren und sich den Kaminsims für Becketts und Clares Schlafzimmer vornehmen? Das Kastanienholz wartete schon seit Längerem darauf, endlich bearbeitet zu werden. Außerdem könnte er bei der Gelegenheit gleich seine Mutter besuchen. Justine war immer zeitig auf den Beinen und würde ihm bestimmt ein ordentliches Frühstück vorsetzen. Und vielleicht konnte sie ihm helfen, Averys Verhalten besser zu verstehen. Nicht dass er ihr alle Details erzählen würde, eher wollte er so ganz allgemein darüber reden und auf ihre Menschenkenntnis bauen.

Er stieg die Treppe in den ersten Stock hinauf, schaltete den kleinen gasbetriebenen Kamin im Schlafzimmer an und trug seinen Kaffee in das angrenzende Bad. Dort duschte er, rasierte sich und zog seine Arbeitskleidung und die mit Stahlkappen versehenen Stiefel an.

Dann machte er ordentlich sein Bett – strich das Laken glatt, zog die weiße Decke hoch und schüttelte die Kissen auf –, nahm sein Handy aus dem Ladegerät, befestigte es an seinem Gürtel, steckte Taschenmesser und Portemonnaie ein und band ein frisches Tuch um den Hals.

Er trat ans Fenster und schaute hinaus, runzelte die Stirn. Die Stille missfiel ihm. Zwar war alles so wie gewohnt, doch heute fehlte ihm etwas. Eine Person, mit der er reden konnte.

Vielleicht sollte er sich einen Hund zulegen, einen vierbeinigen Gefährten. Schon seit geraumer Zeit dachte er darüber nach. Ryder hatte D.B. und Justine Cus und Finch. Er beschloss, ernsthaft darüber nachzudenken. Und zwar bald. Es machte keinen Sinn, alles immer wieder zu verschieben. Vielleicht sollte er einfach spontan beim Tierheim vorbeischauen. Ryder hatte so viel Glück mit seiner Promenadenmischung gehabt.

Er nahm seine Arbeitsjacke aus dem Schrank, zudem eine Skimütze und dicke Wollhandschuhe und fischte seine Schlüssel aus der Schale auf dem Tisch neben der

Tür. Ein Mann brauchte ganz einfach einen Hund. Das war es, was in seinem Leben fehlte. Ein anständiger Hund. Er kletterte in seinen Pick-up und nickte zufrieden mit dem Kopf. Er liebte gute Pläne, und das klang nach einem wirklich guten Plan.

Er ließ den Wagen an, fuhr vorbei an dem kleinen Unterstand für seinen Jeep, dann ein Stück die Straße entlang, und schon war er beim Anwesen seiner Mutter. Die Hunde, zwei Labrador-Retriever-Mischlinge, stürmten ihm gleich entgegen. Cus, eigentlich Atticus, brachte wie üblich aufgeregt und erwartungsvoll einen seiner unzähligen durchgekauten Bälle an, während sein Bruder Finch neben ihm hersprang und ihn zu einer Rangelei auffordern wollte.

Ja, sagte sich Owen, es war höchste Zeit für einen Hund.

Er fuhr die lange Auffahrt zum Haus hinauf und sah zu seiner großen Überraschung den Truck von Willy B. vor dem Haus stehen. Was machte Averys Vater zu dieser frühen Stunde bei seiner Mutter? Nun ja, dachte er, vielleicht wollte er ihr seine neuesten Metallskulpturen zeigen – schließlich verkaufte sie seine Sachen in ihrer Geschenkboutique. Und zudem waren sie alte Freunde. Warum sollten sie nicht Geschäftliches bei einem Kaffee besprechen?

Er stieg aus, warf den Ball für die Hunde, woraufhin sie erfreut davonstoben, und ging Richtung Hintertür. Schon von Weitem hörte er Musik und schüttelte den Kopf. Typisch Justine – sie drehte immer die Lautstärke bis zum Anschlag auf. Als er die Tür öffnete, roch er den Duft von frisch gebratenem Speck und von Kaffee.

Da kam er ja gerade rechtzeitig, freute er sich und trat erwartungsvoll in die Küche.

Er wäre um ein Haar rückwärts wieder rausgegangen, und die Augen fielen ihm fast aus dem Kopf. Neben seiner Mutter, die am Herd Speck ausbriet, stand hünenhaft Willy B. in weißen Boxershorts. Knetete lustvoll Justines Hinterteil und küsste sie zärtlich auf den Mund.

5

Die beiden waren dermaßen miteinander beschäftigt, dass sie ihn erst spät bemerkten. Durchaus möglich, dass ihm ein Schreckensschrei entschlüpft war. Er hoffte zwar nicht, doch beschwören würde er es nicht.

Auf jeden Fall wich seine Mutter, die unter dem offenen Morgenmantel nur rote Pyjamashorts und ein viel zu dünnes weißes Tanktop trug, eilig einen Schritt zurück. Sah Owen ins Gesicht, blinzelte … und brach in lautes Lachen aus.

Willy hingegen wurde so rot, dass sein Gesicht beinahe die gleiche Färbung aufwies wie sein wirres Haar.

»Was …?« Owen war dermaßen schockiert, dass er keinen zusammenhängenden Satz herausbrachte. »Was … Ich meine, ihr beiden … Das ist doch …?«

»Ich mach uns gerade Frühstück, falls du das fragen wolltest«, antwortete Justine vergnügt. »Und jetzt werde ich einfach ein paar zusätzliche Eier in die Pfanne schlagen.«

»Ja, aber du … Äh, was … Mom.«

»Hier, trink erst mal einen Kaffee, und dann probierst du es mit einem ganzen Satz.«

Willy B. hatte sich ebenfalls noch nicht wieder gefangen. »Also, ich … Nun ja, ich zieh mir am besten erst mal was an«, stotterte er und tapste davon.

»Mom, was geht hier vor?«

»Das siehst du doch.« Justine schaute ihn lächelnd an. »Jetzt setz dich endlich hin und trink deinen Kaffee, Schatz.«

»Was …?«

Justine nahm den Speck mit einer Zange aus der Pfanne und ließ ihn etwas abtropfen. »Ich kann dir nicht antworten, solange du keinen gescheiten Satz über die Lippen bringst. Also, was?«

Ein dicker Kloß saß ihm in der Kehle, und mehrmals musste er sich räuspern. »Was machst du da? Mit ihm. Und nackt.«

Justine zog die Brauen hoch und blickte an sich herab. »Ich bin nicht nackt.«

»Aber beinahe.«

Sie unterdrückte ein neuerliches Lächeln und schloss den Morgenmantel. »Besser?«

»Ja. Nein. Keine Ahnung. O Gott, mein Schädel. Ist er explodiert?« Owen betastete vorsichtig seinen Kopf.

Justine zog die Tür des großen Kühlschranks auf und nahm die Eier und die Milch heraus. »Eigentlich wollte ich Rührei machen, aber du ziehst sicher arme Ritter vor. Oder hast du etwa schon gefrühstückt?«

»Nein, Mom, hab ich nicht. Doch jetzt erklär mir das Ganze bitte endlich.«

»Was verstehst du denn nicht, mein Sohn?«

»Ich versteh nichts, einfach gar nichts.«

»Also gut. Alle Menschen wünschen sich in der Regel die Nähe eines anderen. Natürlich sind Vertrauen und Respekt wichtig, aber Sex ist ebenfalls ein wichtiger Bestandteil dieser Nähe, und das bedeutet …«

»Mom.« Ihm wurde siedend heiß. »Lass uns diesen Teil bitte aussparen.«

»Gut. Nur so viel: Willy B. und ich mögen uns wirklich sehr, und manchmal haben wir eben auch Sex.«

»Bitte, bitte, sprich nicht von Willy und dir und Sex in einem Atemzug.«

»Das muss ich aber, wenn ich dir meine Sichtweise erklären soll«, sagte sie und schob ihm einen Teller mit Speck hin. »Jetzt beruhige dich erst mal und iss.«

»Aber …«

»Ich hab deinen Dad geliebt«, unterbrach sie ihn. »Mehr als jeden anderen. Ich war achtzehn, als ich ihm zum ersten Mal begegnet bin – an meinem allerersten Tag bei Wilson Hoch- und Tiefbau. Er stand dort ohne Hemd mit abgewetzten Jeans, riesengroßen Stiefeln, einem Werkzeuggürtel auf einer Leiter, und, o Gott, es war sofort um mich geschehen.« Sie griff sich ans Herz, und ihre Augen blickten wehmütig. »Ich war völlig hin und weg. Mein Tommy.«

Sie nahm eine Schüssel und schlug Milch und Eier mit der Gabel auf. »Nicht lange, und er fragte mich, ob ich mit ihm ausgehen wolle. Und danach schaute ich nie mehr einen anderen an. Ich hab keinen Mann je so geliebt wie deinen Dad.«

»Ich weiß.«

»Wir hatten ein schönes Leben zusammen. Er war ein wunderbarer Mann: stark, intelligent und amüsant, und ein großartiger Vater. Und wir haben zusammen dieses Unternehmen aufgebaut, weil wir uns etwas Eigenes wünschten. Genauso wie dieses Haus und diese Familie. Ihr alle tragt ihn in euch, in eurer Art und in eurem Aussehen. Du hast seinen Mund, Beckett seine Augen, Ryder seine Hände. Und ihr alle habt noch viel, viel mehr von ihm. Was mich unendlich glücklich macht.«

»Es tut mir leid.« Sein Herz zog sich zusammen, als er die tränenfeuchten Augen seiner Mutter sah. »Es tut mir leid. Bitte, wein nicht.«

»Das sind keine Tränen der Trauer, sondern der Dankbarkeit.« Sie gab Zucker, Vanille und Zimt zu dem Milch-Ei-Gemisch. »Wir führten ein großartiges, interessantes, ausgefülltes Leben. Als er starb, war ich zunächst furchtbar wütend, weil er mich einfach im Stich gelassen hatte. Das schleppte ich Wochen oder sogar Monate mit mir herum. Ich wurde den Gedanken einfach nicht los, dass wir ewig hätten zusammenbleiben müssen und dass er nicht einfach vor mir gehen durfte. Ich fühlte mich von ihm verlassen, Owen, und er wird mir bis an mein Lebensende fehlen.«

»Mir auch.«

Sie griff über die Arbeitsplatte nach seiner Hand und drückte sie, bevor sie sich wieder den armen Rittern widmete.

»Und Willy B. war für mich da. Du weißt, wie nahe sich die beiden Männer standen, und deshalb trauerte er ebenfalls. Wir stützten uns, teilten die Trauer um ihn ebenso wie die schönen Erinnerungen. In solchen Situationen ist es tröstlich, jemanden zu haben, an den man sich anlehnen, mit dem man weinen, aber auch lachen kann. Und genau das war es, was uns lange Zeit verbunden hat. Das und nichts anderes. Seit zwei Jahren jedoch … Sagen wir es einfach so, dass er seit zwei Jahren ab und zu zum Frühstück bleibt.«

»Seit zwei Jahren schon?«

»Vielleicht hätte ich es euch erzählen sollen.« Achselzuckend tauchte sie die erste Scheibe Brot in das Milch-Ei-Gemisch. »Nur war ich mir irgendwie nicht sicher, ob ich mein Sexualleben vor meinen erwachsenen Söhnen ausbreiten sollte. Hinzu kommt, dass Willy entsetzlich schüchtern ist.«

»Bist du … in ihn verliebt?«

»Ich liebe ihn seit Jahren – so wie dein Dad ihn geliebt hat. Er ist ein gütiger Mann und ein guter Vater dazu, der sein Kind alleine großziehen musste, nachdem die Frau über Nacht einfach verschwand. Insofern liebe ich ihn. Aber verliebt?« Das Brot brutzelte in der Pfanne. »Ich denke nein. Wir sind gerne zusammen von Zeit zu Zeit, doch jeder hat sein eigenes Haus, sein eigenes Leben, seine eigene Familie. Wir sind zufrieden mit den Dingen, wie sie sind. Mehr brauchen und wollen wir beide nicht.« Sie blickte Owen fragend an. »Kann ich ihm jetzt vielleicht sagen, dass er zum Frühstück runterkommen soll?«

»Ja, sicher. Vielleicht geh ich dann besser.«

»Du bleibst schön brav da sitzen. Schließlich hab ich extra für dich arme Ritter gemacht.«

Sie trat aus der Küche in den Flur und stemmte ihre Hände in die Hüften. »Willy B., inzwischen hast du sicher eine Hose an. Also komm gefälligst runter«, rief sie, kehrte an den Herd zurück und briet die nächsten Scheiben Brot.

Ein paar Minuten später kam Averys Vater in die Küche geschlurft. »Sieht wirklich lecker aus, Justine.« Er räusperte sich leise und nahm auf dem Hocker neben Owen Platz.

Sie bedachte ihren Sohn aus dem Augenwinkel mit ihrem berühmten Blick, der alle drei Brüder regelmäßig in die Knie zwang und sie nach ihrer Pfeife tanzen ließ.

Owen begriff sofort. »Hm, also…Wie steht's so, Willy B.?«

»Ach, eigentlich nichts Neues.«

»Ja.« Owen träufelte Sirup auf seinen Toast und wusste nicht, was er sagen sollte.

»Das Hotel wird wirklich schön«, setzte Willy B. vorsichtig an. »Ein Gewinn für den Markt und ganz Boonsboro. Euer Vater wäre zufrieden und glücklich und vor allem furchtbar stolz auf euch.«

»Das glaub ich auch«, pflichtete ihm Owen bei. »Einige von deinen Arbeiten stehen übrigens im Haus verteilt. Machen sich gut dort.«

»Tja, wer hätte das je gedacht?«

Mühsam und befangen stolperten die beiden weiter durch ihre Frühstücksunterhaltung, während Justine am Herd versonnen vor sich hinlächelte.

Owen war froh, als er endlich in die Werkstatt hinübergehen konnte. Wie immer folgten die Hunde ihm auf Schritt und Tritt.

Er schaltete nacheinander Licht, Radio und Heizung an und machte sich an den Kaminsims, um nach einer halben Stunde sein Werkzeug wieder hinzuschmeißen. Er war heute nicht in der Verfassung für so eine kniffelige Arbeit. Nicht dass er das wertvolle Holz noch ruinierte.

Seine Gedanken kreisten nach wie vor um seine Mutter und Willy B. – und natürlich um Avery und ihr seltsames Verhalten.

Owen stellte Heizung und Radio wieder ab, löschte die Lampen und kehrte, gefolgt von den Hunden, zum Haus zurück. Cus zuliebe kickte er einmal kräftig den Ball weg, bevor er wieder in seinen Pick-up stieg und zu Becketts Haus hinüberfuhr. Anspruchslose, schweißtreibende Schreinerarbeit wäre sicherlich jetzt genau das Richtige, sagte er sich. Beim Zurechtsägen von Trägern konnte man nicht viel falsch machen.

Zu seiner Überraschung standen auch die Autos beider Brüder vor dem Haus. Er wusste nicht recht, ob er sich darüber freute oder eher nicht. Und ob er ihnen von Willy B. erzählen sollte. Und wenn ja, was und wie viele Einzelheiten. Schließlich gelangte er zu der Überzeugung, dass es ihr Recht sei, Bescheid zu wissen, und ihm brachte es den Vorteil, mit diesem irgendwie peinlichen Wissen nicht alleine dazustehen.

Er nahm seinen Werkzeuggürtel und ging ins Haus. Allmählich nahm es Gestalt an, dachte er, obwohl ihnen neben den Arbeiten am Hotel gar nicht so viel Zeit geblieben war. Und das trotz des Anbaus, der in Anbetracht einer mindestens fünfköpfigen Familie erforderlich gewesen war. Und wer wusste schon, wie viele Kinder noch folgten. Owen rechnete damit, bis April so weit fertig zu sein, dass Beckett, Clare und die drei Jungen einziehen konnten. Mit Glück noch vor der Hochzeit.

Er drehte eine Runde durchs Erdgeschoss, bevor er nach oben stieg. Endlich würden sie aus dem kleinen Haus herauskommen und sich hier nach Herzenslust ausbreiten können. Clare hatte sich besonders einen Kamin im Schlafzimmer gewünscht – ein Mädchentraum, der jetzt in Erfüllung ging. Auch genug Badezimmer würden sie haben, sodass man sich nicht ständig in die Quere kam. Drei Bäder, fünf Schlafräume, verteilt über drei Wohnebenen – das konnte sich sehen lassen.

Bevor er einen seiner Brüder sah, kam ihm D.B. auf dem Flur entgegengetrottet und wedelte erwartungsvoll mit seinem Schwanz. »Ich hab nichts für dich.« Owen spreizte seine leeren Hände, ehe er den Hund zwischen den Ohren kraulte. Mehr sagte er nicht, denn allein die Worte Futter oder Essen würden falsche Hoffnungen auslösen.

In einem der Schlafzimmer fand er seine Brüder. Beckett sägte Bretter, während Ryder an einem Rahmen für den Wandschrank arbeitete.

»Und mir habt ihr kein Wort gesagt, dass ihr euch trefft«, beschwerte Owen sich über den Lärm hinweg.

Beckett richtete sich grinsend auf und nahm die Schutzbrille ab. »War nicht abgesprochen. Ry ist gerade eben aufgetaucht, und ich dachte mir bereits, dass du ebenfalls bald erscheinst. Was ich durchaus zu schätzen weiß.«

»Hast du etwa keine Donuts dabei?«, erkundigte sich Ryder, und D.B. wedelte abermals mit seinem Schwanz.

»Nein, leider nicht.«

»Clare ist heute Morgen im Buchladen und holt die Jungs um die Mittagszeit bei ihren Eltern ab. Anschließend will sie in den Supermarkt und bringt uns ein paar Sandwichs mit. Die Kinder wollen mir nämlich helfen.«

»Du Ärmster«, meinte Ryder bedauernd.

»Dad hat uns in ihrem Alter schon jede Menge Arbeit anvertraut«, sagte Beckett achselzuckend.

»Daran siehst du, dass sich die Einstellungen ändern. Übrigens: Wozu braucht ihr eigentlich so verdammt viele Zimmer?«

Owen kam seinem Bruder mit der Antwort zuvor. »Ist doch ganz logisch. Eins für jedes Kind. Eins für Clare und Beck und dann noch ein Gästezimmer.«

»Hätte es nicht ein Schlafsofa im Wohn- oder Arbeitszimmer auch getan?«

»Wir werden die fünf Zimmer schon brauchen«, schaltete sich Beckett ein. »Weil es bei den drei Kindern nicht bleiben wird.«

Owen hielt im Ausziehen seiner Jacke inne. »Clare ist schwanger?«

»Das nicht. Wir warten noch die Hochzeit ab, aber dann …, dann geht's mit Volldampf los.«

Ryder ließ seinen Hammer sinken. »Vier Kinder? Ist das dein Ernst?«

»Wieso, ist schließlich nur eins mehr als bisher.«

»Mom flippt sicher aus, wenn sie ihr erstes eigenes Enkelkind bekommt.« Ryder zog ein paar Stahlstifte aus einer Wand.

»Apropos Mom. Ich wollte ein bisschen in der Werkstatt arbeiten, deshalb war ich heute Morgen schon bei ihr.«

»Gib's zu, du wolltest bei ihr frühstücken.«

»Das auch, aber hört zu: Willy B. war bereits vor mir dort.«

»Noch jemand, der Frühstück schnorren wollte.« Beckett setzte seine Brille wieder auf, bevor er nach der Säge griff.

»Wartet, ihr versteht mich nicht.«

Stirnrunzelnd nahm Beckett die Brille wieder ab. »Gibt's ein Problem mit Mom?«

»Nicht direkt. Zumindest aus ihrer Sicht nicht.«

»Aus wessen dann?« Ryder dämmerte offenbar ebenfalls nichts.

»Lasst mich einfach ausreden, verdammt. Also, ich ging in die Küche und sah sie am Herd stehen – und neben ihr Willy B. Nur in Boxershorts, und die beiden haben … Na, ihr wisst schon.«

Jetzt endlich kapierte Ryder und legte seinen Hammer weg. »Sie haben was? Was genau?«

»Sie…« Owen fuchtelte verlegen mit den Armen herum. »Es war so, dass Willys Hände auf Moms Hintern lagen und sie unter ihrem offenen Morgenrock kaum etwas anhatte. Über den Rest will ich lieber nicht reden.«

»Er hat an ihr herumgefummelt?«, erkundigte sich Ryder in gefährlich ruhigem Ton. »In Ordnung. Er ist zwar ziemlich groß, dafür aber ziemlich alt. Ich kann es also problemlos mit ihm aufnehmen.«

»Moment mal.« Beckett stieß ihn unsanft in die Seite und sah Owen fragend an. »Willst du damit etwa sagen, Mom und Willy …«

»Genau das will ich damit sagen. Und zwar schon seit zwei Jahren.«

»Leck mich am Arsch«, murmelte Ryder.

»Bitte sag so etwas nicht, während er uns von Mom und Willy B. erzählt. Das weckt bei mir erschreckende Assoziationen.« Beckett schnappte sich die Colaflasche, die er mitgebracht hatte, und setzte sie an den Mund. »Okay, jetzt atmen wir am besten erst einmal tief durch.

Du behauptest also allen Ernstes, dass was zwischen Willy B. und unserer Mutter läuft.«

»Sie sagt, hin und wieder würde er zum Frühstück bleiben. So hat sie es ausgedrückt – als er gerade oben war, um seine Hose anzuziehen. Sie sagt, sie hätten sich immer schon gemocht und seien sich durch die Trauer um Dad nähergekommen und so weiter.«

»Okay, Dad und Willy waren dicke Freunde, keine Frage. Nur versteh ich nicht, warum er sich heimlich in ihr Haus schleicht, wenn Mom das alles ganz in Ordnung findet. Warum macht sie so ein Geheimnis daraus?«

»Sie wollen einfach nur diskret sein. Zumindest kam es mir so vor, als sie mir davon erzählte. Außerdem sprach sie davon, wie schrecklich sie sich nach Dads Tod fühlte, und dabei hat sie geweint.«

»Verdammt.« Ryder stapfte Richtung Fenster und starrte hinaus.

»Vermutlich haben sie sich gegenseitig getröstet, und dann nach einer Weile …«, begann Beckett.

»Wenn ich mir das bildlich vorstelle«, unterbrach Ryder ihn, »die beiden im Bett in Aktion …«

»Meine Güte, Ry.« Beckett presste sich die Finger vor die Augen. »Jetzt hat sich das nächste grauenhafte Bild in meinem Kopf festgesetzt.«

»Wenn mir das selbst vor Augen steht, dann ist es nur gerecht, dir von dem Horror etwas abzugeben«, gab sein Bruder ungerührt zurück. »Ich muss diese Sache erst mal verdauen und Dampf ablassen«, sagte er, griff nach seinem Hammer und donnerte einen Nagel viel zu weit in die Wand.

»Das müssen wir wahrscheinlich alle«, stimmte Beckett zu und setzte seine Brille wieder auf, um sich mit Sägen abzulenken. Zweifellos ließ sich der Tag mit Arbeit am besten überstehen.

Als Clare und ihre Söhne mit dem Proviant erschienen, waren die Rahmen für die Wandschränke im ersten Stock fertig.

»Ihr arbeitet unglaublich schnell!« Clare ging durch die Küche in ihr zukünftiges Arbeitszimmer – auch das ein bisher unerfüllter Wunsch und in ihren Augen ein unglaublicher Luxus.

»Wir gehen eben systematisch vor.« Beckett legte einen Arm um ihre Schultern, während die drei Jungs aufgeregt durchs Haus rannten, um sich alles anzusehen.

»Zur Belohnung hab ich euch Rindfleischeintopf mitgebracht. Was für echte Kerle.«

»Ich bin dabei«, erklärte Owen.

»Tut mir furchtbar leid, das Essen zu verpassen, aber ich hab noch ein Date.« Ryder warf ein Stückchen seines Sandwichs in die Luft, und geschickt fing D.B. es auf.

»Kannst du Ben und Yoda beibringen, ihr Fressen auch so aufzufangen?«, wollte Liam wissen. »Wenn ich ihnen etwas hinwerfe, landet es immer neben ihren Schnauzen.«

»D.B. konnte das einfach – ich musste es ihm nicht beibringen. Aber wir können es ja bei euren Hunden mal versuchen und schauen, ob sie es lernen.«

»Nicht im Haus«, warf Clare ein, die sich gerade die Pläne für die restlichen Zimmer anschaute.

Ryder grinste Liam an und brach das nächste Stück

von seinem Sandwich ab. »Geh einfach vors Haus und üb ein bisschen mit D.B.«

»D.B. ist die Abkürzung von Dumbass«, klärte Murphy seine Brüder auf. »Doch das sagen wir nicht zu ihm. Weil es kein netter Name ist.«

»Kommt drauf an.«

»Worauf?«

»Tja.« Nachdenklich nahm Ryder einen Bleistift aus dem Werkzeuggürtel und malte etwas auf den Estrich. »Weißt du, was das ist?«

»Ein Esel. Du malst wirklich gut.«

»Wenn Dumbass Esel heißen würde, hättet ihr wahrscheinlich gedacht, er sei dumm. Dabei sind die meisten Esel furchtbar schlau. Und genauso verhält es sich mit D.B. – sein Name bedeutet zwar Dummkopf, aber er ist trotzdem ziemlich schlau.«

»Mom! Ryder hat einen Esel auf den Fußboden gemalt.«

Clare warf ihrem künftigen Schwager einen resignierten Blick zu. Mit Recht, denn schon meldete Murphy sich zu Wort. »Ich will auch auf den Fußboden malen.«

Ryder drückte ihm den Bleistift in die Hand, und glücklich setzte der Junge sich auf den Boden, malte erst ein Viereck und dann ein Dreieck obendrauf. »Das hier wird unser Haus, wenn wir Beckett heiraten.«

Liam baute sich vor Owen auf. »Ich brauch noch was, was ich D.B.werfen kann«, bat er und bekam ein weiteres Stück Sandwich.

»Nach der Hochzeit bist du unser Onkel.«

»So ist das wohl.«

»Dann musst du uns auch Weihnachtsgeschenke kaufen.«

»Findest du?«

»Ja, ich hab schon einen Wunschzettel geschrieben.«

»Und wo hast du den?«

»Zu Hause am Kühlschrank. Bis Weihnachten sind es nur noch zehn Tage.«

»Dann sollte ich mit den Geschenken besser loslegen.«

Liam blickte zu seinem Bruder Harry hinüber, der gerade mit einem Hammer Nägel in die Wände schlug. »Ich will auch hämmern.«

»Vielleicht hilfst du mir bei den Rahmen für die Vorratskammer.«

»Und was soll in die Vorratskammer rein?«

»Lebensmittel.«

»Die kommen doch in den Kühlschrank.«

»Es gibt auch Lebensmittel, die nicht in den Kühlschrank müssen. Dosensuppen zum Beispiel.«

»Ich mag am liebsten Hühnersuppe mit Sternchennudeln«, klärte Liam seinen zukünftigen Onkel auf.

»Wer mag die nicht? Aber jetzt machen wir uns erst mal an die Arbeit, ja?«

Obwohl es ohne Liams Fragen schneller vorangegangen wäre, machte es Owen Spaß, dem wissbegierigen Kleinen zu zeigen, wie man maß, markierte und den Hammer hielt. Und immerhin blieb Liam eine geschlagene Stunde bei der Sache, bis er sich trollte, um mit Murphy zu spielen.

Doch als alle sich anschickten aufzubrechen, kam er erneut zu Owen und fragte ihn, ob er mit ihm fahren dürfe. »Und wo ist dein Haus?«, wollte er wissen, nachdem sie im Wagen saßen.

»Einfach nur die Straße runter oder, wenn man zu Fuß geht, ein Stück durch den Wald.«

»Darf ich es mal sehen?«

»Ja sicher, warum nicht«, willigte Owen ein, denn der kleine Umweg kostete kaum Zeit.

»Klasse«, sagte Liam, als das Haus in Sicht kam, denn es funkelte und leuchtete bereits in weihnachtlichem Schmuck. Eine Zeitschaltuhr hatte die Lichterketten und die Kerzen des Weihnachtsbaums bei Einsetzen der Dunkelheit aktiviert. Beim genaueren Hinschauen relativierte Liam allerdings seine Bewunderung. »Unser Haus ist größer«, meinte er.

»Stimmt. Ihr seid ja schließlich mehr Personen.«

»Wohnst du etwa ganz alleine hier?«

»Na klar.«

»Warum?«

»Weil das Haus mir gehört.«

»Aber du hast niemanden zum Spielen.«

»Na ja, wie man's nimmt. Ryder wohnt direkt da drüben, und wenn euer Haus fertig ist, hab ich es bis zu euch auch nicht weit. Und du kannst mal zu mir kommen, wenn du magst.«

Owen wunderte sich über sich selbst. Früher wäre ihm eine solche Idee nie gekommen, doch jetzt gefiel es ihm, sich mit den Jungs zu beschäftigen. Er wendete den Wagen und fuhr zurück in Richtung Straße. »Und weißt du was? Ich werde mir einen Hund zulegen, und du bist der Erste, dem ich es erzähle.«

»Hunde sind was Tolles.« Liam nickte heftig. »Man

kann mit ihnen spielen und toben und ihnen was beibringen. Außerdem lassen sie keine bösen Männer rein. Bei uns zu Hause war mal ein böser Mann – da waren die Hunde leider noch ganz klein und ein bisschen dumm.«

Owen wollte die Geschichte mit Sam Freemont lieber nicht vertiefen. »Ihr habt tolle Hunde«, sagte er deshalb bloß.

Liam ließ nicht locker. »Wenn sie richtig groß sind, lassen sie bestimmt keine bösen Männer mehr ins Haus. Der Mann ist bei uns eingebrochen und hat meine Mom erschreckt.«

»Ich weiß. Deswegen sitzt er jetzt im Gefängnis und kann euch nichts mehr tun.«

»Beckett ist gekommen und hat ihn verprügelt. Und du und Ryder, ihr wart auch dabei.«

»Stimmt.« Wenn Liam so unbedingt darüber sprechen wollte, hatte er diese Geschichte offensichtlich bislang nicht wirklich verarbeitet. »Du brauchst keine Angst zu haben, Liam. Wir passen immer auf euch auf.«

»Weil Mom und Beckett heiraten.«

»Nicht nur deshalb.«

»Wenn der böse Mann wieder versucht, in unser Haus einzubrechen, und Beckett nicht da ist, werden ich und Harry mit ihm kämpfen, und Murphy ruft die Polizei an. Wir haben schon geübt.«

»Das war wirklich clever von euch.«

»Und wenn die Hunde groß sind, und der Mann kommt zurück, werden sie ihn beißen.« Liam blickte Owen von der Seite an. »Weil sie schließlich keine Dummköpfe oder Esel sind.«

Lachend zauste Owen seinem jungen Beifahrer das Haar. »Das sind sie auf keinen Fall.«

Später, während Clare die Jungen nach dem Abendessen in die Badewanne scheuchte, berichtete Owen Beckett von der Unterhaltung mit dem Kind.

»Clare und ich haben mit ihnen über die Sache geredet, das Ganze allerdings ein bisschen heruntergespielt. Zusätzlich haben sie in der Schule wohl so einiges gehört. Deshalb hat Harry einen Kriegsrat einberufen, und sie haben sich an mich gewandt. Männersache.«

»Dann wurde Clare also aus der Sache rausgehalten?«

Beckett blickte Richtung Treppe. »Vielleicht ist das nicht ganz korrekt, fühlte sich in diesem Fall jedoch einfach richtig an. Sie sollen wissen, dass wir auf sie und ihre Mom aufpassen.« Er machte eine kurze Pause. »Apropos Mom. Ich hab Clare auf der Rückfahrt von der Sache mit Willy B. erzählt. Wohlgemerkt so leise, dass die beiden Jungs es nicht mitkriegen konnten.«

»Und was hat sie gesagt?«

»Das, womit ich bereits gerechnet hatte. Dass Mom einen Anspruch auf ein eigenes Leben habe. Dass sie eine lebensvolle Frau und Willy B. ein anständiger Mann sei. Blablabla. Sie hat zwar recht, aber trotzdem …«

»Schließlich war es nicht ihre eigene Mutter, die halb nackt mit einem ebenfalls halb nackten Mann am Herd stand – das macht wohl den Unterschied.«

Seufzend schloss Beckett seine Augen. »Danke für das neue Bild – das hat in meiner Sammlung noch gefehlt.« Er schüttelte den Kopf. »Im Übrigen wirkte Clare nicht sonderlich überrascht.«

»Was willst du damit sagen?« Owen, der sich soeben ein Bier aus dem Kühlschrank genommen hatte, stellte die Flasche achtlos auf den Tisch. »Glaubst du etwa, sie hat es gewusst?«

»Entweder das oder es war mal wieder typisch weibliche Intuition. Also, ich weiß es nicht. Gerade als ich sie danach fragen wollte, fingen Harry und Murphy zu streiten an.«

Owen kam plötzlich ein schrecklicher Gedanke. »Wenn Clare es wusste, dann weiß Avery es bestimmt ebenfalls …«

»Vielleicht war es bei Clare ja bloß eine Vermutung«, meinte Beckett lahm.

»Glaub ja nicht, dass sie über ihre Intuitionen nicht reden«, gab Owen zurück. »Vermutlich gibt es für sie nichts Schöneres, als über so was zu spekulieren – gemütlich beim Weiberabend mit Wein. Sie treffen sich doch andauernd: Clare, Avery und Hope.«

»Hilft nichts. Wir müssen uns einfach an den Gedanken gewöhnen, und ich werde Clare noch genauer befragen, ob sie es nun wusste oder nicht und wer es sonst noch weiß. Wirst du mit Avery drüber reden?«

Owen hob die Schultern. »Ich weiß nicht so recht. Vermutlich. Außerdem frag ich mich, warum sie mir nichts davon gesagt hat – falls sie es wirklich bereits seit Längerem weiß.«

Ihr fruchtloses Gespräch fand ein Ende, als Harry in seinem geliebten X-Men-Schlafanzug ins Wohnzimmer gerannt kam. »Wir dürfen noch ein bisschen Wii spielen, hat Mom gesagt.«

Owen blieb keine andere Wahl, als sich ihnen anzuschließen. Er mochte die Jungen, und er mochte Wii, doch der Gedanke an seine Mutter und Willy B. nagte weiterhin an ihm. Wobei ihn die Ungewissheit, ob Avery es ihm womöglich verschwiegen hatte, am meisten schmerzte. Immerhin lief die Sache seit zwei Jahren.

Er musste es einfach wissen, sonst würde er eine weitere schlaflose Nacht verbringen. Deshalb fuhr er, nachdem er sich verabschiedet hatte, nicht nach Hause, sondern in die Stadt. Zum Vesta.

»Hallo Owen«, begrüßte ihn Franny, als er durch die Hintertür hereinkam. Sie stand hinter dem Tresen und schnitt eine große Pizza durch. »Was kann ich für dich tun?«

»Ist Avery da?«

»Du hast sie um ein paar Minuten verpasst. Sie fährt Bestellungen aus – heute Abend scheint alle Welt lieber zu Hause essen zu wollen. Ich schließ nachher ab, weil sie direkt in ihre Wohnung geht. Soll ich sie anklingeln?«

»Nein. So wichtig ist es nicht. Ich ruf sie später selbst an. Wie geht's dir überhaupt?«

»Ich bin wieder fit. Gott sei Dank.«

»Freut mich für dich und für Avery – ohne dich ist sie ganz schön aufgeschmissen. Bis dann, Franny.«

Er trat durch die Hintertür ins Freie, doch statt zu seinem Wagen ging er zur Treppe. Er würde oben auf sie warten, beschloss er, setzte sich vor die Wohnungstür und vertrieb sich die Zeit, indem er SMS schrieb und ein paar Spiele auf dem Handy machte.

Aber Avery kam einfach nicht. Immer wieder schaute

er auf seine Uhr und fragte sich, wohin zum Teufel die Lieferungen gehen mochten. Er bedauerte jetzt, unten im Restaurant keinen Kaffee mehr getrunken zu haben, denn er war ziemlich müde. Der fehlende Schlaf der letzten Nacht rächte sich.

Um sich abzulenken, spielte er eine Runde »Angry Birds«, bis ihm die Augen zufielen und er auf der Stelle einschlief.

6

Avery kam mit zwei schweren Einkaufstüten von ihrer Lieferfahrt zurück, denn sie war anschließend noch im Supermarkt gewesen. Aus alter Gewohnheit prüfte sie, ob die Hintertür des Restaurants verschlossen war, bevor sie in den ersten Stock hinaufstieg.

Oben angekommen, blieb sie wie angewurzelt stehen, als sie Owen vor der Wohnungstür sitzen sah. Schlafend. Der Kopf nach vorne gesunken, das Handy in der Hand.

»He, was tust denn du hier?«, fragte sie und stupste ihn unsanft mit einem ihrer kanariengelben Schuhe an.

Er schreckte hoch. »Was ist los, verdammt?«

»Was los ist? Du sitzt vor meiner Tür und schläfst.«

»Ich hab auf dich gewartet.« Er rieb sich die Augen. »Wo zum Teufel hast du die ganze Zeit gesteckt?«

»Pizza ausgeliefert und anschließend eingekauft. Und weil mir im Supermarkt eine Freundin über den Weg gelaufen ist …« Sie brach ab und funkelte ihn zornig an. »Warum erzähl ich dir das überhaupt? Und warum bist du überhaupt hier?«

»Weil ich …« Er rappelte sich auf und wechselte das Thema. »Warum hast du nasse Haare?«

»Ich bin ohne Mütze durch den Schneeregen gelaufen,

darum. Geh mal zur Seite, die Tüten werden mir langsam zu schwer.«

Immerhin war er inzwischen so weit wach, dass er sie ihr abnahm, während sie die Tür öffnete und vor ihm in den Flur trat. Er durchquerte das Wohnzimmer, ging weiter in die Küche und stellte die Einkäufe auf der Arbeitsplatte ab.

Inzwischen hatte Avery sich aus Mantel und Schal geschält. »Wie lange hast du da draußen gesessen?«

»Keine Ahnung, wie spät haben wir's denn?«

»Es ist auf alle Fälle an der Zeit, mir zu erklären, was das alles zu bedeuten hat.« Sie warf Schal und Mantel über einen Stuhl.

»Ich dachte, du hättest mir etwas zu sagen.«

»Wer saß bitte schön schlafend vor wessen Wohnungstür?« Avery wurde langsam ungeduldig und fing hastig an, die Lebensmittel einzuräumen. Im Gegensatz zu ihrem chaotischen Wohnzimmer schien sie Küchenschränke und Kühlschrank mit System einzuräumen. Dort herrschte nämlich Ordnung, wie Owen feststellte.

»Ich bin bloß etwas eingenickt, aber darum geht es nicht.«

»Sondern?«

»Du hast es gewusst, die ganze Zeit schon, und mir kein Wort verraten.«

»Es gibt eine Menge, was ich dir nicht erzähle«, sagte sie und nahm die Eier aus dem Pappkarton, um sie in das dafür vorgesehene Fach im Kühlschrank zu legen. »Also, um was handelt es sich genau?«

»Darum, dass dein Vater und meine Mutter seit fast zwei Jahren ein Verhältnis haben.«

Ein Ei fiel aus Averys Hand und zersprang auf dem Boden. »Wie bitte?«

»Ich merke, du wusstest es doch nicht.« Owen stopfte seine Hände in die Taschen seiner Jeans. »Jetzt weißt du es jedenfalls.«

»Noch einmal bitte und ganz langsam.«

»Meine Mom, dein Dad ...« Er zog die Hände aus den Taschen und gestikulierte wild herum.

»Wirklich? Das ist ein Witz, oder?« Sie stieß ein leises Lachen aus, riss Papier von ihrer Küchenrolle und wischte das Ei auf. »Du hast bestimmt nur schlecht geträumt, da draußen vor meiner Tür.«

»Lass die Späße. Es ist mein voller Ernst.«

Kopfschüttelnd nahm sie ein frisches Stück Papier und feuchtete es an, bevor sie die restliche Schmiererei auf dem Boden beseitigte. »Und woher willst du das wissen?«

»Ich durfte es sozusagen mit eigenen Augen sehen.« Er spreizte seine Finger. »Heute Morgen bin ich unangemeldet bei meiner Mutter aufgetaucht und hab sie in flagranti ertappt. Nicht richtig, aber irgendwie doch ...«

Avery klappte die Kinnlade herunter. »Du hast meinen Vater im Bett von deiner Mutter erwischt?«

»Nein, zum Glück nicht. Sie waren in der Küche.«

»Meine Güte!« Sie trat einen Schritt zurück und riss die Augen auf. »Hatten sie etwa Sex in der Küche?«

»Halt bloß den Mund. Jetzt weiß ich, was Beckett meint, wenn er von grauenhaften Bildern spricht. O Gott.«

»Du redest ziemlich wirres Zeug. Vielleicht solltest du ganz von vorne anfangen.«

Avery hatte recht, dachte er und holte tief Luft. »Also, ich kam ins Haus und traf sie beide in der Küche, ziemlich spärlich bekleidet. Und sie haben herumgemacht – genauer er mehr an ihr, während sie am Herd Speck briet.«

»Ich glaube, wir brauchen eine Stärkung«, sagte Avery, holte eine Flasche Whiskey und zwei Gläser aus dem Schrank und schenkte ihnen ein. »Das ist wirklich dein voller Ernst, dass die beiden miteinander schlafen?«, fragte sie und kippte ihr Glas in einem Zug.

»Sieht so aus.«

»Und du hast sie spärlich bekleidet in der Küche überrascht, wie sie sich befummelt haben.«

»Wenn ich es dir sage.« Owen leerte sein Glas in einem Zug.

Avery bekam einen Lachanfall. Erst dachte er, es würde sich um eine hysterische Reaktion handeln, bis er merkte, dass ihr Gelächter echt war.

Sie amüsierte sich tatsächlich über die Geschichte.

»Findest du das etwa witzig?«, fragte er leicht pikiert.

»Wie du sie überrascht hast, ja.« Sie konnte gar nicht aufhören mit Lachen und wischte sich die Augen. »O Gott, ich hätte so gerne dein Gesicht gesehen. Ich wette, du hast so geguckt.« Sie zog eine Grimasse, die Entsetzen ausdrücken sollte, was jedoch an ihrem Gelächter scheiterte.

Mehr und mehr gewann Owen den Eindruck, dass sie sich nicht nur amüsierte, sondern auch über seine Empörung lachte. Das verunsicherte ihn. »Was hätte ich denn sagen sollen? He, wirf noch ein bisschen mehr Speck in die Pfanne, wir sind jetzt zu dritt?«

»Finde ich echt lieb, dass sie Frühstück für ihn macht.«

»Mag ja sein, aber trotzdem …«

»Lass mich dir eine Frage stellen. Findest du, dass deine Mom für alle Zeit alleine bleiben sollte?«

»Ist sie doch nicht.«

»Owen, bitte.« Sie wandte ihm den Kopf zu und sah ihn reglos an.

»Ich weiß nicht. Nein. Natürlich nicht. Nur hab ich im Zusammenhang mit ihr nie an Sex gedacht.«

»Und nun, da du es tust, denkst du nicht, dass deine Mom sich noch was anderes vom Leben erwartet als die Besuche ihrer Söhne?«

»Vermutlich bist du im Recht.«

»Oder hast du speziell ein Problem mit meinem Vater?«

»Nein, natürlich nicht, und das weißt du auch. Willy B. ist ein echt toller Mensch.«

»Und warum willst du dann nicht, dass deine Mom mit einem tollen Mann zusammen ist?«

»Ich…« Verlegen brach er ab. »Wenn du die ganze Sache bloß rational angehst …«

»Tut mir leid – wie denn sonst. Die beiden sind seit einer Ewigkeit befreundet, und sie tun einander bestimmt gut.« Lächelnd faltete sie ihre Plastiktüten und verstaute sie im Schrank. »Ich hab ein paarmal versucht, ihn zu verkuppeln, aber es funktionierte nie. Weißt du, es hat mir wehgetan, dass er immer so alleine war. Nach der Nummer, die meine Mutter mit ihm abgezogen hat.«

Mit euch beiden, dachte Owen, sagte aber nur: »Mom hat mir erzählt, dass das seit zwei Jahren läuft.«

»Seit zwei Jahren?« Mit einem neuerlichen Kopfschütteln schenkte sie die zweite Runde Whiskey ein. »Die beiden sind ganz schöne Heimlichtuer. Ich hatte keinen blassen Schimmer und wäre auch nie im Leben auf eine solche Idee gekommen. Nicht mal ansatzweise hab ich was gespannt. Und offenbar ist es euch nicht anders ergangen.«

»Wir sind aus allen Wolken gefallen. Allerdings dachte ich, du hättest es gewusst oder zumindest geahnt.«

»Nein. Ich würde es dir erzählt haben. Es sei denn natürlich, ich wäre gebeten worden, den Mund zu halten.«

»Verstehe.« Owen nahm sein Glas und starrte in die dunkelbraune Flüssigkeit.

»Und was hat mein Dad gesagt, als du plötzlich in der Küche standest?«

»Dass er sich am besten erst mal was anzieht.«

Sie warf ihren Kopf nach hinten und lachte erneut schallend los.

Owen grinste. »Inzwischen fällt es mir ein bisschen leichter, es ebenfalls von der lustigen Seite zu sehen.«

Avery konnte sich gar nicht beruhigen. »Dein Gesicht … Ich hätte so gerne dein Gesicht in der Küche gesehen, diesen Ausdruck des Entsetzens. Und bestimmt hast du ziemlich herumgestottert.«

Sie kannte ihn einfach zu gut, dachte er. Ihr konnte er nichts vormachen. »Na ja, einen kleinen Aussetzer hatte ich schon. Allerdings habt ihr alle leicht reden – ich bin in die peinliche Situation geraten und nicht ihr. Damit meine ich dich und meine Brüder.

Avery hob lächelnd ihr Glas. »Komm, stoßen wir auf unsere Eltern an.«

»Okay«, sagte er und prostete ihr zu, bevor er trank. »Ein echt seltsamer Tag«, stellte er mit einem Seufzen fest. »Aber zumindest scheinst du nicht mehr sauer auf mich zu sein.«

»Ich war gar nicht sauer auf dich. Oder höchstens ein bisschen. Und inzwischen ist mir klar, dass Sex ein heikles Thema für dich ist.«

»Was?« Jetzt drückte seine Miene ernsthaftes Entsetzen aus. »Stimmt doch gar nicht. Wie kommst du bloß auf die Idee?«

»Siehst du?« Sie zeigte mit einem Finger auf ihn. »Ich brauch nur dieses Wort auszusprechen, und sofort wirst du schreckensbleich. Du hast ganz eindeutig ein Problem mit Sex.«

»Ich hab kein Problem damit. Ich mag Sex. Sogar jede Menge.«

»Komisch. Kaum hast du mich geküsst, tust du, als habe es nicht stattgefunden. Und kaum siehst du, dass sich unsere Eltern küssen, brichst du in totale Panik aus.«

»Nein. Ja. Vielleicht. Verdammt, deswegen hab ich noch lange kein Problem mit Sex. In einer solchen Situation hätte wohl jeder normale Mensch …«

»Du meinst, jeder bekäme da einen kleinen Aussetzer?«

Owen schaute sie böse an. Sie war einfach eine elende Besserwisserin. »Ich glaube nicht, dass es den meisten Söhnen anders ergangen wäre in dieser Situation, und deshalb solltest du dich nicht lustig über mich machen. Und was uns betrifft: Du weißt ganz genau, dass das vollkommen überraschend kam.«

»Fand ich eigentlich nicht. Allerdings hab ich ja auch kein Problem mit Sex.«

Er seufzte. »Avery, bitte nicht schon wieder.«

»Hm.« Sie nippte nachdenklich an ihrem Glas, schlenderte ans Fenster und blickte hinaus. »Oh, jetzt schneit es. Wie hübsch. O Gott! Ich hab noch gar nicht alle Geschenke für Weihnachten gekauft. Und du solltest besser fahren, bevor es auf den Straßen rutschig wird.«

»Augenblick mal.«

Sie sah ihn über die Schulter an. »Ja?«

»Verdammt, du kannst nicht einfach solche Dinge sagen und mich dann nach Hause schicken.«

»War ja nur ein Vorschlag.« Als er auf sie zutrat, nahm sie ihm das Glas aus der Hand. »Du solltest nichts mehr trinken, obwohl du eine Menge verträgst. Trotzdem. Whiskey, Schnee und Autofahren sind keine gute Mischung.«

Mit mühsam unterdrückter Ungeduld wiederholte er: »Ich hab kein Problem mit Sex.«

»Sind wir wieder beim Thema? Meinetwegen, vielleicht hab ich mich ja geirrt. Dann hast du also kein Problem mit Sex.«

»Das sagst du jetzt nur, um mich zu beruhigen.«

»Meine Güte, Owen, kannst du mir endlich verraten, was du von mir willst?« Ihre Augen sprühten Funken, als er ihre Ellenbogen packte und sie wenig sanft auf die Zehenspitzen zog. »Vorsicht«, warnte sie.

»Jetzt kommt es zumindest nicht überraschend«, meinte er und riss sie an seine Brust.

Sie wehrte sich nicht, denn genau das hatte sie mit ihren Worten bezweckt. Und da sie ihn so gut und vor allem schon so lang kannte, wusste sie intuitiv, wie sie es anstellen musste.

Sie verschränkte ihre Hände hinter seinem Kopf. »Jetzt wissen wir, was kommt«, flüsterte sie, und ehe er sich versah, presste sie ihre Lippen auf seinen Mund.

Seine Hände glitten langsam über ihre Arme bis zu ihren Hüften, zogen genießerisch die Konturen ihres Körpers nach. Er drückte sie gegen die Arbeitsplatte und drängte seinen Körper gegen ihren.

Sie hatte ihn manipuliert, doch das war ihm egal. Nur der Augenblick zählte. Er schmeckte den Whiskey auf ihrer Zunge, roch wieder den Zitronenduft ihrer Haare und spürte das heiße Pochen ihres Körpers, das ein gefährliches Verlangen in ihm wachrief.

Seine Hände wanderten nach oben, umfassten ihre Brüste, streichelten und drückten. Er fühlte, wie ihr Herz mit einem Mal schneller schlug.

Und als er seinen Kuss vertiefte, beschleunigte sich ihr Atem.

Er trat einen Schritt zurück und blickte in ihre träumerischen blauen Augen.

»Hab ich nun ein Problem mit Sex?«

Sie lächelte ihn an. »Vielleicht war es ja ein Irrtum meinerseits.«

»Und was jetzt?«

Seufzend legte sie ihm ihre Hände an die Wangen, raunte zärtlich »Owen« und schob sich an ihm vorbei.

»Was, Owen?«

»Was jetzt?« Sie griff nach ihrem Whiskeyglas. »Entweder wir reißen uns die Klamotten vom Leib, gehen ins Bett und haben, wenn ich mich nicht täusche, wirklich tollen Sex. Oder du denkst an die möglichen Folgen einer Nacht bei mir, bist vernünftig wie immer, fährst nach Hause und grübelst in Ruhe über alles nach.«

»Weil das schließlich wichtig ist.«

»Du hast recht, vollkommen recht.«

»Weil du mir wichtig bist. Weil du und ich wirklich wichtig sind.«

»Ich weiß. Und darüber nachzudenken, statt es einfach zu tun, ohne an die Folgen zu denken, das ist das, was dich ausmacht.«

Plötzlich stellte er fest, dass er eigentlich heute keine Lust hatte, vernünftig zu sein. »Du bist eine verwirrende Person.«

»Nicht wirklich. Es ist nur so: Auch wenn man es nicht immer merkt, weiß ich es durchaus zu schätzen, dass du an die Folgen deiner Taten denkst. Trotzdem bedauere ich es irgendwie, dass du mit dem Nachdenken nicht bis nach dem tollen Sex gewartet hast.«

»Ich liebe dich.«

»O Gott, ich weiß.« Bevor die Tränen kommen konnten, wandte sie sich ab. »Ich liebe dich auch.«

»Was das bedeutet, weiß ich genau. Aber ich hab keine Ahnung, wie es kommt, dass ich dich mit einem Mal so sehr begehre wie noch nie zuvor eine Frau.«

Sie wandte ihm lächelnd wieder ihr Gesicht zu. »Das hast du schön gesagt. Ich glaube, wir müssen beide umdenken. Weil wir uns bisher noch nie als Frau beziehungsweise als Mann gesehen haben.«

»Das würde ich so nicht unterschreiben.«

Sie sah ihn über den Rand ihres Glases hinweg an. »Ach nein?«

»Meine Güte, Avery, natürlich hab ich ab und zu darüber nachgedacht, denn du bist schließlich wunderschön.«

»Nein, bin ich nicht. Hope kannst du so bezeichnen. Ich bin höchstens hübsch, und mit genügend Zeit und dem entsprechenden Werkzeug kann ich mich zusätzlich aufpolieren. Aber vielen Dank. Und wie geht's jetzt weiter?« Sie nahm auf der Lehne eines Sessels Platz und sah ihn reglos an. »Du solltest wirklich heimfahren, bevor der Schneefall zu schlimm wird, und erst einmal in Ruhe nachdenken. Und ich werde das Gleiche tun.«

»In Ordnung.« Er beugte sich zu ihr herab und küsste sie zärtlich auf den Mund. »Wenn du jemand anders wärst, würde ich auf alle Fälle bleiben – obwohl das ziemlich seltsam klingen mag. Ich wollte damit sagen …«

»Ich weiß ganz genau, was du damit meinst. Und jetzt fahr nach Hause, Owen.«

Er wandte sich zum Gehen. »Bis dann.«

»Bis dann.«

Sie blieb auf der Sessellehne sitzen, während das Geräusch seiner Schritte auf der Treppe immer leiser wurde. Schließlich stand sie auf und trat ans Fenster …

Als sie wie zufällig zum Hotel hinüberschaute, bildete sie sich ein, durch die feinen weißen Flocken hindurch eine Frau am Fenster stehen zu sehen, die wie sie auf die Straße blickte.

Es schneite die gesamte Nacht und den gesamten nächsten Vormittag hindurch, sodass Owen fast den ganzen Tag mit dem Räumen der Zufahrten zu seinem Haus, dem seiner Mutter und denen seiner Brüder beschäftigt war. Ihm machte diese Arbeit zumindest zu Beginn des Winters Spaß, weil sie eine strategische Herausforderung darstellte. Er setzte nämlich seinen ganzen Ehrgeiz daran, dass der Schnee, den der an seinem Jeep befestigte Pflug von den Wegen schaufelte, am Ende in möglichst gleichmäßig verteilten Haufen links und rechts an den Rändern lag.

Während er mit Rys Zufahrt beschäftigt war, bahnte der Bruder mit einer handbetriebenen Schneefräse einen Pfad von der Haustür bis zum Stellplatz seines Trucks. Owen sah, dass eine ähnliche, etwas schmalere Spur von der Hintertür bis in den Garten führte. Für D.B., damit der Hund sich nicht durch Schneeberge kämpfen musste, um sein Geschäft zu verrichten. Owen grinste und winkte Ryder flüchtig zu. Erst als er mit dem Räumen fertig war, parkte er seinen Jeep neben dem Wagen des Bruders.

»Das sollte erst mal reichen.«

»Allerdings.« Ryder zerrte seine Schneefräse unter das Verandadach. »Komm, wir trinken ein Bier.«

Gemeinsam gingen sie ums Haus zum Hintereingang im Souterrain, klopften den Schnee von den Schuhen, durchquerten Ryders Hobbyraum, in dem Fitnessgeräte standen, stellten ihre Stiefel in dem gefliesten Flur ab und hängten ihre Jacken an die Garderobe. D.B. kam zu ihnen, schmiegte sich flüchtig gegen Owens Bein und sah sein Herrchen fragend an.

»Ja, dein Weg ist frei.« Ryder öffnete die Tür. »Dieser blöde Hund wälzt sich im Schnee, rennt durch den Schnee, frisst den verdammten Schnee, aber sobald er muss, ist ihm das Zeug mit einem Mal zu kalt, und wenn ich ihm keinen Weg frei räume, scheißt er mir direkt neben die Tür. Warum zum Teufel tut er das?«

»Vielleicht will er seinem Namen Ehre machen.«

»Mag sein. Nur dass in dem Fall eher ich der Dumme bin, weil ich in der Kälte schufte, bis dieses Weichei bequem nach draußen kann.«

Sie stiegen die Treppe nach oben und holten sich in der Küche ihr Bier.

»Wie war dein Date?«, erkundigte sich Owen.

»Sie ist Anwältin. Was bedeutet, dass sie unglaublich smart ist. Zudem sieht sie umwerfend aus und hat sogar Ahnung von Sport, also in meinen Augen alles Pluspunkte. Letzteres natürlich besonders.« Er trank einen großen Schluck von seinem Bier und schaute nachdenklich drein. »Trotzdem hat es bei mir bisher noch nicht richtig gefunkt.«

»Und warum nicht?«

»Lange wusste ich es nicht. Bis gestern Abend, da ist es mir plötzlich wie Schuppen von den Augen gefallen. Sie kichert pausenlos. Passt eigentlich gar nicht zu so einer gescheiten Frau. Ich weiß nicht, ob sie das für witzig oder kokett hält – mir geht es bloß furchtbar auf den Keks.«

Owen lachte.

»Das ist nicht lustig.« Ryder raufte sich die Haare, die mal wieder einen Schnitt gebrauchen konnten. »Du kannst dir nicht vorstellen, wie sich das anhört. Als würde jemand mit dem Fingernagel über eine Tafel kratzen. Und ich hab mich gefragt, wie das im Bett mit ihr wäre. Wenn sie da auch so albern und wenig sexy kichert – da vergeht einem doch alles.« Er streckte seinen Daumen erst nach oben und drehte ihn sogleich vielsagend nach unten. »Genau das passiert dann nämlich. Also lass ich es lieber.«

»Hart, aber gerecht. Und zweifellos besser für dich.« Owen hatte sich inzwischen auf einen Stuhl an den schwarzen Küchentisch gesetzt. »Mal was anderes: Hast du irgendwas zu essen da?«

»Blätterteigtaschen.« Ryder zog eine Schranktür auf. »Oder Tacos mit Salsa.«

»Ich nehm von allem was. Schließlich hab ich die ganze Zufahrt für dich geräumt.

»Meinetwegen.« Ryder wühlte in seinem Gefrierfach. »Den Blätterteig mit Hühnchen oder Rind?«

»Hühnchen.«

Er schob ein paar Teigtaschen in die Mikrowelle, warf die Taco-Tüte auf den Tisch und füllte die Salsa in eine Schale. Dann nahm er zwei Teller aus dem Schrank, stellte sie krachend auf den Tisch und riss zwei Blätter von einer Haushaltsrolle ab.

»Du bist eine echte Küchenfee.«

»Schön, dass du es so siehst.« Ryder ging zur Tür, um den Hund wieder reinzulassen, bevor er sich zu seinem Bruder setzte.

»Ich denk drüber nach, ob ich mit Avery etwas anfangen soll.«

»Das hört sich ja an, als ob du überlegst, dir ein neues Auto zuzulegen.« Ryder lachte. »Abgesehen davon: Soll das jetzt eine Familientradition werden? Erst Mom und Willy B., dann du und Avery?« Er warf D.B. ein Stück Taco hin und steckte sich selbst einen mit Soße in den Mund.

»Es ist mir ziemlich ernst, also lass die Späße.«

Ryder trank einen weiteren Schluck von seinem Bier. »Und was hält Avery davon?«

»Sagen wir's mal so. Gestern Abend schien sie nicht abgeneigt …«

»Und warum musst du dann darüber nachdenken?«

»Weil es um Avery geht.«

Ry tauchte den nächsten Taco in die Salsa und fuchtelte Owen damit vor dem Gesicht herum. »Soll ich vielleicht erst mal mit ihr schlafen? Um zu sehen, wie es ist?«

»Wie großzügig von dir«, antwortete Owen sarkastisch. »Aber wir kommen sicher auch ohne dich klar.«

»Ich wollte nur behilflich sein.« Als die Mikrowelle piepste, stand er auf und warf die heißen Hühnchentaschen auf die beiden Teller. »Vielleicht nimmst du zumindest einen guten Rat von mir an: Nur zu, versuch dein Glück.«

»Und worauf gründet sich dein Optimismus?«

»Darauf, dass du schon immer eine kleine Schwäche für sie hattest.«

»Stimmt vielleicht sogar …«

»Und das dürfte auf Gegenseitigkeit beruhen. Sonst hätte sie sich bestimmt schon vor Jahren an mich rangemacht.« Grinsend biss Ryder ein Stück von dem Blätterteig ab. »Also find endlich raus, ob mehr dahintersteckt. Was kann schon groß passieren?«

»Was, wenn's nicht so läuft? Dann ist es aus und vorbei mit unserer Freundschaft. Das ist es, was mich zurückschrecken lässt.«

Ryder schüttelte den Kopf und gab D.B. das letzte

Viertel seiner ersten Hühnchentasche, ehe er sich umgehend die zweite nahm. »Wir reden hier von Avery. Vielleicht läuft es tatsächlich nicht so, wie du es dir wünschst. Aber eure Freundschaft wird deshalb ganz sicher nicht den Bach runtergehen.«

»Und warum nicht?«

»Weil ihr beide euch seit Ewigkeiten kennt und vertraut. Und viel zu sehr aneinander hängt. Unter Umständen wird es vorübergehend mal ein bisschen schwierig, doch das kriegt ihr sicher in den Griff. Aber bis es so weit ist, wünsch ich dir viel Spaß, wenn du mit unserem heißen Rotschopf in die Kiste springst.«

Owen tauchte einen Taco in die Salsa. »Jedenfalls kichert sie nicht blöd.«

»Das ist eindeutig ein zusätzlicher Grund, mit ihr ins Bett zu gehen.«

Owen lachte. »Als ob alles so einfach wäre.«

Ryder streckte seinen Arm in Richtung Kühlschrank aus und griff nach zwei neuen Flaschen Bier. »Denk drüber nach, falls es dich beruhigt – nur beeil dich damit ein bisschen. Sonst ist es vielleicht zu spät.«

Er befolgte den Rat seines Bruders nicht und verschob die Entscheidung ständig. Redete sich ein, nicht die richtige Muße zu haben. Während der ganzen auf das Gespräch folgenden Woche stürzte er sich in die letzten Arbeiten, die im Hotel anfielen. Er sägte und pinselte, hängte Spiegel auf, packte Kisten aus, baute Lampen zusammen, nahm Lieferungen entgegen und schleppte unzählige Möbel die Treppen hinauf.

Irgendwann passte ihn seine Mutter ab und zog ihn

durch die Tür des E&D. »Ich hab ein kleines Gemälde aufgetrieben, das perfekt in dieses Bad passt. Hier, häng es bitte gleich auf.«

»Aber wir wollten die Bilder doch erst aufhängen, wenn …«

»Das gilt nicht für dieses Zimmer. Wir haben alles zusammen, und da wäre es doch albern zu warten. Den Spiegel dahin, bitte.« Sie wies auf die schmale Wand zwischen den beiden Balkontüren. »Und ins Bad dieses entzückende Bild und die gerahmten Häkelarbeiten deiner Großmutter. Wie gut, dass wir alles aufgehoben haben.« Sie betrat das Bad und klopfte an die Wand.

»Hope bringt gleich noch die anderen Utensilien für das Bad einschließlich Handtüchern. Dann haben wir endlich einen Raum, der komplett ist.«

»Ich dachte, das ›Penthouse‹ …«

»Da fehlen noch ein paar Bilder, und deshalb ist es nicht wirklich fertig. Im Gegensatz zu diesem Zimmer.«

Sie trat vor das Bett, dessen Kopf- und Fußteil mit lavendelfarbenem Brokat bezogen waren. »Während du das Bild aufhängst, kümmere ich mich um die Bettwäsche.«

»Bis zur Eröffnungsparty sind es noch drei Wochen …«, fing er an, doch sie bedachte ihn mit ihrem keinen Widerspruch duldenden Blick.

»Okay, okay.«

Er gab auf und machte sich an die Arbeit. Unter strenger mütterlicher Überwachung. »Ein bisschen tiefer, höher, ein Stückchen nach rechts, nein, nach links.« Ohne solches Hin und Her lief es bei Justine nie ab. Wie immer allerdings hatte sie einen sicheren Blick bewiesen: Das kleine Gemälde mit den weichen Pastelltönen war wie geschaffen für den Raum, nicht zuletzt weil es so typisch englisch wirkte und aus der viktorianischen Zeit stammte wie das literarische Liebespaar, dem das Zimmer gewidmet war.

Kaum hing das Bild, kam Hope und brachte in einem Wäschekorb die restlichen Dekogegenstände für das Zimmer sowie die Sachen fürs Bad, einschließlich der dicken Frotteetücher. Sie schaute sich im Raum um.

»Sie sind einfach perfekt«, erklärte Hope und deutete auf die gerahmten Häkeldeckchen.

»Das sind sie.« Justine, die gerade die Bettdecke glatt strich, hielt inne und richtete sich auf. »Und bestimmt würde unsere Grandma sich freuen, dass sie hier einen so schönen Platz gefunden haben. Genau wie die Häkelarbeiten von Averys Großmutter im J&R.«

»Ich finde es großartig, dass du auch solche Dinge für die Ausstattung der Zimmer heranziehst. Das macht es irgendwie persönlicher. Ganz abgesehen davon natürlich, dass sie zu der Zeit passen, in denen Jane Austen und Charlotte Brontë ihre Romane geschrieben haben.«

»Ach weißt du, dieses ganze Haus ist mir eine Herzensangelegenheit, und ich freu mich, wenn alles rund und stimmig und gemütlich wirkt.« Justine rieb Owen den Arm. »Häng noch schnell den Spiegel dort auf, dann geb ich dich frei«, sagte sie und verschwand mit Hope im Bad.

Erneut bewunderte er die Wahl seiner Mutter, denn der Spiegelrahmen griff die violetten Töne auf, die in dem verspielt-eleganten Zimmer dominierten. Er war derart auf seine Arbeit konzentriert, dass er den Duft des Geißblatts zunächst gar nicht roch. Aber ungewohnt für ihn, begann er leise zu summen – es war eine Melodie, die ihm mit einem Mal in den Sinn kam. Oder die aus einem unerklärlichen Grund in der Luft lag. Er griff nach dem Spiegel, hängte ihn auf den Haken und trat ein paar Schritte zurück, um das Ergebnis zu überprüfen.

Und dann sah er ihr Spiegelbild.

Sie trug ein taubengraues Kleid und hielt ihre Hände im Schoß des Glockenrocks gefaltet. Die blonden Haare waren aus der Stirn gekämmt und im Nacken unter einem Netz zu einem Knoten aufgesteckt, nur ein paar Strähnen umspielten ihr Gesicht. Lächelnd sah sie ihn an.

Er wirbelte herum, doch da stand nur Hope mit zurückgebundenem dunklem Haar und weit aufgerissenen Augen in einem plötzlich wachsweißen Gesicht.

»Hast du das gesehen?«, fragte Owen.

»Ich …«

Sie schaute nicht ihn an, sondern starrte auf die Tür zum Flur, in der Ryder lehnte.

»Wenn du lange genug den Handlanger gespielt hast, hätte ich was Richtiges für dich zu tun.«

»Hast du das gesehen?« wiederholte Owen. »Sie war hier.«

»Wer? Hier laufen schließlich jede Menge Weiber herum.« Er blickte auf Hope und runzelte die Stirn. »Setz dich erst mal hin.«

Als sie sich nicht rührte, ging er zu ihr, packte ihren

Arm und drückte sie in einen kleinen Sessel. »Mom! Deine Managerin sieht aus, als hätte sie ein Gespenst gesehen.«

Sofort kam Justine aus dem Nebenraum und hockte sich vor Hope. »Was ist los? Ryder, hol ihr erst mal ein Glas Wasser.«

»Nein. Nein. Es geht mir gut. Ich hab nur …«

»Himmel, hat das irgendwer gesehen?« Owen fuchtelte mit den Armen in der Luft herum.

»Wo zum Teufel ist …?« Beckett, der gerade zur Tür hereinkam, brach erschrocken ab. »Was ist passiert?«

»Ich hab sie gesehen. Im Spiegel, direkt hinter mir.«

»Wen? Hope?« Beckett schaute Owen aus zusammengekniffenen Augen an. »Oder meinst du Elizabeth? Hast du Lizzy gesehen?«

»Sie stand direkt hinter mir.«

»Du hast sie gesehen? Warum ausgerechnet du? Das ist nicht gerecht, denn schließlich hab ich sie als Erster entdeckt.«

»Hast du sie auch gesehen?« Owen ignorierte seinen Bruder und wandte sich an Hope. »Sie stand direkt hinter mir. Und dann warst plötzlich du da.«

»Ich …«

Ryder zerrte seine Wasserflasche aus dem Werkzeuggürtel und hielt sie ihr hin. »Hier, trink.«

»Ich hol dir schnell ein Glas«, bot Justine an.

»Nein, schon gut.« Sie hob die Flasche an den Mund und trank einen großen Schluck. »Es ist nichts. Ich hab mich nur erschrocken.«

»Dann hast du sie also ebenfalls gesehen.«

»Ja. Das heißt, nein. Einen Moment lang kam es mir

vor, als würde ich sie sehen, aber vor allem hab ich sie gespürt. Ich weiß, das klingt verrückt.« Sie blickte Ryder an. »Sie wartet.«

»Worauf?«

»Ich … ich bin mir nicht ganz sicher.«

»Mich hat sie angelächelt. Als ich gerade den Spiegel aufhängte, sah ich mit einem Mal ihr Bild. Graues Kleid, die Haare unter einer Art von Netz. Sie ist blond. Hübsch. Jung.« Als Hope Ryder die Flasche zurückgab, riss er sie ihr aus der Hand und leerte sie mit einem Schluck. »Wow.«

»Sie hat gesummt«, mischte sich jetzt auch Justine ein. »Ich hab eine leise Melodie gehört und den Geißblattduft gerochen. Und war sehr verwundert, aber gesehen hab ich nichts. Komm, Schätzchen, ich bring dich nach unten.«

»Es geht schon wieder«, wiederholte Hope. »Es war nur eine besondere Erfahrung. Ich hab sie schon vorher ab und zu gespürt, doch nie so intensiv wie jetzt.«

»Scheint so, als ob ihr dieses Zimmer jetzt, wo alles fertig ist, noch besser gefällt«, meinte Beckett.

»Wunderbar! Wenn unser Geist zufrieden ist, könnten wir vielleicht mit unserer Arbeit weitermachen.«

»Ry, du bist wirklich völlig unromantisch. Aber gut, machen wir weiter. Bist du wieder okay?«, wandte er sich an Hope.

»Sie ist es«, ging Ryder dazwischen. »Wie oft muss sie es noch sagen?« Er wandte sich zum Gehen, warf aber einen letzten Blick zurück. »Das Zimmer sieht echt gut aus.« Damit war er zur Tür hinaus.

»Ich hab sie wirklich und wahrhaftig gesehen.« Owen

konnte sich gar nicht beruhigen. »Das war echt cool. Vor allem ihr Lächeln.«

Wahnsinn, dachte auch Hope. Ein echter Geist, der sich ihnen gezeigt hatte. Ihr und Owen. Allerdings war sie nicht wegen Lizzy so plötzlich erstarrt, sondern wegen Ryder Montgomery, der da so lässig in der Tür lehnte. Schlagartig hatte eine bittersüße Mischung aus Freude, Schmerz und Sehnsucht sie erfasst. So mächtig, dass ihre Knie weich geworden waren.

Nun, sobald sie hier wohnte, würde sie vermutlich noch jede Menge Gelegenheit bekommen, der Sache auf den Grund zu gehen. Und herauszufinden, was es mit Lizzy und mit Ryder und ihrer völlig unerwarteten und für sie befremdlichen Reaktion auf sich hatte.

7

Ihr Leben war ein einziges Chaos, aber daran war sie selbst schuld.

Umgeben von Kartons, von Stapeln bunten Geschenkpapiers, von Rollen mit Bändern und Schleifen saß Avery auf dem Boden ihres Arbeitszimmers.

Es war der totale Wahnsinn. Jahr für Jahr nahm sie sich vor, es in Zukunft besser zu machen. Rechtzeitig eine Liste anzulegen und nicht erst auf den letzten Drücker einkaufen zu gehen. Und Geschenkpapier, Bänder und Karten zu besorgen, bevor alles ausverkauft war. Jedes Mal beschloss sie, Einkauf und Verpacken der Geschenke besser zu organisieren. So wie eine vernünftige Erwachsene es tun würde.

Und das nahm sie sich auch an diesem Abend vor. Auf jeden Fall fürs nächste Jahr.

Es war ja nicht so, dass es ihr an Organisationstalent fehlte. Das nicht, nur schien sie das komplett für ihre Pizzeria zu verbrauchen. Für ihren Haushalt und ihr Privatleben blieb da nichts übrig. Deshalb wühlte sie wie immer drei Tage vor Weihnachten zwischen Bändern und Geschenkkartons herum, brach in Panik aus, sobald sie etwas nicht finden konnte, und war bereits nach kurzer Zeit vollkommen erschöpft.

Trotzdem liebte sie Weihnachten. Die Musik, die andere gegen Ende der Adventszeit schon nicht mehr hören konnten, ebenso wie die kitschigen bunten Dekorationen und Lichter, die Farben und Gerüche – einfach alles, was zu Weihnachten gehörte.

Im Prinzip liebte sie auch das Aussuchen und Einpacken von Geschenken, und es verschaffte ihr eine große Befriedigung, wenn sich endlich hübsche bunte Kartons in einer Ecke stapelten. In diesem Jahr hatte sie es zumindest geschafft, nicht alles bis auf den allerletzten Tag zu verschieben. Drei Tage blieben ihr noch, und sie würde heute Abend alles ordentlich verpackt haben.

Oder spätestens morgen.

Sie wippte im Takt von Springsteens »Santa Claus is Coming to Town«, schnitt sorgfältig das nächste Stück Geschenkpapier zurecht und wickelte die Schatulle mit den Ohrringen für Hope darin ein. Zum Schluss eine rote Schleife und ein Namensschildchen: fertig.

Der Gedanke an die Freundin verursachte ihr ein schlechtes Gewissen. Hope würde nie ein solches Chaos veranstalten. Bei ihr war alles geordnet und durchorganisiert. Bestimmt beschriftete sie sogar die Kartons mit Weihnachtspapier und Bändern. Hatte sicher was für sich, dachte Avery. Trotzdem war sie sichtlich mit sich zufrieden, als sie den wachsenden Geschenkestapel betrachtete. Vielleicht ließ ihre Organisation ja zu wünschen übrig, aber, bei Gott, ihre Päckchen sahen wunderschön aus.

Sie zog an dem Tesafilm – und hielt das letzte Stück in der Hand. »Verdammt.«

Kein Problem, sagte sie sich. Schließlich hatte sie genügend Ersatzrollen gekauft. Da war sie sich ganz sicher.

Nach einer gründlichen Durchsuchung der gesamten Wohnung, verbunden mit zunehmendem Frust und zahlreichen Verwünschungen, musste sie sich eingestehen, dass sie offenbar bloß Tesafilm hatte besorgen *wollen*.

Trotzdem kein Grund zur Panik, dann musste sie eben noch mal los. Sie warf einen Blick auf ihre Uhr und fluchte erneut. Zu spät. Um diese Zeit konnte man in Boonsboro nichts mehr kaufen. Vielleicht, überlegte Avery, zog es deshalb so viele Leute nach New York oder in andere große Städte, weil man dort zu jeder Tages- und Nachtzeit Tesafilm kaufen konnte. Oder was einem sonst urplötzlich ausging.

Was jetzt?

Sie durchwühlte nochmals alle Schubladen, Kisten und Schränke, obwohl sie eigentlich wusste, dass es vergeblich war. Das Einzige, was bei der Suchaktion zum Vorschein kam, waren lange vermisste Gegenstände. Darunter sogar ein paar Weihnachtsgeschenke, die sie im Sommer während einer »Diesmal-kauf-ich-meine-Geschenke-früher«-Phase erstanden und sogleich wieder verräumt oder als untauglich verworfen hatte.

Sie atmete tief durch. Jetzt musste Plan B her. Mit etwas Glück würde sie unten im Restaurant irgendwo eine Rolle Tesa finden. Sie schnappte sich die Schlüssel, lief leichtfüßig die Treppe hinunter und betrat die Pizzeria durch die Hintertür.

»Hab ich es doch gewusst«, rief sie triumphierend, als sie in der Kassenlade fündig wurde.

Allerdings verging ihre Freude sofort, weil die Rolle leer war. Systematisch durchsuchte Avery daraufhin sämtliche Räume: Schränke, Schubladen, Vorratskammer, machte selbst vor Kühl- und Gefrierschrank nicht Halt. Alles Mögliche fand sie, nur keinen Tesafilm. Zum Trost schenkte sie sich erst mal ein Glas Wein ein und dachte über den Widersinn nach, dass all ihre guten Vorsätze womöglich an einer Rolle Tesaband scheitern sollten.

Lautes Klopfen an der Vordertür riss sie aus ihren trüben Gedanken. Owen stand im Licht der Nachtbeleuchtung und spähte suchend durch das Glas der Tür. So was würde einem in New York auch nicht passieren, dass gleich jemand vorbeikam und ihr Debakel miterlebte.

Unwirsch stapfte sie zur Tür. »Wir haben geschlossen.«

»Und warum sitzt du dann an der Theke und trinkst Wein?«

»Ich pack gerade Weihnachtsgeschenke ein.«

»Für mich sieht's eher so aus, als würdest du dich still und heimlich volllaufen lassen. Gibt's einen Grund?«

»Ich hab kein Tesa mehr. Oben in der Wohnung nicht und auch hier unten nicht. Und weil wir nicht in New York sind, kann ich leider keins mehr kaufen gehen und nicht weiter Geschenke einpacken. Deshalb wird alles wieder so chaotisch wie im letzten Jahr und im vorletzten …«

Er musterte amüsiert ihren Aufzug. Sie trug eine karierte Pyjamahose aus Flanell, dicke Socken und ein langärmliges T-Shirt und hatte das Haar mit einer großen Klammer zurückgesteckt.

»Du hast mal wieder bis zum letzten Augenblick gewartet, stimmt's?«

»Na und?«

»War einfach eine Feststellung.«

»Warum bist du überhaupt hier? Anstatt zu Hause Geschenke einzupacken. Blöde Frage«, gab sie verbittert selbst die Antwort. »Weil du das schon längst erledigt hast. Steht alles ordentlich verpackt und nach Personen geordnet in verschiedenen Plastiktüten im Schrank. Und eure Leute habt ihr sogar schon beschenkt. Ich hab die BoonsBoro-Inn-Sweatshirts gesehen.«

»Willst du auch eins haben?«

»Ja.«

»Gib mir ein Glas Wein, und ich bring dir morgen eins vorbei.«

»Warum nicht? Geschenke einpacken kann ich jetzt ohnehin nicht mehr.« Sie holte die Flasche und ein Glas. »Also, warum bist du hier?«

»Ich hab gesehen, wie das Licht im Restaurant anging und du wie eine Verrückte hin und her gelaufen bist. Von der anderen Straßenseite«, fügte er hinzu. »Ich war noch im Hotel und bin meine Checkliste durchgegangen. Wir sind fertig.«

»Was heißt fertig?«

»Sämtliche Baumaßnahmen sind beendet. Morgen wird alles behördlicherseits abgenommen. Wir haben es tatsächlich geschafft.«

»Na, dann Prost«, sagte sie und hob ihm ihr Glas entgegen. »Dann müsste Hope doch eigentlich bald umziehen können, oder?«

»Kann sie. Und auch die restlichen Zimmer werden jetzt schnellstmöglich eingerichtet, damit zur Eröffnung wirklich alles perfekt aussieht.«

»Gratuliere.« Sie trat zur Tür und blickte hinüber zum BoonsBoro Inn. »Es ist wirklich wunderschön geworden. Jedes Mal wenn ich es sehe, bin ich hin und weg. Hope meinte, ihr hättet sogar schon die ersten Reservierungen.«

»Ja, und jetzt geht es erst richtig los. Sobald wir die ersten Fotos auf der Webseite bringen – und das wird bald der Fall sein. Außerdem gibt Hope nächste Woche ein paar Interviews und führt ein paar Journalisten durch die Räume. Natürlich werden auch wir mit den Leuten reden und betonen, dass es sich um ein Familienunternehmen handelt. Das kommt immer als Werbung gut an.«

»Also, noch mal. Auf euer Hotel«, erklärte sie und stieß mit Owen an. »Ich werde morgen in der Früh kurz rüberkommen und mir alles ansehen. Nachdem ich neues Klebeband gekauft habe.« Avery lachte.

»Ich hab welches im Handschuhfach.«

Sie ließ ihr Weinglas sinken und sah ihn aus zusammengekniffenen Augen an. »Du hast Tesa in deinem Auto?«

»Na klar. Und bevor du eine vorlaute Bemerkung machst, denk dran, dass du dieses Klebeband im Augenblick sehr gut gebrauchen kannst.«

Sie schenkte ihm ein zuckersüßes Lächeln. »Ich wollte auch bloß zum Ausdruck bringen, wie schlau ich es finde, wenn jemand vorsichtshalber so was im Auto herumfährt.«

»Das wolltest du ganz sicher nicht, hast aber die Kurve gerade eben gekriegt. Und jetzt hol ich dir das Zeug.«

»Ich kann auch mit dir zum Parkplatz gehen und es mir holen.«

Er schaute sie an. »Ist das dein Ernst? Im Schlafanzug und auf Socken?«

»Ist doch nur schnell über die Straße.«

Owen schüttelte den Kopf. »Schließ du derweilen ab, und wir treffen uns hinterm Haus.« Er reichte ihr sein Weinglas und ging zur Vordertür.

Sie sperrte hinter ihm zu, trug die leeren Gläser in die Küche, schaltete die Lampen aus, und noch während sie die Hintertür verschloss, kam er bereits zurück.

Sie nahm ihm die Kleberolle ab. »Morgen kauf ich gleich hundert Rollen von diesem verdammten Zeug.«

»Tu das. Vorräte sind immer gut.«

»Ich wette, du hast überall und für alles irgendwo Reserven liegen«, stellte sie lachend fest.

Er zog seine Brauen hoch und betrachtete sie ruhig aus seinen blauen Augen. »Höre ich da Spott?«

»Nein, war bloß eine Feststellung. Oder ein Kompliment, ganz wie du willst. Und ich werde mich in Zukunft bemühen, dir wenigstens ein klein wenig nachzueifern. Was deine vorbildliche Vorratshaltung betrifft.«

Er stand zwei Stufen weiter unten und befand sich damit auf Augenhöhe mit ihr. »Ich könnte dir ja beim Verpacken der Geschenke helfen.«

Sie zog die Brauen hoch. »Damit du ständig irgendwelche vorlauten Bemerkungen über den Zustand meines Arbeitszimmers machen kannst – bei dessen Anblick fällst du nämlich bestimmt in Ohnmacht.«

»Avery, es wäre nicht das erste Mal, dass ich dein weihnachtliches Chaos zu sehen bekäme.«

»Aber in dieser Wohnung ist es noch schlimmer als in der alten. Weil ich mehr Platz habe, verteil ich die Sachen einfach im ganzen Zimmer.« Sie bemerkte die Veränderung in seinem Blick und trat einen kleinen Schritt zurück. »Hör zu, Owen, ich hab nachgedacht.«

»Über das Chaos?«

»Wenn du so willst. Ich meine über das, worüber wir beide nachdenken wollten. Erst hab ich mich gefragt, warum wir nicht viel eher auf diesen Gedanken gekommen sind. Dann dachte ich, wir sollten es einfach tun. Und am Ende kam mir der Gedanke, dass wir es nicht getan haben, weil dadurch vielleicht alles sehr chaotisch wird. Und im Ernst, Owen, du bedeutest mir sehr viel, unglaublich viel.«

»Ich hab inzwischen ebenfalls nachgedacht und befürchte wie du, es könnte schwierig werden. Aber Ryder meint, das würde ganz sicher nicht passieren.«

»Ryder?«

»Es hat sich irgendwie gesprächsweise ergeben, als er mir von seinem augenblicklichen Date erzählte. Jetzt sag bloß nicht, dass du nicht mit Clare und Hope darüber gesprochen hast.«

Hatte sie in der Tat, was ihr wiederum das Recht nahm, sauer auf ihn zu sein. »Ja, okay. Und warum meint er, dass das nicht passieren wird?«

»Weil uns unsere Freundschaft viel zu viel bedeutet und wir uns viel zu gut kennen.«

»Stimmt. Und nachdem wir schon beim Thema sind ...« Sie legte ihre Hände auf seine Schultern. »Vielleicht kribbelt es ja plötzlich gar nicht mehr so wie bisher. Wir sollten es mal ausprobieren.«

»Als Test sozusagen.« Er umfasste ihre Hüften.

»Das wäre doch sinnvoll, oder nicht? Warum sollen wir über etwas nachdenken, was es am Ende gar nicht wert ist. Wäre doch besser, erst mal herauszufinden, ob sich das Ganze lohnt.«

»Avery, sei still.«

Er beugte sich vor und strich mit seinen Lippen wie zur Probe über ihren Mund. Zog sie ein bisschen enger an sich, küsste sie. Und sah, wie sie langsam ihre Augen schloss. Spürte, wie sich ihr Griff um seine Schultern verstärkte, wie sie den Mund öffnete und ihre geballte Energie ihn wie ein Fausthieb traf.

Dieses plötzliche Verlangen von ihm nach ihr und von ihr nach ihm brachte Owen vollkommen aus dem Gleichgewicht. Es überkam sie beide wie eine Urgewalt, elementar und heftig. Weshalb hatten sie es all die Jahre nie bemerkt?

Ihre Hitze und ihr Duft – Feuer und Zitrone –, ihr Drängen und ihre unverhüllte Leidenschaft brachten ihn schier um den Verstand. Er hob sie hoch, und ohne nachzudenken schlang sie die Beine um seine Taille, während sie nicht aufhören konnte, ihn zu küssen.

Gemeinsam stolperten sie ein paar Stufen hoch, bis er sie erneut rücklings an die Wand drückte. Sie fuhr ihm mit ihren Händen durch die Haare, durch seinen dunklen Schopf, legte ihren Kopf auf seine Schulter, schnupperte an seinem Hals. »Owen«, seufzte sie leise, wiederholte noch einmal seinen Namen ganz warm und zärtlich. Dann hob sie ihm ihr Gesicht entgegen. »Owen, es lohnt sich auf jeden Fall, darüber nachzudenken.«

»Gut, dass du das sagst. Aber jetzt sollten wir erst mal nach oben gehen und Geschenke einpacken.«

»Ich vermute mal, dass wir uns ums Einpacken kaum sonderlich kümmern würden.«

»Aha.«

»Trotzdem.« Sie rückte ein Stückchen von ihm ab. »Ich finde, wir sollten beide noch mal in Ruhe darüber nachdenken, ob wir das hier wirklich wollen. In Anbetracht unserer tollen Freundschaft sollten wir nicht aus einem reinen Impuls miteinander ins Bett gehen.«

»Und ich dachte, es sei schön, endlich mal spontan zu sein.«

»Nun ja, kommt drauf an. Ich bin oft zu spontan, und Nachdenken täte mir hin und wieder gut.« Sie zögerte, bevor sie weitersprach. »Bestimmt hast du für Silvester schon ein Date.«

»Offen gestanden, nein. Und was machst du?«

»Ich hock mich mit Hope zusammen. Nichts Besonderes. Wir wollen es uns einfach gemütlich machen, irgendwelche Mädchenfilme anschauen und uns einreden, dass es uns total egal ist, den Jahreswechsel etwas einsam zu verbringen.«

»Und wie wäre es mit einer Einladung von mir?«

»Ich kann Hope unmöglich versetzen. Nicht an einem Abend, an dem außer uns wahrscheinlich jede Frau auf Erden längst von irgendeinem Typen eingeladen worden ist.«

»Und was hältst du davon, wenn ich einfach eine Party schmeiße?«

Avery starrte ihn ungläubig an. »Sprechen wir beide von diesem Silvester? Dem in einer Woche?«

»Sicher.«

»Owen, es bedarf einiger Erfahrung, so ganz spontan eine Party zu organisieren. Ich weiß nicht, ob du dich daran versuchen solltest.«

»Ich kann durchaus spontan sein. Gelegentlich.«

»Du brauchst normalerweise mindestens ein halbes Jahr, um eine Party zu planen. Stell dir vor, wie du dich fühlst, wenn du keine Zeit mehr für lange Gäste- und Einkaufslisten hast.«

Natürlich hatte sie völlig recht, doch er wich nicht mehr zurück, obwohl der Gedanke ihm bereits den Angstschweiß in den Nacken trieb. »Party«, sagte er entschieden. »Bei mir. Silvester. Und dann übernachtest du in meinem Haus.«

»Abgemacht. Und wenn du diese Sache wirklich durchziehst, übernachte ich nicht nur bei dir, sondern verwöhne dich zudem mit einem Frühstück, wie du es noch nie gegessen hast.«

»In Ordnung.« Er zog sie wieder an sich und küsste sie, bis ihr beinahe die Sinne schwanden. »Bis morgen.«

Sie rang noch nach Luft, als er schon auf dem Weg nach unten war. »Owen?«

Er drehte sich lächelnd zu ihr um, und ein ungeheures Glücksgefühl überkam sie. Kein Wunder, dass sie schon mit fünf in ihn verliebt gewesen war.

»Danke für das Klebeband.«

Sie wartete, bis er weg war, und stieg dann in ihre Wohnung hinauf, um sich mit den restlichen Päckchen zu vergnügen. Warum nicht, sie bekam bei dem Gedanken an Owen und die wilde Leidenschaft zwischen ihnen sowieso bestimmt kein Auge zu.

Offenbar war all sein Blut aus dem Gehirn in seinen Unterleib geströmt. Nur so ließ sich erklären, dass er Avery eine Silvesterparty versprochen hatte. Am nächsten Tag, bei Licht besehen, kam ihm das Ganze ziemlich verrückt vor. Wie konnte er sich neben all der Arbeit eine Party aufhalsen? Wie um alles in der Welt sollte er innerhalb einer Woche so etwas auf die Beine stellen?

Nun, irgendwie würde es schon gehen.

Als er an einer Ampel halten musste, zog er sein Handy aus der Tasche, machte sich ein paar Notizen bezüglich Essen und Getränke und schaute die neu eingegangenen SMS durch. Ry hatte inzwischen zweimal angefragt, wo in aller Welt er blieb. Jetzt brauchte er auch nicht mehr zu antworten, denn er war bald beim Hotel.

Als er wieder anfuhr, dachte er an die Eröffnungsparty, für die eine sehr detaillierte Planung existierte. Allerdings war er kaum eingebunden, denn die drei Damen – seine Mutter, seine Tante und natürlich allen voran Hope – hatten dieses Ereignis zur Chefsache erklärt. Vielleicht konnte er sich jedoch bei ihnen ein paar Anregungen für seine eigene Party holen.

Als er in die St. Paul Street und dann auf den Parkplatz bog, blickte er zur Pizzeria hinüber und dachte an Avery. Warum hatte er nicht einfach vorgeschlagen, an Silvester in ein Restaurant zu gehen – und danach ins Bett? Ach ja, wegen Hope.

Er stieg aus seinem Pick-up, blieb kurz in der Kälte stehen und betrachtete die Balkone und Veranden mit den neuen, nach alten Vorlagen angefertigten Geländern, musste an den Schmutz und Schutt denken, den

Müll und den Taubendreck und brachte die beiden Bilder kaum mehr in Einklang. Wer so etwas maßgeblich mitgestaltet hatte, dachte er voller Stolz, der sollte sich doch vor keiner Silvesterparty fürchten.

Er betrat das Foyer mit dem glänzend polierten Tisch unter dem funkelnden Kronleuchter und den strohfarben bezogenen Sesseln vor der unverputzten Backsteinwand. Sie hatten weiß Gott ein Schmuckstück aus dem Haus gemacht, dachte er, bevor er den Stimmen folgte und den Speisesaal betrat, wo seine Brüder gerade die riesige, reich verzierte Anrichte unter das Fenster schoben, während Hope und seine Mutter Tische und Stühle aufstellten. In einer Ecke wedelte D.B. erwartungsvoll mit dem Schwanz, als er ihn sah. Owen fragte sich nicht zum ersten Mal, ob er aus Sicht des Hundes vielleicht ganz einfach ein riesengroßer Donut war.

»Wo zum Teufel hast du so lange gesteckt?«, fragte Ryder ihn erbost.

»Ich musste ein paar Dinge erledigen. Sieht klasse aus.«

Strahlend rückte Justine einen Stuhl an einem Tisch zurecht. »Und da drüben hängen wir den großen Spiegel auf. Du weißt schon, den aus dem Antiquitätengeschäft. Außerdem brauchen wir noch einen Serviertisch, der unter dem Fenster stehen sollte. Ich werde bei Bast's vorbeischauen, ob die was Passendes haben.«

»Was ist denn mit dem Tisch, den du in diesem schicken französischen Laden in Frederick gefunden hast?«, rief ihr Ryder in Erinnerung.

»Der ist schief.« Justines Miene wurde eisig. »Weil eins der Beine kürzer ist als die anderen.«

»Ich hab dir doch gesagt, dass ich die anderen ebenfalls etwas gekürzt habe. Und wenn du zudem genügend Zeug draufstellst, wird niemand sehen, dass er nicht ganz gerade ist.«

»Eigentlich hätten sie den Tisch zurücknehmen müssen«, sagte Hope. »Und ihre Weigerung, das zu tun, spricht nicht gerade für sie.«

»Jedenfalls ist er gerichtet und benutzbar. Also regt euch ab.«

»Wir haben den Tisch ursprünglich fürs Foyer gekauft, aber inzwischen einen anderen bestellt«, warf Hope ein.

»Jedenfalls sollten wir ihn aus dem Keller holen und schauen, ob er nicht doch irgendwo passt. Ist schließlich ein schönes Stück.«

Justine wirkte wenig überzeugt.

»Wenn er hier nicht passt, Mom, oder wenn er euch nicht gefällt, schleppen wir ihn wieder raus«, schaltete Owen sich ein.

»Er war kaputt und deshalb sein Geld nicht wert. Ich hab einfach nicht genau hingeschaut«, ärgerte sich Justine und kraulte D.B. sanft zwischen den Ohren. »Tja, wir werden sehen. Da kommt Carolee gerade«, fügte sie hinzu, als sie Schritte von der Haupttreppe vernahm. »Vielleicht könnt ihr zwei die Rechauds und die Kaffeespender holen, Hope. Damit wir sehen, wie das Zeug hier drinnen wirkt.«

Owen wollte schon seine Hilfe anbieten, doch ein Blick seiner Mutter gebot ihm zu schweigen. »Ich wollte kurz mit euch Jungs alleine sprechen.«

Als ihr Ältester den sorgsam reparierten Tisch mit Becketts Hilfe durch die Tür wuchtete, verschränkte sie die Arme vor der Brust. »Ryder Thomas Montgomery.«

»Ma'am.«

»Ich hab dir bestimmt nicht beigebracht, unhöflich zu sein, Frauen abzukanzeln oder Angestellte rüde anzufahren. Ich erwarte, dass du Hope mit einem Mindestmaß an Höflichkeit begegnest, selbst wenn du vielleicht mal anderer Meinung bist als sie.«

Er stellte den Serviertisch ab. »In Ordnung. Aber …«

»Aber was?«, fragte Justine warnend.

Nicht weniger herausfordernd schob er die Hüfte vor und stellte übertrieben freundlich fest: »Nun, du hast gesagt, wir sollen sie behandeln, als gehöre sie zur Familie. Soll ich jetzt mit ihr reden wie mit euch oder ausgesucht höflich?«

Eine ganze Weile sagte seine Mutter nichts. Schließlich trat sie auf ihn zu und packte seine Ohren. »Du hältst dich wohl für ganz besonders clever, was?«

»Auf jeden Fall. Das hab ich von dir geerbt.«

Sie schüttelte lachend den Kopf. »Du kommst ganz nach deinem Dad.« Obwohl bereits wieder halbwegs versöhnt, stach sie ihren Zeigefinger in seinen Bauch. »Reiß dich trotzdem in Zukunft ein bisschen zusammen, ja?«

»Okay.«

Nickend trat sie einen Schritt zurück, stemmte die Hände in die Hüften und betrachtete den Tisch. »Die Platte ist eindeutig verzogen, Ry.«

»Ein bisschen, ja. Das Teil ist schlecht verarbeitet und war sein Geld nicht wert … Trotzdem erfüllt es seinen Zweck und sieht nicht übel aus. Und wenn erst diese großen Kupferdinger draufstehen, wird es kein Mensch mehr merken.«

»Vielleicht, wahrscheinlich hast du recht. Trotzdem war's ein Fehler, den Tisch zu kaufen.«

»Ja«, stimmte ihr Ryder achselzuckend zu. »Aber sieh es mal so: Du hast eine komplette Hotelausstattung gekauft, vom Kleinsten bis zum Größten, und dabei ein einziges fehlerhaftes Teil erwischt. So gesehen, ist das mehr als akzeptabel.«

Sie sah ihn von der Seite an. »Du bist wirklich clever. Vielleicht hast du doch was von mir geerbt.«

In diesem Moment kam Hope mit einer Kiste zurück. »Lass mich das nehmen«, bot Ryder sich gleich an und fügte, als die junge Frau ihn ungläubig anschaute, hinzu: »Ist schließlich ein Gebot der Höflichkeit.«

»Und: Hat's wehgetan?«, erkundigte sich seine Mutter leise.

»Bisher nicht, kommt aber vielleicht noch.«

Erneut unterzogen die drei Frauen den reparierten Tisch einer kritischen Prüfung. »Wenngleich man es nicht sieht – ich weiß, dass er verzogen ist.« Hope raufte sich die Haare. »Und das ärgert mich.« Aber mit einem kurzen Seitenblick auf Ryder fügte sie hinzu: »Was soll's, man gewöhnt sich vermutlich dran.«

»Gut. Dann lass uns jetzt den Spiegel aufhängen und abhauen, bevor sie noch mehr für uns zu tun finden, Beck.«

»Vorher muss ich kurz mit euch sprechen«, verkündete Owen.

»Kann das nicht bis nach der Arbeit warten?«, fragte Ryder.

»Nein.« Owen machte ein betont ernstes Gesicht. »Es geht um die offizielle Nutzungsgenehmigung.«

»Himmel, jetzt erzähl uns bloß nicht, dass es plötzlich Schwierigkeiten gibt.«

Owen schüttelte den Kopf und lachte. »Ich war extra in Hagerstown, um das Verfahren zu beschleunigen. Jungs, ich hab den Wisch«, sagte er und schwenkte triumphierend das Dokument, das er aus seiner Jackentasche geangelt hatte.« Er boxte seinen Bruder wenig sanft gegen die Schulter und grinste Hope an. »Na, bist du bereit zum Umzug? Wenn ja, können wir den Rest von deinen Sachen so schnell wie möglich rüberholen.«

»Owen, das ist wirklich eine tolle Nachricht – ich freu mich ja so auf meine neue Wohnung.« Lachend schlang sie ihm die Arme um den Hals und küsste ihn, umarmte anschließend Justine und Carolee, bevor Beckett an die Reihe kam, den sie ebenfalls küsste – um dann reglos vor Ryder stehen zu bleiben.

»Und was bekomm ich? Vielleicht einen feuchten Händedruck?«

Sie schüttelte den Kopf und hauchte einen flüchtigen Kuss auf seine Wange.

»Das war aber eine Sparvariante«, beschwerte er sich scherzhaft, bevor er seinen Brüdern die Arme um die Schultern legte. »Wahnsinn. Jetzt haben wir es mit Brief und Siegel.«

Justines Augen wurden feucht. »Meine Söhne«, murmelte sie, breitete die Arme aus und umschlang alle drei zugleich und ließ erst los, als D.B. sich eifersüchtig zwischen sie und Ryder drängte. »In Ordnung.«

Nickend trat sie einen Schritt zurück und wischte sich

die Freudentränen fort. »Erst mal lade ich euch alle zum Mittagessen ein. Beckett, frag doch Clare, ob sie rüberkommen kann. Owen, du bestellst drüben ein paar Pizzas und sagst Avery, wir wollen hier essen. Vielleicht findet sie ja Zeit, sich für ein Stündchen davonzustehlen. Aber vorher gibt's Champagner. Hope, würdest du das bitte übernehmen?«

»Mit Vergnügen.«

»Champagner zum Mittagessen?«, fragte Ryder zweifelnd.

»Genau, Champagner zum Mittagessen. Den haben wir uns nämlich rechtschaffen verdient.«

»Apropos Champagner, Ry.« Owen kratzte sich am Kinn. »Hast du für Silvester schon ein Date?«

»Mit der Kichererbse. Das sag ich aber bestimmt noch ab. Warum fragst du? Willst du etwa mit mir tanzen gehen?«

»Ich beabsichtige, eine Party zu veranstalten.«

»Dieses Jahr an Silvester?« Justine riss verblüfft die Augen auf.

»Richtig, dieses Jahr Silvester.« Himmel! »Keine große Sache, einfach eine Party. Ein nettes Zusammensein mit Essen und Getränken. Du kommst doch, oder?«

Justine blies die Backen auf und sah ihn forschend an. »Auf mich kannst du zählen.«

»Ryder?«

»Warum nicht.«

»Beckett. Silvester feiern wir bei mir, okay?«

»In welchem Jahr?«

»Der Witz kriegt langsam einen Bart. Also, seid ihr dabei oder nicht?«

»Wir wollten eigentlich zu Hause bleiben und mit den Jungs im Fernsehen die Übertragung vom Times Square anschauen. Aber ich werde mit Clare noch mal die Sache besprechen.«

»Okay, das hätten wir.« Owen klappte sein Notizbuch auf. »Und jetzt zum Mittagessen. Sagt mir, was ihr wollt. Dann geb ich die Bestellung drüben auf.«

Noch während er die Liste schrieb, drang das Knallen der Champagnerkorken aus der Küche an sein Ohr. Er sah seine Familie grinsend an. »Willkommen in unserem Hotel.«

8

Avery hatte sich angeboten, Hopes Küche im Dachgeschoss des Hotels einzuräumen. Küchen mochte sie und hielt sie in Ordnung, vor allem wenn alles so neu war wie hier. Allerdings war sie sich nicht sicher, ob die Freundin am Ende nicht doch komplett umräumen würde.

»Deine Wohnung ist echt toll. Es macht richtig Spaß, hier herumzuwerkeln«, rief sie Hope zu, die gerade im Bad ihre Kosmetiksachen verstaute. »Schade nur, dass Clare nicht kommen konnte.«

»So ist das eben, wenn man Kinder hat.«

»Stimmt. Wünschst du dir eigentlich welche?«

»Sicher. Irgendwann. Und du?«

»Auf jeden Fall. Vor allem wenn ich mir Clare und ihre Jungs anschaue. Da kann man schon neidisch werden.« Avery schob die erste Besteckschublade zu und nahm sich die nächste vor. »Aber es ist nun mal Tradition, vorher zu heiraten – und da liegt das Problem.«

»Du bist viel zu romantisch, um eine Hochzeit als Problem zu betrachten.«

»In Bezug auf andere kann man leicht romantisch sein, weil man selbst kein Wagnis eingeht. Wie dem auch sei: Für dich fängt erst mal ein anderes Abenteuer an – neuer Job, neue Wohnung. Hast du eigentlich keine

Angst, wenn du jetzt zunächst ganz alleine in dem Gebäude schlafen wirst? Ich meine, bevor die ersten Gäste kommen.«

»Nein.« Hope streckte den Kopf durch die Badezimmertür. »Trotzdem fände ich es nett, wenn du mir heute Abend Gesellschaft leisten würdest. Du darfst dir sogar ein Gästezimmer aussuchen.«

»Wahnsinn!« Triumphierend reckte Avery Gabeln und Löffel in die Luft. »Ich dachte schon, du fragst mich nie. Ist das auch bestimmt okay?«

»Hundertprozentig. Justine hat mich sowieso gebeten, bis zur Eröffnung alle Zimmer zu testen. Nicht dass sich erst später irgendwelche Probleme mit Abflüssen, Elektrizität, den Matratzen oder was weiß ich zeigen. Allerdings zieh ich es vor, heute in meiner eigenen Wohnung zu schlafen – schließlich ist es meine erste Nacht hier. Und wenn du magst, bist du mein allererster Gast.«

»Ich hab mich schon entschieden: für ›Titania und Oberon‹. Dann könnte ich diese grandiose Kupferwanne einweihen. Oder, nein, warte. ›Jane und Rochester‹. Dort hätte ich einen Kamin *und* eine Kupferwanne. Oder …«

Hope kam lachend aus dem Bad. »Die Qual der Wahl – ein echtes Problem, nicht wahr?«

»Aber ein sehr angenehmes. Vielleicht sollte ich einfach auslosen, denn Nieten sind ohnehin nicht dabei. Hat Owen bereits ein Zimmer für den Eröffnungsabend ausgewählt?«

»›Nick und Nora‹.«

»Gut, dann muss ich über diesen Raum nicht weiter nachdenken. Ich geh mal davon aus, dass ich wahrscheinlich mit ihm dort übernachten werde. Bis dahin sollten wir eigentlich so weit sein.«

»Ach ja?«

»Ja. Wir lassen uns bloß noch ein wenig Zeit. Um ganz sicherzugehen, dass es nicht nur eine verrückte Laune ist.« Nachdenklich schob sie eine Schublade zu und drehte sich zu ihrer Freundin um. »So fühlt es sich allerdings nicht an.«

»Weshalb sollte es auch? Er ist ein toller Kerl: attraktiv, intelligent, nett, und ihr zwei kommt prima miteinander aus.«

»Genau deshalb hab ich ja Angst. Was ist, wenn unsere Beziehung Schaden leidet, weil wir plötzlich miteinander schlafen? Oder ganz in die Brüche geht? Zumindest wird es unser Verhältnis nachhaltig verändern – selbst wenn es gutgeht, ist es nie mehr so wie früher. So unbeschwert.«

»Ach was, damit kommt ihr bestimmt wunderbar klar.«

»Das hoffe ich sehr. Ich muss übrigens in dem Zusammenhang noch etwas mit dir besprechen. Dazu sollte ich vielleicht erklären, was letzte Nacht passiert ist …«

Hope stemmte die Fäuste in die Hüften und sah die Freundin forschend an. »Hast du etwa bereits mit ihm geschlafen und mir noch nichts davon erzählt?«

»Nein. Fast wäre es dazu gekommen, und dabei hat alles damit angefangen, dass er mir eine Rolle Tesafilm geliehen hat.« Avery brach ab, als sie Hopes verständnisloses Gesicht sah. »Ach egal, das alles ist eigentlich uninteressant. Nur als wir beschlossen, nicht zu mir nach oben zu gehen – wir saßen nämlich unten im Restaurant … Vergiss es, das hängt schon wieder mit dem Tesafilm zusammen. Jedenfalls hab ich ihn gefragt, ob er schon ein Date für Silvester hat. Hauptsächlich weil ich wissen wollte, ob es jemanden gibt, mit dem er ausgeht oder schläft.«

»Avery, du redest ziemlich wirr, und ich hab keine Ahnung, worauf du hinauswillst.«

»Ich weiß, aber es ist tatsächlich verwirrend. Jedenfalls hat er Nein gesagt und mich gefragt, was ich an Silvester mache. Ob er mich nicht einladen könne. Dann hab ich ihm erzählt, dass wir einen gemütlichen Weiberabend planen.«

Hope unterbrach sie. »Wenn du lieber was mit Owen unternehmen willst, ist das für mich völlig okay.«

»Ja, das weiß ich, doch das will ich nicht. Das fände ich irgendwie schäbig. Es ist immerhin dein erster Silvesterabend in Boonsboro! Außerdem hab ich dir gewaltig zugesetzt, den Job anzunehmen. Da wäre ich eine schlechte Freundin, dich an einem solchen Abend alleine in deiner Wohnung sitzen zu lassen. Du würdest dich andersherum genauso verhalten.«

Hope klimperte kokett mit ihren Wimpern. »Wenn Owen mich einladen würde, wer weiß …«

»Zieh dir einen eigenen Montgomery an Land. Einer ist schließlich noch übrig.«

»Vielleicht könnte ich mir Owen ja kurz ausleihen und ihn für dich testen«, schlug Hope fröhlich vor.

»Du bist eine wahrhaft selbstlose Freundin.« Avery wischte sich eine imaginäre Träne aus dem Auge. »Nein, ich hab dir nach wie vor nicht gesagt, um was es letztlich geht. Owen verfiel plötzlich auf die Idee, eine Party zu schmeißen und alle zu sich einzuladen. Und das bei Owen. Der braucht normalerweise Monate, um so etwas zu planen und zu organisieren.«

Nachdenklich zog Hope die Türen ihrer Küchenschränke auf. »Ich müsste ohne Begleitung gehen, und das ist mir irgendwie unsympathisch. Oder peinlich, wenn du so willst. Ich bin nicht gerne fünftes Rad am Wagen.«

»Du wirst nicht der einzige Single sein. Zudem sollte jemand mit deinem Aussehen nun wirklich keinerlei Komplexe haben. Soll ich aufzählen, wer alles kommt? Owens Partys haben zwar Seltenheitswert, doch wenn er sich mal aufrafft, dann wird es echt toll. Du wirst dort jede Menge Leute kennenlernen«, fügte Avery hinzu. »Was dir für deinen Job nur zugutekommt.«

Hope schob Becher in einem offenen Regal hin und her. »Findest du nicht, dass du ein bisschen dick aufträgst?«

»Meinetwegen, trotzdem ist es wahr. Clare und Beck kommen ebenfalls. Sie haben zum Glück einen Babysitter gefunden und könnten dich wieder mit nach Hause nehmen. Außer natürlich, du wirst völlig wild und suchst dir irgendeinen Kerl.«

»Keine Angst, das wird ganz sicher nicht passieren.« Hope atmete hörbar aus. »Okay, machen wir das so. Einverstanden.«

»Du wirst dich bestimmt amüsieren. Versprochen.« Überglücklich schlang Avery ihr die Arme um den Hals. »Danke.«

Ohne ihre Freundin loszulassen, drehte sie den Kopf und blickte durch die Tür ins Wohnzimmer, wo ein

Weihnachtsbaum darauf wartete, geschmückt zu werden. »Finde ich ja richtig nett von Ryder, dir eine Tanne zu bringen.«

»Schon, obwohl es vermutlich ein Befehl von oben, sprich von Justine, war.«

»Egal. Wenn ich mich übrigens so in der Wohnung umschaue, sieht sie schon total nach dir aus. Man sieht sofort, dass du hier wohnst. Hoffentlich hast du deinen Entschluss, nach Boonboro zu kommen, noch nicht bereut.«

»Auf keinen Fall, aber vor allem bin ich furchtbar aufgeregt. Ich kann es kaum erwarten, bis …«

Sie zuckten zusammen, als sich plötzlich leise die Wohnungstür öffnete.

»Meine Güte, Clare! Beim nächsten Mal erschieß uns gleich«, stieß Avery hervor.

»Tut mir leid. Ich wollte euch nicht erschrecken, aber Beck hat mir den Schlüssel in die Hand gedrückt und mir freigegeben. Er bleibt zu Hause bei den Jungs, damit ich euch helfen kann.« Sie steckte ihre Handschuhe in die Jackentasche und blickte sich in der Wohnung um. »Oh, ihr seid ja fast fertig! Man sieht sofort …«

»… dass Hope hier wohnt«, beendete Avery lachend den Satz.

»Genau das wollte ich sagen. Also, was kann ich tun?«

»Mit Küche und Bad sind wir ziemlich durch, also fang am besten mit den anderen Zimmern an«, erklärte Hope.

Clare öffnete die Wohnungstür und zog ein draußen abgestelltes Bild herein. »Ein Geschenk zum Einzug von Avery und mir«, sagte sie. »Du kannst es umtauschen, falls es dir nicht mehr so gefällt wie damals, als wir es entdeckt haben.«

»O nein, ich liebe es noch immer, und es ist wirklich ganz bezaubernd. Wenn man die Kirschblüten betrachtet, muss man unwillkürlich an den Frühling denken. Vielen, vielen Dank euch beiden. Ich weiß schon genau, wo ich es haben will. In meinem Schlafzimmer, damit mein erster Blick am Morgen auf das Bild fällt.« Hope hielt es auf Armeslänge von sich. »Am besten häng ich es sofort auf.«

Penibel und fast so pedantisch wie Owen maß und markierte Hope, legte eine Wasserwaage an, bevor sie endgültig Haken in die Wand schlug, um das Bild daran aufzuhängen. »Der perfekte Platz«, stellte sie zufrieden fest.

»Dann geht es dem Gemälde so wie dir. Du bist hier ebenfalls vollkommen richtig.«

»Ja, so fühlt es sich für mich an.«

»Die Küche ist fertig.« Avery betrat das Schlafzimmer und lächelte. »Du hattest recht. Selbst an einem solch trüben Abend wie heute kommen einem beim Anblick des Bildes Frühlingsgefühle. Willkommen in deinem neuen Zuhause, Hope.«

Später, nachdem Clare gegangen und Avery kurz heimgelaufen war, um sich Sachen für die Nacht zu holen, drehte Hope eine Runde durch das leere Gebäude.

Es fühlte sich tatsächlich richtig und wie ihr Zuhause an, und als ihr auf dem Weg zurück in ihre Wohnung sommersüßer Geißblattduft entgegenschlug, blieb sie stehen. »Ich bin hier und bleibe hier«, erklärte sie. »Und deshalb muss keine von uns beiden mehr alleine sein.«

Als Avery am nächsten Morgen aufstand, war Hope nicht mehr in ihrer Wohnung. Sie hörte sie in der großen Küche im Erdgeschoss rumoren, und Kaffeduft durchzog bereits das Haus. Erwartungsvoll stieg sie nach unten.

»Ich dachte, die Küche sei noch nicht ganz fertig.«

»Für ein Frühstück reicht es. Die Montgomerys sind auch schon da, und da dachte ich mir, es sei eine gute Gelegenheit, probeweise ein großes Frühstück zu veranstalten.«

»Dann helf ich dir.«

»Nein.« Hope hob abwehrend die Hand. »Du lässt dich bedienen. Schließlich bist du mein Gast. Also geh gefälligst rüber in den Speisesaal.«

»Gibt's dort den Kaffee?«

»Ja. Avery? Wie war deine Nacht im J&R?«

»Einfach traumhaft. Obwohl mir dort kein Geist erschienen ist. Allerdings weiß ich nicht, ob Lizzy in der Nacht nicht eher ein Albtraum gewesen wäre. Insofern war ich ohne Hausgespenst rundum zufrieden. Aber bevor wir weiterreden, brauch ich einen Kaffee.«

Sie ging in den Speisesaal, nahm sich einen Kaffee und beschloss, dass heute ein günstiger Zeitpunkt sei. Jetzt, wo alle glücklich und erleichtert waren, dass die Abnahme des Gebäudes problemlos über die Bühne gegangen war.

Kurz nach ihr kam Owen hereingeschlendert. »Du warst der erste Übernachtungsgast, sofern ich richtig informiert bin.«

»Was mir gleichermaßen eine Riesenehre und ein Riesenvergnügen war.«

»Aber das Frühstück ist nicht nur für dich, damit du dir keine falschen Hoffnungen machst. Hope hat uns in aller Frühe angesimst und eingeladen.« Er nahm ihr gegenüber Platz. »Erzähl: Wo und wie hast du geschlafen?«

»Einfach wunderbar. Im J&R. Aber Genaueres bekommst du erst zu hören, wenn die anderen ebenfalls da sind. Wo bleiben sie eigentlich?«

»Ach, Mom findet immer eine Ecke, wo sie noch was geändert haben will. Du siehst gut aus«, fügte er hinzu.

Sie sah ihn über ihren Kaffeebecher hinweg an. »Ach ja?«

»Ja. Ausgeruht und energiegeladen. Arbeitest du heute?«

»Bis um vier hab ich frei.«

»Und warum bist du dann so früh auf den Beinen?«

»Aus alter Gewohnheit. Und weil mich der Kaffeeduft ebenso magisch aus dem Bett gelockt hat wie die Aussicht auf ein opulentes Frühstück.«

Wie aufs Stichwort trat in dem Moment Carolee mit einem Teller voll duftender Waffeln aus der Küche und brachte sie zum Büfett in eines der Rechauds, zwinkerte den beiden zu und verschwand wieder. Einen Moment später tauchte Hope mit einer Glasschale voll frischer Beeren und einem Saftkrug auf.

»Hope, ich könnte doch …«

Sie schüttelte den Kopf. »Du bist heute Gast«, erklärte sie und zog sich sofort wieder zurück, um kurz darauf eine Platte mit cremigem Rührei und gebratenem Speck warm zu stellen.

Beckett kam herein und schnupperte. »Riecht nach

Frühstück.« Er lugte vorsichtig unter den Deckel des ersten Rechauds. »Sieht wie Frühstück aus.« Er stibitzte ein Stück Speck. »O ja, schmeckt auch wie Frühstück.« Er hob den nächsten Deckel an. »Köstlich, Waffeln. Wir werden heute richtig verwöhnt.«

»Waffeln?« Ryder marschierte schnurstracks auf die Rechauds zu. »Und sogar meine Lieblingswaffeln. Ich mag nämlich die dicken runden lieber als die viereckigen.«

»Bedient euch.« Hope schob Justine in den Raum. »Ihr braucht nur zu fragen, wenn ihr sonst noch was wollt. Und sagt bitte ehrlich, wenn wir irgendetwas an der Zubereitung des Frühstücks ändern müssen. Ich hör mir lieber eure Kritik an als die der ersten Gäste.« Sie trat einen Schritt zurück und wartete gespannt, bis jeder vor einem gefüllten Teller saß.

Ryder schob sich den ersten Bissen einer mit Sirup getränkten Waffel in den Mund und kaute andächtig. »Du bist nicht gefeuert.«

»Das ist aus deinem Mund vermutlich ein gewaltiges Lob.«

»Es schmeckt köstlich, Hope. Ich wüsste nicht, was daran auszusetzen oder besser zu machen wäre.« Justine probierte gerade das Rührei. »Auch die Tischdekoration gefällt mir. Setz dich zu uns.«

»Ich will erst noch ein paar Kleinigkeiten erledigen. Nur wüsste ich gerne, wie es Avery im J&R gefallen hat.«

»Ich kam mir vor wie eine Prinzessin. Oder eher wie eine Königin«, verbesserte sie sich. »Und ich bin jetzt blitzesauber, denn gestern Abend hab ich mich in die

Wanne gelegt und heute Morgen die Dusche ausprobiert. Funktionierte alles tadellos. Shampoo und Duschzeug duften einfach herrlich. Besser geht's nicht.« Sie hielt Owen einen ihrer Arme hin, damit er daran schnuppern konnte.

»Riecht wirklich gut.«

»Und die Handtücher sind ein Traum, so dick und flauschig. Dann die Fußbodenheizung und der beheizbare Handtuchhalter – alles ist so luxuriös, dass man am liebsten das Bad gar nicht mehr verlassen möchte. Außer natürlich, man legt sich in dieses gigantische Bett und macht den Kamin an. Jedenfalls hab ich noch nie derart komfortabel geschlafen. Umgeben von Kissen aller Art.« Sie legte eine kleine Pause ein und dachte nach. »Den Fernseher, den Radiowecker und den DVD-Player, alles hab ich getestet, und wenn ich zehn Daumen hätte, würde ich sie alle in die Luft recken. Die Nacht in diesem Zimmer war rundherum fantastisch.«

»Super, genau das hoffte ich zu hören«, erklärte Hope und verließ den Speisesaal. »Bin gleich zurück«, sagte sie im Gehen.

»Wirklich keine Einwände, Beschwerden oder Vorschläge?«, hakte Justine nach.

»Höchstens einen guten Rat: Ändert nur ja nichts, denn es gab einfach nichts, was mich nicht total begeistert hätte.«

»In Ordnung.« Mit einem zufriedenen Nicken lehnte Justine sich auf ihrem Stuhl zurück. »Damit wäre dieses Zimmer abgehakt.«

Avery räusperte sich. »Wenn ihr alle schon mal hier zusammen seid – es gibt etwas, worüber ich gerne mit euch reden würde. Indirekt hat es mit dem Hotel zu tun.«

»Schieß los«, ermunterte Ryder sie, während er sich eine weitere Waffel holte. »Wo steckt eigentlich D.B.?«

»Er liegt am Empfang neben dem Kamin. Während der Essenszeiten darf er nicht in diesen Raum«, erklärte Justine.

»Aber ...«

»Er kriegt nichts vom Tisch, basta. Hope hat ihm ein paar Leckerlis gegeben, und das muss reichen. Also, Avery, worüber willst du mit uns reden?«

Obwohl sie ziemlich nervös war, fasste sie sich ein Herz und holte tief Luft. »Ich geh mal davon aus, dass viele der künftigen Hotelgäste mittags oder abends zu mir ins Vesta kommen. Zum Essen oder auf ein Bier. Aber es gibt bestimmt auch Leute, die sich was anderes vorstellen als Pizza und Pasta und deshalb nach South Mountain oder Shepherdstown fahren werden. Weil es das Restaurant am Markt ja nicht mehr gibt.«

»Fang bloß nicht damit an«, murmelte Owen.

»Okay, der alte Laden war ein Reinfall«, fuhr sie entschlossen fort. »Doch das müsste ja nicht wieder so kommen. Jedenfalls täte es Boonsboro sicherlich gut, neben dem Vesta ein etwas schickeres Restaurant vorweisen zu können.«

Sie zwang sich zur Ruhe, bevor sie weiterredete. »Ich bin auf die Idee gekommen, weil des Öfteren Leute bei mir nachfragen, wo man im Ort gemütlich einen Wein trinken kann. Natürlich gibt's den auch bei mir, aber eine Pizzeria ist nicht gerade der Inbegriff von Gemütlichkeit.«

»Erst mal kümmern wir uns jetzt um die Bäckerei«, beugte Owen gleich vor. »Und danach suchen wir einen neuen Pächter für das Restaurant. Diesmal müssen wir mit mehr Umsicht vorgehen und uns einen vernünftigen Geschäftsplan vorlegen lassen. Und es muss jemand mit einem Gespür für die Location sein.

»Das seh ich genauso«, stimmte Avery ihm zu. »Nachdem ihr inzwischen auch das angrenzende Haus gekauft habt …«, sie räusperte sich erneut und schob ihr inzwischen kaltes Rührei auf dem Teller hin und her, »wäre es doch zu überlegen, ob ihr die Räumlichkeiten nicht zusammenlegt. Dann könntet ihr auf der einen Seite eine Bar einrichten und auf der anderen ein Restaurant. Beides natürlich innen miteinander verbunden. Vielleicht bliebe sogar Platz für eine kleine Bühne. Die Leute mögen Livemusik. Ein schickes Restaurant mit angrenzender Bar. Gutes Essen, guter Wein, raffinierte Cocktails und andere Getränke, dazu Musik …«

»Klingt gut«, fing Justine an.

»Bring sie bloß nicht auf dumme Gedanken«, warnte Ryder.

»Es wäre auch für das Hotel nicht schlecht«, fuhr Avery fort. »Immerhin bietet ihr kein Essen an, außer ein paar Snacks vielleicht. Ihr könntet sogar Pakete anbieten: Übernachtung inklusive Dinner für zwei Personen in einem eleganten Restaurant gleich nebenan. Oder ihr lasst hier bei euch im Speisesaal servieren – ist alles bloß eine Sache der Absprache. Würde aber euer Angebot aufwerten.«

»Auf jeden Fall«, pflichtete ihr Beckett bei. »Darüber haben wir natürlich bereits nachgedacht, nur ist es alles andere als leicht, jemanden zu finden, der ein solches Restaurant in unserem Sinne zu führen vermag.«

»Ich will, und ich kann«, erklärte sie wie aus der Pistole geschossen und verschränkte ihre Hände fest in ihrem Schoß.

»Und was machst du mit deiner Pizzeria?« Ryder sah sie fragend an. »Die aufzugeben, das würde ich dir persönlich übel nehmen. Ohne meine Kriegerpizza komm ich nämlich nicht klar.«

»Sie gibt das Vesta ganz bestimmt nicht auf.« Owen war der Appetit vergangen, und er schob seinen Teller fort. »Im Ernst, Avery: Meinst du nicht, dass du dir damit endgültig zu viel Arbeit aufl ädst?«

»Ich könnte Franny stärker einsetzen und vielleicht auch Dave. Justine, das alte Restaurant passte ganz einfach nicht nach Boonsboro, aber ich weiß ganz genau, was hier gebraucht wird, und würde bestimmt dafür sorgen, dass der Laden brummt.«

»Ich bin ganz Ohr.«

»Oje.« Ryder schüttelte den Kopf und schob sich den nächsten Waffelbissen in den Mund.

»Es müsste gleichzeitig behaglich und modern sein, durchaus ein bisschen hip, jedoch ganz sicher nicht überkandidelt oder abschreckend elegant. Vielleicht mit ein paar Zweiersofas, einer Reihe niedriger und hoher Tische und vor allem einer schicken Bar. Außerdem bräuchte man Barkeeper, die ihr Handwerk verstehen. Alles müsste von hohem Niveau sein, vielleicht bevorzugt mit regionalen Erzeugnissen. Liegt derzeit im Trend.«

Da niemand ihr ins Wort fiel, redete sie einfach weiter. »Mittags würde eine große Auswahl an Salaten, Sandwiches und Suppen angeboten, und zwar zu moderaten Preisen. Wichtig wäre, dass zumindest mittags täglich geöffnet ist.«

»Was bei dem alten Laden ein Problem war«, warf Beckett ein.

»Stimmt.« Sie nickte ihm kurz zu. »Für den Abend denke ich an eine übersichtliche Karte mit ausgewählten Vorspeisen. Bei den Hauptgerichten müssten neben ordentlichen Steaks ein paar interessante Geflügel- und Fischgerichte angeboten werden. Möglichst aus der Region, wie gesagt. Das Essen soll den Leuten Freude bereiten und sie gleichzeitig daran erinnern, wo sie sich befinden. Ich weiß, was diese Stadt und die Gegend zu bieten haben, und ich weiß, was den Menschen hier schmeckt.«

»Davon bin ich überzeugt«, murmelte Justine.

»Ich hab schon mal einen Geschäftsplan aufgestellt, mir eine Speisekarte überlegt und die ungefähren Preise kalkuliert. Natürlich verursacht es Mühe und Kosten, die beiden Gebäude wieder zu verbinden, doch es wird sich meiner Meinung nach lohnen.« Sie schaute in die Runde. »Ich würde dafür sorgen, dass sich diese Arbeit für euch lohnt.«

»Wie lange denkst du bereits darüber nach?«, fragte Owen.

»Seit ungefähr zwei Jahren – seit mir klar wurde, warum das andere Restaurant nicht lief. Es ist keine spontane Idee«, erklärte sie, denn sie wusste seinen skeptischen Blick zu deuten. »Ich kann zwar ziemlich impulsiv sein, aber wenn es ums Geschäft geht, überleg ich erst, bevor ich handle. Ihr habt mir schließlich auch vertraut, als ich wegen der Pizzeria zu euch kam.«

»Mit Recht, wie sich gezeigt hat.« Becketts Stimme klang nachdenklich. »Trotzdem möchte ich mir die Gebäude gründlich ansehen, bevor wir eine Entscheidung fällen.«

»Na klar. Ich bring euch den Geschäftsplan, die Karte und das andere Zeug einfach vorbei.«

»Gut.« Justine nickte zustimmend. »Hört sich alles interessant an, aber natürlich müssen wir das alles gründlich diskutieren und kalkulieren.«

»Ist doch selbstverständlich. Dann lass ich euch erst mal alleine, damit ihr in Ruhe reden könnt.« Sie stand auf. »Danke, dass ich das Zimmer testen durfte. Es war eine wahrhaft denkwürdige Nacht.«

»Wir sprechen uns«, versprach Justine und führte nachdenklich den Becher mit dem inzwischen kalt gewordenen Kaffee an den Mund.

Nachdem Avery den Raum verlassen hatte, sah sie ihre Söhne fragend an. »Und, was haltet ihr davon?«

»Ich weiß nicht, ob Avery sich nicht überschätzt.« Owen ergriff als Erster das Wort. »Wie will sie zwei Service- und zwei Küchenteams leiten, dazu die Bar, und sich um den Einkauf sowie den Bürokram kümmern?«

»Sie ist ein richtiges Energiebündel«, meinte Ryder, bevor er seiner Mutter einen frischen Kaffee holte. »Wenn jemand das schafft, dann sie.«

»Alles ist machbar.« Justine blickte Beckett lächelnd an. »Für uns wäre es vorteilhaft, jemanden zu haben, dem wir blind vertrauen können und der eine grundsolide und innovative Geschäftsidee entwickelt hat. Ihr Konzept scheint mir rundherum perfekt.«

»Die Idee ist gut«, stimmte Owen zögernd zu. »Trotzdem befürchte ich, dass sie sich damit übernimmt.«

»Du hast einfach Angst, dass sie sich zu viel zumutet. Und du fragst dich, wann ihr euch dann noch sehen sollt, zumal ihr gerade über gemeinsame Pläne nachdenkt …«

Als Owen Ryder mit einem kalten Blick bedachte, warf der abwehrend die Hände in die Luft. »Ich hab Mom kein Wort verraten.«

»Also bitte«, beschied Justine ihn. »Glaubst du etwa, das müsste mir jemand erzählen? Manchmal bist du wirklich dämlich. Hast du noch immer nicht begriffen, dass ich alles weiß? Zu jeder Zeit?« Sie sah ihren Sohn mit einem selbstzufriedenen Lächeln an. »Trotzdem kann ich deine Sorgen gut verstehen und teile sie sogar. Trotzdem denke ich in dieser Hinsicht eher wie Ry: dass sie es schaffen kann und dass das ganze Vorhaben nur vorteilhaft für uns wäre.«

Sie lehnte sich erneut auf ihrem Stuhl zurück und nickte. »Okay, lasst uns einen Ortstermin machen, und anschließend reden wir weiter. Einverstanden?«

Als Owen Avery ein paar Stunden später in der Lounge aufspürte, hockte sie inmitten eines Berges von DVDs auf dem gefliesten Fußboden und schlitzte die Verpackungen mit einem kleinen messerartigen Werkzeug auf.

»Was machst du da?«

»Ich liege in Saint Tropez am Strand und lass mich von der Sonne bescheinen.«

»War eine blöde Frage, ich weiß.« Er setzte sich auf die braune Ledercouch. »Ist heute nicht dein freier Tag?«

»Ja, und den nutze ich, indem ich ein bisschen mit DVDs spiele. Hope hat mir diesen Spezialöffner für Plastikhüllen gegeben. Ich wusste gar nicht, dass es so was gibt. Ich darf gar nicht daran denken, wie viele Stunden meines Lebens ich damit vergeudet habe, gegen diese dämlichen Verpackungen anzukämpfen, während es mit dieser Wunderwaffe wirklich kinderleicht ist.« Sie hielt ihm eine DVD vor die Nase. »Hast du den je gesehen?«

Er las den Titel. »*Tatsächlich Liebe*? Nein.«

Sie legte ihren Kopf ein wenig schräg und bedachte ihn mit einem weisen Blick. »Weil du denkst, alles, was nach wahrer Liebe klingt, muss ein Mädchenfilm sein.«

»Es ist ein Mädchenfilm.«

»Da irrst du dich gewaltig.«

»Wird darin etwas in die Luft gesprengt?«

»Nein, es ist eine romantische Komödie mit jeder Menge sehr, sehr erwachsener Szenen und Dialoge. Weshalb es ein wirklich toller Film nicht nur für Mädchen ist. Ich hab ihn selbst auf DVD. Und wie sieht's hiermit aus?« Sie hielt ihm den *Terminator* hin.

»Das ist ein anständiger Film. Warum bist du so nervös?«

»Ich bin nicht nervös. Ich öffne DVDs und unterhalte mich über Filme.«

»Avery.«

Einander so gut zu kennen konnte ebenso von Vorteil wie von Nachteil sein, dachte sie. Doch auf jeden Fall ersparte es viel Zeit.

»Ich überlege gerade, ob deine Familie dich geschickt hat, um mir die Hiobsbotschaft zu überbringen. Mir zu sagen, dass meine Idee aus eurer Sicht totaler Schwachsinn ist.«

»Nein, noch ist nichts entschieden. Zunächst haben wir uns die Räumlichkeiten angesehen, und Beckett muss jetzt Möglichkeiten und Kosten eines Umbaus prüfen beziehungsweise durchrechnen.«

»Aber ihr habt grundsätzliche Bedenken, die mich betreffen. Richtig?«

»So würde ich das nicht sagen. Allerdings frag ich mich, woher du die Zeit und Energie für einen zweiten Laden nehmen willst. Schließlich weiß ich ungefähr, wie viel Zeit und Arbeit du bereits ins Vesta investierst.«

Sie schlitzte die nächste Folie auf. »Und woher willst du das wissen?«

Weil er sie bereits seit einer Ewigkeit beobachtete, ging es ihm durch den Kopf. Und zwar häufiger, als ihm selbst bewusst war. Doch gab er das nicht zu. »Wieso sollte ich das nicht bemerken?«, fragte er stattdessen. »Ich bin ständig drüben bei dir, alleine oder mit meinen Brüdern und sogar mit Geschäftspartnern. Da konnte ich mir ein ziemlich gutes Bild von deiner Tätigkeit machen.«

»Dann weißt du ja außerdem, wie gut der Laden läuft.«

»Hab ich je etwas anderes behauptet? Nur müsstest du in ein zweites Restaurant die gleiche Arbeit stecken, und das ist meiner Einschätzung nach einfach zu viel für einen einzelnen Menschen.«

Sie knüllte die Folie zusammen und warf sie in einen leeren Karton. »Ich werde den Eindruck nicht los, dass du in dieser Angelegenheit nicht für mich stimmen wirst.«

»Das hab ich nicht gesagt.«

»Ist auch gar nicht nötig, denn ich kenn dich schließlich genauso lange wie du mich.«

»Keiner von uns will, dass du dich kaputtmachst oder in eine Zwickmühle gerätst.«

»Glaubst du, ich wüsste nicht, wie viel ich leisten kann und wo meine Grenzen sind? Tanzt du nicht selbst auf mehreren Hochzeiten gleichzeitig, Owen? Denk an all die verschiedenen Aufgaben, für die du zuständig bist. Wie viele Mietobjekte hast du zu verwalten und wie viele Baumaßnahmen zu überwachen? Und zu wie vielen Auftraggebern, Handwerkern und Zulieferern musst du ständig Kontakt halten?«

»Das ist nicht ganz vergleichbar, weil wir uns die Aufgaben teilen. Du aber willst die Sache völlig alleine durchziehen.«

Sie raufte sich ihr Haar, das gerade nicht mehr kupfer-, sondern mahagonifarben leuchtete. »Jetzt komm mir bloß nicht so. Ich weiß genau, dass du dich um das meiste der genannten Angelegenheiten kümmerst. Beck ist zuständig für die Entwürfe und Ry für die Durchführung, also die Baustellen. Du aber musst dich überall einbringen, jedes Detail im Auge behalten, von der Grundsteinlegung bis zur Inneneinrichtung.«

»Richtig, aber …«

»Kein Aber«, fauchte sie ihn wütend an. »Ich kann seit einem Jahr exakt beobachten, was du alles leisten musst. Du wie die anderen auch. Und falls du mir eines Tages erzählen solltest, dass ihr das verdammte Weiße Haus vollkommen neu gestalten sollt, dann würde ich euch das zutrauen. Schade nur, dass du mir nicht ebenfalls ein solches Vertrauen entgegenbringst.«

»Es geht nicht darum, dir was zuzutrauen oder nicht …«, begann er, doch sie sprang zornig auf.

»Hör zu, wenn die Antwort Nein lautet, ist das okay. Es ist euer Haus, mit dem ihr machen könnt, was ihr wollt. Und wenn ihr eine andere Nutzung vorzieht, so ist das euer gutes Recht. Nur sagt bitte nicht, dass ihr euch dagegen entscheidet, weil ihr es mir nicht zutraut.«

»Avery.«

»O nein. Du solltest dir meinen Geschäftsplan, die Speisekarte sowie die Gewinn- und Verlustrechnung des Vesta ansehen. Und mir mit demselben Respekt begegnen wie euren sonstigen Geschäftspartnern und Mietern. Ich bin keine Träumerin, Owen, das war ich nie. Ich weiß, was ich kann, und tu genau das. Wenn dir das nicht klar ist, kennst du mich anscheinend deutlich schlechter, als ich dachte«, sagte sie und stürmte zornig davon.

Na toll, dachte Owen, das hatte er ja großartig hingekriegt. Auf alle Fälle kannte er sie gut genug, um zu merken, dass er sie zutiefst verletzt hatte. Und dass er etwas unternehmen musste.

Aber er brauchte Zeit zum Nachdenken, und so begann er zunächst einmal, die DVDs dem Alphabet nach in das Regal unter dem Flachbildschirm zu stellen.

9

Nach langem Überlegen kam er zu dem Schluss, dass sie für ein Gespräch am zugänglichsten sein würde, wenn sie sich in weihnachtlicher Stimmung befand. Also wartete er bis zum Heiligen Abend und klopfte gegen siebzehn Uhr bei ihr an.

Passend zum Fest schimmerten ihre Haare in einem weihnachtlichen Rot, als sie ihm die Tür öffnete. Sie trug eine enge schwarze Hose, die ihre wohlgeformten Beine vorteilhaft zur Geltung brachte, und einen raffiniert ausgeschnitten Pullover, so blau wie ihre Augen. Ihre Füße waren nackt und die Nägel weihnachtsgrün lackiert.

Warum sah diese schrille Farbkombination bei ihr nur derart sexy aus?

»Frohe Weihnachten.«

»Noch nicht.«

»In Ordnung. Dann wünsch ich dir einen schönen Weihnachtsabend«, sagte er und setzte ein Lächeln auf. »Hast du eine Minute Zeit?«

»Aber wirklich nur eine Minute. Ich muss noch alles herrichten, bevor ich zu Clare fahre. Später will ich mit zu meinem Dad, und dort übernachte ich auch, damit …«

»Du willst mit ihm frühstücken und dich ein bisschen

mit ihm alleine unterhalten, bevor ihr zusammen zu meiner Mutter fahrt.« Er klopfte sich gegen die Stirn. »Ich hab die Weihnachtsplanung von euch allen hier oben gespeichert. Hope ist in Philadelphia bei ihrer Familie und kommt morgen Nachmittag zurück, Ry fährt wie du und ich heute bei Clare und Beckett vorbei, und am Abend sind wir dann bei meiner Mutter. Und morgen trifft sich dort die ganze erweiterte Familie.«

»Damit sie euch nach Strich und Faden verwöhnen kann.«

»Genau. Darauf freuen wir uns schließlich das ganze Jahr.«

»Warum bist du eigentlich jetzt hier, obwohl wir uns doch bei Clare sehen?«

»Ich wollte vorher kurz mit dir alleine sprechen. Darf ich reinkommen, oder bist du immer noch sauer auf mich?«

»Nein, inzwischen hab ich mich abgeregt.« Sie trat einen Schritt zurück und ließ ihn vorbei.

»Du hast angefangen, deine Sachen auszupacken«, meinte er anerkennend. »Die Zahl der Kisten dürfte sich etwa halbiert haben.«

»So etwas mach ich oft, wenn ich wütend oder traurig bin. Meist fang ich an zu kochen, doch diesmal war der Kühlschrank meines Vaters so schnell voll, dass ich mir was anderes überlegen musste. Da hab ich eben weiter ausgepackt, um Dampf abzulassen.«

»Dann warst du ja sozusagen ungewollt produktiv.«

»Tja, auf diese Weise war meine Verärgerung wenigstens für etwas gut.«

»Tut mir leid.«

Sie winkte ab. »Schwamm drüber, aber ich muss mich jetzt wirklich fertig machen.« Sie ging in ihr Schlafzimmer, und Owen folgte ihr.

Von dem schönen antiken Messingbett mit den gedrehten Stäben war momentan nicht viel zu sehen. Avery war offenbar hinsichtlich ihres Weihnachtsoutfits unschlüssig gewesen und hatte alle möglichen und unmöglichen Varianten auf dem Überwurf ausgebreitet.

Sie zog die oberste Schublade ihrer Kommode auf, in der nicht etwa wie bei anderen Leuten Unterwäsche lag, sondern eine riesengroße Ohrringsammlung.

»Meine Güte, Avery. Du hast doch nur zwei Ohren.«

»Ich trag normalerweise keine Ringe, keine Armbänder und keine Uhr. Wegen der Küchenarbeit. Und das kompensiere ich durch jede Menge Schmuck für meine Ohren.« Nach kurzem Überlegen wählte sie zwei Silberreifen mit baumelnden Ringen in der Mitte. »Na, was meinst du?«

»Äh … sehr nett.«

»Hm.« Sie zog die Reifen wieder aus den Ohrlöchern und probierte es mit einem langen silbernen Perlengehänge mit kleinen blauen Steinen.

»Ich bin gekommen, weil …«

Sie sah ihn im Spiegel an. »Erst muss ich dir etwas sagen.«

»Meinetwegen. Du zuerst.«

Sie trat an ihr Bett, warf ein paar Sachen in eine bereitstehende Reisetasche und zog den Reißverschluss zur Hälfte zu. »Vielleicht hab ich ein bisschen überreagiert. Kann sein. Vermutlich weil du es warst und ich einfach davon ausgegangen bin, dass du an mich glaubst.«

»Avery …«

»Ich bin noch nicht fertig.« Sie eilte ins Bad und kam mit einem Kosmetikbeutel zurück, in dessen durchsichtiger Vordertasche Owen ihr Make-up und all die anderen Schminkutensilien sah, die Frauen benutzten. Dabei fand er sie eigentlich auch ohne das ganze Zeug im Gesicht ausnehmend hübsch.

»Ich hätte damit rechnen müssen, dass du vor allem praktisch denkst«, fuhr sie fort, »aber genau das hab ich nicht getan. Sondern vorausgesetzt, du würdest so denken wie ich. Also erst mal die Idee toll finden. Ich bin immer noch nicht fertig«, meinte sie und verschloss sorgfältig den Kosmetikbeutel, bevor sie ihn in ihre Reisetasche schob. »Aber nachdem ich so viel gekocht hatte, dass ich ganz Boonsboro im Fall einer plötzlich einbrechenden Hungersnot versorgen könnte, und mich danach wie eine Verrückte mit Auspacken beschäftigte, kam ich langsam zur Besinnung. Natürlich wäre ich nach wie vor traurig, wenn aus der Geschichte nichts würde, doch eines möchte ich unter keinen Umständen: Ich will die Räume nicht nur deshalb, weil ihr mich schon ewig kennt und euch verpflichtet fühlt. Das wäre genauso schlimm wie das Gegenteil: dass ihr mir das Ganze nicht zutraut.«

Sie drehte sich zu ihm um. »Ich will, dass ihr mich respektiert, aber ich will ganz bestimmt nicht, dass ihr mich bevorzugt, weil ich eine Freundin der Familie bin. Vielleicht fällt es dir schwer, das zu akzeptieren, Owen – nur anders geht es für mich nicht.«

»Natürlich versteh ich das, auch wenn deine Einstellung es uns nicht immer leicht machen wird. Weißt du, man kann so etwas manchmal nur schwer voneinander trennen.«

»Stimmt, doch wir sollten uns zumindest bemühen.« Sie zog ein Paar Stiefel aus dem Schrank mit hohen, millimeterdünnen Absätzen, wie er sie an ihren Beinen noch nie gesehen hatte. Sie nahm auf der Bank am Fußende des Bettes Platz, stieg in die Stiefel und zog die Reißverschlüsse vorsichtig nach oben.

Owen musste schlucken, so sinnlich sah das aus. »Hm. Tja, nun …« Als sie aufstand, brach er ab. »Wow.«

»Damit meinst du die Stiefel, stimmt's?« Nachdenklich blickte sie an sich herab. »Hope hat sie mir aufgeschwatzt.«

»Ich liebe Hope«, erklärte er, während sie die Schranktür öffnete und sich im Spiegel auf der Innenseite betrachtete. »So hab ich dich noch nie gesehen.«

»Heute ist der vierundzwanzigste Dezember, und ich muss nicht arbeiten. Wann soll ich so was anziehen, wenn nicht an diesem Tag?«

»Keine Einwände. Du siehst toll damit aus.«

Sie lachte fröhlich und sah ihn aus blitzenden Augen an. »Danke für das Kompliment. Für mich gibt es viel zu selten eine Gelegenheit, schicke Sachen anzuziehen … Aber lassen wir das – es wird Zeit für mich. Allerdings könntest du mir noch helfen, die Geschenke zum Wagen zu schleppen, sonst muss ich mindestens zweimal gehen.«

»Mach ich. Trotzdem würde ich gerne endlich loswerden, was ich dir sagen wollte.«

»Oh, richtig, tut mir leid. Ich dachte, das sei durch meine Beichte geklärt.«

»Nicht ganz.« Er holte eine kleine, bunt verpackte Schachtel aus der Jackentasche und hielt sie ihr hin. »In meiner Familie gibt es diese Tradition, dass man sich bereits am Weihnachtsabend das erste Geschenk überreicht.«

Sie schaute ihn halb skeptisch, halb spöttisch an. »Ist das etwa ein ›Wenn-ich-mich-nicht-mit-ihr-versöhne-schläft-sie-nächste-Woche-vielleicht-nicht-mit-mir‹-Geschenk?«

»Nein, das spar ich mir für morgen auf.«

Sie fing an zu lachen, und er grinste erleichtert.

»Da bin ich aber gespannt.«

Sie nahm das Kästchen in die Hand und schüttelte es leicht, hörte jedoch nichts. »Du hast die Schachtel ausgestopft.«

»Es ist allgemein bekannt, dass du immer schüttelst.«

»Es erhöht die Spannung, erst zu raten. Vielleicht sind es ja Ohrringe, und der Anblick meiner vollen Schublade hat dich deshalb so entsetzt. Keine Sorge, man kann nie genug Ohrringe haben.«

Sie riss Band und Papier von der Schatulle und warf es achtlos fort. Öffnete dann das Kästchen, hob das dicke Wattepolster an und sah zwei Schlüssel

»Für dein zweites Restaurant und deine Bar«, erklärte er.

Avery schaute ihn sprachlos an, ohne einen Ton herauszubringen.

»Ich hab mir deinen Geschäftsplan angesehen und den ganzen Rest. Er ist grundsolide und echt gut. Genau wie du.« Er atmete vernehmlich aus, während sie weiter sprachlos auf die Schlüssel starrte und sich wieder auf die Bank am Fußende des Bettes sinken ließ.

»Ryder war von Anfang an dafür, dir einen Pachtvertrag zu geben. Das kleine rothaarige Energiebündel werde das schon schaffen, meinte er. Und Beck befürwortet den Plan inzwischen ebenfalls, nachdem er alles noch mal baulich geprüft und die Kosten kalkuliert hat. Und meine Mutter? Die ist für jede verrückte Idee zu haben und stand von Anfang an auf deiner Seite. Und was mich betrifft …«

»Ein Nein von dir hätte gereicht, und die anderen würden auch ablehnen«, unterbrach sie ihn.

Er runzelte die Stirn und stopfte seine Hände in die Taschen seiner Jeans. »Moment mal. So laufen die Dinge bei uns nicht.«

»Owen.« Sie saß immer noch mit gesenktem Kopf auf der Bank und schob die Schlüssel in der Schachtel hin und her. »Sie hören auf dich. Vielleicht ist dir das nicht immer klar. Aber in einer so wichtigen Angelegenheit? Wenn es um geschäftliche Belange geht? Sie wissen ganz genau, dass du in dieser Hinsicht den größten Durchblick hast, und das respektieren sie. Genau wie Beck und Ry für ihre speziellen Zuständigkeitsbereiche. Du hast ja keine Ahnung, wie sehr ich deine Familie immer bewundert und beneidet habe. Einfach weil ihr eine derart tolle Truppe seid.«

Jetzt war es an ihm zu schweigen.

»Du hast nicht Nein gesagt?«

»Nein, hab ich nicht. Ich trau dir eine Menge zu, aber ich hab nicht gesehen, wie wichtig dir die Geschichte ist. Ich seh das alles und dich seit einiger Zeit mit neuen

Augen, viel persönlicher, weißt du. Daran muss ich mich erst gewöhnen.«

Sie starrte immer noch die Schlüssel an.

»Du arbeitest unglaublich hart. Warum tust du dir das an?«

»Ich hab keine andere Wahl.« Sie presste kurz die Lippen aufeinander. »Darüber will ich jetzt nicht reden, über den ganzen Kram, der in unserer Familie schiefgelaufen ist.«

»Okay.« Der Blick aus ihren wunderschönen, leuchtend blauen Augen, die mit einem Mal so kummervoll wirkten, brach ihm beinahe das Herz.

»Ich werde jetzt bestimmt nicht heulen. Gott verdammt, ich ruinier mir sonst mein Make-up. Gib mir einen Moment, dann geht's mir wieder gut.« Doch der Kampf gegen die erste Träne war bereits verloren, und sie wischte sie eilig fort. »Mir war nicht wirklich bewusst, wie sehr ich diese Sache wollte, bis du mit der Schachtel kamst. Vielleicht hab ich es auch verdrängt, um im Fall einer Ablehnung nicht völlig am Boden zerstört zu sein.«

Sie kämpfte immer noch gegen die Tränen an und atmete tief durch, um sich zur Ruhe zu zwingen. »Nicht einmal Clare und meinem Dad konnte ich gestehen, was dieser Plan mit dem zweiten Restaurant mir bedeutet. Ich hab mir eingeredet, dass es bloß eine Geschäftsidee sei. Doch das stimmt nicht: Für mich steckt viel mehr dahinter, ohne dass ich es genau formulieren könnte. Jetzt aber Schluss, sonst muss ich wirklich mein Make-up erneuern.«

Er griff nach ihrer Hand und umfasste sie. »Wie wirst du den Laden nennen?«

»MacT's Restaurant und Pub.«

»Hat was. Gefällt mir.«

»Mir auch.« Sie strahlte mit einem Mal wieder. »O Gott, es wird fantastisch und ein richtiger Renner!« Lachend schlang sie ihm die Arme um den Hals und hüpfte aufgeregt um ihn herum, trotz ihrer gefährlich hohen dünnen Absätze. »Wart's nur ab. Lass uns schnell unten reingehen und noch eine Flasche Sekt holen. Oder am besten zwei.« Als er sich ebenfalls erhob, warf sie sich ihm ungestüm in die Arme. »Danke.«

»Ist doch nur ein Geschäftsabschluss.«

»Trotzdem. Und das hier ist persönlich.« Schnell presste sie ihre Lippen auf seinen Mund, vergrub ihre Finger tief in seinem Haar und lehnte sich an seine Brust. »Vielen, vielen Dank.«

»Ich hoffe sehr, dass du dich bei meinen Brüdern nicht ebenfalls auf diese Weise bedankst, oder?«

»Nein.« Lachend schmiegte sie sich an ihn an. »*Du* warst schließlich mein allererster Freund und nicht einer von den beiden anderen.« Mit diesen Worten machte sie sich von ihm los, drückte ihm die Reisetasche in die Hand und wandte sich zum Gehen. »Nun aber schnell. Wir kommen ohnehin schon zu spät. Was du bekanntermaßen hasst.«

»Heute mach ich mal eine Ausnahme.«

»Ach, du lieber Himmel. Beinahe hätte ich über der Aufregung die Geschenke vergessen. Schau bitte in meinem Arbeitszimmer nicht genau hin. Dort sieht es fürchterlich aus.«

»Gut, ich geb mir Mühe«, sagte er und betrat, während sie sich in Schal und Mantel warf, mit ausdrucksloser Miene den Raum voller Geschenke, Plastiktüten, Folien- und Papierschnipseln.

»Soll das etwa alles mit?«

»Das da brauch ich gleich bei Clare, das da später für Dad und den Rest morgen bei deiner Mom. Ich liebe Weihnachten.«

»Was kaum zu übersehen ist.« Er gab ihr die Reisetasche. »Geh du schon mal voraus und hol den Sekt, und ich schlepp unterdessen den ersten Teil der Geschenke zum Wagen.«

»Danke«, sagte sie und eilte davon, während er einen Karton mit den Geschenkebergen hochwuchtete. Er stöhnte und rollte mit den Augen.

»Das hab ich gehört«, rief sie lachend über ihre Schulter zurück, um endgültig die Treppe runterzulaufen.

Es wurde ein wunderschöner Weihnachtsabend. Das begann gleich in dem Moment, als sie und Owen mit ihren Geschenken, dem Sekt und einem Blech Lasagne aus ihrer Schlechte-Laune-Phase, die sie noch schnell aus der Gefriertruhe geholt hatte, durch Clares Tür traten.

Seit die Freundin als junge Witwe mit zwei kleinen Kindern und im sechsten Monat schwanger heim nach Boonsboro gekommen war, hatte Avery am Weihnachtsabend immer ein paar Stunden mit ihr und den Jungs verbracht. Dieses Jahr aber waren neben Clares Eltern auch sämtliche Montgomerys dort aufgetaucht. Und Willy B., Averys Dad. Es entspann sich eine warme Atmosphäre wie in einer großen Familie, die schon immer das Weihnachtsfest gemeinsam begangen hatte.

Owen half Harry geduldig beim Zusammenbau eines

Schlachtschiffs, das aus Zigtausenden Legosteinen bestand, Ryder ließ sich von Liam zu einem PlayStation-Turnier herausfordern, während Murphy bevorzugt mit den beiden Welpen herumtollte. Allein D.B. verfolgte das Treiben gleichmütig und interessierte sich bloß für die Weihnachtsplätzchen, die ihm hier und da zugeworfen wurden.

Die beiden Mütter unterhielten sich auf ganz besondere Weise und überboten sich mit Ideen für die bevorstehende Hochzeit. Avery machte sich einen Spaß daraus zu beobachten, wie die Augen ihres Vaters sogleich zu funkeln begannen, wenn sein Blick auf Justine fiel. Warum in aller Welt war ihr das bloß früher nicht aufgefallen? Außerdem gab er einen guten Ersatzgroßvater für Clares Söhne ab, besonders für Murphy, der mit wachsender Begeisterung an dem großen Mann hoch- und runterkletterte. An diesem Abend empfand Avery voller Dankbarkeit, dass die Welt offenbar doch jede Menge Zauber bereithielt.

Und dieser Zauber verstärkte sich noch, als Owen kurz vor dem allgemeinen Aufbruch mit ihr vor die Tür trat und sie sanft küsste. Da spürte sie nicht mehr die Eiseskälte, sondern wurde gewärmt durch seine Nähe und den Glanz der Lichter, die im Haus strahlten. Das Wunder der Weihnacht, dachte sie, und eingehüllt in dieses Gefühl von Geborgenheit fuhr sie wenig später mit ihrem Vater nach Hause, um in ihrem alten Kinderzimmer dem Weihnachtstag entgegenzuschlafen.

Die aufgehende Sonne färbte den Himmel langsam heller, als sie zum ersten Mal die Augen aufmachte. Doch sie schloss sie gleich wieder, kuschelte sich in ihre warme Decke und ließ den Abend Revue passieren. Es war wunderbar gewesen, und der Tag, der gerade erst anbrach, würde sicherlich genauso.

Sie glitt möglichst lautlos aus dem Bett, zog dicke Socken an, nahm eine kleine Tüte aus der Reisetasche und schlich in den Flur. Tapste auf Zehenspitzen, weil manche Stufen knarrten, die Treppe herunter ins Wohnzimmer mit dem großen, bunt geschmückten Baum und dem kleinen steinernen Kamin, an dessen Sims zwei Strümpfe hingen. Einer war bereits prall gefüllt.

»Wie zum Teufel macht er das?«, murmelte sie verblüfft.

Sie wusste ganz genau, dass beide Strümpfe leer gewesen waren, als sie und ihr Vater zu Bett gingen. Dann hatte sie immerhin noch eine Stunde lang gelesen, weil sie nicht gleich einschlafen konnte – und trotzdem nichts gehört. Außer seinem Schnarchen.

Irgendwie schaffte er es jedes Jahr, den Strumpf zu füllen, ohne dass sie es merkte. Ganz egal, wie spät sie sich schlafen legte oder wie früh sie aufstand. Kopfschüttelnd füllte sie seinen Strumpf mit seinen Lieblingssüßigkeiten, einem Geschenkgutschein für das »Turn the Page«, Clares Buchhandlung, und einem Jahreslos der Lotterie. Dann trat sie lächelnd einen Schritt zurück und schlang die Arme um den Oberkörper.

Nur zwei Strümpfe, dachte sie, doch sie waren gefüllt, hingen dicht nebeneinander und standen für etwas, das ihr wichtiger war als alles andere.

Sie ging weiter in die kleine Küche. Hier, an diesem alten Gasherd, hatte sie sich selbst das Kochen beigebracht. Es war ihr nichts anderes übrig geblieben, denn die Zubereitung von genießbarem Essen stellte für Willy B. eine nicht zu bewältigende Herausforderung dar. Zwar versuchte er es, erinnerte sie sich, ganz ernsthaft.

Damals, als ihre Mutter sie verließ, tat er alles, um die entstandene Lücke zu füllen. Wollte dafür sorgen, dass es seiner Tochter an nichts fehlte, dass sie glücklich und sich seiner grenzenlosen Liebe sicher war. Er hatte es geschafft, nur das mit der Küche nicht. Angebranntes Essen, halb rohes Geflügel, zähes Rindfleisch, verkochtes Gemüse überzeugten sie davon, das Kochen selbst in die Hand zu nehmen. Anfangs der Not gehorchend, entwickelte sich daraus mit der Zeit eine echte Passion. Zumal sie schnell merkte, dass Kochen sie entspannte.

Außerdem freute es sie, wenn sie ihrem Vater auf diese Weise etwas zurückgeben konnte von seiner unermüdlichen Fürsorge. Er hatte ihr so viel gegeben und so viel für sie getan, ja, ihr sein ganzes Leben gewidmet, dass es ihr ein Bedürfnis war, ihm ebenfalls ihre Liebe zu zeigen. Deswegen auch bereitete sie, seit sie zwölf war, jedes Jahr sein Weihnachtsfrühstück zu.

Kaum war der Kaffee gekocht, der Speck gebraten und der kleine runde Tisch im Esszimmer gedeckt, hörte sie die Schritte ihres Vaters auf der Treppe und sein lautes Ho, ho, ho! Es war jedes Jahr dasselbe, stellte sie mit einem Grinsen fest. Zuverlässig wie der Sonnenaufgang tauchte er genau im rechten Augenblick auf.

»Frohe Weihnachten, mein wunderhübsches kleines Mädchen.«

»Frohe Weihnachten, mein großer attraktiver Dad.«

Sie stellte sich auf die Zehenspitzen, gab ihm einen Kuss und legte ihren Kopf an seine breite Brust. Niemand konnte einen tröstlicher umarmen als ihr bärenstarker Vater, dachte sie und schmiegte sich wohlig an ihn.

Er küsste sie zärtlich auf den Kopf. »Wie ich sehe, hat der Weihnachtsmann die Strümpfe rechtzeitig gefüllt.«

»Sieht so aus. Scheint ein echt gewiefter Bursche zu sein, denn ich hab ihn schon wieder nicht gehört. Hier, trink erst mal einen Kaffee. Außerdem gibt es Orangensaft, frische Beeren, gebratenen Speck und in ein paar Minuten frische Pfannkuchen.«

»Niemand kocht so gut wie du.«

»Und niemand isst mit einem solchen Appetit wie du.«

Er klopfte gut gelaunt auf seinen Bauch. »Hier geht ja auch eine ganze Menge rein.«

»Trotzdem solltest du vielleicht langsam mehr auf deine Figur achten. Wegen deiner Freundin, meine ich.«

Willy B. war sichtlich verlegen. »Also bitte, Avery.«

Sie bohrte ihm den Zeigefinger in den Bauch. »Spaß beiseite. Ich freu mich wirklich für dich, Daddy. Für euch beide. Es ist schön, dass ihr zueinandergefunden habt. Tommy fände es bestimmt ebenfalls gut.«

»Wir sind nur …«

»Egal. Das Einzige, was zählt, ist die Tatsache, dass es euch glücklich macht. Und jetzt trink deinen Kaffee.«

»Zu Befehl, Ma'am.« Er hob seinen Becher an den Mund. »Wenn ich ihn koche, schmeckt er nie so gut.«

»Du stehst mit Küchendingen nun mal auf Kriegsfuß, Dad. Das ist beinahe wie ein Fluch.«

»Deshalb liebe ich es ja so sehr, wenn du gelegentlich

für mich kochst. Weil du schon immer die geborene Köchin warst. Und bald hast du sogar zwei eigene Restaurants.«

»Und eine eigene Bar.«

»Das ist ja ein echtes Imperium.«

Lachend löffelte sie Teig in die erhitzte Pfanne. »Ein ziemlich kleines, aber für mich eine große Sache. Allerdings wird es noch eine Weile dauern, bis es so weit ist.«

»Justine ist offenbar hocherfreut, dass du die Räumlichkeiten pachten willst – sie hält große Stücke auf dich.«

»Das beruht auf Gegenseitigkeit – was übrigens für sämtliche Montgomerys gilt. War es gestern Abend bei Clare nicht einfach wunderbar?« Versonnen drehte sie den Eierkuchen um. »Alle dort zusammen so glücklich zu erleben. All dieser Lärm, all diese Fröhlichkeit, diese riesige Familie.«

Sie sah Willy B. mit einem wehmütigen Lächeln an. »Genau das hast du ebenfalls haben wollen: eine große Familie.«

»Ich könnte mir nichts Besseres wünschen als die Tochter, die mir geschenkt wurde.«

»Lieb, dass du das sagst. Trotzdem weiß ich, dass du gerne nicht nur ein Kind gehabt hättest, und bestimmt wärst du auch für eine ganze Horde ein wundervoller Dad geworden.«

»Und was möchtest du, meine Kleine?«

»Scheint so, als sei ein zweites Restaurant mein Herzenswunsch.«

Er räusperte sich. »Und wie sieht's mit Owen aus?«

Sie ließ den Pfannkuchen auf einen Teller gleiten, blickte über ihre Schulter und bemerkte, dass ihrem Vater die Frage etwas peinlich war. »Nun, ihn will ich vermutlich ebenfalls. Ist das für dich okay?«

»Er ist ein guter Junge beziehungsweise Mann. Und du hast immer schon für ihn geschwärmt.«

»Also bitte, Dad. Damals war ich noch keine sechs. Ich wusste nicht mal, was das bedeutet.«

»Da bin ich mir nicht so sicher. Ich hoffe nur sehr, dass er immer nett zu dir ist und dich anständig behandelt.«

Sie lachte. »Damit du ihn andernfalls wie einen Wurm zerquetschen kannst?«

Willy runzelte die Stirn und spannte seinen beachtlichen Bizeps an. »Wenn's sein muss.«

»Fein, dann kann ja nichts mehr schiefgehen.« Sie stellte die Teller mit den Pfannkuchen auf den Tisch. »Aber jetzt lass uns essen, damit ich mich anschließend auf meine Geschenke stürzen kann.«

Ohne viele Menschen im Haus war Weihnachten bei den Montgomerys nicht vorstellbar. Seit Jahren war es deshalb Tradition, dass Avery und ihr Vater sich am Weihnachtstag der Familie anschlossen, zu der auch Carolee mit Kindern und Enkeltöchtern zählte. Diesmal wurde der Kreis zusätzlich vergrößert durch Clare, ihre Kinder und Eltern sowie durch Hope. Selbst die Hunde hatten Zuwachs bekommen. Mit Becketts Welpen waren sie jetzt zu fünft.

Obwohl Avery zuvor das geruhsame Alleinsein mit ihrem Vater durchaus genossen hatte, rührte dieses muntere Treiben, die Gespräche der Erwachsenen, der Lärm der Kinder, das Bellen und Betteln der Hunde, eine besondere Saite in ihrem Innern an. Ein solches Leben wünschte sie sich, dachte sie, als sie in Justines Küche Knoblauch hackte.

Owen kam zu ihr und reichte ihr ein Glas Weißwein. »Du siehst glücklich aus.«

»Wenn man an Weihnachten nicht glücklich ist, wann dann?«

Er spähte neugierig in den Mörser mit den Kräutern, in den sie jetzt den Knoblauch gab. »Hm, riecht gut.«

»Wart's erst ab, wie es hernach mit den Pilzen schmeckt.«

»Fein, es gibt also gefüllte und überbackene Champignons? Könntest du die auch an Silvester machen?«

Sie nippte an ihrem Wein, stellte das Glas auf den Tisch und fuhr mit ihrer Arbeit fort. »Klar doch, wenn du willst.«

»Und wie sieht's mit diesen kleinen Hackfleischbällchen aus?«

»Du meinst die Minifrikadellen?«

»Ja, genau.«

»Kein Problem.«

»Ich hab Mom gebeten, einen Schinken mitzubringen. Ich dachte, dass ich Sandwichs damit belege, und dazu vielleicht noch eine Käseplatte und Gemüse mit Dips …«

»Bestell keine fertigen Platten, sondern kauf einfach die Sachen ein. Ich zeig dir dann schon, wie du das anrichtest.«

Er hatte gehofft, dass sie das sagen würde. »Großartig, wunderbar. Da fällt mir ein Stein vom Herzen. Vielleicht schreibst du mir noch auf, was du an Zutaten für die Champignons und die kleinen Frikadellen brauchst, damit ich alles besorgen kann.«

D.B. schlich sich von hinten an Avery heran, setzte sich vorsichtig auf ihren Fuß und bedachte sie mit einem treuherzigen Blick.

»Das hier magst du ganz bestimmt nicht.« Sie tätschelte dem Hund kurz den Kopf.

Im selben Augenblick drang kreischendes Gelächter aus dem Wohnzimmer herüber. »Ich bin Erster! Ich bin Erster«, brüllte Harry.

»Wii.« Owen lachte. »Das Ding holt das Beste und zugleich das Schlimmste aus einem Menschen raus.

»Dabei könnte ich sogar gegen ihn gewinnen. Wartet's ab.« Sie blickte auf Clare, die gerade die Kartoffelscheiben für ein Gratin in eine flache Schale legte. »Ich werde deinen Erstgeborenen fertigmachen. Gegen mich hat er nicht die geringste Chance.«

»Vorsicht, er ist unglaublich gewieft und hat stundenlang geübt.«

»Du ziehst einen echten Fiesling groß«, knurrte Ryder, der soeben die Küche betrat.

»Hat er dich etwa besiegt?«

»In drei Runden, aber er spielt nicht fair.« Ryder öffnete den Kühlschrank, um sich eine Flasche Bier zu holen, und runzelte die Stirn. »Was ist denn das da in der großen Schüssel?«

»Eine Kleinigkeit zum Nachtisch.« Hope schob eine Hand an ihm vorbei und griff nach einem Teller mit Rohkost.

»So was nennst du eine Kleinigkeit? Sieht ganz schön mächtig aus.«

»Ist es auch, zumindest wenn du davon zu viel in dich hineinstopfst. Aber wir sind ja heute jede Menge Leute, da fallen die Portionen nicht so groß aus. Hier, das kannst du schon mal mitnehmen.«

Er bedachte das Gemüse mit argwöhnischem Blick. »Kinder wollen keine Möhren und keinen Sellerie und anderes blödes Zeug. Sie mögen Chips und das am liebsten mit Salsa, hat mir dein Zwerg erklärt. Je schärfer, umso besser.«

»Sie bekommen Möhren und Sellerie und anderes blödes Zeug«, sagte Clare mit Nachdruck. »Und vor dem Essen bekommt Murphy ganz sicher keine Taco-Chips mit Salsa.«

»Und du auch nicht.« Justine schaute nach dem Schinken im Backrohr. »Owen, nimm die Topflappen und hol bitte das Prachtstück raus – es ist nämlich furchtbar schwer. Clare, der Ofen gehört dir. Fürs Kartoffelgratin.«

»Und wann gibt's was Richtiges zu essen?«, wollte Ryder wissen.

»In anderthalb Stunden.«

»Wir sind Männer, echte Kerle, und haben stundenlang beim Wii geboxt, uns auf Skiern todbringende Abhänge runtergestürzt, Aliens bekämpft, Fußball gespielt und uns heiße Gefechte auf der Rennstrecke geliefert. Deshalb brauchen wir sofort was zu essen.«

»Vorspeisen in einer halben Stunde.«

Ryder wandte sich hoffnungsvoll an Avery: »Machst du auch was von deinem Zeug?«

»Na klar.«

»Okay.« Er nahm sein Bier, den Teller mit der Rohkost und wandte sich im Gehen an Hope. »Warum nennst du deinen Nachtisch eine Kleinigkeit, wenn er so mächtig ist?«

»Weil Kalorienbombe irgendwie nicht gut klingt und keinen Appetit macht«, sagte sie und verdrehte die Augen.

»Aha. Komm mit, D.B. Hier gibt's nichts mehr für uns.«

Traurig folgte der Hund seinem Herrn ins Wohnzimmer, wo Harry sie bereits jubelnd empfing. »Ich bin einfach unschlagbar! Hab ich es nicht gesagt?«

Clare hielt mit ihren Vorbereitungen inne, blickte auf das Treiben in der Küche, hörte das Gelächter ihres Vaters und die Stimme von Justine aus dem Esszimmer und ging hinüber ins Wohnzimmer, wo um den Baum herum die bereits ausgepackten Geschenke auf dem Boden lagen, die Kinder spielten und Cus vor dem flackernden Kaminfeuer schlafend auf dem Rücken lag, die Pfoten in die Luft gereckt. Der Lärm ringsum schien ihn nicht im Geringsten zu stören.

»Ist etwas nicht in Ordnung?« Owen trat plötzlich hinter sie und berührte ihre Schulter. Lächelnd drehte sie sich zu ihm um, schlang die Arme um seinen Hals und schmiegte ihren Kopf an seine Brust.

»Es ist alles bestens. Ganz genauso, wie's sein soll.«

10

Ein paar Tage nach Weihnachten kaufte Avery sich eine eigene Wii. Bisher hatte sie der Versuchung tapfer widerstanden – schließlich war sie täglich derart lange auf den Beinen, dass ihr keine Zeit zum Spielen blieb. Und vor allem machte es, wenn man alleine spielte, keinen echten Spaß.

Sie war früher bei diesem Spiel recht gut gewesen, aber inzwischen völlig aus der Übung. Wie ihr die doppelte Niederlage gegen Harry am Weihnachtstag gezeigt hatte. Erst beim Boxen und dann auch noch beim Bowlen. Schlimmer noch: Selbst die vierjährige Enkelin von Carolee hatte besser abgeschnitten als sie. Jetzt würde sie so lange üben, bis sie ein glänzendes Comeback feiern und alle fertigmachen konnte. Sie schüttelte den Kopf über sich selbst. Als ob sie nicht auch so schon alle Hände voll zu tun hätte, zumal einer ihrer Lieferfahrer ausgefallen war.

Trotzdem ließ sie es sich nicht nehmen, Hope bei den letzten Handgriffen in ihrer Wohnung zu unterstützen, und verbrachte, was bestimmt kein Opfer war, eine Probenacht in der Westley-und-Butterblume-Suite. Daneben begann sie intensiv mit den Vorbereitungen für das neue Restaurant und fertigte erste Skizzen für Aufteilung und Einrichtung der Räume. Jeden Abend, ehe sie ins Bett ging, blickte sie noch einmal aus dem Fenster auf die beiden Häuser, in denen sich bald ihre Lokalitäten befinden würden, und dachte an Owen, den sie seit Weihnachten kaum zu Gesicht bekommen hatte.

Zweimal kam es ihr so vor, als würde sie auf dem Balkon des BoonsBoro Inn die Silhouette einer Frau sehen, die suchend die Straße überblickte. Die auf Billy wartete und einem Mann über den Tod hinaus die Treue hielt. Avery, die sich für solche romantischen Geschichten begeistern konnte, hoffte sehr, eines Tages dem Geheimnis in den alten Mauern des Hotels dort drüben auf die Spur zu kommen. Wenn sie am Morgen erneut hinüber zum Fenster und Balkon des E&D blickte, konnte sie nie etwas Außergewöhnliches entdecken.

Die Tage bis Silvester vergingen wie im Flug. Um sechzehn Uhr schloss sie das Restaurant, trug die vorbereiteten Frikadellen in ihren Wagen, rannte in ihre Wohnung und war um fünf geduscht, geföhnt, geschminkt und angezogen. Silvester konnte beginnen. Eine kleine Reisetasche stand fertig gepackt neben der Tür. Diesmal waren darin nicht etwa ein warmer Flanellpyjama und dicke Socken, sondern verführerische, hauchdünne Dessous.

Wie würde es wohl sein, wenn sie mit Owen schlief?

Hör auf, ermahnte sie sich. Denk nicht darüber nach, versuch dir nicht vorzustellen, wie es wird, stell keine wilden Mutmaßungen an. Am besten ließ sie den Dingen ihren Lauf und wartete ab. Was allerdings leichter gesagt als getan war.

Auf dem Weg nach draußen schrieb sie eine SMS an

Hope. »Komme schnell bei dir vorbei, ob mein Outfit in Ordnung ist.«

Noch ehe sie den Motor ihres Wagens angelassen hatte, schrieb Hope zurück. »Stets zu Diensten.«

Avery fuhr auf den Parkplatz hinter dem Hotel, und noch während sie aus ihrem Wagen sprang, öffnete Hope bereits die Tür zur Rezeption. Sie lief die Treppe hoch, warf ihren Mantel über den hochlehnigen Stuhl vor dem Kamin und drehte sich einmal um sich selbst. »So, wie findest du mich?«

»Dreh dich ein bisschen langsamer.«

»Okay.« Sie atmete tief durch. »Ich bin ein bisschen aufgeregt. Erst hatte ich einen grauenhaften Tag, von dem ich dir später berichten werde, und dann konnte ich mich nicht entscheiden, welche Ohrringe ich tragen soll. Und wenn mir das passiert, dann bin ich wirklich ziemlich durch den Wind … Na ja, ist eigentlich kein Wunder, denn immerhin werde ich mit Owen schlafen. Morgen, das heißt eher heute Nacht. Nach der Party.«

»Also zunächst mal: Deine Ohrringe sind toll, waren also die richtige Wahl.« Sie deutete auf die dünnen Silberdrähte, an denen tropfenförmige Zitrine baumelten. »Die Farbe passt hervorragend zu dir und zu dem Kleid. Und jetzt dreh dich noch einmal langsam um dich selbst.«

Avery, in einem engen, kurzen kupferroten Kleid, vollführte eine anmutige Pirouette. »Recht so?«

»Perfekt. Das Kleid sieht super aus. Und die Schuhe auch. Man könnte meinen, beides würde zusammengehören. Der gleiche Metallicton.«

Avery seufzte. »Seit du hergezogen bist, hab ich mehr Schuhe gekauft als in den fünf Jahren zuvor.«

»Da siehst du mal, wie gut dir meine Nähe tut. Und was trägst du unter dem Kleid?«

»Außer meiner umwerfend verführerischen Granatapfellotion meine sexy zitronengelben Dessous, zu denen du mich überredet hast.«

»Eine perfekte Wahl.«

»Vor allem weil dieser BH selbst aus einem eher bescheidenen Busen den reinsten Männertraum macht.«

Hope lachte. »Owen wird es hoffentlich zu schätzen wissen. Aber …« Nachdenklich ging sie um die Freundin herum. »Eine Kleinigkeit fehlt noch.«

»Ach ja?«

»Warte, ich hab genau das Richtige für dich. Einen tollen Armreifen, den meine Schwester mir zu Weihnachten geschenkt hat.«

»Ich kann doch unmöglich etwas anziehen, was du selbst gerade erst geschenkt bekommen hast.«

»Natürlich kannst du. Meine Schwester hätte bestimmt nichts dagegen – sie mag dich nämlich.« Sie lief schnell nach oben, um ihn zu holen, und war wenige Minuten später zurück. »Schau her, passt super zu dir, so witzig wie er aussieht mit all den Bronze-, Gold- und Kupferperlen. Und zu deinem Kleid ist er die optimale Ergänzung.«

»Tausend Dank. Warum bist du eigentlich noch nicht umgezogen?«

»Clare und Beckett holen mich gegen acht ab, da bleibt mir noch jede Menge Zeit. Was ist mit dir? Magst du was trinken? Einen Kaffee?«

Avery schüttelte den Kopf und nahm sich ein Ginger Ale. Kaffee wäre sicherlich nicht ratsam, denn sie war schon aufgedreht genug. Auf eine positive Art allerdings.

Sie freute sich auf den Abend. Owens Partys waren immer toll, und sie würde jede Menge Spaß haben. Mit Freundinnen und Freunden lachen und reden, trinken und tanzen. Und mit ihrem Aussehen konnte sie mehr als zufrieden sein, wie Hope schließlich gerade bestätigt hatte.

Vor allem aber würde sie nicht nur ein neues Jahr beginnen, sondern auch in ein neues Stadium ihrer Beziehung zu Owen treten. Und wenn's nicht funktionierte, trug niemand einen Schaden davon, machte sie sich Mut und trank einen großen Schluck von ihrem Ginger Ale.

Sie schlenderte hinüber zum Foyer. Obwohl dort noch keine Blumen standen, duftete es wie in T&O nach süßem Feenstaub. Weiß der Teufel, wie Hope das anstellte. Sie ging in den Speisesaal, schaute vom Fenster hinüber zur anderen Straßenseite. Zu dem Gebäude, in dem bald ihr neues Restaurant eröffnet wurde. Hoffentlich war sie dann bereit für diesen Schritt.

Und hoffentlich war sie bereit für das, was heute Nacht geschehen würde.

Plötzlich wehten mitten im Winter eine milde Sommerbrise und der süße Duft von Geißblatt durch den Raum. Mit wild klopfendem Herzen drehte sie sich um. »Ich wusste nicht, dass du auch nach unten kommst, aber wahrscheinlich gibt es keinerlei Beschränkungen für dich …«

Ein Bild, das ein wenig schief hing, wurde mit einem Mal von unsichtbarer Hand zurechtgerückt.

»Wahnsinn, toller Trick. Aber wie dem auch sei – ich wünsche dir ein frohes, neues Jahr«, sagte sie und drehte sich zu Hope um, die sich wieder zu ihr gesellte. »Ich wusste nicht, dass deine Mitbewohnerin herunterkommt.«

»Manchmal. War sie eben da?«

»Ja. Es war das erste Mal, dass ich Lizzy alleine begegnet bin. Wie kommst du mit ihr klar?«

»Großartig.« Hope tat, als sei eine Geister-WG die normalste Sache der Welt. »Ich hab letzte Nacht in ihrem Zimmer geschlafen. Im E&D.«

»Echt? War dir da nicht doch etwas merkwürdig zumute?« Avery schüttelte sich ein wenig, als würde ein unheimlicher Schauer sie gerade überlaufen.

»Nein. Und wenn *ich* dort nicht schlafen könnte, wie sollten wir das dann Gästen zumuten? Die für einen ungestörten, harmonischen Aufenthalt immerhin zahlen. Aber es war wirklich kein Problem«, erklärte sie, während sie eine Flasche Wasser aus dem Kühlschrank nahm. »Es ist ein wunderhübscher Raum.«

»Also ist nichts Gespenstisches passiert? Absolut nichts?«

»Nun ja, ich saß mit meinem Laptop auf dem Bett, und gegen Mitternacht gingen mit einem Mal die Nachttischlampen aus.«

»Wieso hab ich dann deine Schreie nicht bis in mein Haus gehört?«

»Weil ich nicht geschrien habe.« Hope lächelte. »Zugegeben, einen gewaltigen Schreck hat mir das Ganze schon versetzt, doch zum Glück ließen sich die Lampen gleich wieder anschalten. Allerdings hat sie sie ein paar

Sekunden später erneut gelöscht. Und da hab ich es kapiert: Sie wollte, dass ich endlich schlafe.«

»Und dann?«

»Ganz einfach. Ich hab meinen Laptop ausgestellt und getan, was sie verlangte. Weil ich sowieso vollkommen erledigt war. Nur als ich unter der Decke lag, ist etwas Seltsames passiert.«

»War das mit den Lampen nicht schon merkwürdig genug?«

»Warte. Die Tür auf der anderen Flurseite ging auf und zu. Das kam mir wie ein Signal von Lizzy vor. Dass sie in ein anderes Zimmer umzieht, um mich nicht zu stören. Fand ich sehr rücksichtsvoll.«

»Wir sollten versuchen, etwas über diesen Billy herauszufinden.« Kaum hatte sie das gesagt, fingen die Lichter in der Küche an zu flackern und brannten anschließend ein wenig heller als zuvor. »Aha, dieser Vorschlag sagt ihr offensichtlich zu.«

»Gute Idee. Sobald ich etwas mehr Zeit habe, bin ich dabei.«

»Ich frag auch mal Owen. Vielleicht gibt es ja irgendwo Unterlagen über das Haus und seine Bewohner.« Sie schaute auf die Uhr und schlenkerte mit ihrem Arm. »Danke nochmals für die Leihgabe. Sieht wirklich toll aus, aber jetzt sollte ich langsam los. Ich hab Owen versprochen, gegen halb sechs da zu sein und ihm bei den letzten Vorbereitungen zur Hand zu gehen.«

»Mit dir zieht Owen wirklich das große Los.«

Avery lachte. »Noch ist es nicht so weit. Bislang bin ich bloß eine gute Freundin. Schauen wir mal, was das nächste Jahr bringt.« Bevor sie ging, wandte sie sich erneut an Hope. »Und es macht dir echt nichts aus, wenn du hier alleine bist?«

»Bin ich etwa alleine?« Hope machte eine Kopfbewegung zu dem ungewöhnlich hellen Küchenlicht und lachte. »Ist okay.«

»Wenn ich bei dir übernachten soll …«

»Du willst doch nur in Luxus schwelgen, gib's zu.«

»Das natürlich auch. Aber wirklich, Hope, du brauchst es nur zu sagen, wenn …«

»Ich weiß.« Entschlossen drückte Hope ihr den Mantel in die Hand. »Und jetzt fahr endlich los und nimm dein Schicksal in die Hand.«

»Ich geb mir Mühe«, sagte Avery und war schon zur Tür heraus.

Owen überflog zum wiederholten Mal seine Vorbereitungsliste, die in seiner Küche hing, und hakte die Stichpunkte ab. Gerade war er bei »Musik«. Kurz vorher hatte er die Heizstrahler auf der Terrasse aufgestellt. Jetzt musste er nur noch das Essen herrichten, Gläser und Getränke bereitstellen, das Büfett aufbauen, die Säcke voller Eis für die Getränkeflaschen und -dosen in die großen Kübel schütten und, und, und.

Was hatte er sich nur dabei gedacht?

O ja, Avery. Er hatte nur an Avery gedacht. An sonst nichts.

Und deshalb musste er jetzt rühren und mixen und hacken und schneiden und am Ende alles möglichst ansprechend auf Platten arrangieren. Am besten ging er umgehend ans Werk.

Er holte Zutaten, Schüsseln, Schalen und Küchengeräte und breitete alles auf der Arbeitsplatte aus. Erleichtert atmete er auf, als die Haustür geöffnet wurde und kurz darauf Avery hereinspazierte.

Lächelnd drehte er sich um. »Hallo.«

Sein ganz privater Eingreiftrupp, dachte er und ging ihr entgegen, um ihr den Topf mit den Frikadellen abzunehmen. »Mein Gott, das sind ja Unmengen.«

»Du wirst sehen, dass am Ende nichts übrig bleibt«, sagte sie. »Ich muss schnell noch mal zu meinem Wagen und meine Tasche holen.«

»Die hol ich für dich, während du uns einen Wein eingießt.«

»Auch gut, die Tasche liegt auf dem Rücksitz.«

»Bin sofort wieder da.«

Sie schaute sich um. Trotz der bevorstehenden Party sah alles ordentlich und aufgeräumt wie immer aus. Zum ersten Mal betrachtete sie die Küche mit anderen Augen. Sie wirkte sehr einladend und komfortabel, allerdings ein wenig konservativ mit den gedeckten Farben, bei denen blassgrün dominierte. Sie hätte das Ganze mit Sicherheit ein bisschen aufgepeppt, vielleicht mit einem kräftigen Grün oder hier und da einem leuchtenden Tomatenrot, aber zu Owen passte die dezente Farbgebung ebenso wie das dunkle Holz, das ansonsten in der Küche vorherrschte.

Während sie sich aus ihrem Mantel schälte, ging sie die Liste an der Kühlschranktür durch und stieß ein leises Lachen aus. Die Idee zu dieser Party mochte ja spontan gewesen sein – die Durchführung hingegen war typisch Owen.

Sie schaute auf ihren Mantel, der unordentlich auf

einem Stuhl lag. Würde Owen nie tun, dachte sie und nahm die Sachen, um sie nach unten zu bringen, wo Owen in einem Vorraum zum Keller seine Jacken aufzuhängen pflegte. Sie warf einen Blick in die Waschküche und stellte fest, dass es dort aufgeräumter aussah als in ihrem Schlafzimmer.

Zurück in der Küche öffnete sie die Tür des Besenschranks und griff nach der Schürze, die an einem Haken hing. Noch bevor sie sie umbinden konnte, kam Owen wieder herein.

»Ich hab deine Tasche raufgebracht, falls du also noch was daraus brauchst …« Er brach ab, denn ihr Anblick verschlug ihm die Sprache, und er glaubte, sein Verstand würde aussetzen.

War das wirklich Avery?

»Was ist?« Verwirrt blickte sie an sich herab. »Hab ich etwa Flecken auf dem Kleid oder was?«

»Mein Gott, nein. Es ist nur … dass du … Mit einem Satz: Du siehst einfach umwerfend aus«, brachte er endlich hervor, woraufhin ein strahlendes Lächeln ihre Miene erhellte.

»Fantastisch?«

»Du …« Offensichtlich hatte sie ihn vollständig aus der Fassung gebracht. »Ja, auf jeden Fall. Fantastisch dürfte das richtige Wort sein.«

»Das Kleid ist neu, und nicht nur das. Hope hat mich beraten und auf diese Weise dazu beigetragen, mein Konto zu dezimieren.«

»Es hat sich auf jeden Fall gelohnt. Deine Beine …«

»Ja?«

»Wahnsinn.« Noch immer fand er kaum Worte.

»Damit entschädigst du mich zum Jahresende für viele Entbehrungen.« Sie ging auf ihren Wahnsinnsbeinen zu ihm und stellte sich auf die Zehenspitzen, um ihn zu küssen. »Danke.«

Er schmeckte und roch großartig. Und genauso sah er auch aus.

Später, sagte sie sich. Jetzt nicht. Anderes musste zuvor erledigt werden. Sie verschränkte ihre Hände hinter seinem Kopf. »Das ist eine ganz schön lange Liste, Owen.«

»Liste? Oh, die Liste. Ja, in den letzten beiden Tagen kam mir immer wieder arbeitsmäßig was dazwischen. Deshalb hab ich viel weniger geschafft als geplant.«

»Immer mit der Ruhe. So schlimm ist es nicht, denn das meiste hast du schließlich erledigt. Allerdings haben wir nur noch zwei Stunden, vielleicht etwas mehr, und da sollten wir langsam loslegen. Der Rest muss bis zum neuen Jahr warten, wenn du so willst.«

Er schlang ihr die Arme um die Taille. »Ich könnte ja ein Schild raushängen. Party abgesagt.«

»Bist du sicher, dass nicht mindestens die Hälfte der Leute trotzdem reinkommt? Wenngleich die Idee zugegebenermaßen etwas Verführerisches hat. Oder wir nutzen die Zeit bis zum Eintreffen der Gäste einfach anders. Für uns. Dann sind wir mit den Essensvorbereitungen eben nicht rechtzeitig fertig. Du könntest diesen Punkt noch auf deine Liste schreiben, damit du wenigstens etwas abhaken kannst.«

Grinsend neigte er den Kopf und gab ihr einen sanften, jedoch keineswegs brüderlichen Kuss, den sie mit großer Inbrunst erwiderte.

In diesem Moment wurde die Verandatür von außen aufgerissen, und D.B. trottete neben seinem schwer beladenen Herrchen in den Raum. »Hier. Ich bring dir den Schinken. Aber falls ihr beide euch vorher noch auf dem Küchenboden wälzen wollt, stell ich ihn einfach auf den Tisch, schnapp mir ein Bier und hau noch mal ab.«

»Mein Gott, Ry.«

»Tut mir leid.« Sein breites Grinsen allerdings verriet das Gegenteil. Ryder genoss die Szene. »Ich bin nur auf Befehl von Mom so früh hier. Sie meinte, du könntest meine Hilfe gebrauchen – sie hat sich offenbar getäuscht. Schließlich hast du ja unseren heißen Rotschopf hier.«

Avery war nicht die Spur verlegen, sondern grinste breit und herausfordernd zurück.

»Außerdem hat sie gemeint, du bräuchtest vielleicht Hilfe beim Aufschneiden des Schinkens. Und die brauchst du wirklich, denke ich. Weil du schließlich anderweitig beschäftigt bist.« Er marschierte an Owen vorbei, um sich ein Bier zu holen. »Aber das wiederum kriegst du, wie ich sehe, mühelos alleine hin.«

Er hielt die Flasche unter den großen Öffner an der Wand und entfernte den Kronkorken, nahm einen kräftigen Schluck und musterte Avery mit unverhohlener Bewunderung. »Du siehst heute echt heiß aus. Aber«, wandte er sich an seinen Bruder, »wenn du sie noch vor dem Fest aus ihrem absolut scharfen Outfit schälen willst, nimm sie wenigstens mit nach oben, Kumpel.«

»Sehr witzig.« Owen bedachte ihn mit einer säuerlichen Miene.

Avery hingegen lächelte unbefangen. »Danke für die

Ermunterung, Ry, doch dafür ist es wohl reichlich spät. Es wird Zeit, an die Vorbereitungen zu gehen«, sagte sie und band sich ihre Schürze um.

»Tut mir leid, wenn ich euch gestört habe«, meinte Ryder leichthin. »Aber wie gesagt, ich handle auf Befehl.«

Während Owen sichtlich frustriert schaute, nahm Avery es sportlich. »Komm, lass gut sein, ist besser so«, sagte sie und tätschelte liebevoll Owens Arm. »Sieh es einfach positiv – immerhin haben wir jetzt einen zusätzlichen Helfer, der kräftig mit anpacken kann.«

»Stets zu Diensten.« Ryder ließ seine Flasche sinken und schnupperte an Avery. »Du riechst gut. Nach exotischen Früchten und nach ... Geißblatt.«

»Geißblatt?« Sie roch an ihrem Arm. »Dann muss sie etwas davon auf mich übertragen haben. Wie zum Teufel macht sie das bloß? Elizabeth, meine ich. Bevor ich herkam, war ich kurz bei Hope, und da kam sie runter, um Hallo zu sagen. Oder um mir ein frohes, neues Jahr zu wünschen. Auf ihre Art eben.«

»Du hast sie gesehen?«, fragte Owen.

»Nein, und ich weiß nicht sicher zu sagen, ob ich deshalb sauer oder eher erleichtert bin.« Sie griff nach einem Holzlöffel, hob den Deckel auf dem Topf mit ihren Hackfleischbällchen an und rührte sie vorsichtig um. »Erst war da ihr Duft, und als Hope und ich darüber sprachen, dass man etwas über diesen Billy herausfinden sollte, da flackerte mit einem Mal das Küchenlicht und wurde anschließend ganz hell. Wie eine Bestätigung, dass sie diese Idee gut findet.«

Owen lachte. »Kein Problem. Geben wir einfach bei

Google ein ›Billy, Freund der toten Elizabeth‹ und schon haben wir den Kerl. Stellt ihr euch das so vor?«

»Ich vertrau in dieser Hinsicht ganz auf Hopes Einfallsreichtum.« Avery hielt inne, weil sich Ryders Miene plötzlich verdüsterte. »Was ist?«

»Wie kommt sie mit der Situation zurecht?«

»Du meinst wegen Lizzy? Hope kann so leicht nichts erschüttern«, sagte sie und fügte an Owen gewandt hinzu: »Jetzt hätte ich gerne ein Glas Wein.«

»Ich hab durchaus schon das Gegenteil erlebt«, murmelte Ry.

»An dem Tag, als Owen Elizabeth im Spiegel gesehen hat? Nun ja, da war sie ein wenig verblüfft, würde ich sagen. Mehr nicht.«

Ryder jedoch dachte an etwas ganz anderes. Nämlich an ihre erste Begegnung. Seine Mutter hatte sie damals in den Raum geführt, in dem er gerade an den Fensterrahmen arbeitete. Zu seiner Verwunderung bemerkte er, dass sie kreidebleich wurde und ihn aus glasigen Augen anstarrte, als sei er ein Geist. Aber er behielt es für sich und zuckte nur mit den Schultern. »Wenn du meinst.«

»Ja, meine ich. Sie hat letzte Nacht sogar in Lizzys Zimmer geschlafen. Und zwar tief und fest, obwohl es zu einer kurzen Begegnung kam. Daran siehst du, dass sie selbst mit Geistern gut umgehen kann. Okay, ich hab hier den Spinat- und Artischockendip, die gefüllten Champignons, die … Würstchen im Schlafrock? Wirklich?«

»Die werden immer gerne gegessen«, verteidigte Owen sich.

»Stimmt. Du kümmerst dich am besten um die Bar,

Owen, und Ry, du schneidest erst mal den Schinken auf.«

Kaum hatte sie das Wort Schinken ausgesprochen, wedelte D.B. erwartungsvoll mit dem Schwanz.

»Warum hat er das nicht bei Pilzen und Spinat gemacht?«, wunderte sich Avery.

»Das einzige Gemüse, das er frisst, sind Pommes«, klärte Ry sie auf. »Er ist bei seinem Futter ziemlich wählerisch.«

Avery konnte nur staunen. Während sie sich an die Zubereitung der gefüllten Champignons machte, beobachtete sie aus den Augenwinkeln Owen, der Gläser und Flaschen auf den Bartresen stellte und kiloweise Eis in die Bier- und Limonadenkühler gab. Wäre ganz sicher zeitlich etwas schwierig geworden, wenn sie das Jahr auf ihre besondere Art hätten ausklingen lassen. Zudem war es sehr spannend, wenn man sich noch darauf freute … Ihr schien, dass Owens Enttäuschung und sein Ärger über Ryders Auftauchen ebenfalls gewichen waren. Wie eigentlich bei einem so vernünftigen Menschen nicht anders zu erwarten. Verrückte Aktionen waren nicht seine Sache. Zumindest bislang nicht.

»Fertig. Und was soll ich jetzt helfen?«, fragte Owen und trocknete sich die nassen, kalten Hände ab.

»Schälen, schneiden, klein hacken«, wies Avery ihn an und schob ihm ein Küchenbrett mit Gemüse sowie ein scharfes Messer hin. »Ich hab mir gerade überlegt, noch einen Nudelsalat zu machen. Zutaten sind vorhanden. Kohlehydrate sind nämlich hervorragend, wenn man viel trinkt. Alkohol, meine ich. Und ich schätze mal, das werden außer mir sicher noch viele andere vorhaben.«

Zur Untermalung ihrer Worte prostete sie ihm mit ihrem Weinglas zu. Ihre Wangen glühten, und ihre Augen blitzten amüsiert.

Es war nicht das erste Mal, dass sie in seiner Küche stand, kam Owen in den Sinn. Auch bei früheren Partys hatte sie ihm geholfen. Der Unterschied bestand darin, dass sie jetzt seinetwegen hier war und sich auf ihn allein konzentrierte, anstatt mit Ryder oder Beckett ein wenig herumzuflirten. Als Frau, die er begehrte und die ihn begehrte, nahm er sie in dieser Umgebung zum ersten Mal wahr.

Er begriff es nach wie vor nicht ganz, dass ein einziger, dazu völlig spontaner Kuss ihre Beziehung so grundstürzend auf den Kopf stellen konnte. Oder verhielt es sich vielleicht ganz anders? Dass ihnen dadurch nur etwas klargemacht wurde, was schon immer bestanden hatte und lediglich verschüttet gewesen war?

Er trat auf sie zu und sah, wie sich ihr Blick veränderte. Kein Spott mehr, keine Belustigung, sondern bloß Zuneigung und sehnsüchtiges Erwarten. Sie ließ sich in seine Arme sinken und erwiderte seinen verlangenden Kuss. Als gebe es nichts und niemanden außer ihnen.

Prompt meldete sich Ryder zu Wort. »Darf ich euch bitte nochmals auf den ersten Stock und das Schlafzimmer verweisen«, grummelte er unwirsch.

»Nur kein Neid. Und musst du im Übrigen nicht langsam deine Begleiterin abholen?«

»Nein, ich hab die Verabredung gecancelt. Du weißt doch: ihr albernes Kichern. Schließlich fasst man fürs neue Jahr gute Vorsätze, dass alles besser werden soll.«

Avery schaute ihn ungläubig an. »Du hast kurzfristig ein Date für Silvester abgesagt?«

»Betrachte es als lebensrettende Maßnahme. Für die Lady. Denn wenn ich sie nicht selbst bereits vor Mitternacht erdrosselt hätte, wäre mir ganz sicher jemand anders zuvorgekommen. Und da ich keine Lust verspürte, über einen Ersatz nachzudenken, komm ich eben alleine.«

Avery drückte ihm ein Messer in die Hand und deutete auf ein Brett mit Gemüse. »Schneiden und klein hacken. Und tu bloß nicht so, als wüsstest du nicht, wie das geht«, sagte sie und kehrte zu ihrer eigenen Arbeit zurück. Nicht jedoch ohne Owen einen letzten, glückstrahlenden Blick zuzuwerfen.

Zum ersten Mal wünschte er sich, dass eine Party vorüber sein möge, ehe sie auch nur begonnen hatte.

Trotzdem wurde es ein tolles Fest. Alle Gäste lobten das Essen in höchsten Tönen, aßen und tranken ausgiebig, und bald herrschte eine ausgelassene Stimmung. Man verteilte sich grüppchenweise im ganzen Haus und auf der Terrasse, wo die Heizstrahler der Kälte Paroli boten. Es wurde geredet, gelacht und getanzt.

Owen gab den perfekten Gastgeber, der sich um alles kümmerte und die Augen überall zu haben schien. Er füllte Servierplatten nach und reichte sie herum, schenkte Wein ein und sorgte auch ansonsten für steten Getränkenachschub. Zwischendurch spielte er mit Freunden ein paar Runden Wii.

Selbst um die Küche kümmerte er sich. Als er seine Mutter beim Abwaschen einer Platte, die zu groß für die Spülmaschine war, ertappte, nahm er sie ihr aus der Hand. »Du sollst in meinem Haus nicht arbeiten.«

»Lass mich doch. Ich möchte, dass du dich heute auf deiner Party amüsierst. Läuft wirklich alles toll.«

Er ignorierte ihren Einspruch und bedachte sie mit einem strengen Blick: »Wenn es eine tolle Party ist, warum hast du dann noch nicht mit mir getanzt?«

»Nun, ganz einfach. Du warst zu beschäftigt, um mich zu fragen. Mit deinen Gastgeberpflichten und auch ansonsten …« Lachend zog er sie ins Wohnzimmer und wirbelte sie im Kreis herum.

Avery sah ihnen zu. Mutter und Sohn boten einen wirklich hübschen Anblick, zumal sie sich beide ausgesprochen harmonisch im Rhythmus der Musik bewegten. Doch es dauerte nur ein paar Minuten, und Ryder klopfte Owen auf die Schulter und tanzte weiter mit Justine.

»Er hat dir dein Mädchen ausgespannt.«

»Kein Problem. Ich hab schließlich noch eins.« Er nahm ihr das Weinglas ab, stellte es zur Seite und zog sie auf die Tanzfläche.

»Du tanzt echt gut.«

»Wir haben früher schon miteinander getanzt«, rief er ihr in Erinnerung.

»Ich hab ja auch nicht gesagt, dass du damals nicht gut getanzt hättest.«

»Trotzdem beherrsche ich mittlerweile so einiges mehr, was du noch nicht kennst.«

»Ach ja?«

Er legte seinen Mund dicht an ihr Ohr. »Das zeig ich dir später.«

»Später? Es ist fast Mitternacht.«

»Zum Glück.«

Lachend schüttelte sie den Kopf. »Du solltest langsam die Sektflaschen öffnen.«

»Mach ich am besten gleich, damit ich um zwölf bei dir sein kann. Um dich als Erster zu küssen.«

»Das will ich mir ausgebeten haben«, sagte sie und ging mit ihm in die Küche, wo er die Korken knallen ließ, damit das neue Jahr gebührend begrüßt werden konnte.

Zwischen den Gästen stehend, griff er beim Countdown nach ihrer Hand: zehn, neun, acht … Sie wandte sich ihm zu und stellte sich auf die Zehenspitzen – sieben, sechs, fünf, vier –, während Owen ihr die Arme um die Taille legte: drei, zwei, eins …

»Happy new year. Ein frohes neues Jahr.«

Eingehüllt in den lauten Jubel der anderen, küsste er sie zärtlich auf den Mund, als das neue Jahr begann. Es war wie ein Versprechen.

Hope war unauffällig durch die Küchentür geglitten, als die letzten Minuten des alten Jahres begannen. Ihr stand nicht der Sinn nach der üblichen Kuss- und Umarmungsorgie zum Jahreswechsel. Vielleicht lag es daran, dass sie alleine war. Da machte sie sich lieber nützlich und öffnete weitere Sektflaschen.

Sie war mit der ersten Flasche noch nicht fertig, als sich die Tür öffnete. Ryder. Er schien den gleichen Gedanken gehabt zu haben wie sie. Sie erstarrten beide angesichts der unerwarteten Begegnung.

»Ich mach nur noch eine Flasche auf.«

»Das seh ich.«

Im Wohnzimmer war der Countdown beendet, und Gläser klangen aneinander.

»Also, Ryder. Frohes neues Jahr.«

»Richtig, das sollten wir uns auch wünschen. Frohes neues Jahr.« Dann blickte er kritisch auf ihre ausgestreckte Hand. »Ist das dein Ernst? Ein Händedruck zum Jahreswechsel. Das darf doch nicht wahr sein. Nein, so geht das nicht.«

Kopfschüttelnd trat er auf sie zu. Legte ihr die Hände auf die Hüften und bedachte sie mit einem abwartenden Blick.

»Meinetwegen.« Achselzuckend hob sie ihm ihre Arme entgegen und hauchte einen leichten Kuss auf seinen Mund.

Und plötzlich wusste sie nicht, wie ihr geschah. Ihre Finger krallten sich an seinen Schultern fest, während er seinen Arm heftig um ihre Taille schlang. Sie war wie elektrisiert, völlig atemlos und sichtlich aus der Fassung.

Er riss sich von ihr los und trat unwillkürlich einen Schritt zurück, starrte sie aus großen Augen an.

»Okay«, stieß er mit rauer Stimme hervor.

»Genau, okay.«

Er nickte, machte auf dem Absatz kehrt und marschierte wieder aus dem Raum.

Sie atmete vernehmlich aus, während sie mit zittriger Hand nach der offenen Flasche griff. Dümmer hätte sie das neue Jahr ganz sicher nicht beginnen können, dachte sie und kehrte kopfschüttelnd ins Wohnzimmer zurück.

11

Um drei Uhr morgens schloss Owen die Tür hinter den letzten Gästen und schaute sich anschließend suchend um. »Es ist doch niemand in irgendeiner Ecke eingeschlafen, oder? Meinem Gefühl nach müssten alle draußen sein. Oder ist dir irgendetwas aufgefallen?«

Sie spähte aus dem Fenster und sah, wie der letzte Wagen aus der Einfahrt auf die Straße bog.

»Zumindest steht kein Auto mehr draußen. Hoffen wir nur, dass wirklich alle noch fahrtüchtig sind. Obwohl es in erster Linie deren Problem ist. Die Fahrer haben zwar anfangs versprochen, nicht zu viel zu trinken, aber man wirft auf einer Party leicht alle guten Vorsätze über Bord. Jedenfalls sind alle weg und wir alleine.«

»Endlich.«

»Wenn ich diesen Seufzer richtig verstehe, möchtest du jetzt nicht mehr das Fest und die Gäste und wer mit wem in allen Einzelheiten durchkauen. Oder willst du noch bei einem Kaffee Manöverkritik halten?«

»Das hat Zeit bis zum Frühstück, finde ich.«

Sie sah ihn grinsend an. »Du nimmst mir die Worte aus dem Mund.«

Er zog sie mit sich, und gemeinsam gingen sie durchs Haus und löschten die Lichter.

Hand in Hand stiegen sie in den ersten Stock hinauf.

»Wie dem auch sei: Immerhin hab ich dich schon des Öfteren nackt gesehen.«

»Das zählt nicht – da war ich schließlich gerade mal fünf.«

»Da täuschst du dich aber gewaltig. Dreizehn trifft die Sache eher. Ja, du dürftest damals dreizehn gewesen sein.«

»Und wie und wo bitte soll das gewesen sein?« Sie blieb kurz vor der Schlafzimmertür stehen.

»Erinnerst du dich an den Sommer, als wir alle für zwei Wochen dieses Haus oben in Pennsylvania gemietet hatten? An dem See in den Laurel Highlands?«

»Ja.« Es war der Sommer, nachdem ihre Mutter sie verlassen hatte – ein Datum, das sie nie vergessen würde.

»Du hast dich manchmal mitten in der Nacht an den See geschlichen, um nackt schwimmen zu gehen.«

»Stimmt. Sag bloß, dass du mir nachspioniert hast.«

»Es war ja kaum meine Schuld, wenn ich zufällig am Fenster gesessen und durch mein kleines Fernrohr beobachtet habe, was sich unten am See so alles tat. Auf eine kleine Meerjungfrau war ich allerdings nicht gefasst. Zumindest anfangs nicht.«

»Du hattest ein Fernrohr?«

»Ja, und irgendwann wollten Ry und Beck auch mal durchschauen. Ich hab ihnen pro Minute einen Dollar abgeknöpft.« Daran erinnerte er sich noch immer mit Genugtuung. »Hat mir, falls ich mich recht entsinne, achtundzwanzig Mäuse eingebracht.«

»Du hast sie dafür zahlen lassen, dass sie ihren Voyeurismus befriedigen konnten?«

Owen lachte. »Welcher Halbwüchsige würde nicht gerne einem Mädchen beim Nacktbaden zusehen? Ein Kind warst du ja nicht gerade mehr.«

»Und du machst ein Geschäft daraus. Sehr clever.«

»Scheint mir schon damals gelegen zu haben. Und ich muss gestehen, dass es zudem ein echt hübscher Anblick war – du nackt im Mondschein mit deinem langen Haar.« Er fuhr mit einer Hand über ihren inzwischen kurzen Schopf. »Was für eine Farbe ist das?«

»Granatrot, aber lenk bitte nicht vom Thema ab.«

»Es war durch und durch romantisch, auch wenn mir das damals nicht wirklich bewusst war – dazu dürfte ich zu unreif gewesen sein. Ich dachte bloß wie vermutlich jeder pubertierende Junge: ein nacktes Mädchen. Wow.«

Seine Worte brachten bei ihr Erinnerungen an den Sommer zurück. »Du hast mir während dieses Urlaubs Eis spendiert. Sogar zweimal.«

»Es waren vielleicht leichte Schuldgefühle, weil ich mit dir Geld verdient habe.«

»Und ich glaubte, du lädst mich ein, weil du eine Schwäche für mich hast.«

»Das natürlich auch, vor allem seit ich dich nackt gesehen hatte. Eigentlich wollte ich dich noch ins Kino einladen.«

»Und warum hast du das nicht getan?«

»Weil du plötzlich ständig von Jason Wexel zu reden anfingst – erinnerst du dich an ihn? Und davon, dass ihr beide, wenn du wieder daheim wärst, Pizza essen gehen würdet. Da traute ich mich nicht mehr. Hat lange angehalten, wie du siehst.«

Sie schwärmte damals tatsächlich ein wenig für Jason, obwohl sie sich an sein Gesicht nur noch verschwommen erinnerte. »Ach, Jason. Das war doch nichts. Ich hab nur so getan, weil alle Mädchen in meiner Klasse für irgendeinen Jungen schwärmten und mit ihren echten oder vorgeblichen Dates angaben.«

»Also haben wir eine Riesenchance vertan.«

»Wer weiß, wozu es gut war. Außerdem sind wir auf dem besten Weg, das Versäumte gründlich nachzuholen.«

»Ja, und deshalb sollten wir langsam mit dem Reden aufhören.« Er legte ihr die Hände ans Gesicht und presste seine Lippen vorsichtig auf ihren Mund. Nicht verlangend und ungestüm, sondern zärtlich und sanft. Und doch lag darin eine Gewissheit, die keinen Raum mehr für irgendwelche Zweifel ließ.

Auch als seine Hände von ihren Schultern über ihren Körper glitten und er sie mit ruhigen Bewegungen ins Schlafzimmer und zum Bett schob, war keine Ungeduld zu spüren. Wohl aber erwartungsvolle, sehnsüchtige Freude, endlich das zu tun, was sie beide sich im Grunde ihres Herzens schon lange wünschten. Ohne es zu wissen.

»Ich will dich unbedingt wieder nackt sehen«, flüsterte er an ihrem Mund und spürte, dass sie lächelte.

»Auch wenn dich das achtundzwanzig Dollar kostet?«

Er grinste, während seine Hände sich an ihrem Reißverschluss zu schaffen machten. »Das wärst du mir mit Sicherheit wert.«

»Das will ich auch hoffen«, meinte sie und schlängelte sich aus dem Kleid, hob es vom Boden auf und warf es achtlos über einen Stuhl.

»Ich fürchte, mein Herz bleibt gleich stehen. Was für ein Anblick«, stieß er hervor, als er sie in einem Hauch von gelber Unterwäsche vor sich sah. Er zog sie an sich, fuhr mit seinen warmen Händen über ihre Haut, und während ihre Münder verschmolzen, schälte sie ihn vorsichtig aus seinem Hemd.

Sie spürte, wie sein Herz unter der Berührung ihrer Finger schneller zu schlagen begann, und ein überwältigendes Gefühl von Glück und Dankbarkeit überkam sie. Ihr Owen, denn auf irgendeine Art hatte er ihr immer schon gehört.

Nur die Art ihres Zusammenseins war neu.

Auch Owen erschien diese Fügung des Schicksals nach wie vor wie ein Wunder. Avery, diese bezaubernde junge Frau mit dem leuchtend roten Haar, den strahlend blauen Augen, der samtig weichen weißen Haut und den perfekten Formen erinnerte ihn an helles Mondlicht. Vermutlich seit jenem Sommer am See. Sie so dicht bei sich zu spüren, ihren Geruch wahrzunehmen – all das rief die widersprüchlichsten Gefühle in ihm wach, weil alles an ihr gleichzeitig vertraut und trotzdem überraschend neu war.

Er zog sie mit sich aufs Bett, verschränkte seine Hände mit ihren und presste sein Gesicht an ihre weiche, zart parfümierte Brust.

Einladend bog sie sich ihm entgegen, bis er mit den Lippen erst sanft über den Spitzenrand ihres BHs strich, um dann seine Zunge vorsichtig unter den seidigen, hauchzarten Stoff zu schieben. Er spürte, wie sie sich an ihn drängte, und presste seinen Körper auf ihren. Gab jetzt ihre Hände frei, um sie näher zu erkunden. Knabberte an ihrem Hals, öffnete den Verschluss ihres BHs und neigte den Mund auf ihre Brust. Seine Lippen und seine Hände schienen überall zu sein. Streichelten ihren Bauch und die Innenseite ihrer Oberschenkel und liebkosten ihren Busen.

Ohne jede Hast und Hektik. Langsam, konzentriert und genießerisch. Das Blut in ihren Adern raste, ihr Herz klopfte, und ihre Nerven waren bis zum äußersten gespannt. Vor Erwartung, vor Verlangen und vor Glück.

Alles war so selbstverständlich zwischen ihnen, obwohl sie es zum ersten Mal miteinander taten. Immer weiter öffnete sie sich für ihn, und es gab keine Grenzen, keine Scham.

Die Welt um sie herum versank, und es gab nur noch sie und ihn.

Owen spürte ihre bedingungslose Hingabe, ihre Leidenschaft und die Lust, die er in ihr auslöste. Als er in sie hineinglitt, entrang sich ihr ein Stöhnen. Und einen überwältigenden, atemlosen Augenblick lang schien die Zeit stillzustehen.

Er hielt sie fest und starrte sie fast ungläubig an. Als könne er sein Glück nicht fassen.

Sie schlang ihre Arme um seinen Hals, die Beine um seine Hüften und warf ihren Kopf nach hinten, während seiner auf ihre Schulter sank. Seine Bewegungen wurden drängender und heftiger, und bald erfüllte ihn bloß noch ein freudiges und zugleich schmerzliches Verlangen, das ihn schwindlig werden ließ.

Es war ein Geben und Nehmen, schrankenlos und endgültig. Beinahe verzweifelt klammerte sie sich an ihm fest, und er hielt sie, als wolle er sie nie wieder loslassen. Als sie glaubte, es nicht mehr ertragen zu können, erlebte sie schluchzend in seinen Armen die Erlösung.

Dann lagen sie atemlos und noch immer eng verschlungen auf dem Bett.

»Warum?«, stieß er hervor.

»Warum was?«

»Warum haben wir das nicht viel früher schon gemacht?«

Sie lächelte ihn liebevoll an. »Gute Frage. Wo wir doch wie füreinander geschaffen sind.«

»Ja, wir haben unsere Sache beide recht gut gemacht, oder?«, sagte er grinsend. Sie tätschelte sein nacktes Hinterteil. »Ich ahnte, dass du gut sein würdest. Bei deiner Detailversessenheit. Und in diesem Bereich wirkt sie sich tatsächlich uneingeschränkt positiv aus.«

»Siehst du, alles hat seine Vorteile, auch wenn ihr mich ständig aufzieht. Übrigens: Von dem Blumentattoo auf deinem Allerwertesten hast du mir nie erzählt.«

»Hätte ich das tun sollen? Und zu deiner Information: Das ist nicht irgendeine Blume, sondern eine Distel, ein altes schottisches Symbol. Und somit bringt das Tattoo zum Ausdruck, dass ich stolz auf mein schottisches Erbe bin«, erklärte sie. »Und diese Stelle musste ich wählen, weil mein Vater das unter keinen Umständen sehen durfte.«

»Was mich betrifft, finde ich die Tätowierung schön. Und ich freu mich vor allem, dass ich sie künftig ständig sehen darf.«

Mit einem zufriedenen Seufzer klappte sie die Augen zu. »Eigentlich müsste ich jetzt total erledigt sein.«

»Bist du das etwa nicht? Dann hätte ich meinen Job allerdings nicht sonderlich gut gemacht.«

»Du willst doch jetzt nur hören, wie toll du warst. Also gut, ich geb es zu. Spaß beiseite, ich meinte etwas anderes. Dass ich trotz der vorgerückten Stunde noch ziemlich fit bin. Zwar ein bisschen schläfrig, aber davon abgesehen fühl ich mich rundherum entspannt und einfach wunderbar.«

Er schob sich noch ein wenig dichter neben sie und deckte sie beide sorgfältig mit seiner großen Decke zu. »Wenigstens haben wir beide morgen frei.«

Grinsend schob sie sich so nahe an ihn heran, dass sich ihre Nasen berührten. »Das ist echt ein Riesenglück.«

»Warum machen wir nicht ein kurzes Nickerchen und überprüfen dann, ob ich beim ersten Mal vielleicht etwas übersehen habe?«

Sie schmiegte sich an ihn an und öffnete kurz die Augen. »Frohes neues Jahr.«

»Frohes neues Jahr.«

Bevor sie einschlief, schoss ihr der Gedanke durch den Kopf, dass ihr Freund jetzt ihr Geliebter und sie rundherum glücklich war.

Er kannte diese Art der Stille, die so klang, als sei die ganze Welt in Watte eingepackt.

Kein Zweifel, es hatte geschneit, und er würde den Schneepflug herausholen müssen. Owen öffnete langsam die Augen. Bevor er jedoch aufstand, wollte er da weitermachen, wo sie am frühen Morgen aufgehört hatten. Doch der Platz im Bett neben ihm war leer.

Wo zum Teufel trieb sich Avery so früh herum?

Er mühte sich schlaftrunken aus dem Bett, streckte seinen Kopf durch die offene Badezimmertür, sah ihre Zahnbürste in seinem Zahnputzbecher, nahm schnell eine Pyjamahose aus dem Schrank und ging ins Erdgeschoss. Aus der Küche kam ihm bereits der Duft von frischem Kaffee und gebratenem Speck entgegen.

Am Küchentisch stand Avery und schnitt Salami klein. Sie war barfuß und trug eine weiße Schürze über einem blau karierten Morgenrock. Er dachte daran, wie verführerisch sie in dem knappen Kleid und in ihrer sexy Unterwäsche ausgesehen hatte, aber das hier war die Avery, wie er sie kannte – die mit einer Schürze über der Kleidung in der Küche hantierte.

»Warum bist du schon auf?«

»Weil es fast elf ist, weil es schneit, und weil ich einen Bärenhunger habe.«

»Elf?« Stirnrunzelnd sah er auf die Uhr über dem Herd. »Ich weiß nicht, wann ich zum letzten Mal so lange geschlafen habe. Aber das ist okay.« Er trat hinter sie, drehte sie zu sich herum und gab ihr einen Kuss. »Morgen.«

»Morgen.« Sie lehnte sich kurz an ihn an. »Hier ist es unglaublich still. In der Stadt hört man immer irgendwas. Doch hier, mit all dem Schnee, kommt man sich vor, als sei man ganz alleine auf der Welt.«

Er schob sie zu der Glastür. »Sieh mal.«

Auf einer kleinen Anhöhe hinter den schneebedeckten Bäumen liefen drei Rehe lautlos hintereinander her.

»Oh, wie schön. Ich wette, dass du hier fast täglich Rehe zu sehen bekommst.«

»Beinahe.«

»Die Jungs werden total begeistert sein, wenn sie in das neue Haus ziehen. Du und deine Brüder habt das Leben hier draußen als Kinder schließlich auch geliebt. Ihr seid ständig irgendwo im Wald herumgerannt.«

»Ja, es war eine wirklich schöne Zeit.« Er küsste sie zärtlich auf den Kopf. »Genau wie die Zeit jetzt. Was brutzelst du da?«

»Es waren noch verschiedene Sachen übrig, die ich einfach in die Pfanne geworfen habe. Nennen wir es ein Neujahrsomelett.«

»Klingt toll. Aber du musst dir nicht gleich wieder so viel Arbeit machen.«

»Bei dieser Luxusküche konnte ich einfach nicht widerstehen.« Sie breitete ihre Arme aus und schaute sich um. »Du hast viele dieser Geräte bestimmt noch nie benutzt.«

»Aber ich könnte es, wenn mir der Sinn danach stünde.«

»Was hältst du davon, wenn wir sie gemeinsam einweihen und nach dem Frühstück sämtliche Rohkostreste schneiden und raspeln, mit deinen Maschinen natürlich, und zu einer schönen Gemüsesuppe verarbeiten. Irgendwie knabbern die Leute nie so viel Gemüse, wie man denkt, und es wäre schade, alles wegzuwerfen.«

»Eine warme Suppe an einem kalten, verschneiten Wintertag. Wer würde da Nein sagen?«, meinte er und freute sich darüber, dass sie noch nicht so bald nach Hause gehen würde. Er griff nach der Kaffeekanne und schenkte sich eine Tasse ein. »Bevor wir mit Kochen anfangen, muss ich allerdings erst mal los und Schnee räumen.«

»Schade um den frischen Schnee. Zudem mag ich das Gefühl, eingeschneit zu sein – zumindest wenn man in einer warmen, gemütlichen Wohnung sitzt. Aber ich sehe ein, dass er von der Straße wegmuss. Bevor du dich jedoch an diese Männerarbeit machst, bekommst du ein echtes Männerfrühstück von mir vorgesetzt.«

Während sie das Omelett briet, nahm er sauberes Geschirr aus dem Schrank und deckte den Tisch. Eine Alltagsszene. Fast wie in einer Ehe, schoss es ihm durch den Kopf, und er überlegte, wie es wohl wäre, wenn sie immer zusammenleben würden.

»Und jetzt zu deiner Party.« Grinsend ließ sie das Omelett aus der Pfanne gleiten. »Hast du das von Jim und Karyn mitgekriegt?«

»Ich hab nur gehört, dass Jim in Pittsburgh ist und Karyn nicht alleine kommen wollte.«

»Du sprichst eindeutig mit den falschen Leuten. Jim ist in Pittsburgh bei seiner Mutter, weil Karyn ihn rausgeworfen hat.«

»Was? Warum denn das?«

»Weil sie herausgefunden hat, dass er sie schon seit einer ganzen Weile betrügt. Mit der Mutter eines Jungen, der mit ihrem Ältesten befreundet ist.«

»Jim? Das gibt's nicht.«

»Hat man gedacht, war aber ein Irrtum. Ist doch krass, oder? Zwei Jahre lang ging das so, und keine Menschenseele hat was geahnt.« Sie legte Speck und Toast zu den Omeletts auf die Teller und reichte Owen einen.

Er schüttelte den Kopf. »Auf mich haben die zwei immer wie ein grundsolides und mustergültiges Ehepaar gewirkt.«

»Ich weiß nicht so recht.« Avery trug ihren eigenen Teller an den Küchentresen und nahm neben Owen Platz. »Karyn war häufig mit den Kindern in der Pizzeria, meist ohne ihn. Kurz vor Weihnachten bin ich ihr außerdem beim Einkaufen begegnet, da wirkte sie absolut genervt und gehetzt und hat mich kaum gegrüßt. Ich dachte, es sei der normale Weihnachtsstress, den man als Mutter von drei Kindern hat, aber es war wohl eher der Slip in ihrem Bett, der ihr nicht gehörte.«

»Grundgütiger, das ist ja wirklich der Gipfel der Geschmacklosigkeit. Und der Dummheit zudem. Wie kann man nur so blöd sein?«

»Nicht auszuschließen, dass die andere es absichtlich gemacht hat. Immerhin lebt sie schon seit geraumer Zeit von ihrem Mann getrennt. Wie dem auch sei, so oder so brachte es für Karyn das Fass zum Überlaufen. Sie hat Jim kurz entschlossen vor die Tür gesetzt und einen Anwalt eingeschaltet.«

»Verständlich. Trotzdem kann ich immer noch nicht glauben, dass Jim sie dermaßen hintergangen haben soll. Wie lange waren die beiden verheiratet? Zehn Jahre?«

»Ungefähr, und seit zwei Jahren lief die Sache mit der anderen. Was darauf hindeutet, dass er keinerlei Interesse zu haben schien, seine Ehe zu retten. Allerdings lag ihm offenbar auch nichts daran, einen Schlussstrich zu ziehen. Vielleicht weil er sich bei der anderen nicht binden wollte. Sonst wäre er überdies kaum zu seiner Mutter nach Pittsburgh gezogen, sondern zu ihr.«

Auf diesen Gedanken wäre Owen gar nicht gekommen. Nachdenklich biss er in seinen mit Butter bestrichenen Toast. »Mit dieser Vermutung könntest du recht haben. Nur wird die Geschichte dadurch noch sinnloser.«

»Er hat seine Ehe ruiniert, seinen Kindern wehgetan, und das für nichts und wieder nichts. Für eine Frau, die ihm nicht wirklich wichtig war. Er hätte es verdient, dass Karyn ihm ordentlich das Fell über die Ohren zieht.«

Owen schwieg eine Weile. »Man weiß nie, was zwischen zwei Menschen oder in einer Familie genau abläuft, wann und warum eine Entfremdung einsetzte, ob tatsächlich nur einer schuld ist oder beide. Mag sein, dass in diesem Fall Jim die Verantwortung trägt, aber in Bausch und Bogen verurteilen mag ich ihn nicht. Dazu weiß ich zu wenig. Er hat mich erst vor zwei Wochen wegen der Renovierung des Badezimmers angerufen. Ich hätte es mir nach den Feiertagen ansehen sollen.«

Sie fuchtelte mit einer Scheibe Speck vor seinem Gesicht herum. »Der hat wirklich geglaubt, er könnte sein Doppelleben einfach so fortsetzen. Allein dafür verdient er eine Abreibung. Unglaublich: Plant für seine Frau ein neues Bad und poppt eine andere in ihrem Bett!« Avery konnte sich gar nicht beruhigen. »Und dann mit so einem Flittchen.«

»Wieso Flittchen?«, warf Owen ein. »Ich dachte, sie sei die Mutter eines Schulfreunds.«

»Sagen die Leute. Jim war wohl nicht der Erste, mit dem sie ihren Mann betrogen hat.«

»Was die Leute so alles wissen wollen. Wer ist die Frau überhaupt?«

»Sie stammt nicht von hier und ist nach der Scheidung nach Sharpsburg gezogen, wo sie für eine Versicherung arbeitet. Sie heißt übrigens Harmony. Sehr unpassend, findest du nicht?«

»Oh.«

»Oh?«

»Ich kenn eine Harmony, die für unseren Versicherungsagenten arbeitet. Das Omelett schmeckt wirklich gut.«

»Aha!«

»Aha?«

»Du wechselst urplötzlich das Thema und rutschst nervös auf deinem Stuhl herum.« Sie bedachte ihn mit einem durchdringenden Blick. »Beides eindeutige Zeichen, dass dich entweder Schuldgefühle plagen und/oder du mir irgendwas verschweigst. Hattest du mal was mit ihr?«

»Nein, sie ist nicht mein Typ. Sagen wir einfach, dass ich ab und zu wegen der Versicherung mit ihr gesprochen habe. Und dass bei den Gesprächen gewisse Untertöne anklangen.«

»Sag ich doch: Flittchen.« Avery tippte sich an die Nase. »Für diese Art von Frauen besitz ich einen Riecher.«

»Ich muss gestehen, dass mich ihre Avancen damals etwas störten, zumal sie noch einen Ehering am Finger trug.«

»Diese elende Schlampe. Und wie sieht sie aus? Du musst mir alles ganz genau erzählen.«

»Blond, ziemlich hell.«

»Bestimmt blondiert.«

Er lenkte seinen Blick auf ihr zerzaustes, mit einer Spange mühsam am Hinterkopf zusammengestecktes Haar. »Auch wenn ich es nur ungern sage: Speziell du hast keinen Grund, dich über jemanden zu mokieren, der seine Haare färbt. Darin bist du nämlich Weltmeister.«

»Touché, ich geb es zu. Zumindest das ist unfair. Aber weiter: Ist sie hübsch?«

»Wahrscheinlich, aber wie gesagt nicht mein Typ«, erklärte er. »Du würdest wahrscheinlich sagen, dass sie ein bisschen billig aussieht. Übermäßig aufgetakelt halt. Trotzdem macht sie ihre Arbeit gut. Und das ist das Einzige, was mich an ihr interessiert hat. Wann ist Jim eigentlich zu Hause rausgeflogen?«

»Am Tag nach Weihnachten. Karyn hat es eine Woche zuvor rausgefunden, wollte aber den Kindern die Feiertage nicht verderben. Das letzte Mal mit Vater. Warum?«

»Ich war vor zwei Tagen in der Agentur, weil ich dort ein paar Papiere unterschreiben musste. Sie wirkte auf mich völlig normal. Und flirtete wie eh und je.«

Ihre leuchtend blauen Augen verdunkelten sich. Jetzt hatte sie einen Grund, der Frau ihr Verhalten persönlich übel zu nehmen. »Dann ist sie sogar ein Oberflittchen. Es reicht ihr offenbar nicht, dass sie Jims Ehe zerstört hat, sondern hält bereits Ausschau nach dem nächsten Stecher. Genauso hat meine Mutter es auch gemacht.«

Schweigend streichelte Owen ihre Hand.

»Wahrscheinlich ist das der Grund, warum ich diese Art von Frauen auf den Tod nicht ausstehen kann.« Achselzuckend stand sie auf und schenkte Kaffee nach. »Abgesehen von der Sache zwischen Jim und Karyn gab's noch eine andere Neuigkeit. Wusstest du, dass Beth und Garrett heiraten wollen?«

»Ja, sie hat gestern Abend ständig ihren Ring gezeigt, und die beiden sahen total glücklich aus.«

»Das sind sie auch. Vor allem, weil Beth im zweiten Monat schwanger ist.«

»Wie bitte? Und warum weiß ich davon nichts?«

»Weil du meist mit Männern rumhängst, die genauso ignorant sind wie du. Sie freuen sich riesig auf das Kind und wollen heiraten. Baldmöglichst, damit Beth noch in ein schickes Kleid passt. Ich hab ihr das Hotel für die Feier vorgeschlagen.«

»Unser Hotel?«

»Sicher. Welches denn sonst? Allerdings wird es nur eine kleine Feier, zwanzig bis dreißig Leute. Mehr nicht. Eigentlich wollten sie nur aufs Standesamt gehen, doch da sind die beiden Mütter in Tränen ausgebrochen«, fügte sie hinzu. »Als ich das Hotel erwähnte, war Beth gleich begeistert. Die Hochzeitsnacht werden sie ohnehin dort verbringen, aber sie wussten nicht, dass ihr auch Feiern ausrichtet.«

»Da geht es ihnen nicht anders als mir.«

»Die Entscheidung liegt natürlich bei euch, doch Hope hält es für eine gute Idee. Sie meinte, ich könnte für das Essen sorgen und die Leute von Mountainside für Blumenschmuck und sonstige Dekorationen. Wir haben mal das Wochenende nach dem Valentinstag ins Auge gefasst.«

»Das wäre ja schon nächsten Monat.« Owen wirkte nicht gerade begeistert. »Das ist echt früh.«

»Wie ich gestern schon sagte, bist du trotz deiner gelungenen Party nach wie vor kein Ausbund an Spontaneität. Aber entspann dich. Du müsstest nämlich gar nichts machen.«

»Und wie viel nehmen wir für eine solche Hochzeitsfeier?«

»Das besprich am besten mit Hope, die kennt sich da aus. Vielleicht solltet ihr ihnen einen kleinen Rabatt gewähren, weil ihr vermutlich durch diese Feier jede Menge Übernachtungsgäste ins Haus kriegt.«

Ihr Geschäftssinn war einfach phänomenal, musste Owen zugeben. »Okay, ich werde morgen mit Hope reden. Jedenfalls hast du dir das alles super ausgedacht.«

»Ich weiß. Jetzt lass uns erst mal unseren Kaffee austrinken, damit du die Einfahrt pflügen kannst, während ich ein bisschen aufräume. Und dann kannst du mich für meinen Dienst entlohnen, indem du mich ein weiteres Mal in dein Bett einlädst.«

»Auch das hast du dir super ausgedacht.«

»Nicht wahr?«

Nachdem er mit dem Pflügen seiner eigenen Einfahrt fertig war, fuhr er schnurstracks weiter zu Ryder. Der Weg für D.B. war bereits frei geschaufelt. Umso besser, dachte er, dann musste er nicht durch den hohen Schnee stapfen. Er parkte seinen Jeep, stieg eilig aus, klopfte seine Stiefel ab und ging ins Haus.

»He, Ry.«

»Bin unten.«

»Ich seh aus wie ein Schneemann. Komm besser rauf.«

Als Erster erschien D.B. und leckte schwanzwedelnd

den Schnee von Owens Stiefeln. Einen Moment später kam Ry, der eine in Höhe der Knie abgeschnittene Jogginghose und ein verschwitztes T-Shirt trug.

»Was gibt's? Ich will wenigstens noch ein bisschen trainieren, bevor ich zu Mom fahre. Vergiss nicht, dass wir zu einer Schneeballschlacht und anschließendem Schlittenfahren einbestellt sind.«

»Wann?«

»Hast du etwa die Nachrichten auf deinem Handy nicht angeschaut? Dann scheint letzte Nacht, ohne dass ich es mitbekommen habe, die Welt untergegangen zu sein.«

Owen zog sein Mobilphone aus der Tasche und warf einen Blick auf das Display. »Ich hab keine neuen Nachrichten.«

»Scheint so, als seist du nicht eingeladen. Sie kann mich sowieso besser leiden als dich.«

»Das ist bloß Mitleid, weil du immer herumjammerst wie ein kleiner Junge. Wahrscheinlich hat sie auf dem Festnetz angerufen. Aber wie dem auch sei: Gib mir erst mal deinen Pick-up. Dann kannst du hier, bei Beck und Mom zu Ende pflügen, und wir tauschen die Fahrzeuge dort.«

»Und warum machst du das nicht?«

»Du hast, im Unterschied zu mir, keinen Gast im Haus, der dringend auf dich wartet.«

Ryder stopfte seine Hände in die Taschen seiner Schlabberhose und stieß einen wehmütigen Seufzer aus. »Nein, aber ich wünsche, es wäre so.«

»Pech für dich. Zumindest verstehst du jetzt, warum ich keine Lust mehr aufs Schneepflügen habe.«

»Statt auf den Schnee willst du dich wieder auf den Rotschopf stürzen. Na, dann wünsch ich viel Spaß.«

»Genau, ich steig erst in deinen Truck und dann in die Kiste, während du in meinen Schneepflug kletterst.«

»Erzähl mir nachher bloß nicht, ich hätte es nicht gut genug gemacht.«

»Diesmal ist es mir wichtiger, dass du mir diese Arbeit abnimmst.« Er schnappte sich Ryders Pick-up-Schlüssel von dem kleinen Tisch neben der Tür. »Wann treffen wir uns bei Mom?«

»Keine Ahnung. Wann wir wollen. Vielleicht so zwischen zwei und drei.«

»Okay, dann bis später.«

Als Owen aus dem Haus marschierte, wandte Ryder sich seinem Hund zu. »Einer von uns muss sich eine Frau besorgen. Weil ich Pflügen nämlich immer schon ätzend fand.«

Als Owen sein Haus betrat, duftete es dort bereits nach Gemüsesuppe. Rasch zog er Jacke und Stiefel aus und ging in die Küche, die er zu seiner Überraschung perfekt aufgeräumt vorfand. Laute Musik dröhnte durchs Haus, doch von Avery war nichts zu sehen.

Er folgte dem Lärm und fand sie unter der Dusche. Sie sang den Song aus dem Radio mit, traf jedoch kaum einen Ton richtig. Was sie allerdings durch Lautstärke und Inbrunst mehr als wettmachte.

Obwohl seine Dusche keinen Vorhang, sondern eine Glastür hatte, erlag Owen der Versuchung, sich lautlos ins Bad zu schleichen und mit einem dumpfen Grollen direkt vor der Duschkabine den Arm über den Kopf zu reißen wie Anthony Perkins in der berühmten Mordszene aus *Psycho*. Nur dass es dort einen Duschvorhang gab.

Woraufhin sie gellend schrie.

Mit dem Rücken an der Glaswand der Kabine klebend, starrte sie ihn vorwurfsvoll aus riesengroßen Augen an. »Bist du noch ganz bei Trost?«

Er hingegen schüttete sich aus vor Lachen. »Abgesehen von einem Zwerchfellschaden geht's mir gut.«

»Meine Güte, Owen.«

»Tut mir leid, ich konnte einfach nicht widerstehen.«

»Ach ja? Das geht mir jetzt ganz genauso.« Sie griff nach dem Duschkopf und drehte ihn in seine Richtung. Owen wurde nass bis auf die Haut. »So, jetzt sind wir quitt.«

»Nachdem ich schon nass bin, komm ich am besten zu dir rein.«

»Hm.«

»Eine heiße Frau und eine heiße Dusche nach der Arbeit in der Kälte«, meinte er und schälte sich aus seinen nassen Klamotten.

»Ich dachte, du hättest erheblich länger zu tun.«

»Ry übernimmt heute das Pflügen der anderen Einfahrten.« Er riss sich die Socken von den Füßen und fügte hinzu: »Die Suppe riecht super.«

»Nach dem Kochen fand ich, dass ich mir eine Dusche verdient habe. Außerdem wollte ich mal wieder ein luxuriöses Bad benutzen. Hier ist es ja fast so schick wie im Hotel. Übrigens hat deine Mutter angerufen.«

»Schlittenfahren und Schneeballschlacht?«

»Ja, ich hab versprochen, die Suppe mitzubringen«, erklärte Avery und sah ihn fragend an.

»Gute Idee.«

»Clare fährt hernach kurz bei mir vorbei und holt meine Stiefel und die anderen Wintersachen.«

»Perfekt.« Er warf ein paar Handtücher neben der Dusche auf den Boden, um die Nässe aufzusaugen.

»Sie wirkte gar nicht überrascht, dass ich bei dir am Telefon war.«

»Mom hatte schon immer das Talent, alles zu wissen, ohne dass man es ihr eigens sagen muss.« Er trat zu ihr unter die Dusche und zog die Tür hinter sich zu. »Wenn du den Fernseher auf Digitalradio umstellst, hört man die Musik sogar hier.«Er wies auf die Lautsprecher unter der Decke.

»Oh.«

»Nur, damit du's weißt.« Lächelnd blickte er sie an.

»Was ist?«

»Als ich dir vor all den Jahren beim Schwimmen zugesehen habe, wäre ich nie auf die Idee gekommen, dass du irgendwann unter meiner Dusche stehen würdest. Mit mir.« Er glitt sanft mit seinen Händen über ihren nackten Körper. »Du bist nass und warm.«

»Nass bist du auch.« Sie schlang ihm die Arme um den Hals. »Aber zugleich ziemlich kalt.«

»Schließlich war ich draußen in der Kälte, um einen echten Männerjob zu machen.«

Lachend legte sie den Kopf zurück. »Hier gibt's einen weiteren Männerjob, den du noch erledigen könntest.«

»Dann fang ich am besten auf der Stelle damit an.«

Eingehüllt in eine Wolke weißen Dampfes, küsste er sie und erforschte mit den Händen ihre schlüpfrige Haut, während sie entschlossen seine Schultern packte und sich ihm entgegenschob.

Nein, er hätte nie gedacht, dass es einmal eine so natürliche und gleichzeitig so aufregende Nähe zwischen ihnen geben würde. Und dass er einmal einen Menschen völlig neu entdeckte, der ihm bereits sein Leben lang vertraut war.

Sie war wunderbar gerundet, überraschend muskulös und aufreizend agil, und ihre Haut fühlte sich glatt und samtig an. Er spürte, dass sie berühren und berührt werden wollte, dass sie bereit war zu nehmen und sich nehmen zu lassen.

Als sie langsam seinen ganzen Körper einseifte und dabei die Finger über seine Muskeln gleiten ließ, wurde ihr zum ersten Mal wirklich bewusst, wie stark und durchtrainiert er war. Ein neuer Aspekt für sie, denn bislang hatte sie im Zusammenhang mit Owen in erster Linie immer an Freundlichkeit und Intelligenz gedacht. Seine Persönlichkeit wirkte attraktiv auf sie – die Beschaffenheit seines Körpers hingegen hatte sie mehr am Rande wahrgenommen.

Doch als sie ihn jetzt berührte, abtastete, streichelte, merkte sie, wie sehr er ihre Sinne entflammte, wie Leidenschaft und Begehren aufs Neue in ihr erwachten. Vor allem als auch er begann, ihren Körper mit seifigen Händen zu liebkosen.

Avery hatte das Gefühl, als dehne sich das wilde Pochen ihres Herzens im ganzen Körper aus. Sie drängte sich an ihn, um mit ihm zu verschmelzen, und hielt betrübt inne. »So geht das nicht«, sagte sie mit fliegendem Atem. »Du bist zu groß.«

»Nein, du bist zu klein«, verbesserte er sie und hob sie plötzlich hoch. »Halt dich einfach an mir fest«, flüsterte er in ihr Ohr.

»Owen …«

Er presste sie gegen die nasse Wand der Duschkabine und schob sich kraftvoll in sie hinein.

»Oh.« Verwundert schaute sie ihn an, doch als er tiefer in sie eindrang, umklammerte sie ihn wild. »Lass ja nicht los. Lass ja nicht los.«

»Du auch nicht«, stieß er hervor, bevor sie seinen Mund mit ihren Lippen verschloss und sich fester an ihn klammerte.

Wenig später lagen sie nass und nackt auf seinem Bett. »Ich sollte langsam aufstehen und mir was anziehen«, murmelte sie schläfrig in die Kissen.

»Lass dir damit ruhig etwas Zeit«, meinte er und betrachtete mit Wohlgefallen die schottische Distel auf ihrer Kehrseite. »Der Anblick gefällt mir ausnehmend gut.«

»Warum fahrt ihr Kerle eigentlich derart auf Tattoos bei Frauen ab?«

»Keine Ahnung.«

»Hat wahrscheinlich damit zu tun, dass tätowierte Frauen irgendwie an die Kriegerinnen aus *Xena* erinnern.«

»Du hast aber nicht zufällig ein Kriegerinnenoutfit aus schwarzem Leder im Schrank?«

»Ist gerade in der Reinigung.« Sie legte ihren Kopf

auf ihre Arme. »Vielleicht sollte ich mir eine zweite Tätowierung gönnen.«

»Nein.« Während er in seine Hose stieg, betrachtete er abermals ihr nacktes Hinterteil. »Das heißt, woran denkst du denn da? Und an welche Stelle und warum?«

»Keine Ahnung, war nur so ein spontaner Einfall. Allerdings finde ich es manchmal schon schade, dass man das hübsche Tattoo nicht sieht. Und nachdem man freiwillig solche Schmerzen auf sich genommen hat, möchte man das Ergebnis vorführen können. Insofern macht eine Tätowierung am Hintern keinen Sinn. Teenager tun so was aus Protest. Und ein bisschen was davon spielte auch bei mir mit.«

»Und das neue Tattoo wäre ein Ausdruck von Reife?«

»Eine reife Tätowierung. Ja, so was in der Art«, überlegte sie. »Darüber werde ich irgendwann mal in Ruhe nachdenken.« Sie rollte sich herum und richtete sich auf. »Deine Dusche allein ist schon toll. Aber mit dir drin – einfach konkurrenzlos.« Seufzend streckte sie die Hand nach ihrem blau karierten Morgenmantel aus. »Leider muss ich jetzt nach der Suppe sehen.«

»Bleib heute Nacht hier.«

Sie hielt beim Anziehen des Morgenmantels inne und blinzelte ihn an. »Heute Nacht? Wir müssen beide morgen wieder arbeiten.«

»Das müssen wir so oder so. Trotzdem wünsch ich mir, dass du nach der Schneeballschlacht, der Suppe und wahrscheinlich irgendeinem Riesenstreit mit meinen Brüdern über Football wieder mit hierherkommst und bis morgen bleibst.«

Sorgfältig band sie den Gürtel zu und blickte zu ihm auf. »Abgemacht. Aber jetzt schau ich endlich nach der Suppe und zieh mich anschließend an«, erklärte sie und verließ entschlossen das Schlafzimmer, um nur ja nicht wieder in Versuchung zu geraten.

Auf dem Weg nach unten spürte sie dem Flattern ihres Herzens nach. Sie kannte dieses Gefühl, hatte es schon einmal erlebt.

Damals, als sie fünf Jahre alt war.

Nach über zwanzig Jahren schien sie sich erneut in Owen Montgomery verliebt zu haben. Ihr untrügliches Gespür verriet es ihr deutlich. Doch was sagte ihr Herz dazu?

12

Einige Tage später begutachtete Avery mit einem dicken Ordner unter dem Arm abermals die Räumlichkeiten für ihr geplantes zweites Restaurant. Hope und Clare begleiteten sie.

»Da drüben kommt die Theke hin. Aus dunklem Holz, ganz edel, damit sie etwas darstellt. Vielleicht kann ich Owen ja mit ein paar netten Worten, Betteln oder Sex dazu bringen, dass er sie für mich baut.«

»Wie läuft's denn überhaupt so mit dem Sex?«, erkundigte sich Clare.

»Wonach seh ich denn aus?« Avery deutete mit den Daumen auf ihr Gesicht.

Die Freundinnen lachten. »Nun ja, ich würde sagen, nach einer befriedigten, entspannten, glücklichen und vielleicht ein bisschen selbstzufriedenen Frau«, meinte Clare.

»So weit, so gut. Überall im Restaurant werden Lampen angebracht, die ein warmes, gedämpftes Licht geben. Nichts Helles, das den Augen wehtut. Und da drüben sollen ein Ledersofa – vielleicht dunkelbraun – und ein Couchtisch hin. Ein paar hohe Tische in die Fenster, ein paar Tische in normaler Höhe hier und da, und gleich daneben der Durchgang von der Bar ins Restaurant.«

»Es wird sicher großartig. Mich wundert nur, dass du dich bereits mehr mit Farben und Stoffmustern zu beschäftigen scheinst als mit deinem Liebesleben. Davon hast du uns bislang herzlich wenig mitgeteilt. Denk an dein Versprechen, mir alles haarklein zu berichten. Schließlich dürsten einsame Seelen wie ich nach pikanten Details«, erklärte Hope.

»Ich will einfach nichts beschreien, weil ich es selbst noch nicht glauben kann. Lass dir nur gesagt sein, dass du bestimmt noch trauriger würdest, wenn du wüsstest, wie phänomenal es war.«

»Also bitte.« Ihre Freundin machte eine wegwerfende Handbewegung und fügte hinzu: »Owen war vorhin kurz im Hotel. Er sah ebenfalls total happy aus. Viel relaxter als sonst. Triffst du ihn heute Abend noch?«

»Nein. Gleich fängt meine Schicht im Vesta an. Außerdem sind er und seine Brüder schwer beschäftigt mit den Vorbereitungen für die Eröffnungsparty, arbeiten mit Hochdruck an der Fertigstellung der Bäckerei und beginnen mit der Planung für meinen Umbau. Außerdem waren wir seit Silvester beinahe jede Nacht zusammen, und ich dachte …«

»Dass du mal eine Pause brauchst?«, sagten die beiden Freundinnen wie aus einem Mund.

»Irgendwas in der Richtung. Ihr kennt mich ja und wisst, wie ich reagieren kann. Am Anfang bilde ich mir immer ein, dass alles super läuft: zwanglos, amüsant und vollkommen natürlich, und dass die Chemie zwischen uns stimmt. Und dann frag ich mich irgendwann, ob vielleicht mehr dahintersteckt oder stecken sollte, und ob der Typ nicht tatsächlich meine große Liebe ist.«

»Liebst du Owen?«, fragte Clare.

»Ich spüre dieses Flattern …« Sie wedelte mit einer Hand in Höhe ihres Herzens.

Hope nickte verständnisvoll.

»Aber ich hab mich schon zu oft getäuscht. Mit Owen liegt die Sache zwar anders, weil mich mit ihm seit jeher eine besondere Beziehung verbindet. Ich muss herausfinden, ob es noch immer so ist. Beziehungsweise ob mehr daraus werden kann. Ich hab einfach Angst, dass durch eine Enttäuschung auch unsere Freundschaft vor die Hunde geht. Und die ist mir sehr viel wert.«

»Warum gehst du eigentlich davon aus, es könnte für ihn nicht ebenfalls die große Liebe sein?«, erkundigte sich Clare.

»Ich weiß nicht …« Sie zuckte mit den Schultern. »Vermutlich liegt das teilweise an meiner Mutter und daran, wie sie sich verhalten hat.«

»Du bist nicht wie deine Mutter«, sagte Hope entschieden.

»Und so will ich auch nicht sein«, erklärte Avery mit Nachdruck. »Sie hat meinen Dad betrogen und belogen und nach Strich und Faden ausgenutzt. Für sie war Sex bloß ein amüsanter Zeitvertreib ohne jede Verpflichtung. Sie hat eine Beziehung nie wirklich ernst genommen. Deshalb kann ich den Gedanken nicht ertragen, ich könnte ihr auf irgendeine Weise ähnlich sein und mich ähnlich verhalten wie sie. Die Kehrseite davon ist allerdings, dass ich allzu schnell bereit bin, an mehr zu denken als an tollen Sex, wenn ich mit einem Mann schlafe. Irgendwie verbiete ich es mir, etwas Unverbindliches überhaupt zuzulassen. Es ist wie ein Reflex. Oder wie ein Gegenmittel, um ja nicht so zu sein wie sie. Und dann zieh ich die Notbremse und steig aus der Sache aus. Total dämlich, oder?«

»Das ist es nicht«, tröstete Hope sie. »So bist du einfach.«

»Aber ich will nicht, dass es so läuft wie sonst und ich irgendwann aus meinen Illusionen erwache. Weil es wieder nicht die große Liebe und der Typ einfach nicht der Richtige war. Und es erneut Auf Nimmerwiedersehen heißt. Diesmal darf das so nicht laufen, weil es um Owen geht.«

»Bestimmt ist er endlich der Richtige für dich«, versicherte ihr Clare.

»Vielleicht. Mein Herz flattert wie wild, wenn ich an ihn denke. Nur: Was tu ich, wenn dieses Flattern aufhört?«

»Weshalb sollte es?« Clare schüttelte den Kopf.

»Weil es bisher früher oder später immer zu Ende war. Und ich will mir nicht mehr etwas vormachen, um später die Notbremse zu ziehen. Nicht bei Owen. Denn er ist mir wichtiger als alles andere.«

»Ich denke, dass du dich – und Owen – unterschätzt.« Clare warf einen Blick auf ihre Uhr. »Wir sollten später noch mal darüber reden. Jetzt muss ich langsam rüber in den Laden.«

»Okay. Ich schließ noch schnell ab, und dann geh ich mit rüber zum Hotel wegen der Häppchen, Dips und so weiter für die Eröffnungsparty.«

»Sie ist so verliebt«, erklärte Avery, als sie mit Hope den Marktplatz überquerte, »dass sie alles nur noch in rosaroten Farben sieht. Dass etwas schlecht laufen könnte, kommt in ihrem Denken kaum noch vor.«

»Und warum nimmst du dir nicht ein Beispiel an ihrer positiven Einstellung? Das ist jedenfalls konstruktiver als dein Zweckpessimismus.«

»Ich bin einfach auf der Hut, und das ist schließlich nicht falsch.«

»Nein, aber glaub einer neutralen Beobachterin wie mir, die weder verliebt noch übertrieben optimistisch ist. Es ist einfach schön mit anzusehen, wie es zwischen dir und Owen läuft.« Sie hatten das Hotel erreicht, und Hope öffnete die Tür zur Rezeption. »Trotzdem kann ich durchaus verstehen, wenn du Zeit zum Nachdenken brauchst. So schön Sex auch sein mag – häufig umnebelt er das Hirn. Deshalb nimm dir einfach ein, zwei Tage, damit du wieder einen klaren Kopf bekommst.«

»Genau.« Hope schaffte es immer wieder, selbst komplizierte Sachverhalte auf den Punkt zu bringen, dachte Avery. »Ein wenig Zeit für mich, das ist vielleicht wirklich alles, was ich brauche, um Ordnung in mein Gefühlsleben zu bringen.«

»Jetzt mach ich uns erst mal einen Tee, bevor wir uns an die Speisen für die Party machen«, sagte Hope und verschwand in der Küche.

Avery folgte ihr, schob einen Hocker an die Kochinsel und setzte sich. »Noch vor einem Jahr kam es uns allen vor, als könne dieses Haus nie fertig werden. Und dass du hier leben würdest, lag in noch weiterer Ferne.«

Hope nickte. »Vor einem Jahr sah ich meine Zukunft noch eindeutig an der Seite dieses Schuftes Jonathan und im Wickham Hotel in Washington.«

»Hat dein Herz damals geflattert?«

»Nein.« Nachdenklich stellte Hope den Wasserkessel auf den Herd. »Trotzdem dachte ich, ich würde ihn lieben. Weil ich ihm vertraute, ihn bewunderte, jede Menge Spaß mit ihm hatte. Es schien genug, um uns langfristig als Paar zu sehen.«

»Weshalb auch nicht?«

»Ja, weshalb auch nicht?«, stimmte Hope ihr ohne einen Hauch von Bitterkeit zu. »Schließlich haben wir praktisch zusammengelebt. Er hat gesagt, dass er mich liebt und an eine Zukunft mit mir glaubt.«

»Tut mir leid, Hope. Schmerzt es noch?«

»Nein, nicht wirklich. Bloß die Erinnerungen an die Demütigungen, die er mir zumutete. Das hat meinen Stolz sehr verletzt. Ihn selbst möchte ich nicht mehr geschenkt haben«, sagte sie und nahm Tassen aus dem Schrank. »Er hat mich benutzt und systematisch belogen, und das ist etwas, was mich nach wie vor entsetzlich wütend macht. Am Ende kam ich mir wie eine Närrin vor. Und das tut weh.«

»Wie kann ein Mensch bloß so niederträchtig sein?«

»Der eine ist dazu fähig, der andere nicht. Dir mit deiner Gradlinigkeit muss solch ein Verhalten völlig fremd sein.«

Hoffentlich, dachte sie. Aber genau das war das Erbe ihrer Mutter. Was, wenn es doch verborgen in ihr steckte?

In der Pizzeria band Avery sich eine Schürze um und fing mit den Vorbereitungen für den Tag an. Sie schaltete die Öfen an, setzte Kaffee auf und überprüfte, ob in der Kasse genug Kleingeld war und ob das Wasser in der Eismaschine reichte. Dann notierte sie, was fehlte, schob den bereits fertigen Pizzateig ins Kühlregal, hievte die riesigen Soßentöpfe auf den Herd und nahm die großen Vorratsboxen mit den verschiedenen Belägen aus der Kühlung. Sie würde im Laufe des Vormittags noch neuen Teig und eine neue Marinara machen müssen.

Sie hatte den Topf mit der Soße bereits auf dem Herd, als es an der verschlossenen Vordertür klopfte. Owen. Und sofort war es wieder da, dieses verräterische, sehnsüchtige Herzflattern. Sie sah, dass er fragend einen Schlüssel hochhielt. Als sie nickte, sperrte er die Tür auf – schließlich besaß er als Hausbesitzer sämtliche Schlüssel zu dem Gebäude.

»Du siehst schwer beschäftigt aus.«

»Normal, eigentlich wie jeden Tag.«

»Kann ich eine Weile bei dir am Tresen arbeiten? Im Hotel lärmen heute die Journalisten herum, um sich alles anzusehen. Da findet man keine ruhige Ecke.«

»Ja sicher. Willst du einen Kaffee?«

»Den hol ich mir selbst.« Er stellte seinen Aktenkoffer ab, schälte sich aus seiner Jacke, zog die Mütze vom Kopf und fuhr sich mit der Hand durchs Haar. Dann kam er zu ihr, umfasste ihr Gesicht mit beiden Händen und küsste sie zärtlich auf den Mund. »Hallo.«

»Hallo.«

»Riecht gut.«

»Ist schließlich die beste Marinara weit und breit.«

»Ich meinte dich und nicht die Soße. Obwohl die natürlich ebenfalls verlockend duftet. Magst du auch einen Kaffee?«

»Erst wenn ich hier fertig bin. Solltest du nicht anwesend sein, wenn die Journalisten das Hotel besichtigen und Interviews machen?«

»Oh, das muss nicht sein.« Er schenkte sich einen Becher Kaffee ein und musste fast schreien, weil sie gerade eine Riesendose geschälte Tomaten unter den elektrischen Öffner hielt. »Hope hat die Sache perfekt im Griff, denn es wurde ja alles von ihr angeleiert. Dass so viele Presseleute selbst von außerhalb gekommen sind, liegt nur an ihren guten Beziehungen in D.C. und Philadelphia. Echt super.«

»Ziemlich aufregend das Ganze. Vermutlich lassen es sich Justine und Carolee nicht nehmen, die Meute herumzuführen, oder?«

Owen nickte. »Ja, so läuft es. Wir anderen bilden nur die Reserve.« Er deutete auf den Soßentopf. »Du schüttest die ganzen Zutaten da rein, ohne abzuwiegen?«

»Alles reine Erfahrung. Und außerdem, mein Lieber, verfüge ich über zahlreiche Talente, falls du es noch nicht bemerkt haben solltest.« Sie bedachte ihn mit einem, wie Hope sagen würde, etwas zu selbstzufriedenen Blick.

»Brauchst du denn wenigstens in deinem neuen Restaurant einen Vorkoster, der freiwillig alles probiert? Ich meine, das sind ja auch für dich neue Gerichte.«

Sie sah ihn fragend an. »Und für diesen Job willst du dich melden, nehm ich an.«

»Das ist jawohl das Mindeste, was ich zum Erfolg beitragen kann.«

»Du bist einfach die Großmut in Person.« Allerdings war die Idee gar nicht mal so schlecht, erkannte sie. Sie musste auf jeden Fall die diversen Rezepte vorher ausprobieren, und da wäre ein Testesser höchst willkommen. »Ich hab Montagabend frei.«

»Ist für mich okay.«

»Dann such dir was von meinem Speisekartenentwurf aus und gib deine Bestellung auf.«

»Koch einfach, was du willst.«

»Nein. Sieh dir die Karte an und stell dir ein Menü zusammen. Salat, Vorspeise, Hauptgericht, Dessert, das ganze Programm. Zwar werde ich für das MacT's einen Koch und Hilfspersonal einstellen, aber trotzdem sollte ich die Gerichte, die mir so vorschweben, vorher ausprobieren. Am besten wäre es, verschiedene Gerichte für verschiedene Leute zu kochen, damit ich eventuelle Korrekturen vornehmen kann, bevor die Speisekarte endgültig steht.«

»Apropos Korrekturen. Ist deine Marinara fertig?«

»Ja.« Sie schaute ihn fragend an.

»Ich will dir was zeigen.«

»Aber es darf nicht lange dauern«, meinte sie und wischte sich die Hände ab. »Ich muss noch vor dem Mittagessen neuen Pizzateig vorbereiten. Und hattest du nicht selbst zu tun?«, erkundigte sie sich, während sie sich aus dem Kühlschrank eine Cola light holte. Kaltes Koffein war ihr jetzt lieber als heißer Kaffee.

»Beides hat miteinander zu tun.«

Er zog ein paar Blaupausen aus einer Rolle, die neben seinem Aktenkoffer stand, und breitete sie auf dem Tresen aus.

»Ist das die Bäckerei? Ich hatte bisher noch gar keine Gelegenheit …« Sie brach ab und starrte sprachlos auf das erste Blatt.

»MacT's. Da steht MacT's.«

»Das war doch der Name, von dem du gesprochen hast, oder? Aber du musst ihn nicht beibehalten. Du kannst alles ändern, was du hier auf diesen Plänen siehst. Die Kopien sind übrigens für dich. Beckett wird sie später detailliert mit dir durchgehen, doch das meiste weiß ich auch. Genug jedenfalls, um dir das Wesentliche zu erklären.«

»Meine Pläne.«

Er nahm ihre Hand. »Ja, genau.«

»Einen Augenblick.« Sie drehte sich um und begann durch das Restaurant zu tanzen und zu springen wie in ihrer besten Zeit als Cheerleaderin an der Highschool. Als sie sogar ein Rad schlug, musste er lachen. »Meine Güte, Avery. Kannst du das immer noch?«

»Wie's aussieht, ja«, rief sie übermütig und warf sich ihm an die Brust, die Hände zum Siegeszeichen erhoben.

Unter ihrem Ansturm schwankend, provozierte er sie: »Ich hatte mir eigentlich mehr Begeisterung erhofft.«

»Ist das jetzt genug?« Sie sprang an ihm hoch, schlang Arme und Beine um den Körper und küsste ihn fordernd und voll ungestümer Leidenschaft.

»Nicht schlecht.« Er drehte sich mit ihr im Kreis. »Das ist sogar alles andere als schlecht.«

Sie entwand sich seinem Griff. »Jetzt will ich aber zuerst die Pläne anschauen«, sagte sie und stürzte sich auf das Papier.

»Lass mich dir alles erklären«, fing er an, doch sie winkte ab.

»Denkst du, ich könnte keine Pläne lesen? Die für die

Pizzeria kannte ich in- und auswendig. Ich hab sie mir jeden Abend vor dem Einschlafen angesehen. Tagtäglich. Das hier ist gut, echt gut«, murmelte sie. »Nur diesen Kühlschrank hier hätte ich lieber da drüben. Weil es einfach praktischer ist. Außerdem brauch ich neben der Spülmaschine einen zusätzlichen Tisch.«

Er zog einen Stift aus seinem Aktenkoffer und reichte ihn ihr. »Markier die Stellen, ja?«

Sie nahm noch eine Reihe weiterer kleiner Veränderungen vor. »Die Öffnung hier ist genau richtig. Sie erlaubt einen reibungslosen Übergang vom Restaurant zur Bar und umgekehrt. Für die Gäste ebenso wie fürs Personal. Du sitzt mit einem Freund bei einem Wein, und wenn ihr noch was essen wollt, spaziert ihr einfach rüber.«

»Die Bar ist ganz schön groß.«

Sie nickte nachdrücklich. »Soll ja auch was hermachen.«

»Du musst mir noch sagen, wie du sie einrichten willst. An welches Holz und welchen Stil du denkst, damit ich etwas für dich entwerfen kann.«

Sie sah ihn von der Seite an. »Willst du etwa die Möbel für mich bauen?«

»Na klar. Warum nicht?«

»Ich dachte, ich müsste dich erst bestechen.«

»Jetzt, wo du es sagst … Mir fehlt im Grunde die Zeit dafür. Eigentlich zumindest …«

Lachend schlang sie ihm erneut die Arme um den Hals. Zur Hölle mit der kurzen Pause und dem klaren Kopf. »Owen.«

»Nun, vielleicht bekomm ich es trotzdem hin.«

Sie kniff die Augen zusammen. »Ich werde euch ganz bestimmt nicht enttäuschen.«

»Das bezweifelt auch niemand. Nicht für einen einzigen Moment.«

Sie schüttelte den Kopf und blickte wieder zu ihm auf. Es ging um deutlich mehr als um ein altes Gebäude und ein neues Restaurant. Es ging um Owen und das Flattern ihres Herzens, das sie in seiner Gegenwart verspürte. »Ich werde *dich* nicht enttäuschen«, wiederholte sie.

Er zog ihren Kopf an seine Brust, und sie musste an ihre lange, lange Freundschaft denken. Alte Fundamente. Wer vermochte schon zu sagen, was sich darauf bauen ließ?

Sie wand sich aus seinen Armen. »Und jetzt muss ich Teig machen.«

»Aha.«

Lächelnd legte sie den Kopf zurück. »Sonst ist es nämlich schlecht um meine Zahlungsfähigkeit bestellt. Kein Teig, keine Knete, keine Miete. So einfach ist das.«

Er zog sie ein letztes Mal an sich. »Gut, dann knete schon mal für die Knete. Das hier«, sagte er und zeigte auf die Blätter, »wird allerdings noch etwas dauern. Erst wenn die endgültigen Pläne stehen, kann man richtig loslegen.«

»Es spielt keine Rolle, wie lange es dauert.« Wieder dachte sie an ihn, an sie beide, an das gemeinsame Leben, das schon hinter ihnen lag. »Das Einzige, was zählt, ist, wie lange es Bestand haben wird.«

Kaum hatte sie das Vesta aufgemacht, kam Hope hereingestürzt.

Avery verteilte gerade Salami auf einer großen Pizza, die kurz zuvor telefonisch bestellt worden war. »Wie läuft's in Hollywood?«

»Gut. Bisher lief alles glatt. Sie nehmen gerade ein paar Interviews mit den Montgomerys auf. Ich hab zehn Minuten Zeit.«

Avery schob ihre Pizza in den Ofen. »Setz dich erst mal hin.«

»Ich dachte, ich komm lieber rüber, um dich vorzuwarnen. Nicht mehr lange und die ganzen Journalisten und Fotografen fallen bei dir ein. Sie brauchen was zu essen.«

»Ein ziemlicher Ansturm also. Zum Glück hab ich frischen Teig vorbereitet.«

»Ja, aber das ist nicht alles. Die wollen nicht nur hier essen, sondern auch ein bisschen filmen, Leute aus dem Ort interviewen und weiß Gott was. Und als Erstes werden sie dich befragen.«

»Mich? Vielleicht sogar mit Foto? Das geht nicht. Schau mich nur an. Meine Schürze ist verkleckert, die Haare sind ungewaschen, und ich bin völlig ungeschminkt.«

»Das ist doch alles authentisch. So sieht man aus, wenn man wirklich arbeitet. Nicht wie die gestylten Hausfrauentypen aus der Werbung. Übrigens sind deine Haare total in Ordnung, und für ein Make-up bleibt noch Zeit. Dauert nur ein paar Minuten. Also los, ich helf dir.«

»Aber die Bestellungen … Verdammt. Chad! Im Ofen sind zwei große Pizzas. Kümmer dich drum. Ich bin in fünf Minuten wieder da.«

»Sechs«, korrigierte Hope sie.

»Sechs«, rief Avery und stürzte Richtung Tür. »Warum hat mir kein Mensch vorher einen Ton gesagt – mich gewarnt, dass so was passieren könnte? Dann wäre ich wenigstens bereits geschminkt.«

»Reg dich nicht auf.« Hope folgte ihr wie ein Schatten. »Die Götter haben dir eine Superhaut geschenkt, da braucht es nur ein bisschen Farbe, Lidschatten, Eyeliner und Mascara. Puder auf die glänzenden Stellen und schon stimmt alles.«

»Glänzende Stellen?« Verzweifelt stürzte Avery durch ihre Wohnungstür geradewegs ins Bad. »Ich trag ein uraltes T-Shirt.«

»Ist unter der Schürze nicht zu sehen.« Hope riss bereits die Schublade des Schminktischs auf.

»Unter der Schürze mit den Soßenflecken.«

»Betrachte die Soßenreste einfach als Requisite. Jetzt setz dich«, befahl Hope, »und reg dich vor allem ab. Denn schließlich sollst du nicht in einem Spielfilm mitwirken, sondern lediglich für ein paar Sekunden in den Abendnachrichten zu sehen sein.«

»O Gott.«

»Sei ruhig. Außerdem wären wir schneller fertig, wenn du deine Kosmetikutensilien besser geordnet hättest. Nach Augen, Lippen, Gesicht oder so.«

»Jetzt hör bloß auf. Ich steh schließlich auch so schon kurz vor einem Nervenzusammenbruch. Warum in aller Welt musste ich mir die Haare nur in diesem grauenhaften Ton färben?«

»Warum färbst du überhaupt? Schließlich sind sie von Natur aus rot genug. Und hübscher anzusehen als all die schrillen Farbtöne, mit denen du experimentierst.«

»Ist wohl inzwischen eine Art Sucht, gegen die ich kaum noch ankomme.«

»Halt den Mund und mach die Augen zu.«

Hope trug schwungvoll Lidschatten auf, verwischte ihn gekonnt, zog einen dezenten Lidstrich und tuschte anschließend die Wimpern.

Avery öffnete vorsichtig ein Auge. »Warum siehst du immer so perfekt aus? So rundherum schön? Ich hasse dich.«

»Sei nicht albern. Du hast eine Haut wie Porzellan. Dafür sollte *ich* dich hassen.« Geschickt zauberte Hope einen Hauch von Rouge auf die Wangen der Freundin. »Und leg dir um Gottes willen endlich eine Wimpernzange zu. Und einen Lipliner.« Sie wählte einen Lippenstift aus dem Durcheinander in der Lade und verteilte abschließend noch etwas transparenten Puder auf Averys Gesicht. »Fertig, und das innerhalb von vier Minuten.«

»Meine Pizzas.«

»Um die kümmert sich Chad. Hier, schau dich an.«

Avery stand auf, sah in den Spiegel über dem Waschbecken und nickte zufrieden. Ihre Augen wirkten größer und leuchtender als gewöhnlich, ihre Wangen wurden vorteilhaft betont, und auf ihren Lippen lag ein zarter rosiger Glanz. »Du bist ein Genie.«

»Weiß ich.«

»Aber meine Haare.«

»Lass sie, wie sie sind. Zwanzig Sekunden.« Eilig zupfte Hope an ein paar Strähnchen und stellte zufrieden fest: »Das sieht lässig und natürlich und zugleich echt sexy aus.«

»Das T-Shirt …«

»Ist okay. Aber du brauchst andere Ohrringe. Dreißig Sekunden.« Eilig riss sie eine andere Schublade auf und wühlte darin herum. »Die hier. Weil sie glitzern und fröhlich baumeln. Perfekt.«

Sie befestigte den ersten Ohrring und drückte Avery den anderen in die Hand.

»Sollte ich nicht …«

»Fertig«, verkündete Hope und packte ihre Hand. »Und jetzt konzentrierst du dich auf etwas anderes. Die Reporter sollen von dem guten Essen und dem freundlichen, schnellen Service sowie der entspannten Atmosphäre berichten, richtig?«

»Richtig. Himmel, ich bin wirklich blöd. Mein Aussehen ist eigentlich nebensächlich. Lieber sollte ich Franny bitten, zur Verstärkung zu kommen, als über ein altes T-Shirt und eine fleckige Schürze nachzudenken.«

»Mach das, wäre sicher nicht verkehrt. Jetzt muss ich wieder los.«

»Danke für das neue Gesicht. Du bist eine wahre Freundin.«

Im Restaurant herrschte Hochbetrieb. Avery konzentrierte sich ganz auf ihre Arbeit, stellte eine Pizza nach der anderen her und dankte Gott für Franny, die auf ihren Anruf hin postwendend erschienen war und jetzt Pasta und Salate auf die Teller lud.

Während sie den Teig ausrollte, gab sie zwei kurze Interviews und warf auf die Bitte eines Journalisten vor laufender Kamera schwungvoll ein Teigstück in die Luft … Wahnsinn, dachte sie, falls sie damit tatsächlich in den Abendnachrichten des regionalen TV-Senders zu sehen sein sollte.

Als der Irrsinn gegen fünfzehn Uhr vorüber war, machte sie die erste Pause und sank mit einer Flasche Gatorade erschöpft auf einen Stuhl. »Ich bin völlig erledigt«, sagte sie, als Clare bei ihr auftauchte. »Waren sie auch bei dir?«

Clare hielt ihr einen Styroporbecher hin. »Hier ist ein Latte macchiato mit doppeltem Espresso.«

»Sie waren also da.«

»Ja, es war wirklich gut. Gut fürs Geschäft. Fürs Hotel ebenso wie für meinen Buchladen und deine Pizzeria. Gut auch für die gesamte Stadt.«

»Hope musste bestimmt nicht eigens zu dir rennen, damit du präsentabel aussahst.« Avery seufzte.

»Nein, aber ich arbeite auch nicht den ganzen Tag in einer heißen Küche.«

»Nett von dir, dass du es so siehst.«

»Die Reporterin vom *Hagerstown Magazine* hat mir am Schluss erklärt, dass sie gerne noch einen Artikel schreiben würde. Über dich und mich und Hope.«

»Über uns? Wozu bitte soll das gut sein?«

»Ihr schwebt eine nette Geschichte über drei junge Frauen vor, die befreundet sind und alle drei ein Geschäft beziehungsweise ein Restaurant oder ein Hotel führen.«

»Hauptsache, ich muss nicht schmuddelig aussehen.«

»Schmuddelig im Sinne von fleckig oder von verrucht?«

»Dreimal darfst du raten.« Grinsend zeigte Avery auf einen dicken roten Fleck. Pasta alla Marinara. »Aber dann hätten wir ja wohl genügend Zeit, uns halbwegs kameratauglich herzurichten.«

»Logisch. Wenn wirklich etwas aus der Sache wird, wäre das für uns alle eine Superwerbung. Ich bin total aufgeregt und begreife einfach nicht, wieso Hope immer ganz gelassen bleibt. Völlig entspannt. Wollen wir uns nicht heute Abend gemütlich zusammensetzen? Beckett meint ohnehin, es sei mal wieder Zeit für einen Männerabend. Die Kids sind ganz versessen darauf.«

Avery schaute die Freundin liebevoll an. »Mit Beckett hast du einen echten Volltreffer gelandet, Clare.«

»Direkt ins Schwarze«, stimmte sie zu. »Auch wenn ich nachher vier Männerportionen Spaghetti mit Hackfleischbällchen heimschleppen muss.«

»Kein Problem.«

Clare seufzte. »Bald sind wir verheiratet, wohnen in einem neuen Haus … Du musst mich bei der Gestaltung der Hochzeitsfeier beraten. Es wird kein Riesenfest, trotzdem …«

»Alles soll so schön wie möglich werden, ist doch klar.«

»Angefangen mit den Kleidern. Meinem, deinem, Hopes.«

»Da kannst du dich bestimmt auf Hopes unfehlbaren Geschmack verlassen. Sag mir einfach, wann du losziehen und shoppen willst. Besprich es mit Hope, und ich organisier es so, dass ich an diesem Tag wegkann.«

»Klingt gut. Gestern war ich bei Mountainside, um die Blumenfrage zu klären. Bleibt noch das Essen.«

»Das Einfachste wäre, wenn ich dir Vorschläge mache, die du dann mit Beckett besprichst. Ihr könnt im

Nachhinein immer noch spezielle Wünsche äußern oder alles anders kombinieren, aber es sind zumindest ein paar Eckdaten da.«

»Danke. Damit würdest du mir einen riesigen Gefallen tun.« Clare beugte sich vor, nahm die Hände ihrer Freundin und sah sie mit einem strahlenden Lächeln an. »Avery, ich werde bald heiraten.«

»Ich hab so was vernommen.«

»Es geht jetzt alles so unglaublich schnell. Nicht mehr viel mehr als zwei Monate.«

»Bist du nervös?«

»Nein, nicht wirklich. Obwohl es sicher anstrengend wird. Schließlich ziehen wir gleichzeitig um, und ich bin schon damit beschäftigt, Lampen, Fliesen und so weiter auszusuchen.« Sie machte eine Pause. »Und wenn alles so läuft wie geplant, ist bald auch ein Baby unterwegs.«

»Schön, dass sich für dich alles zum Besten gefügt hat.«

»Ja, und dafür bin ich sehr dankbar. Und wie steht's mit dir? Bist du nervös?«

»Weswegen?«

»Wegen dir und Owen.«

»Nein, das nicht. Allerdings ein wenig überwältigt. In dem einen Moment bin ich überzeugt: Genauso muss es sein. Und im nächsten frag ich mich vollkommen entsetzt, wie in aller Welt es zwischen uns zu so was kommen konnte. Und vor allem was zum Teufel ich damit anfangen soll.« Sie stützte ihr Kinn auf ihre Faust. »Und dann denk ich wieder: kein Problem. Schließlich sind wir schon seit unserer Kindheit befreundet und müssen nur lernen, uns in einem neuen Licht zu sehen. Allerdings werde ich den Schatten meiner Mutter nicht ganz los, der mir Angst einjagt. Weil ich mich fürchte, so zu sein wie sie: eben unfähig zu einer echten Beziehung. Aber das hab ich euch ja neulich erzählt.«

Clare drückte Averys Hand und lehnte sich auf ihrem Stuhl zurück. »Du denkst, du hast ein Defizit im Umgang mit anderen Menschen. So ein Unsinn. Wie kommst du nur auf diesen idiotischen Gedanken? Ich kenn niemanden, der so selbstlos ist wie du. Obwohl wir uns früher noch gar nicht wirklich kannten, warst du nach Clints Tod, als ich hierher zurückkehrte, sofort für mich da. Als sei es die selbstverständlichste Sache von der Welt. Ich weiß nicht, was ich ohne dich gemacht hätte.«

Jetzt war es an Avery, der Freundin die Hand zu drücken. »Ich werde immer für dich da sein.«

»Und ich für dich«, antwortete Clare. »Wir beide sind einfach nicht dafür geschaffen, Beziehungen zu anderen Menschen auf die leichte Schulter zu nehmen.« Sie erhob sich. »Ich bin schon spät dran und muss zurück in meinen Laden. Die Männerportionen Spaghetti hol ich gegen fünf ab.«

»Ich lass sie dir bringen, dann sparst du dir einen Weg.«

Nachdem Clare gegangen war, blieb Avery noch einen Augenblick alleine am Tisch sitzen. Sie brauchte keine Pause mehr, erkannte sie. Weder von der Arbeit noch von ihrem privaten Glück. Man konnte sich mit zu vielen Grübeleien auch die Gegenwart vermiesen und vielleicht die Zukunft verbauen.

Sie zog ihr Handy aus der Tasche und schrieb Owen eine SMS: »Hab in einer Stunde frei. Lust auf eine große Pizza und auf eine Flasche Wein bei mir?«

Sie trank den Rest von ihrem Gatorade, ließ die müden Schultern kreisen und verzog den Mund zu einem Lächeln, als sie seine Antwort las. »Mach ebenfalls gleich Schluss, trink noch schnell ein Bier mit Ry und bring dich danach heim.«

Ja, genau, so gehörte sich das für einen guten Freund. Avery vollführte einen kleinen Freudentanz, bevor sie sich wieder ihrer Arbeit zuwandte.

13

Am Tag der Eröffnung legte Avery vom frostklirrenden Morgen bis zum bitterkalten Nachmittag gefühlte zwanzig Meilen zurück. Allein dadurch, dass sie ungezählte Male zwischen Hotel und Pizzeria hin und her lief. Doch es machte ihr an diesem besonderen Tag nicht das Geringste aus.

Während sie Platten und Schalen herbeischleppte, brachten Hope und Carolee das Hotel auf Hochglanz. Als ob es das nicht ohnehin gewesen wäre. Sie schmückten die Tische, die Kaminsimse und die tiefen Fensterbänke mit üppigen Blumenarrangements, stellten trotz der Kälte auf den Veranden und im Hof Tische und Stühle auf, während drinnen das Feuer in den Kaminen eine heimelige Wärme ausstrahlte.

So ging es den ganzen Tag über. »Wir liegen gut in der Zeit und sollten uns bald umziehen«, stellte Hope schließlich fest. »Carolee ist schon heimgefahren.«

»Ich geh jetzt auch rüber, bin aber spätestens in einer Stunde wieder da«, versprach Avery.

»Lass dir Zeit. Es läuft alles wie geschmiert.« Hope schien nicht aus der Ruhe zu bringen sein.

Ganz im Gegensatz zu ihr selbst. Sie war viel zu aufgeregt, um lange wegzubleiben, und kam eine Stunde später wieder hereingeschneit. Mit einer kleinen Reisetasche, denn alle würden ja heute in einem Zimmer ihrer Wahl übernachten.

Hope war ebenfalls bereits umgezogen und stellte Flaschen und Gläser bereit. Mit leichtem Neid betrachtete Avery das wie immer perfekte Outfit und das raffinierte rote Kleid. Einfach mordsmäßig, fand sie. »Wegen deiner Aufmachung heute Abend hasse ich dich schon wieder. Und weil du noch früher umgezogen warst als ich.«

»Ich wollte fertig sein, bevor die Bosse kommen. Und die erscheinen sicher jeden Augenblick.«

Avery seufzte. »Einmal wäre ich gerne schneller gewesen als du.«

»Da hattest du leider Pech.« Hope lachte, zog aber mit einem Mal die perfekt gezupften Brauen bis fast unter den schwarz glänzenden Pony hoch. »Du hast zwei verschiedene Schuhe an«, stellte sie missbilligend fest.

»Ich konnte mich nicht entscheiden und wollte dich fragen. Welchen soll ich nehmen?« Avery drehte sich mehrmals im Kreis. »Und was ist mit dem Kleid? So schlicht und mausgrau. Das ist doch bestimmt total verkehrt für diese glamouröse Party.«

Erneut blickte Hope sie tadelnd an. »Die Farbe nennt man Mondstaub, und als schlicht würde ich es nicht bezeichnen. Mit dem glitzernden Oberteil ist es sogar superschick. Wo hast du übrigens diese saphirblauen Schuhe her? Die würden mir ebenfalls gefallen.«

»Gibt's vermutlich nicht mehr. Ich hab sie schon letztes Jahr gekauft, aber nie getragen. Weil ich mir nicht sicher war, ob …«

»Du kannst dir völlig sicher sein. Willst du wissen, was mich wirklich ärgert? Dass du viel kleinere Füße hast als ich. Sonst hätte ich dich dieser Schuhe wegen umgebracht. Aber vielleicht tu ich es trotzdem – einfach aus Neid und Missgunst.«

»Dann nehm ich die blauen. Ich kann doch meine Sachen, einschließlich der schwarzen Pumps, die ich nicht brauche, irgendwo in deiner Wohnung abstellen, oder?« Sie glitt aus den Schuhen, nahm sie in die Hand und rannte barfuß in den ersten Stock, stellte Tasche und schwarze Pumps hinter der Wohnungstür ab und zog das blaue Paar an.

Auf dem Weg zurück kam sie an der offenen Tür des »Penthouse« vorbei und folgte dem Duft der Blumen, die vor dem Fenster im Salon, im Schlafzimmer und auf der Ablage im Bad standen. Über allem lag ein warmer Glanz, und sie fragte sich, was wohl die Montgomerys empfinden mochten, wenn schon sie so stolz und glücklich war. Doch ein bisschen hatte sie immerhin mitgeholfen.

Ihre Hand glitt über das eiserne Geländer, als sie wieder nach unten ging. Mit besonderen Gefühlen schaute sie ins Nick-und-Nora-Zimmer, in dem sie mit Owen übernachten würde. In diesem wunderschönen Bett, in dem man den süßen Duft der Blumen roch und das Kristall des Leuchters funkeln sah, würden sie sich lieben. Dass sie die Ersten waren, denen dieses Glück beschieden war, kam ihr wie ein Wunder vor.

Schritte waren zu hören, und dann stand Owen neben ihr. Lächelnd sah sie ihn an.

»Ich musste gerade an dich denken, und plötzlich tauchst du auf. Und siehst schlicht umwerfend aus.« Mit seinem dunklen Anzug und einer Krawatte, die beinahe dieselbe Farbe hatte wie ihr Kleid, war er das Bild von einem Mann.

Er betrachtete sie mit sichtlichem Wohlgefallen. »Du überraschst mich immer wieder, Avery.«

Ihr Lächeln wurde warm. »Der heutige Abend verlangt nach einem Mindestmaß an Stil, findest du nicht? Ich frag mich gerade, wie ihr euch wohl alle fühlt. Wahrscheinlich kann man es gar nicht in Worte fassen, wenn schon ich fast vor Stolz platze, obwohl das Ganze mit mir nichts zu tun hat.«

»O doch, hat es sehr wohl. Wenn ich daran denke, wie viel du geschleppt, gekocht, geputzt hast. Und auf deine Initiative geht es zurück, dass Hope ins Haus kam.«

Sie lachte. »Und nicht zu vergessen diese glitzernde Stehlampe, die ich ganz alleine zusammengebaut habe.« Mit leuchtenden Augen, in denen tausend Funken sprühten, stieß sie einen der Kristalltropfen mit dem Finger an. »Das war eine echte Leistung.«

»Und weil das so ist, bekommst du etwas von mir.«

»Wirklich?«

»Ja, um dir für deine Unterstützung zu danken. Das war nicht selbstverständlich angesichts der vielen Arbeit, die du selbst hast.«

Sie trat auf ihn zu. »Abgesehen vom Zusammenbau der Lampe hab ich gar nichts Besonderes getan, aber da ich Geschenke liebe, nehm ich es trotzdem gerne an. Also her damit.«

Er zog ein kleines Kästchen aus der Tasche und überreichte es ihr. Eilig riss sie das Papier ab und klappte den Deckel auf. »O mein Gott, das ist einfach wunderschön.«

An einer dünnen Kette hing ein kleiner Platinschlüssel, auf dem winzige Diamanten funkelten.

»Ich dachte, es sei das richtige Geschenk für dich. Betrachte den Schlüssel als Symbol. Dass dir das BoonsBoro Inn jederzeit offensteht.«

»Dieser Gedanke ist noch schöner als der Schmuck selbst und rührt mich zutiefst. Tausend Dank«, sagte sie und gab ihm einen Kuss. »Wahnsinn. Meine ersten Diamanten.«

»Wirklich? Dafür sind sie leider etwas mickrig, finde ich.«

»Mickrige Diamanten gibt es nicht. Ich will die Kette sofort anlegen.«

»Komm, ich helfe dir.« Er trat hinter sie und ließ den Verschluss zuschnappen, während sie nach dem kleinen Schlüssel griff und in den silbergerahmten Drehspiegel blickte, vor dem sie beide standen. Sie nahm Owens Hand und betrachtete gebannt ihr gemeinsames Spiegelbild.

Dann begegneten sich ihre Blicke, und erneut spürte sie das vertraute Flattern, diesmal jedoch begleitet von etwas Neuem. Einem langsamen und gleichmäßigen Pulsschlag, der sich in ihrem gesamten Körper bis hinunter in die Fußsohlen auszudehnen schien.

»Owen.« Alles, was sie sonst noch sagen wollte, war vergessen, als sie den Schatten im Spiegel sah. »Owen.«

»Ja, da ist sie.«

Sie musste schlucken. »Wer?«

»Sie. Elizabeth.«

»Ich erkenn einen Schatten. Eine Silhouette.«

»Und ich sehe sie. Sie lächelt mit Tränen in den Augen. Was tut sie jetzt? Winkt sie uns zu? Nein, sie zeigt mir ihre Hand. Ihre linke Hand, an der ein Ring steckt. Ein Ring mit einem kleinen roten Stein.«

»Ein Rubin vielleicht?«

»Eher nicht, dafür ist er zu dunkel.«

»Ein Granat?«

»Könnte sein. Ja, sieht so aus. Vielleicht ein Verlobungsring?«

In seinem Kopf erklang wie ein fernes Echo wehmütig ein Name: Billy. »Hast du das gehört?«

»Nein, ich hab bloß den Geißblattduft gerochen und ihre Umrisse gesehen«, sagte Avery, während der Schatten verschwand. »Konntest du etwas verstehen?«

»Sie hat wieder Billy gesagt.«

Avery drehte sich zu ihm um. »Und sie trug einen Ring an ihrer Hand? Einen Verlobungsring?«

»Das war nur geraten.«

»Sie hat dir den Ring gezeigt und seinen Namen ausgesprochen. Ich wette, es ist ein Verlobungsring. Sie und Billy wollten heiraten. Wir müssen ihn für sie finden, Owen.«

Ihr drängender Ton und die Kraft, mit der sie seine Arme packte, überraschten ihn. »Ich werde sehen, was ich tun kann.«

»So eine lange Zeit«, murmelte Avery. »So eine lange Zeit hält sie schon an ihm fest.« Die Erkenntnis machte ihr Hoffnung, merkte sie. Hoffnung, dass es wirklich eine Liebe gab, die wichtiger war als alles andere. So wichtig, dass sie über den Tod hinausreichte.

Owen umfasste ihre Schultern. »Wir kümmern uns später darum, aber jetzt sollten wir langsam nach unten gehen. Geh du schon mal vor, ich will noch in einige Zimmer reinschauen.«

Nachdem sie weg war, ging er hinüber zum Elizabeth-und-Darcy-Zimmer. »Tut mir leid«, sagte er in die Stille. »Aber ich hatte alle Hände voll zu tun mit den Vorbereitungen für den heutigen Tag und mit … anderem Zeug.« Eigentlich hatte er »mit meinem Liebesleben« sagen wollen, was richtig, aber taktlos gewesen wäre. »Ich versprech dir jedoch, Billy für dich zu finden. Heute Abend werden jede Menge Leute hier herumlaufen und sich wahrscheinlich auch dieses Zimmer ansehen. Wir feiern eine Party. Das ist hoffentlich okay für dich. Und später wird meine Mutter bei dir übernachten. Ich wollte nur, dass du Bescheid weißt. Es ist ein großes Ereignis für meine Familie und die Stadt.« Er brach ab und schüttelte den Kopf. »Wahrscheinlich hat dich Beckett sowieso schon längst informiert. Also dann, ich muss gehen.«

Er hatte das Gefühl, als würde etwas sanft über die Aufschläge seines Jacketts streichen. Wie die Hände einer Frau, die vor dem Ausgehen die Jackenaufschläge ihres Mannes glätten oder dort ein Stäubchen entfernen. »Danke, sehr aufmerksam von dir.«

Auf dem Weg nach draußen sah er sich noch einmal um, entdeckte jedoch nichts. Und so strebte er entschlossen den Lichtern und Stimmen im Foyer zu.

Nach Jahrhunderten steten Wechsels und Wandels, die dem alten Gebäude sehr zugesetzt hatten, lud das Hotel am Markt endlich wieder Gäste ein. Zwanglos streiften sie durch die lichtdurchfluteten Räume, scharten sich in

Gruppen um die heimeligen Feuer in den steinernen Kaminen und stießen in der offenen Küche auf die Wiederauferstehung des Hauses an. Andere saßen auf der buttergelben Couch und nippten an farbenfrohen Cocktails, und es gab sogar einige Verwegene, die der Kälte trotzten und sich den Hof sowie die Veranden und Balkone anschauten.

Falls jemand auf seiner Besichtigungsrunde den sommerlichen Duft von Geißblatt roch, dachte er sich nichts dabei. Gleiches galt, wenn er eine flüchtige Berührung an der Schulter spürte – er hielt es für einen anderen Gast. Zweimal bemerkte Owen, als er Freunde durchs Haus führte, dass die Balkontür des E&D offen stand. Er schloss sie schweigend wieder, ohne dass es aufgefallen wäre. Zu sehr waren die Besucher mit dem Betrachten der Einrichtungsgegenstände beschäftigt.

»Hör auf«, raunte er schließlich leise beim Verlassen des Zimmers, und tatsächlich schien sie sich eine Weile daran zu halten, denn bei einem späteren Kontrollgang waren die Türen nach wie vor geschlossen.

Dafür traf er unversehens auf Franny, die eine schwarze Hose, eine weiße Rüschenbluse und ein eng geschnittenes schwarzes Jackett trug. »Hallo«, grüßte sie. »Ich hab noch ein paar kalte Platten vorbeigebracht, und jetzt seh ich mir alles an.«

»Du siehst gut aus, Franny.«

»Danke. Ich hab mich extra ein bisschen gestylt, damit ich nicht unangenehm auffalle, wenn ich was rüberbringe.« Sie trat ans Bett und strich mit den Fingern über das gepolsterte Fußteil. »Mein Gott, es ist einfach alles wunderschön. Ehrlich, das reinste Wunder.«

»Danke. Wir sind auch mächtig stolz.«

»Dazu habt ihr allen Grund. Bisher hab ich nur die Zimmer im ersten Stock gesehen und weiß schon jetzt nicht, welches ich am schönsten finde.«

Owen grinste. Variationen dieses Satzes hörte er bereits den ganzen Abend, aber trotzdem stimmte er ihr lächelnd zu: »Da geht es dir wie den meisten, und ich selbst nehm mich davon nicht aus. Soll ich dich ein bisschen rumführen?«

»Nicht nötig. Ich finde mich alleine zurecht. Es ist wie auf einer Forschungsexpedition«, fügte sie lachend hinzu. »Bloß dass man hier ständig Leute trifft. Dick zum Beispiel ist gerade drüben im E&R.«

»Dick, der Frisör oder der Banker?«

»Manchmal bist du wirklich witzig. Dick, der Frisör. Und Justine und Clares Eltern waren eben in der Bibliothek.« Sie ging an ihm vorbei und betrat das Bad. »Oh, diese Wanne sieht aus wie aus einem alten englischen Roman.«

»So war es auch gedacht.«

»Eine tolle Idee. Am liebsten würde ich erst mal in diesem Badezimmer bleiben, aber das hab ich bisher von jedem Raum gesagt. Wie gesagt, kümmer dich einfach nicht um mich und geh zurück zu deiner Party, ja? Übrigens wollte ich dir noch sagen, dass wir uns alle für dich und Avery freuen.«

»So, tut ihr das?«

»Allerdings war es eine Riesenüberraschung. Weil ihr doch so alte, gute Freunde seid.«

»Sogar für uns war es eine Überraschung.«

»Trotzdem ist es wirklich schön. Sie hat es verdient,

glücklich zu sein, und vielleicht hast du auch jemanden wie sie verdient.«

»Ich geb mir alle Mühe.«

»Das ist gut zu hören, denn wir mögen sie sehr. Und falls du ihr wehtust«, sagte sie und stach ihm einen spitzen Finger in die Brust, »kriegst du irgendwann von mir eine mit jeder Menge Abführmittel versetzte Calzone vorgesetzt.«

Sie zog die Brauen hoch und nickte mit dem Kopf. »Aber weil du mir ebenfalls sympathisch bist und ich nicht unfair sein will, mach ich bei ihr dasselbe, falls sie dich schlecht behandelt.«

»Vielleicht sollte ich eure Pizzeria in diesem Fall lieber meiden, wenn ich mir das so anhöre.«

»Benimm dich, dann passiert nichts. Und jetzt seh ich mir das nächste Zimmer an.«

Als sie den Raum verließ, roch Owen den vertrauten Geißblattduft und hörte leises Lachen hinter sich. Sehr witzig, diese Weiber, dachte er. Selbst die toten waren nicht besser.

Abermals hinderte ihn jemand daran, das Zimmer zu verlassen. Dieses Mal war es Averys Vater. Würden Stammesfürsten in den schottischen Highlands Anzüge und getupfte Krawatten tragen, sähen sie bestimmt genauso aus wie Willy B. MacTavish.

»Hallo. Ich bin gerade auf der Suche nach Justine.«

»Sie soll in der Bibliothek sein, soweit ich mitbekommen habe. Vielleicht ist sie dort ja noch. Den Gang runter, letzte Tür links.«

»Ich weiß.« Willy B. scharrte verlegen mit den Füßen – ein eindeutiges Zeichen, dass er etwas auf dem

Herzen hatte und dass es ihm peinlich war, die Sache anzusprechen. »Also, da ich dich gerade alleine habe …«

»Heute scheint jeder gute Ratschläge für mich auf Lager zu haben.«

»Wie bitte?«

»Schon gut. Worum geht's?«

»Um verschiedene Dinge.« Willy blickte über seine Schulter, und als niemand in der Nähe war, trat er näher. »Ich dachte, ich sollte dir und deinen Brüdern sagen, dass Justine … Nun, dass sie mich gebeten hat …« Er brach ab und sah sich unbehaglich um. »Ich soll hier mit ihr übernachten. Heute Abend.«

»Oh.« Owen stopfte seine Hände in die Jackentaschen und sah Willy unbehaglich an. Obwohl es ihn eigentlich nicht überraschen sollte.

»Mir ist bewusst, dass euch das vielleicht seltsam vorkommt – mir kommt es schließlich selbst so vor, aber … Nun ja, es ist, wie es ist.«

»Okay«, meinte Owen. »Sollte ich dich fragen, ob ihr … irgendwelche Zukunftspläne habt? Oder etwas in der Art?«

»Eure Mutter bedeutet mir sehr viel. Und euer Dad war mein bester Freund.«

»Ich weiß.«

»Und er hätte bestimmt gewollt, dass ich mich um sie kümmere, und das hab ich getan. Und dann … Sie ist einfach eine wunderbare Frau, der ich größten Respekt entgegenbringe und die ich niemals verletzen würde. Eher würde ich mir selbst die Hand abhacken.«

»Das bezweifle ich keine Sekunde.«

»Okay.« Er atmete erleichtert auf, und sein Gesicht

war nicht mehr ganz so rot. »Ich werde auch noch mit Ryder und Beckett reden.«

»Das kann ich dir abnehmen«, bot Owen sich an, um Willy B. weitere Peinlichkeiten zu ersparen.

»Wenn du meinst.« Er nickte knapp und räusperte sich kurz. »Hm, du und Avery seid …«

Sie saßen eindeutig im selben Boot, erkannte Owen, hielten einfach zwei verschiedene Ruder in der Hand. »Alles, was du über dich und Mom gesagt hast, trifft auch auf uns zu. Avery bedeutet mir sehr viel – das hat sie immer und wird sie immer.«

»Ich weiß. Du warst ihr großer Schwarm.«

»Tja, nun.« Himmel, nicht mehr lange und er war mindestens so rot wie Averys Vater noch vor wenigen Minuten. »Ich weiß nicht …«

»Vielleicht weißt du es nicht, aber ich weiß es ganz genau. Genau wie ich weiß, dass sie die Sache mit ihrer Mutter, die einfach gegangen ist, nie wirklich überwunden hat. Deshalb möchte ich, dass du behutsam mit ihr umgehst, Owen. Sie hatte schon früher Freunde, doch das mit dir ist etwas anderes. Ihr habt eine gemeinsame Vergangenheit, und euch verbindet seit jeher eine ganz besondere Beziehung. Mein Mädchen ist unglaublich zäh, dabei zugleich in mancher Hinsicht sehr, sehr verletzlich. Das vergisst man leicht, nur du darfst es nicht vergessen. Darum bitte ich dich.« Sichtlich erleichtert atmete er auf und sah sich um. »Dieses Hotel ist echt der Hit. Ihr könnt sehr stolz auf eure Leistung sein. Und vor lauter Stolz auf Justine und euch Jungs schwillt Tommy dort oben sicher dermaßen die Brust, dass ihm die Knöpfe von der Jacke springen. Also, in diesem Sinne …«

Als Willy gegangen war, setzte Owen sich erschöpft auf den Rand des breiten Bettes. Es war gerade alles ziemlich viel. Seine Mom und Willy B. Hier, genau an diesem Ort … Eilig sprang er auf und blickte unbehaglich auf das Bett. Es war besser, gar nicht erst darüber nachzudenken.

In diesem Augenblick ging die Balkontür auf.

»Recht hast du: Ein bisschen frische Luft tut mir wahrscheinlich gut.«

Er trat in die Kälte, holte zischend Luft und wünschte, er hätte eine Flasche Bier. Sah wirklich gut aus von hier oben, dachte er. Die Hauptstraße hatte sich in den letzten Jahren ganz schön gemausert. Neue Läden, frische Farben … Und doch war es noch immer die Straße seiner Kindheit. Vertraut und trotz aller Veränderungen eine Konstante in seinem Leben.

Genau wie Avery. Auch sie war immer da gewesen, sodass es ihm einfach undenkbar schien, sie könnte aus seinem Leben verschwinden. Natürlich hatte es im Laufe der Zeit Veränderungen gegeben, aber auf irgendeine Art hatten sie diese gemeinsam durchgemacht. Waren erwachsen geworden, erweiterten ihren Horizont und bauten sich mit Erfolg ein eigenes Leben auf. Jeder auf seine Weise.

Er schaute hinüber zur Pizzeria, sah das Licht hinter den Fenstern und das rege Treiben, das dort wie an jedem Abend herrschte. Ihr Werk. Als junge Frau hatte sie den Sprung gewagt und ein eigenes Restaurant eröffnet. Wohl errichteten die Montgomerys die Hülle, nahmen den Umbau vor, weil ihnen das Haus gehörte, doch die Seele des Ganzen war Avery, die mit Hingabe ein gut gehendes Restaurant aus dem Unternehmen machte. Und einen solchen Schritt erneut wagen wollte.

Sie war zäh, intelligent und scheute harte Arbeit nicht. Und sie konnte sich zur Wehr setzen. Was sie schon bewies, nachdem ihre Mutter sie verlassen hatte und manche Kinder sie damit aufzogen. Allerdings war es nicht leicht für sie gewesen, und einmal fand er sie weinend in den Armen seiner Mutter, zog sich jedoch sogleich lautlos zurück, bevor sie ihn sehen konnte. Als er ihr kurz danach begegnete, hatte sie sich wieder vollkommen in der Gewalt.

So war es fast immer bei ihr.

Dennoch hatte Willy recht. Sie war verletzlich, und er musste behutsam mit ihr umgehen.

Da waren andere Freunde gewesen. Was war er? Der Neue an ihrer Seite? Bisher hatte er noch nicht wirklich darüber nachgedacht. Außer dass er behauptete, der erste Mann in ihrem Leben gewesen zu sein. Aber ein echtes Date hatten sie noch nie. Er sollte sie wirklich mal ins Kino, zum Konzert oder zum Essen einladen. Oder ihr zumindest Blumen mitbringen.

Na gut, er hatte ihr etwas geschenkt, und damit ließ sich punkten. Falls er ernstlich Punkte bei ihr sammeln wollte, musste er sich eindeutig mehr Mühe geben, damit es wie eine richtige Beziehung aussah.

Bisher hatte er sich so gut wie gar nicht angestrengt, räumte er widerstrebend ein. Was eindeutig ein Riesenfehler war. Zeit für einen Neuanfang, sagte er sich, machte auf dem Absatz kehrt, um sie zu suchen.

Als er ins Zimmer zurückkehrte, stand auf dem Tisch eine Flasche Bier.

»Wie zum Teufel hast du das angestellt?« Obwohl es ihm eisig den Rücken hinunterlief, griff er nach der Flasche und hob sie an seinen Mund. »Ich kann mich nicht entscheiden, ob das unheimlich oder ganz einfach praktisch ist. Trotzdem vielen Dank.«

Er trank den nächsten Schluck. »Und jetzt steh ich hier, frier mir den Hintern ab, trink ein von einem Geist serviertes Bier und sprech mit mir selbst.«

Kopfschüttelnd verließ er den Raum, um sich zu den Partygästen zu gesellen.

Avery machte sich mal wieder nützlich. Sie stand in der Lounge und schenkte den Gästen lächelnd Champagner nach.

»Wo ist deiner?«, fragte er.

»Da bist du ja. Mein was?«

»Dein Champagner.«

»Oh, ich hab mein Glas in der Küche vergessen.«

»Du sollst doch nicht arbeiten.« Er nahm ihre Hand, zog sie zu den leeren Gläsern und schenkte ihr ein. »Ich möchte, dass du dich amüsierst.«

»Das tu ich auf jeden Fall. Warum sind deine Hände eiskalt?«

»Ich war kurz draußen. Lass uns irgendwo ein Plätzchen suchen, wo wir sitzen können. Schließlich stehst du oft genug.«

»Du musst dich unter eure Gäste mischen.«

»Das hab ich die ganze Zeit gemacht und Leute durchs Haus geführt. Jetzt will ich irgendwo gemütlich mit dir zusammensitzen.« Er neigte seinen Kopf und presste seine Lippen sanft auf ihren Mund.

Sie blickte blinzelnd zu ihm auf. Zwar wussten die meisten von ihrer veränderten Beziehung, aber er hatte sie nie zuvor auf diese Art in der Öffentlichkeit geküsst.

Okay, an Silvester. Doch das zählte nicht. Schließlich küsste an diesem Tag wirklich jeder jeden. Das hier war etwas anderes, und sie konnte die neugierigen Blicke der anderen Leute richtiggehend spüren.

»Geht's dir gut?«

»Es geht mir sogar wunderbar.« Er legte einen Arm um ihre Schultern und schob sie aus der Lounge Richtung Treppe. »Und dir?«

»Mir geht es super. Lass mich nur schnell schauen, ob …«

»Avery, lass es gut sein. Es ist von allem reichlich da, und die Leute amüsieren sich auch ohne uns. Also entspann dich, ja?«

»Ich kann mich auf Partys nur entspannen, wenn ich irgendwie beschäftigt bin. Mich juckt's einfach in den Händen.«

»Dann kratz dich, und es geht vorbei.«

»Hallo, Owen.«

Charlie Reeder, alter Freund und Polizeichef der Stadt, kam auf die beiden zu. »Ich könnte kurz deine Hilfe brauchen.«

»Was ist los?«

»Dein Cousin Spence möchte nach Hause und will noch fahren, obwohl er reichlich getankt hat. Ich hab versucht, ihm seine Autoschlüssel abzunehmen, doch er setzt sich heftig zur Wehr. Entweder muss ich ihn mit aufs Revier nehmen, oder du überredest ihn, den Wagen stehen zu lassen.«

Owen warf Avery einen bedauernden Blick zu und folgte seufzend seinem Freund. »Bin sofort wieder da.«

Ganz so schnell ging es dann nicht. Owen brauchte eine Viertelstunde, um seinen Cousin zur Herausgabe der Autoschlüssel zu bewegen.

»Ich werde ihn heimfahren, Owen«, bot sich Charlie an. »Wir müssen sowieso allmählich los, weil unser Babysitter schon wartet. Charlene wird mir mit unserem Wagen folgen, und dann setzen wir ihn einfach vor der Haustür ab.«

»Danke, Charlie.«

»Gern geschehen.« Er machte eine kurze Pause, stemmte seine Hände in die knochigen Hüften und sah sich den Hof und die Fassade mit den prächtigen Balkonen an. »Es ist wirklich wunderschön geworden, und ich hab als Überraschung für Charlene eins der Zimmer für unseren Hochzeitstag im Mai gebucht.«

»Und für welches Zimmer hast du dich entschieden?«

»Das mit dem Baldachin über dem Bett und der gigantischen Badewanne gefällt ihr am besten.«

»›Titania und Oberon‹. Eine gute Wahl.«

»Hope hat mich überredet, das Paket zu buchen – Übernachtung einschließlich Champagner und schönem Dinner und wer weiß was sonst noch alles. Aber am zehnten Hochzeitstag darf es schon was Besonderes sein, finde ich.«

»Dafür wird Hope bestimmt sorgen, darauf kannst du dich verlassen.«

»Wunderbar, dann verfrachten wir jetzt Spence in seinen Wagen.«

»Das schaff ich alleine. Geh du derweilen rein und hol Charlene. Und nochmals vielen Dank, dass du ihn nach Hause fährst.«

Als er ins Haus zurückkehrte, hatte sich die Zahl der Gäste merklich reduziert. Trotzdem konnte er wieder nicht nach Avery Ausschau halten, weil sich jetzt einer nach dem anderen von ihm verabschieden und sich für das wunderbare Fest bedanken wollte.

Natürlich freuten ihn die netten Worte, aber er wurde einen Gedanken nicht los: dass dies schon die zweite Party war, auf der er sie kaum zu Gesicht bekommen hatte, obwohl sie doch zusammen sein sollten. Nicht nur das: Mehr noch störte ihn, dass sie sich einfach nicht verwöhnen ließ, sondern sich ständig um andere kümmerte.

Schließlich fand er sie im Speisesaal, wo sie – wie könnte es anders sein – die Tische abräumte. »Kannst du dich nicht einmal nur als Gast fühlen?« Seine Stimme klang gereizt.

»Eher nicht. Schließlich hab ich Hope und Carolee versprochen, ihnen beim Aufräumen zu helfen. Die Party war ein voller Erfolg. Nicht nur weil alle sich nach Kräften amüsiert haben und von dem Hotel total begeistert waren – es sind auch jede Menge Reservierungen vorgenommen worden.«

»Hab ich bereits gehört.« Er nahm ihr die Teller aus der Hand. »Wo ist dein Champagner?«

»Keine Ahnung, irgendwo. Das Glas war sowieso fast leer. Deine Mutter ist in der Bibliothek, geh du auch dorthin. Wir kommen gleich mit einer Käseplatte,

Obst und ein paar Crackern nach. Weil ihr alle kaum etwas gegessen habt.« Sie nahm ihm die Teller wieder ab. »Los, mach schon. Hope und ich räumen nur schnell zu Ende auf, und dann hol ich noch meine Tasche aus ihrem Apartment.«

»Das erledige ich. Wo hast du sie abgestellt?«

»Direkt hinter der Tür.«

Er holte ihre Tasche, einen Sektkühler, eine Flasche Champagner und zwei Gläser, brachte alles ins N&N und ging in die Bibliothek, in der seine Familie zusammen mit Clares Eltern bereits den späten Snack genoss.

»Ich hab bisher gar nicht gemerkt, wie hungrig ich bin.« Justine nahm sich ein paar Cracker. »Da ist ja endlich mein verlorener Sohn.«

»Spence«, erklärte er. »Wagenschlüssel. Alkohol.«

»Du hättest mich holen sollen. Auf mich hört er nämlich«, meinte Justine.

»Es hat auch so geklappt.« Jetzt merkte er, dass er wirklich kaum etwas gegessen hatte, schnappte sich ein paar Oliven und nahm auf dem Boden Platz. »Sie kamen, sie sahen, und wir siegten.«

»Allerdings.« Beckett schmiegte sich an Clare, die mit ihm, Justine und Willy B. auf dem bequemen Sofa saß.

»Es ist tatsächlich vollbracht«, stellte Justine mit einem Seufzer fest. »Wenn ich an die letzten beiden Jahre denke …«

»Würdest du es noch einmal machen?«, fragte Becketts zukünftige Schwiegermutter Rosie.

Ryder rollte mit den Augen. »Bring sie ja nicht auf dumme Gedanken.«

»Nein, wahrscheinlich nicht. Weil man so etwas nur einmal im Leben wagt.«

»Dem Himmel sei Dank.«

Lachend trat sie gegen Ryders Fuß. »Ich hab noch jede Menge anderer Ideen, aber darum geht es heute Abend nicht.« Sie hob ihr Glas zu einem Toast. »Auf meine Jungs. Auf Ry, Beck und Owen. Ihr habt meinen Traum erfüllt.«

Ryder drückte ihre Hand. »Du hast wirklich schöne Träume«, meinte er nach einem Augenblick. »Aber wenn du mal eine Zeit lang traumlos schlafen würdest, wäre das für mich durchaus okay.«

Ihre Augen blitzten, während sie einen Schluck Champagner trank. In diesem Moment wusste Owen mit absoluter Sicherheit, dass der nächste Traum bereits in Arbeit war.

14

Sie zogen sich erst spät, aber nicht alle auf einmal aus der Bibliothek zurück. Avery vermutete, dass Justine und ihr Vater irgendein Signal vereinbart hatten, um die Tatsache, dass sie gemeinsam in einem Zimmer übernachteten, ein wenig zu verschleiern. Sie wussten, dass es ihren Kindern peinlich war. Zumindest den drei Montgomery-Söhnen, denn sie, Avery, fand das Arrangement völlig okay.

Als Erster wünschte Willy B. eine gute Nacht, während Justine noch auf dem Sofa sitzen blieb. Ein paar Minuten später erhob sie sich ebenfalls, um Averys Vater zu folgen, auch wenn sie das natürlich mit keinem Wort erwähnte. Sie tat ganz normal, und der Rest blieb der Fantasie überlassen. Während Owen sich nach wie vor nicht mit diesem Gedanken abfinden konnte und es sich lieber nicht ausmalte, fand Avery es irgendwie witzig, dass sie und Owen nur ein paar Türen von Justine und Willy entfernt schlafen würden.

Genüsslich und erwartungsvoll streckte sie ihre Arme aus, als sie endlich ihr Zimmer betraten. Alles, was an diesem Abend und in dieser Nacht geschehen war und noch geschehen würde, fühlte sich fantastisch und vor allem völlig richtig an.

Dass Owen diesen Raum gewählt hatte, fand ihre volle Zustimmung. Nick und Nora, das elegante Paar aus Dashiell Hammets Kriminalkomödie *Der dünne Mann*, und ihre luxuriöse Lebensweise hatten Pate gestanden für dieses verschwenderisch im Art-déco-Stil ausgestattete Zimmer. Im Kühler auf dem Tisch stand eine Champagnerflasche – auch das passte zum glamourösen Lebensgefühl jener Zeit.

»Mir kommt es vor, als sei dies ein wunderschöner Traum, oder als hätte ich die Hauptrolle in einem Film. Nach einer tollen Party mit lauter gut gelaunten Leuten serviert einem ein ausnehmend attraktiver Mann in einem Hotelzimmer der Luxusklasse Schampus. Wenn es eine Skala für persönliche Glücksgefühle gäbe, wäre ich jetzt ganz oben angelangt. Ich hab das Gefühl, dass mir zu meinem Glück nichts mehr fehlt.«

»Doch, das hier«, sagte er und reichte ihr ein Glas Champagner.«

»Auf den perfekten Abend.« Sie stieß mit ihm an, trank einen vorsichtigen Schluck und schlenderte gemächlich durch den Raum.

»Es ist wirklich gut gelaufen, oder?«, sagte sie zu Owen. »Es gab jede Menge fröhliche Gesichter und anregende Gespräche.«

»Du musst es beurteilen können, denn du hast wahrscheinlich alles mitgekriegt. Schließlich warst du ständig unterwegs.«

»Ich kann auf Partys nicht still in einer Ecke sitzen.« Sie stellte ihre Schuhe neben die Kommode. »Wenn ich nicht ständig in Bewegung bin, kommt's mir vor, als würde ich etwas verpassen. Wo warst du eigentlich? Ich hab dich eine Weile nicht gesehen.«

Er nahm seine bereits gelockerte Krawatte ab. »Ich

musste ein paar Leute durchs Haus führen und zudem das E&D nachträglich inspizieren, weil die Balkontür ständig offen stand.«

»Dabei war Lizzy den ganzen Abend unterwegs. Ich hab ihren Duft mehrmals gerochen.«

»Ich hatte eine andere Begegnung der besonderen Art. Dein Vater lief mir oben über den Weg. Um mir mitzuteilen, dass Mom ihn eingeladen hat, die Nacht mit ihm zu verbringen. Im E&D, in einem Bett.«

»Hm.« Sie lehnte sich gegen die Kommode und sah ihn über den Rand ihres Champagnerglases an. »Ich hatte mir schon etwas in der Art gedacht. Und wie ist das Gespräch gelaufen?«

»Er hat ziemlich herumgedruckst, aber trotzdem irgendwie genau das Richtige gesagt. Allerdings musste ich verzweifelt gegen die Bilder in meinem Kopf ankämpfen. Trotzdem haben wir im Endeffekt beide unsere Sache ziemlich gut gemacht.«

»Das freut mich. Ich denke …«

Owen unterbrach sie. »Und dann ging's auch noch um dich.«

»Inwiefern?« Jetzt grinste sie nicht mehr.

»Diesmal hat er kein bisschen gestammelt«, fuhr Owen fort. »Wenn es um sein kleines Mädchen geht, tritt er sehr entschieden auf.«

»Um Himmels willen …«, fing sie an, legte dann den Kopf ein wenig schräg. »Eigentlich … Wenn ich es mir richtig überlege, eigentlich echt süß. Und witzig. Wie fandest du es?«

Er zog seine Schuhe aus und stellte sie neben ihre blauen Pumps. »Etwas seltsam, aber sehr erhellend.«

»Ach.« Sie nippte erneut an ihrem Glas. »Und was hat er gesagt?«

»Das bleibt unter uns Männern.«

Sie rollte mit den Augen.

»Du bist seine Avery«, erklärte Owen. »Das Allerwichtigste, der Mittelpunkt seines Lebens. Und mir bist du ebenfalls sehr wichtig.«

Sie sah ihn lächelnd an. »Es ist schön, wichtig für jemanden zu sein.«

Er stellte sein Champagnerglas zur Seite, legte ihr die Hände auf die Schultern, glitt sanft über ihre Ellenbogen und zog sie an seine Brust. »Vielleicht hab ich dir das bisher nicht richtig gesagt oder gezeigt.«

Er schaute sie so ernst und eindringlich an, dass sie ein wenig aus dem Gleichgewicht geriet. »Wir kennen uns schon ewig, und es ist uns beiden klar, dass wir füreinander wichtig sind.«

»Ja, das stimmt«, sagte er und legte seine Lippen sanft, ganz sanft auf ihren Mund. »Aber das hier ist anders. Völlig anders.«

Sie legte ihren Kopf zurück und nickte.

Langsam glitt seine Zunge über ihre Lippen. Da war noch etwas, das er nicht genau zu benennen wusste. Etwas, das über dieses beinahe schmerzliche Verlangen hinausging, das er in ihrer Gegenwart verspürte. Doch er wollte es nicht ergründen. Nicht in diesem Moment, wo sie sich ihm bedingungslos hinzugeben begann und er sich nichts anderes wünschte als genau das. Er nahm ihr das Glas aus der Hand und stellte es auf die Kommode neben seines.

Wie weich sie war. Ihre Haut und ihre Lippen fühlten sich an wie Samt. Alles an ihr war so strahlend und lebendig, so herrlich zart und anschmiegsam. »Ich liebe es, wie du dich anfühlst«, murmelte er rau. »Deine Haut, dein Mund. Und ich mag es, dass du deine Gefühle zeigst.«

Sie stützte ihre Hände hinter sich auf der Kommode ab. »Merkst du auch, dass ich gerade vollkommen benommen bin?«

»Das macht nichts. Weil es mir nämlich genauso geht.« Er umfasste ihr Gesicht mit seinen Händen, küsste sie sanft und vorsichtig und zog sie an seine Brust.

Ihr stockte der Atem. Sie hatte erwartet, dass es ein eher ausgelassener Abend würde. Unbeschwert und vielleicht sogar lustig. Aber so, wie er sie plötzlich küsste, fühlte sie sich schwach und unsicher.

»Owen.«

»Deine Hände sind so klein.« Er trug sie zum Bett und drückte eine ihrer Hände gegen seine Hand. »Sie sehen unendlich zart aus, sind aber unermüdlich. Wer dich nicht kennt, würde überrascht sein. Und deine Schultern«, fuhr er fort und schob den Träger ihres Kleides zur Seite. »Sie sind so schmal und dabei unendlich stark. Sie halten jede Menge aus.«

Er neigte seinen Kopf und strich mit seinen Lippen über ihre Schulter bis zu ihrem Hals.

Der sinnliche Raum, der süße Blumenduft und seine Hände, die sie federleicht berührten. Alles in ihr wurde weich, und sie gab sich ihm vollkommen hin. Ihm und diesem wunderbaren Augenblick, der ein genauso unerwartetes Geschenk wie der funkelnde kleine Platinschlüssel war. Nie zuvor hatte sie jemand derart langsam, ruhig und beinahe schmerzlich sanft liebkost. Sie derart ehrfürchtig berührt oder ihr das Gefühl gegeben, etwas Kostbares zu sein.

Er streifte ihr Kleid nach unten, glitt mit seinen Lippen über ihre weiche Haut, bis sie erbebte. Er sah das Spiel des Lichts in ihren Augen, die Bewegung ihres Körpers unter seinem Mund und seinen Händen und spürte dem harten Pochen ihres Herzens nach.

Ihr Atem ging immer schneller, je weiter seine Hände und Lippen an ihrem Körper nach unten wanderten. Stöhnend schloss sie die Lider und umklammerte ihn, während sie von einer Welle nach oben getragen wurde. Immer höher, bis sie ihren Scheitelpunkt erreichte und brach. Da erschlaffte sie in seinen Armen und ließ sich auf dem Bett zurückfallen.

So hatte er sie sich gewünscht – so vorbehaltlos offen und erfüllt. Er stieg jetzt ebenfalls aus seiner Kleidung, legte sich zu ihr und ertränkte sie mit seinen Küssen, bevor seine Hand erneut an ihr entlangglitt, sie weich umfasste und sie für ihn öffnete. Erst dann drang er in ihre feuchte Hitze ein, versank völlig in ihr, und das geradezu verzweifelte Verlangen, das ihn plötzlich quälte, ließ ihn erzittern. Er nahm ihre Hände, blickte ihr ins Gesicht und flüsterte ihren Namen.

Sie schlug die Augen auf und sah ihm tief in die Augen, bevor sein Mund erneut ihre Lippen fand, seine Hände ihren Griff verstärkten und er endgültig mit ihr verschmolz.

Es war noch früh, als er erwachte. Avery lag reglos und im Tiefschlaf neben ihm. Ein ungewohntes Bild.

In jeder Hinsicht, denn niemals hätte er sich noch vor Kurzem träumen lassen, die erste Nacht in diesem Haus mit ihr zu verbringen. Doch genau das hatte er getan. Er schaute hinunter auf ihr Haar, das sich leuchtend rot von dem schneeweißen Kissen abhob.

Wie würde es zwischen ihnen weitergehen?

Er war ein Mann, der plante und vorausschaute, der alles gründlich überlegte. Das hatte er in seinem Leben und im Rahmen seiner Arbeit immer so gehalten. Doch in Bezug auf Avery verfolgte er weder einen Plan noch gelang es ihm, sich die Zukunft konkret vorzustellen. Er wusste nicht einmal, wie der nächste Schritt, die nächste Stufe ihrer Beziehung aussehen könnte oder sollte.

Irgendwie seltsam, fand er. Angesichts einer so langen, vertrauten Bekanntschaft müsste es doch eigentlich genau anders laufen. Vorhersehbar sein.

Am besten dachte er gar nicht darüber nach.

Er glitt aus dem Bett und war ein wenig überrascht, als sie sich weiterhin nicht rührte. Leise schlich er sich ins Bad, zog die Tür hinter sich zu und stieg in die luxuriöse Dusche.

»Los, Baby, jetzt zeig mal, was du alles kannst.« Er probierte die verschiedenen Düsen und den großen Duschkopf aus, schüttete sich ein wenig von dem Duschgel mit den Aromen von grünem Tee und Ingwer in die Hand, schnupperte daran und stellte erleichtert fest, dass es durchaus auch für Männer passend war.

Er trocknete sich mit den flauschigen, gewärmten Badetüchern ab, zog Jeans und ein Flanellhemd an, um sich erst mal in der Küche einen Becher mit möglichst starkem, dampfendem Kaffee zu holen. Auf Socken tappte er durch das Zimmer zur Tür, um sie nicht zu wecken.

Lautlos verließ er den Raum, ging hinunter ins Erdgeschoss und folgte den verführerischen Düften und den leisen Frauenstimmen, die ihm deutlich machten, dass er nicht als Erster aufgestanden war.

»Guten Morgen, mein Lieber.« Carolee stand am Herd und briet Speck im heißen Fett aus, als er in die Küche trat. »Kaffee?«

»Unbedingt.«

Sie hielt ihm ihre Wange hin, bevor sie nach der Kanne griff und ihm einschenkte.

»Was ist denn das?« Er zeigte auf die weißen Jacken, die seine Tante und Hope trugen.

»Wir dachten, das sieht professioneller und ambitionierter aus als Küchenschürzen«, erklärte Hope.

»Nicht übel.« Er nickte zustimmend und schnappte sich blitzschnell ein Stück Speck, bevor ihm seine Tante auf die Finger schlug.

»Hier wird nichts stibitzt«, erklärte sie ihm mit strenger Stimme. »Frühstück gibt's in einer halben Stunde.«

»Aber der Speck ist doch schon fertig«, protestierte er und sah sie fragend an.

»Ja, und er kommt jetzt ins Rechaud. Wo kämen wir denn hin, wenn sich alle vorher bedienen.«

Owen resignierte. »Und wie war deine Nacht?«

Carolee geriet ins Schwärmen. »Im ›Penthouse‹ hab ich mich fast wie eine Königin gefühlt. Obwohl ich hundemüde war, musste ich noch alle Sitzgelegenheiten ausprobieren, bevor ich ins Bett gegangen bin.« Sie schüttelte den Kopf und lachte über sich selbst. »Es war alles irgendwie vollkommen unwirklich. Ich weiß noch genau, wie Justine und ich die Möbel und die Stoffe ausgesucht haben. Und dann saß ich plötzlich drauf.«

»Und wie hat dir dein Zimmer gefallen?«, wollte Hope von Owen wissen.

»Einfach großartig. Mit einem Filzhut hätte ich mich gefühlt wie Nick, aber auch so war das Ambiente perfekt. Was ist eigentlich mit den anderen? Schlafen die noch immer? Zumindest hab ich nirgends Geräusche gehört.«

»Die Gäste können so lange schlafen, wie sie wollen. Wenn du jetzt schon großen Hunger hast, machen wir dir schnell eine Kleinigkeit.«

»Danke, nicht nötig.« Trotzdem nahm er schnell noch von dem Speck, als seine Tante ihm gerade den Rücken zuwandte. »Vielleicht bring ich Avery erst mal einen Kaffee rauf.«

»Du bist wirklich lieb. Und hinterhältig«, fügte sie hinzu, als sie die Speckscheibe in seiner Hand bemerkte.

Hope gab ihm den Kaffeebecher für Avery. »Sag ihr, sie soll sich ruhig Zeit lassen. Schließlich haben wir Wärmeplatten und -behälter.«

Als er das Zimmer betrat, lag sie quer auf dem Bett und nahm, obwohl sie alles andere als riesig war, fast den ganzen Platz ein. Er setzte sich zu ihr, hauchte einen Kuss auf ihre Wange, streichelte zärtlich ihren nackten Arm und zwickte sie, als sie sich nicht rührte, leicht ins Hinterteil.

»Au! Was fällt dir ein?«

»Ich wollte mich nur vergewissern, dass du noch am Leben bist.«

»Ich hatte gerade einen Harry-Traum …« Sie rollte sich auf den Rücken und rieb sich die Augen.

»Einen was?«

»Einen dieser Träume, wie sie Harry öfter hat. Clares Ältester. Er träumt häufig zugleich wirres wie total reales Zeug. Bei mir waren es grüne Giraffen mit roten Punkten. Klingt weihnachtlich und fröhlich, war es aber nicht. Die Biester befanden sich vor irgendetwas auf der Flucht. Ich mittendrin sah wie Lady Gaga aus. Ist das etwa Kaffee?«

»Ja. Und du scheinst ihn gebrauchen zu können.«

»Her mit dem Muntermacher. Und dann war da noch der Affe aus *Animal Crackers* – er machte Jagd auf mich mit seinen riesengroßen Zähnen.«

»Träumst du öfter solches Zeug?«

»Gott sei Dank nicht. Aber wir haben letzte Nacht eine Menge Champagner in uns reingekippt, auf anderes drauf.« Sie sah ihn mit einem verschlafenen Lächeln an. »Vielleicht hab ich deshalb so einen Unsinn geträumt. Du bist ja schon richtig angezogen. Wie spät ist es?« Sie sah auf die Uhr und riss die Augen auf. »Schon fast acht.«

»Kein Grund, schockiert zu sein.«

»Ich wollte spätestens um sieben aufstehen, um Hope und Carolee beim Frühstück zu helfen.«

»Sie kriegen das ziemlich gut alleine hin. Entspann dich also.« Er quetschte sich neben sie aufs Bett, schob sie ein wenig zur Seite, streckte seine Hand nach der Fernbedienung aus und wählte den Nachrichtenkanal. »Lass uns einfach noch ein bisschen hier liegen, unseren Kaffee trinken und uns ansehen, was in der Welt alles passiert ist.«

»So etwas hab ich noch nie gemacht.« Sie lehnte sich neben ihm gegen die Kissen und führte ihren Becher zum Mund. »Aber es gefällt mir. Ist echt gemütlich.«

Er schlang einen Arm um ihre Schultern. »Allerdings.«

»Sind die anderen schon auf?«

»Nein, sie schlafen alle noch.«

Sie kuschelte sich an ihn. »Dann brauch ich zumindest keine Schuldgefühle zu haben, dass ich noch im Bett liege und faulenze.«

»Und wie wär's, wenn wir uns den ganzen Morgen Urlaub vom Alltag nehmen?«

»Okay, ich bin dabei.«

Aber das reichte ihm nicht. »Und ein ganzer Tag? Wir könnten etwas unternehmen: ins Kino gehen oder sonst wohin. Was hältst du davon?«

»Oh.« Sie wandte sich ihm zu. »Ich muss heute die Spätschicht übernehmen.«

»Und wie sieht es mit morgen Abend aus?«

»Hast du etwas Bestimmtes vor?«

»Nein, irgendeinen netten Film vielleicht.«

»Keinen Horrorstreifen bitte – und nichts mit Affen.«

»Versprochen. Dann hol ich dich gegen sechs bei dir zu Hause ab, und wir gehen erst essen und anschließend ins Kino.«

»Klingt nach einem guten Plan.«

Ein Plan, dachte er. Das war genau das, was er brauchte. Damit würde er den nächsten, längst überfälligen Schritt tun.

Obwohl es den ganzen Januar und die erste Februarwoche über eisig blieb, dachte Avery nur an den Frühling. Sie war mit Clare und Hope unterwegs, um Kleider für die bevorstehende Hochzeit zu kaufen. Und im April würde es hoffentlich schon wärmer sein.

»Ich hätte mich viel früher auf die Suche machen sollen«, jammerte Clare, die vorne neben Hope saß.

»Wir haben noch jede Menge Zeit«, versicherte ihr die Freundin. »Die Boutique ist wirklich toll. Und wenn du dort nichts findest, gehen wir einfach in die beiden anderen Läden, die auf meiner Liste stehen.«

»Ich will kein typisches Hochzeitskleid, denn irgendwie finde ich Weiß verkehrt.«

»Jede Braut kann ein weißes Kleid tragen. Aber wenn dir was anderes besser gefällt – deine Entscheidung. Alles ist möglich, du solltest bei der Suche nur offen sein.«

»Wir hätten uns vielleicht doch mit einer kleinen Feier im Familienkreis begnügen sollen, dann hätte ein schlichtes Kleid gereicht. Aber …«

»Ich weiß, was du meinst. Für Beck ist es die erste Hochzeit«, mischte sich Avery ein, die im Fond des Wagens gerade Kleider auf ihrem iPhone anschaute. »Die Jungs sind schon furchtbar aufgeregt, und du möchtest doch auch, dass der Tag etwas Besonderes wird. Soll ich weiterreden?«

»Nein.« Clare blickte über ihre Schulter zurück. »Hast du was gefunden?«

»Tut mir leid. Bis auf Träume in Weiß bislang nichts. Schau dir das mal an. Wenn das kein echtes Kunstwerk ist.« Sie hielt Clare das iPhone hin. »Superschön für eine erste Hochzeit und für jemanden, der ein paar Riesen für ein Kleid hinlegen kann. Himmel, diese Schleppe und die Perlenstickereien … Dazu der kilometerlange Rock.«

»Ist wirklich wunderschön, aber kann jemand mit solchen Unmengen von Stoff herumlaufen? Ich jedenfalls nicht«, stellte Avery kopfschüttelnd fest.

Hope sah forschend in den Rückspiegel. »Hab ich da irgendwas verpasst? In Bezug auf dich und Hochzeitskleider?«

»Himmel, nein! Das war bloß eine sehr allgemeine Feststellung.« Avery nahm Clare das iPhone ab, betrachtete das Kleid ein letztes Mal und scrollte weiter. »Außerdem ist es nicht ungewöhnlich, sich vorzustellen, wie man selbst in einem solchen Kleid aussähe.«

»Aber zwischen euch läuft alles gut.« Clare drehte sich zu Avery herum.

»Sehr gut sogar. Trotz unserer vielen Arbeit schaffen wir es immerhin, gelegentlich gemeinsam auszugehen. In ein Restaurant oder eine Bar oder ins Kino. Ist doch was, oder? Außerdem probier ich an Owen Rezepte fürs MacT's aus – er ist ein hervorragender Testesser.«

»Und was ist mit deinem Herzflattern? Spürst du's noch, oder hat es sich gelegt?«, erkundigte sich Hope.

»O nein, überhaupt nicht. Eher verstärkt es sich. Außerdem ist ein leichtes Ziehen in der Magengegend hinzugekommen. Nicht unangenehm, doch irritierend.«

»Kommt mir bekannt vor.« Clare sah sie lächelnd an.

»Es ist nicht wie bei dir und Beckett.«

»Woher willst du das wissen?«

»Weil bei mir und Owen eben alles anders ist. Ach, ich weiß nicht. Ist auch egal, denn heute geht's nur um dich.«

In diesem Moment lenkte Hope das Auto in eine Parklücke. »Das nenn ich ein gutes Omen, denn der Laden liegt gleich gegenüber.«

»Seht euch dieses Kleid an!« Clare blieb bewundernd vor dem Schaufenster stehen und deutete auf ein schulterfreies, weich fallendes Cocktailkleid aus schimmernder Seide. »Es ist ein Traum, wenngleich vielleicht eine Spur zu elegant. Und dann sieht es natürlich sehr nach erster Hochzeit aus. Diese Boutique ist sicher nicht das Richtige für mich. Denn schließlich will ich nicht ...«

»Vertrau mir«, meinte Hope, während Avery die zaudernde Clare bereits zur Eingangstür zerrte. »Du schaust dich auf jeden Fall dort um – und ich bin ebenfalls neugierig, was es da so gibt.«

Es war überwältigend. Der Schimmer und der Glanz der überwiegend weiß- und cremefarbenen Roben, die Schleier und Schleppen aus Tüll und kostbaren Spitzen, die aufwendigen Perlenstickereien ließen den drei Freundinnen die Augen übergehen.

Und sie hatten ihren Spaß, denn Avery, bekleidet mit Jeans und Stiefeln, stülpte sich unbekümmert einen Schleier auf den Kopf und nahm eine feierliche Haltung ein. Bis sie unbändig zu lachen begann, weil es ihr vorkam, als sei soeben ein Vulkan auf ihrem Kopf ausgebrochen und habe Tüll gespuckt.

Clare schaute derweil die Reihen der Kostüme durch. Sie schrak zusammen, als Avery ihr auf die Finger schlug. »Du trägst ganz sicher kein Kostüm – und mag es noch so schick sein. Das ist was für Brautmütter. Schließlich soll man sehen, dass du die Braut und damit der Mittelpunkt des Festes bist.«

»Aber …«

»Avery hat vollkommen recht. Die Dinger sind viel zu gediegen für eine hübsche, junge Braut«, erklärte Hope mit zweifelsfreier Endgültigkeit. »Also lass sie hängen, ja?«

»Ich will trotzdem etwas möglichst Schlichtes. Nichts Prätentiöses und Überladenes«, warf Clare ein.

»Okay, dann suchen wir eben etwas in der Art. Schließlich bist du die Braut und entscheidest.«

»Dann …«

»Kein Kostüm, auf keinen Fall«, riefen die beiden anderen wie aus einem Mund.

»Das grüne da gefällt mir wirklich gut.«

»Es ist schön, ohne Frage.« Hope nickte zustimmend. »Genau das Richtige, wenn du zu einer Hochzeit, einer Teegesellschaft oder einer Spendengala eingeladen bist. Doch nicht für deine eigene Hochzeit.« Sie und Avery nahmen die Freundin in die Mitte und zogen sie weiter durch den Raum.

»Vielleicht sollten wir zuerst nach Kleidern für euch schauen«, schlug Clare vor. »Vielleicht erhalte ich dadurch ja Anregungen.«

»Wieder ganz falsch«, fuhr Avery sie an. »Unsere Kleider werden an das der Braut angepasst und nicht umgekehrt.« Sie hatte immer noch den Schleier auf dem Kopf und bot einen denkbar komischen Anblick.

Der Rest allerdings gestaltete sich mühsam. Clare tat alle Vorschläge ab: zu weiß, zu überladen oder zu discomäßig .

»O nein, kein Rosa.«

»Das ist nicht wirklich rosa«, klärte Avery sie auf.

»Nur ein zart rosiger Hauch, ganz dezent. Würde dir hervorragend stehen. Und sieh nur, wie toll der Rock geschnitten ist.«

»Das Kleid ist wirklich hübsch.« Hope spitzte die Lippen und unterzog das Stück einer eingehenden Musterung. »Wirklich schick mit dem unregelmäßig geschnittenen Rock. Auf der einen Seite dürfte er bis zum Knie und auf der anderen bis zur Wade reichen.«

»Ich weiß nicht …«

»Jetzt mach mal einen Punkt. Du musst mit Anprobieren beginnen, sonst kommen wir nie zu einer Entscheidung. Und mit diesem Kleid fängst du an. Hier, nimm«, sagte sie und drückte Clare den altrosa Stoff in die Hand. »Am besten suchen wir noch ein paar andere Modelle aus, damit wir vergleichen können.«

»Du hast recht. Ich stell mich entsetzlich an«, entschuldigte sich Clare und griff ein wenig wahllos nach weiteren Kleidern. »Und dann noch das hier und das grüne Kostüm, das ihr mir madig machen wollt. Anprobieren werde ich es auf jeden Fall.«

»Meinetwegen. Nimm du mal die Kleider, während ich schnell das Kostüm hole«, sagte Hope zu Avery.

Eine Angestellte, die offenbar bemerkt hatte, dass es ernst wurde, bat die drei jetzt in einen hübschen Nebenraum, hängte dort die Kleiderauswahl zurecht und bot Getränke an.

»Bringen wir es hinter uns.« Avery trank einen Schluck von ihrem Wasser mit Zitrone, während Clare den Rock des konventionellen Kostüms vom Bügel nahm.

»Es ist klassisch geschnitten«, kommentierte sie ihre Wahl. »Die Farbe steht mir gut, und da es im April noch ziemlich kalt sein kann, ist eine Jacke sicher nicht verkehrt.«

Sie betrachtete sich in dem dreiteiligen Spiegel. »Es ist ein wirklich schönes Grün, das die Farbe meiner Augen unterstreicht. Und mit den passenden Schuhen … Allerdings romantisch sieht es nicht aus. Kein bisschen.«

»Nein, definitiv nicht«, bekräftigte Hope. »Es ist elegant, aber für eine Braut ungeeignet. Ein absoluter Fehlgriff.«

»Okay, ich geb mich geschlagen und probier als Nächstes das kleine Blaue an.«

Als sie aus der Umkleidekabine herauskam, ging Avery von allen Seiten um sie herum. »Schon viel besser. Die Farbe sieht zu deinem Haar großartig aus.«

Clare drehte sich ein wenig. »Ganz hübsch, bloß ein bisschen verspielt. Das Kleid dürfte gehen«, überlegte Clare. »Vor allem mit irgendwelchen Glitzerschuhen.«

»Es lässt dich nicht strahlen«, widersprach Hope. »Und das wirst du, sobald wir das richtige Kleid gefunden haben. Nehmen wir's trotzdem in die engere Wahl. Immerhin bringt es deine schlanke Taille und deine hübschen Beine zur Geltung.«

Das nächste Stück in einem matten Goldton fiel komplett durch, und alle Daumen zeigten nach unten.

»Und jetzt das rosa Kleid«, bestimmte Avery und sah Clare aus zusammengekniffenen Augen an.

»Also gut, obwohl Rosa wirklich nicht mein Ding ist. Außerdem ist es trägerlos, und das wollte ich eigentlich nicht.«

»Blablabla.« Avery ignorierte die Einwände und half ihr energisch beim Anziehen.

Clare starrte ungläubig auf ihr Spiegelbild. »Oh«, hauchte sie nur, und dann strahlte sie übers ganze Gesicht.

»Clare.« Hope musterte sie und stieß einen ehrfürchtigen Seufzer aus. »Das ist einfach perfekt. Die Farbe passt optimal zu deiner Haut und deinen Haaren. Und dieser Schnitt ist nicht nur romantisch, sondern zugleich witzig und sexy.«

»Dreh dich mal«, wies Avery sie an. »O Mann, es ist ein Traum. Der Stoff ist so durchscheinend, dass er erahnen lässt, was sich darunter verbirgt. Genau richtig für eine Braut, würde ich sagen.«

»Ja, ihr habt recht. In diesem Kleid und keinem anderen möchte ich Beckett heiraten.«

»Du musst es noch mit Schuhen sehen, selbst wenn sie nicht zur Farbe passen.« Hope eilte zur Tür. »Moment, ich such welche für dich aus.«

Avery nahm grinsend wieder auf dem Sofa Platz. »Los, zeig mir noch mal, wie der Rock bei einer Drehung schwingt.«

Lachend wirbelte Clare herum. »Es fühlt sich einfach herrlich an. Und welche Frisur passt dazu? Aufstecken?« Sie fasste ihre blonden Haare am Hinterkopf zusammen. »Vielleicht so, mit einem glitzernden Clip?«

»Möglich, aber das kann Hope besser beantworten. Ich weiß nur, dass du total glücklich aussiehst.«

»Wahrscheinlich, weil ich es bin. Eines Tages will ich mit dir und Hope Kleider für eure Hochzeit aussuchen und wissen, dass ihr dann genauso glücklich seid wie ich in diesem Augenblick.«

»Das wäre schön.«

Und in diesem Moment glaubte Avery daran, dass auch sie einmal so uneingeschränkt glücklich sein würde wie Clare. Und dass sie dann ebenfalls diesen Schritt wagen konnte, vor dem sie sich jetzt noch fürchtete.

Sie griff nach ihrem iPhone. »Los, ich mach ein Bild von dir in diesem Kleid, damit du es deiner Mom und Justine schicken kannst. Von vorne und von hinten.«

Einige Stunden später befanden sie sich mit Tüten voller Kleider, Schuhe und diverser Accessoires im Kofferraum auf der Heimfahrt. Avery saß hinten und schrieb Owen eine SMS. »Waren noch was essen, um die reiche Ausbeute des Tages zu feiern. Deine zukünftige Schwägerin wird eine wunderschöne Braut – und deinen Bruder wird's vermutlich umhauen. Auch die Brautjungfern sehen passabel aus. Bin jetzt auf dem Weg nach Hause. Tut mir leid, dass es so spät geworden ist.«

Als ihr iPhone piepste, drehte Clare sich zu ihr um. »Und, was schreibt dir Owen?«

»Dass Beckett auch ohne das neue Outfit bei deinem Anblick ständig aus den Latschen kippt. Außerdem fragt er, ob ich noch zu ihm kommen will.«

»Willst du?«, fragte Hope. »Ich setz dich gerne bei ihm ab.«

»Ich muss gleich morgen früh nach Hagerstown, um ein paar Sachen einzukaufen, und dann hab ich einen Termin mit Beckett wegen des Restaurants.« Sie schrieb bereits zurück, während sie sprach. »Also werde ich wohl heimfahren und mich ins Bett hauen. Es ist schließlich schon fast elf. Trotzdem tut es gut zu wissen, dass er mich vermisst und gerne bei sich hätte.«

»Aha.«

»Ich weiß, okay? Flatter, Flatter. Trotzdem bin ich heute Abend zu k.o., um mich noch mit ihm zu treffen. Aber morgen arbeite ich nur bis vier, und vielleicht setz ich ihm morgen Abend ein neues Testessen vor, falls er darauf Lust hat«, erklärte sie und fügte gut gelaunt hinzu: »In weniger als vierundzwanzig Stunden hab ich das nächste Date mit meinem Freund.«

»Du siehst ganz schön selbstzufrieden aus.«

Avery sah Hope mit einem breiten Grinsen an. »So fühl ich mich auch. Was für ein toller Tag. Vielleicht ruf ich ihn, wenn ich in der Falle liege, noch kurz an.«

»Für eine Runde Telefonsex?«, fragte Hope.

Avery grinste breit. »Wer weiß, doch das geht dich nichts an. Außer du möchtest mir diesbezüglich ein paar Tipps geben …«

»Red möglichst langsam und mit dunkler Stimme«, riet die Freundin.

»Darauf wäre ich im Leben nicht gekommen«, antwortete Avery, als Hope hinter dem Vesta hielt. »Himmel, das war echt ein toller Tag.« Sie beugte sich vor und küsste ihre Freundinnen. »Ich bin noch immer hin und weg. Lass mich schnell noch an den Kofferraum, um meine Sachen rauszuholen.«

»Sag Owen auch von uns … Hallo«, sagte Hope mit betont verführerischer Stimme.

»Schluss. Es reicht, wenn er das von mir hört. Ich wünsch euch was – wir sehen uns dann morgen.« Sie griff ihre Tüten, knallte den Kofferraumdeckel zu, winkte den beiden anderen hinterher und lief zum Hintereingang des Hauses.

Sie schrak zusammen, als sie auf den Stufen der Treppe eine Frau sitzen sah, die sich bei ihrem Anblick erhob. Avery musterte sie verunsichert, konnte aber in der Dunkelheit nicht viel erkennen. Sie spannte sich wie zur Abwehr an und schob die Spitze eines Schlüssels zwischen ihren Zeige- und den Mittelfinger.

Falls die Fremde Böses im Sinn hatte, obwohl sie nicht so aussah.

»Das Restaurant ist geschlossen«, erklärte sie in bemüht ruhigem Ton.

»Ich weiß.«

»Falls Sie Arbeit suchen, kommen Sie am besten morgen wieder, wenn wir geöffnet haben. Jetzt …«

Die Frau unterbrach sie und trat auf sie zu. »Erkennst du mich denn nicht? Ich bin deine Mutter.«

Averys Herz schien stehen zu bleiben. Sie starrte das Gesicht im trüben Licht der Notbeleuchtung an. Ja, natürlich, jetzt entdeckte sie Vertrautes in den Zügen, auch wenn inzwischen sehr viel Zeit vergangen war.

Sie wartete auf irgendein Gefühl, doch es stellte sich keines ein. Weder Freude noch Hass oder Wut. Sie war bloß wie betäubt.

»Was willst du hier?«

»Ich wollte dich sehen. Mit dir reden. Können wir vielleicht in deine Wohnung gehen?«

Avery stieg wortlos in den ersten Stock, schloss die Tür der Wohnung auf und merkte, dass sie doch etwas empfand.

Und zwar grauenhafte Angst.

15

Sie stellte ihre Einkaufstüte im Flur ab, zog Mantel und Schal aus, hängte beides ganz gegen ihre Gewohnheit sorgfältig auf.

Und blieb schweigend stehen.

»Hübsch«, sagte die Fremde, die ihre Mutter war, und bemühte sich um einen heiteren Ton, ohne ihre Nervosität jedoch verbergen zu können. »Ja, wirklich hübsch. Auch dein Restaurant, ich war vorhin drin. Das hast du großartig gemacht, total professionell.«

Traci MacTavish – oder wie sie inzwischen heißen mochte – trug enge Jeans, dazu einen schwarzen Pulli unter einer leuchtend roten Jacke. Sie war überschlank, fast hager, und ihr Gesicht mit den eingefallenen Wangen eine Spur zu stark geschminkt. Ihre kurzen blondierten Haare wuchsen am Ansatz dunkel nach. Sie müsste unbedingt neu färben, dachte Avery unwillkürlich. Es waren lauter unfreundliche, kleinliche Gedanken, die ihr durch den Kopf schossen.

Aber hatte sie dazu nicht alles Recht der Welt?

Erneut fragte sie: »Was willst du hier?«

»Dich sehen. O Schätzchen, du bist wirklich hübsch geworden! Auch dein Haar sieht wunderschön aus. Ich hatte immer Angst, du würdest ewig mit dem wirren roten Wuschelkopf und dieser grauenhaften Spange durch die Gegend laufen. Wenn ich dich dagegen jetzt sehe …«

»Nicht.« Avery wich einen Schritt zurück, als Traci die Arme nach ihr ausstreckte. »Du bildest dir hoffentlich nicht ein, es würde mich zu Tränen rühren, dass du plötzlich wieder auf der Bildfläche erschienen bist.«

Traci blickte betreten zu Boden. »Ich weiß, dass ich das nicht verdient habe. Keine Frage. Es ist nur so …« Sie druckste ein wenig herum. »Bei deinem Anblick wird mir klar, was mir alles entgangen ist. Deine Entwicklung zu einer schönen jungen Frau, einer erfolgreichen Unternehmerin … Können wir uns vielleicht setzen? Nur für einen Augenblick?«

»Ich bleib lieber stehen.«

»Du bist wütend auf mich.« Traci straffte ihre Schultern und bemühte sich um eine würdevolle Haltung. »Was ich dir nicht verdenken kann. Denn mein Verhalten war dumm und egoistisch und total verkehrt. Oh, Avery, es tut mir so leid.«

»Es tut dir also leid.« Sie schnipste mit den Fingern, und ihr Zorn gewann die Oberhand. »Und jetzt fühlst du dich besser, nachdem du mir das gesagt hast, oder was?«

»Nein, sicher nicht. Mein Bedauern macht nichts ungeschehen. Nichts wird dadurch wieder gut. Es gibt Dinge, für die es keine Wiedergutmachung gibt. Und das, was ich getan habe, gehört vermutlich dazu. Es war ein schrecklicher Fehler, damals so mir nichts, dir nichts wegzugehen. Ich hab ihn schon oft bereut … Auch wenn du mir nicht verzeihen kannst – ich wollte dich ganz einfach wiedersehen«, stieß Traci mit rauer Stimme hervor und blickte Avery aus tränenfeuchten Augen an. »Ich dachte, jetzt, wo du erwachsen bist, könntest du mich vielleicht ein bisschen verstehen.«

»Was sollte ich denn verstehen?«

»Warum ich gegangen bin.« Sie nestelte in ihrer Handtasche nach einem Taschentuch, ließ sich auf einen Stuhl sinken und wischte sich die Augen. »Weil ich unglücklich war und es irgendwann nicht mehr ertragen habe. Niemand will wissen, wie es damals für mich war. Dabei weiß man schließlich nie, was in der Ehe anderer Menschen abläuft.«

»Oh, als eure Tochter hab ich genug von eurer Ehe mitgekriegt, um mir ein Bild machen zu können. Und du hast nicht nur deinen Ehemann verlassen, sondern auch dein eigenes Kind.«

»Ich weiß. Ich weiß. Aber ich konnte einfach nicht bleiben. Und da du schon immer mehr an deinem Vater gehangen hast als an mir …«

»Wag es ja nicht, etwas gegen ihn zu sagen.«

»Keine Sorge, das würde ich nie tun.« Traci zog ein neues Taschentuch hervor. »Er ist ein guter Mensch. Vielleicht war er zu gut für mich. Ich hätte ihn niemals heiraten sollen – das war eindeutig ein Fehler.«

»Für mich sieht es so aus, als würdest du nur Fehler machen.«

»Ich war damals noch sehr jung, gerade mal neunzehn. Und ich dachte, dass ich Willy liebte. Ehrlich. Und dann wurde ich schwanger und sah keine andere Möglichkeit, als ihn auch zu heiraten. Denn meine Eltern waren außer sich, als sie davon erfuhren. Ich hatte damals eine Heidenangst.«

Avery glaubte ihr nicht. Ihr Großvater war ein geduldiger und warmherziger Mann gewesen, der bis an sein Lebensende seiner Tochter nachgetrauert hatte, die von einem auf den anderen Tag aus ihrer aller Leben verschwunden war. Und ihre Großmutter, die noch lebte, kannte sie als starke, herzensgute Frau, die ihrer Familie immer Halt gab, egal was geschehen mochte.

»Willst du behaupten, sie hätten dich rausgeworfen? Oder dir damit gedroht?«

»Sie …«

»Vorsicht«, warnte Avery.

»Nein, das nicht. Aber sie haben mich mit Vorwürfen überhäuft, wie gedankenlos ich gewesen sei und dass ich nicht wisse, was es bedeutet, für ein Baby zu sorgen …«

»Findest du das so absonderlich, wenn sie dich auf deine Verantwortung hinweisen?«

»Sie waren furchtbar streng mit mir. Immer schon. Es war für mich unmöglich, bei ihnen zu bleiben. Sie hätten ständig an mir herumgemäkelt.«

»Und deshalb erschien dir die Heirat mit Dad als einziger Ausweg.«

»Nicht nur. Ich glaubte damals wirklich, dass es das war, was ich wollte. Einen Mann, eine Familie und einen eigenen Haushalt. Davon träumen schließlich beinahe alle jungen Frauen. Und Willy war so stark und zuverlässig und nahm die Dinge in die Hand, besorgte uns eine Wohnung … Und er war sehr fürsorglich und lieb zu mir während der Schwangerschaft. Anfangs hab ich mich ernstlich bemüht, den Haushalt zu führen, zu kochen und zu putzen und dich dann zu versorgen. Obwohl du ein wirklich anstrengendes Baby warst.«

»Dafür sollte ich mich sicher schämen.«

»Nein, so war das nicht gemeint. Nur: Ich war noch keine zwanzig, als du auf die Welt kamst, und irgendwie wuchs mir alles über den Kopf.«

»Und mein Vater hat wahrscheinlich keinen Finger gerührt.«

Leise schluchzend presste Traci ihre Lippen aufeinander. »Ich will dich nicht belügen. Doch, er hat sogar sehr viel getan. Im Haushalt mit angepackt, dich nachts herumgetragen und dich stundenlang im Arm gewiegt, wenn du nicht schlafen wolltest. Er war ein wirklich toller Dad.«

»Ich weiß, dass er das war. Und er ist es immer noch.«

»Eigentlich wollte ich es ebenfalls gut machen, das schwöre ich.« Mit noch immer tränenfeuchten Augen legte Traci sich eine Hand aufs Herz. »Aber, Himmel, die Arbeit in einem Haushalt fängt jeden Tag wieder von vorne an. Es ist ein Fass ohne Boden. Und sobald du zu laufen anfingst, kam ich gar nicht mehr nach, weil du überall herumgewuselt bist. Ich dachte, es würde besser, wenn du in die Krippe kämst und ich einen Job hätte, aber das stimmte nicht. Im Gegenteil: Die Arbeit wurde dadurch mehr … Und trotzdem wollte dein Vater noch ein zweites Kind. Mein Gott, er wollte allen Ernstes ein weiteres Kind. Dabei wurde ich schon mit einem nicht fertig. Dann nach der Abtreibung …«

Avery starrte sie entsetzt an. »Du hattest eine Abtreibung?«

Tracis tränennasse Wangen wurden bleich. »Ich dachte, er hätte dir davon erzählt.«

»Nein, hat er nicht.«

»Du warst damals gerade drei, und, entschuldige bitte, entsetzlich anstrengend. Es ist mir ein Rätsel, wie ich überhaupt schwanger werden konnte, denn ich hatte immer aufgepasst. Trotzdem ist es irgendwie passiert. Ich bin heimlich zu einem Arzt gegangen, denn mir war klar, dass ich das nicht packen würde. Ich wollte es deinem Vater eigentlich gar nicht sagen, aber bei einem Streit ist es mir irgendwann rausgerutscht.«

»Du hast sein Kind abtreiben lassen, ohne es mit ihm zu besprechen?«

»Er hätte nur versucht, mich davon abzubringen. Aber schließlich handelte es sich um meinen Körper, über den ich selbst entscheiden kann – und ich hatte mich bereits entschieden. Du bist eine Frau und solltest das verstehen oder zumindest respektieren.«

»Das tu ich auch. Ich respektiere, dass eine Frau hierzulande die Wahl hat, ob sie Mutter werden möchte oder nicht. Aber diese Wahlmöglichkeit sollte auch dem Vater zustehen. Hatte Dad eine? Hast du ihn in dieser Sache auch nur ansatzweise respektiert? Er war dein Mann und obendrein der Vater dieses Kindes, und trotzdem glaubtest du, die Entscheidung ganz alleine treffen zu dürfen. Vielleicht war das Kind ja von einem anderen.«

»Ich bitte dich. Ich hab deinen Vater nicht betrogen.«

»Nein?«

Traci starrte auf ihr zerknülltes Taschentuch. »Nein, damals nicht. Ich wollte einfach kein weiteres Kind. Und ebenso wenig noch einmal schwanger sein. Bei dir war mir wochenlang so schlecht, dass ich mich ständig übergeben musste. Und am Ende konnte ich mich kaum noch bewegen. Damit das ein für alle Mal vorbei war, hab ich die Abtreibung vornehmen lassen. Gleichzeitig wurden die Eileiter abgebunden, das war's dann.«

»Für dich«, murmelte Avery.

»Willy war schrecklich wütend und vollkommen aufgelöst, als er davon erfuhr. Und danach ging es zwischen uns nur noch bergab. Er war in dieser Ehe ebenfalls unglücklich und bat mich deshalb, mit ihm zu einer Eheberatung zu gehen. Ich hab zugestimmt, damit niemand sagen konnte, ich hätte es nicht versucht. Doch es war zu spät. Ich fühlte mich in dieser Beziehung einfach gefangen und eingesperrt.«

Als Avery schwieg, fuhr sie fort zu sprechen. »Zwölf Jahre sind eine lange Zeit. Vor allem wenn man ständig das Gefühl hat, eine Rolle spielen zu müssen, die einfach nicht zu einem passte.«

»Die einer Ehefrau und Mutter.«

»Ja, das war ich einfach nicht. Ich weiß, dass es egoistisch klingt, aber irgendwie wollte ich mehr vom Leben, als in einem Einkaufszentrum zu jobben und jeden Abend nach der Arbeit in dieses verdammte Kaff zurückzufahren. Irgendwann hasste ich diese Stadt und alles hier, und das machte mich richtig krank. Es kam mir vor, als würde das gesamte Leben vollkommen an mir vorbeigehen.«

»Und deshalb suchtest du Abwechslung bei anderen Männern.« Es war keine Frage, sondern eine Feststellung.

»Irgendwann ist es einfach passiert, obwohl ich es nicht darauf angelegt hatte.«

»Es gibt keinen Betrug ohne Absicht, selbst wenn du dir das einzureden versuchst.«

Traci ignorierte Averys Einwand. »Ich wollte bloß fliehen, vergessen. Und ich dachte, ich könnte das bei anderen Männern. Außer Steve waren es nur kurze Affären.«

»Dann hast du also deinen Mann betrogen, um dem langweiligen Alltag einer Ehefrau und Mutter zu entgehen. Und als das nicht mehr reichte, machtest du dich klammheimlich aus dem Staub.«

»Könnte ich wohl ein Glas Wasser haben? Bitte!«

Avery ging in die Küche, hielt ein Glas unter den Wasserhahn, blieb kurz vor der Spüle stehen, schloss die Augen und atmete tief durch.

Traci hatte inzwischen ihre rote Jacke ausgezogen und auf ihren Schoß gelegt, hielt das zerknüllte Taschentuch in einer Hand und sah ihr mit tränenfeuchten Augen entgegen. »Danke.« Sie nahm das Wasser. »Ich weiß, dass du mich hasst.«

»Hassen? Ich weiß nicht. Kann man jemanden hassen, der einem vollkommen fremd ist?«

»Ich war immerhin für dich da, bis du fast zwölf warst, Avery. Ich hab mich um dich gekümmert oder zumindest mein Möglichstes versucht.«

»Dein Möglichstes. Findest du das nicht sehr traurig? Denn sehr viel war es nicht. Seither ist eine Menge Zeit vergangen, in der du nicht einen Brief an mich geschrieben, mich nicht einmal angerufen, mich nicht ein einziges Mal besucht hast.«

»Ich dachte, dass es deinem Vater nicht recht wäre …«

»Du solltest Dad nichts unterstellen – das dulde ich nicht.«

»Schon gut.« Wieder blickte sie zu Boden und strich ihre Jacke glatt. »Vielleicht hatte ich selbst das Gefühl, dass ich das nicht tun könnte oder sollte. Ich wusste zwar, dass mein Verhalten falsch war, aber ich wollte bloß weg. Weg aus dieser spießigen Kleinstadt und weg von deinem Vater. Als er dann unbedingt erneut zur Eheberatung gehen wollte, war das der Tropfen, der das Fass für mich zum Überlaufen brachte. Ich liebte ihn schon längst nicht mehr, und ohne Liebe kann man nicht leben. Und auch nicht zusammenleben. Doch dein Vater wollte es trotzdem weiterversuchen. Deinetwegen. In ein paar Jahren, dachte ich, würdest du aus dem Haus gehen, und dann säße ich hier fest. Wäre nicht mehr jung genug, noch einmal von vorne anzufangen. Was hätte es also für einen Sinn gemacht, weiterhin zu bleiben und glückliche Familie zu spielen?«

»Du wolltest weg. Okay. Wolltest ein eigenes Leben. Meinetwegen. Aber dafür gibt es etwas, das sich Scheidung nennt, und so handhabt man das in der Regel, obwohl es manchmal schwierig und schmerzhaft ist. Einfach davonzulaufen, das ist billig.«

»Nun ...« Sie leerte ihr Glas und stellte es vor sich auf den Tisch. »Ich war verliebt damals! Hatte gerade Steve kennengelernt und glaubte, mit ihm würde ein ganz anderes Leben beginnen. Ich hatte Gefühle, die ich bis dahin nicht kannte – als sei ich mit einem Mal ganz lebendig geworden. Es ist nicht so, dass ich nicht wusste, wie egoistisch ich mich verhielt und dass ich mit Willy hätte reden müssen, statt ihn derart zu hintergehen ... Das verdiente er ganz einfach nicht. Aber ich war feige und scheute die Auseinandersetzung, weil er meine Sicht der

Dinge nicht teilte. Und die Frau, die ich hätte sein sollen, konnte ich einfach nicht sein. Hinzu kam, dass Steve plötzlich ein Jobangebot in Miami erhielt und ich vor der Wahl stand hierzubleiben oder mit ihm zu gehen. Und da traf ich die Entscheidung.«

»Du warst in Miami?«

»Für eine Weile, ja. Mit ihm durchzubrennen kam mir unglaublich romantisch vor, wie ein riesengroßes Abenteuer. Und ich wusste ja, dass dein Daddy sich gut um dich kümmern würde.«

»Hör bloß auf. Du hast bestimmt keinen einzigen Gedanken an mich verschwendet, nachdem du abgehauen bist.«

»Das ist nicht wahr! Ich hab schlimme Fehler gemacht und gedankenlos und egoistisch gehandelt, das bestreite ich gar nicht. Aber was du mir da vorwirfst, stimmt nicht. Ich musste sehr oft an dich denken und war sehr stolz, als ich von deinem eigenen Restaurant erfuhr. Wirklich furchtbar stolz. Du kannst dir gar nicht vorstellen, wie sehr.«

Bei Avery begannen leise die Alarmglocken zu läuten, doch sie hoffte, dass sie sich täuschte. »Und wie hast du davon erfahren?«

»Durchs Internet. Schließlich wollte ich wissen, was du so machst. Ich weiß nicht, wie oft ich eine E-Mail an dich angefangen habe, aber ich traute mich nicht, sie abzuschicken. Ich weiß auch, dass Tommy Montgomery gestorben ist. War bestimmt ein schwerer Schlag für deinen Dad. Und für Justine. Wenngleich sie mich nie wirklich mochte, war sie immer nett zu mir. Das muss ich ihr lassen.«

»Sofern ich dich richtig verstehe, bestand dein ganzes mütterliches Interesse darin, dass du von Zeit zu Zeit meinen Namen gegoogelt hast«, sagte Avery sarkastisch.

»Okay, ich darf wohl kaum Verzeihung von dir erwarten. Allerdings hatte ich gehofft, dass du mich ein klein wenig verstehst.«

»Weshalb interessiert dich das mit einem Mal so brennend?«

»Ich dachte, vielleicht würdest du mir eine zweite Chance geben, damit wir uns wirklich kennenlernen können und …«

»Was ist aus diesem Steve geworden? Der großen Liebe deines Lebens.«

Traci verzog unglücklich das Gesicht, brach erneut in Schluchzen aus. »Er … ist gestorben. Im November. Einfach so. All die Jahre waren wir zusammen, haben oft unseren Wohnsitz gewechselt wegen seiner Arbeit. Natürlich hatte er seine Fehler, doch ich hab ihn wirklich geliebt und war glücklich mit ihm. Und jetzt ist er nicht mehr da, und ich bin völlig alleine auf der Welt.«

»Das tut mir leid für dich, aber ich kann und werde diese Lücke ganz bestimmt nicht füllen. Du hast damals deine Entscheidungen getroffen und musst jetzt mit den Konsequenzen leben.«

»Ich schaff es nicht, alleine zu sein. Könnte ich vielleicht vorübergehend bei dir bleiben? Ein, zwei Wochen?«

»Hier?« Avery war sichtlich schockiert. »Auf keinen Fall. Du hast dich siebzehn Jahre nicht gemeldet und schneist plötzlich bei mir herein, als sei nichts geschehen – und erwartest allen Ernstes, dass ich dich mit offenen Armen empfange? Du musst selbst sehen, wie du dein Leben auf die Reihe kriegst. Für mich bist du nämlich bereits vor einer Ewigkeit gestorben.«

»So kaltherzig kannst du nicht sein.«

»O doch«, erklärte Avery. »Vermutlich hab ich das von dir geerbt.«

»Nur ein, zwei Wochen, bitte. Ich weiß sonst nicht, wohin und was ich machen soll.«

»Hier bist du am falschen Ort.«

»Ich bin immerhin deine Mutter, Avery.«

»Du bist die Frau, die mich verlassen und sich siebzehn Jahre nicht bei mir gemeldet hat. Und jetzt willst du, dass ich mich um dich kümmere. Du kommst nur, weil du dich einsam fühlst, und nicht, um mich zu sehen, mich kennenzulernen und dich mit mir zu versöhnen oder sonst was.« Sie machte eine Pause, bevor sie wieder loslegte. »Tatsache ist, dass du unverändert an niemand anderen denkst als an dich. Ich hab mir angehört, was du zu sagen hattest, und jetzt reicht es. Bitt geh!«

»Aber ich weiß nicht, wohin.«

»Die Welt ist groß. Such dir was aus.«

»Bitte, wenigstens bis morgen. Diese eine Nacht.«

»Du bist pleite«, stellte Avery fest.

»Wir hatten finanzielle Einbußen, steckten in Schwierigkeiten … Ja, ich könnte ein bisschen Hilfe gut brauchen.«

Alles drehte sich um diesen einen hässlichen, banalen Punkt, dachte Avery. »Mein Gott, was bist du für ein Mensch? Du brauchst Geld? Im Ernst? Du willst allen Ernstes Geld von mir?«

»Ich zahl es dir auch zurück. Wenn du mir ein paar tausend Dollar leihen könntest, bis der schlimmste Engpass überwunden ist …«

»Selbst wenn ich so viel übrig hätte, würde ich sie *dir* bestimmt nicht geben.«

»Immerhin besitzt du ein eigenes Restaurant. Und leistest dir teure Kleider.« Traci zeigte auf die Einkaufstüten. »Da lässt sich doch bestimmt ein bisschen für mich abzweigen. Ich will es ja nicht geschenkt. Zwing mich bitte nicht zu betteln, Avery, denn ich würde sogar vor dir auf den Knien rutschen. Ich steck nämlich in echten Schwierigkeiten.«

Avery riss den Geldbeutel aus ihrer Handtasche, zog, ohne nachzuzählen, alle Scheine aus dem Fach und warf sie ihrer Mutter hin. »Hier. Das ist alles. Mehr kriegst du nicht. Weder jetzt noch später. Und nun verschwinde und halt dich raus aus meinem Leben. Ich will dich nie wiedersehen.«

»Du weißt nicht, wie es ist, alleine dazustehen und niemanden zu haben.«

»Stimmt. Dafür hat mein Dad gesorgt.« Mit diesen Worten trat sie zur Wohnungstür und öffnete sie. »Ich möchte, dass du endlich gehst.«

Traci ging an ihr vorbei, blieb noch einmal stehen und sah sie an. »Es tut mir leid.«

Avery drückte die Tür ins Schloss, drehte den Schlüssel um, lehnte sich zitternd an das Holz und glitt daran herab zu Boden. Als sie sicher war, dass ihre Mutter nicht zurückkommen würde, brach sie in lautes Schluchzen aus.

Ein ums andere Mal verschob sie ihr Date mit Owen. Wechselweise wegen einer angeblichen Änderung des Schichtplans oder wegen zu viel Arbeit. So schrieb sie ihm jedenfalls in ihren SMS. Die Wahrheit war, dass sie es nicht fertigbrachte, mit ihm zu sprechen. Obwohl sie wusste, dass es dumm war. Owen hätte sie verstanden. Wenn nicht er, wer dann? Trotzdem wollte sie ihm nicht von der Begegnung mit ihrer Mutter, von ihrem Unglück, ihren Zweifeln und ihrem Zorn erzählen. Aber es einfach mit einem fröhlichen Gesicht zu überspielen und gar nichts zu sagen, das schaffte sie erst recht nicht.

Sie schaute von dem Gyros auf, das sie gerade zubereitete, als Owen hereinkam. Sie nickte ihm kurz zu und setzte ein gequältes Lächeln auf, während er sich auf einen Hocker an der Theke schob.

»Na, wie geht's?«

»Wir haben in den letzten Tagen derart viel zu tun, dass ich kaum noch Luft bekomme.«

»Das hast du mir gesimst. Vielleicht könntest du trotzdem mal eine kurze Pause machen und ein bisschen verschnaufen«, schlug er vor.

»Ich weiß vor lauter Arbeit nicht, wo mir der Kopf steht.«

»Ach.« Er drehte sich auf dem Hocker um und ließ seinen Blick durch den Raum schweifen, in dem um diese Zeit kaum jemand saß.

»Ich muss Inventur machen.« Etwas Besseres fiel ihr auf die Schnelle nicht ein. »Mir ist so viel kaputtgegangen, dass es höchste Zeit wird für eine Bestandsaufnahme.« Sie wusste, wie albern das klang, und beschloss, das Thema zu wechseln. »Und wie läuft es gegenüber?«

»Gut. Ich dachte, du würdest mal rüberkommen, um dir selbst ein Bild zu machen.«

»Das werde ich bestimmt noch, versprochen.« Sie schob das Gyros in den Ofen. »Möchtest du was essen?«, fragte sie, während sie eine Pizza, die soeben fertig geworden war, in acht Teile schnitt.

»Das Gyros sah lecker aus.«

»Ist es auch.«

Er stand auf, holte sich eine Cola und setzte sich wieder. »Ist bei dir wirklich alles okay?«

»Nun, das Wetter könnte langsam besser werden, und vor allem wäre es nicht schlecht, wenn mein Tag achtundvierzig Stunden hätte. Aber davon abgesehen ist alles klar.«

»Avery.«

Sein Ton zwang sie, ihm ins Gesicht zu sehen. »Was ist? Mittags bin ich immer sehr beschäftigt, Owen. Das weißt du doch.«

»Ja, weiß ich. Nur was ist jetzt anders als sonst?«

Sie seufzte. »Mein Fahrer ist weg, weil ich ihn mit einem Joint im Keller erwischt habe, und deshalb muss ich teilweise selbst ausliefern. Dann brüte ich über meinem Geschäftsplan für das neue Restaurant, muss Lampen und Möbel aussuchen, an der Speisekarte feilen und Hope bei den Vorbereitungen für Clares Hochzeit und den Junggesellinnenabschied behilflich sein. Außerdem brauch ich neue Reifen für mein Auto, und dann hat mein Großmarkthändler teilweise die Preise erhöht ….«

Wenn sie sich so reden hörte, hatte sie tatsächlich allen Grund der Welt, gestresst zu sein. »Verstehst du jetzt, warum ich keine Zeit hab, für dich zu kochen und mit dir zu spielen?«, fügte sie gereizt hinzu.

»Darum geht es nicht, Avery.«

»Doch, genau darum geht's. Um sonst nichts.«

Als sie mit fahrigen Bewegungen den Ofen öffnete, um nach dem Gyros zu sehen, verbrannte sie sich die Innenseite ihres Unterarms. »Verdammt.«

Verärgert drehte sie sich um und sah Owen direkt neben sich stehen. Er packte ihr Handgelenk und hielt es fest. »Lass mich schauen.«

»Es ist nichts. So was passiert mir ständig.«

»Wo ist dein Verbandskasten?«

»Ich brauch nur etwas Aloe Vera. In der Küche hab ich für solche Fälle extra eine Pflanze stehen. Ich …«

Er zog sie wortlos in die Küche und bedeutete Franny mit einem Nicken Richtung Tür, sie alleine zu lassen.

»Lass mich endlich los«, verlangte sie. »Ich weiß selbst am besten, was man mit einer blöden Verbrennung macht. Außerdem warten Gäste.«

»Halt endlich den Mund.«

Sie hatte Owen kaum jemals derart barsch reden hören, und so schwieg sie tatsächlich, während er ihren Arm unter kaltes Wasser hielt und ihn dann prüfend betrachtete.

»Es ist zum Glück wirklich nicht schlimm. Aber warum hast du nicht aufgepasst? Du bist doch sonst so umsichtig in der Küche.«

»Um Himmels willen. Fang nicht schon wieder an. Mir geht gerade sehr viel durch den Kopf, und deshalb bin ich weniger konzentriert als sonst. Und dann hast du auch noch beständig auf mich eingeredet.« Als sie seinen tadelnden Blick bemerkte, fügte sie schlecht gelaunt hinzu: »So war es doch. Du hast mich abgelenkt. Egal, ist ja schließlich nicht groß was passiert.«

Er hielt ihren Arm weiter unter das kalte Wasser und sah sie durchdringend an. »Ich hab schon des Öfteren erlebt, dass dir viele Dinge durch den Kopf gehen oder dass du schrecklich beschäftigt bist. Außerdem kenn ich dich gut genug, um zu wissen, dass das nicht alles ist. Solltest du geglaubt haben, mich hinters Licht führen zu können, dann wärst du ganz schön dumm. Also raus mit der Sprache: Wo liegt dein Problem? Hat es mit mir zu tun?«

»Wenn du so weitermachst, bestimmt.«

Er drehte sich kurz um und brach ein Blatt von ihrer Aloe Vera ab. »Ich weiß nur, dass alles in Ordnung war, als ihr von den Einkäufen zurückkamt. Da klangen deine SMS noch völlig normal.« Owen schnitt das Blatt längs auf und löffelte den zähflüssigen Saft heraus. »Und am nächsten Tag verschiebst du plötzlich unser Date und findest nicht einmal die Zeit, bei mir anzurufen und mir wenigstens mit zwei Worten zu erklären, was das zu bedeuten hat.«

Mit einem Löffel zerdrückte er die zähflüssige Masse, bis es eine Paste ergab. Missmutig schaute Avery zu und hätte ihn in diesem Augenblick wegen seiner praktischen und kompetenten Art am liebsten mit einer Gabel aufgespießt. Musste Owen eigentlich alles wissen und können?

»Lass mich schauen.« Er drehte den Wasserhahn zu, tupfte ihren Arm sorgfältig mit einem sauberen Geschirrtuch ab und begann die Paste aufzutragen. »Du hast mir erzählt, es sei alles klar bei dir, aber das ist eindeutig gelogen. Halt still«, sagte er und bestrich weiter die Brandwunde. Es tat weh und trieb Avery Tränen in die Augen. »Irgendwas muss an diesem Abend passiert sein. Willst du es mir nicht sagen?«

»Vielleicht ist mir einfach klar geworden, dass ich mich neu organisieren und Prioritäten setzen muss. Wir sind innerhalb von kurzer Zeit von null auf hundert gegangen … Ich brauch einfach etwas Zeit, um mich an all das zu gewöhnen, und vor allem hab ich in den letzten Wochen vieles schleifen lassen, was ebenfalls wichtig ist. Wie etwa die Planungen für das neue Restaurant. Wenn es funktionieren soll, muss ich mich sehr gut vorbereiten.«

»Okay. Das mag mit ein Grund sein, doch es ist bestimmt nicht der einzige. Wir müssen darüber reden, Avery.«

»Owen, das ist wohl kaum der rechte Augenblick für ein längeres Gespräch. Ich werde vorne gebraucht.«

»Nein, es ist nicht der geeignete Moment.« Er nahm eine Mullbinde aus ihrem Erste-Hilfe-Kasten und verband sorgfältig ihren Arm. »Wir werden uns später ausreichend Zeit dafür nehmen. Dann kann ich gleich deinen Verband wechseln.« Er sah sie noch einmal forschend an, neigte seinen Kopf und küsste sie sanft auf den Mund. »Okay.« Er nickte knapp. »Ich werde das Gyros mit nach drüben nehmen und mich ebenfalls wieder an die Arbeit machen. Wir sehen uns dann später.«

Nachdem er gegangen war, lehnte sie sich unglücklich gegen die Spüle, rang kurz mit sich selbst und erging sich für ein paar Minuten in abgrundtiefem Selbstmitleid.

»Alles in Ordnung, Avery?«

Sie wünschte sich, die Leute würden aufhören zu fragen, und blickte mit einem Seufzer zu Franny hin, die soeben wieder die Küche betrat. »Alles bestens. Ist nur eine leichte Verbrennung, weiter nichts. Wie läuft's vorne?«

»Bisher ist kaum was los.«

»Hör zu, dann geh ich rauf in die Wohnung und arbeite an meinem Geschäftsplan. Wenn du Hilfe brauchst, ruf an.«

Kochen war für sie die beste Medizin in solchen Situationen. Also stellte sie sich in ihre kleine Küche und experimentierte mit Rezepten. Erst probierte sie eine Kartoffel-Schinken-Suppe und danach eine Mesquite-Tomaten-Creme aus. Die Erfahrungen und Resultate tippte sie in ihren Laptop ein, der auf dem Küchentisch stand.

Sie bemerkte, wie sie zunehmend ruhiger wurde und einen klareren Kopf bekam. Deshalb setzte sie sich, während ihre Suppen auf dem Herd köchelten, an den Tisch und machte Skizzen für die Einrichtung von Bar und Restaurant, für die Anordnung der Tische und Stühle, der Sessel und Barhocker.

Plötzlich klopfte es an der Tür, und Clare kam herein. »Ich wollte mir nur schnell einen Salat holen, aber dann hat Franny mir erzählt, du hättest dir den Arm verbrannt und Streit mit Owen gehabt.«

»Unsinn, das war kein Streit – da hat Franny was missverstanden. Das mit der Verbrennung allerdings stimmt, ist allerdings nicht weiter schlimm.«

Clare runzelte die Stirn, als sie die Töpfe sah. »Und warum kochst du hier oben? Was ist los?«

»Nichts. Warum müssen mich das alle fragen? Ich kann es nicht mehr hören. Ich probier einfach zwei neue Rezepte aus. Wie du gesehen haben dürftest, ist es unten ziemlich ruhig. Deshalb nutz ich die Zeit und arbeite an der Speisekarte für das Restaurant.«

»Ich dachte, das wolltest du gemeinsam mit Owen machen.«

»Siehst du Owen irgendwo?«, fragte Avery mit aggressivem Unterton. »Weil ich gerade Zeit habe, tu ich es jetzt, und zwar ohne ihn.«

»Du bist sauer«, stellte Clare fest. »So hab ich dich schon lange nicht mehr erlebt. Du bist geradezu erschreckend schlecht gelaunt.«

»Das bin ich nur, weil ständig irgendjemand bei mir auftaucht und mich fragt, warum ich sauer bin. Einschließlich Owen, der mich einfach nicht in Ruhe lassen kann!«

»Du hattest also doch Streit mit ihm.«

»Zum Teufel, nein.« Avery presste die Zähne zusammen und holte tief Luft. »Ich hab einfach zu viel zu tun«, fuhr sie ruhiger fort. »Beckett hat die Baupläne für das MacT's dem Bauamt vorgelegt und fängt jetzt mit den Plänen für die Wasser- und Stromleitungen an. Deshalb muss ich tausend Sachen bedenken und entscheiden – und unten muss es auch weiterlaufen.«

»Du bist verständlicherweise nervös. Wäre ich an deiner Stelle genauso. Tröste dich damit, dass es am Ende bestimmt großartig wird.«

»Das zu hoffen und dafür zu sorgen, dass es tatsächlich so läuft, sind zwei verschiedene Paar Schuhe.« Es bereitete ihr Bauchschmerzen, ihrer Freundin gegenüber nicht ganz ehrlich zu sein. Überhaupt war sie eine schlechte Lügnerin, weil sie immer ihr Gewissen plagte. Trotzdem schwindelte sie jetzt munter weiter. »Dafür braucht man Muße und Ruhe, das muss Owen verstehen. Schließlich geht es um eine Menge. Ich hoffe, er lässt mir eine kleine Beziehungspause, bis ich wieder ich selbst bin.«

»Was hat er getan?«

»Nichts. Das schwöre ich hoch und heilig.« Sie brach in hysterisches Gelächter aus. »Ich bin einfach momentan ein bisschen überfordert, und meine Nerven liegen blank.«

Endlich, dachte sie. Der erste wahre Satz. »Das gibt sich wieder, sobald alles nach Plan läuft. Hier, probier mal die Suppen. Dann brauchst du nichts anderes mehr zum Mittagessen.«

Avery nahm eine Schale aus dem Schrank, füllte etwas von der Kartoffel-Schinken-Kreation hinein und bestreute das Ganze mit Petersilie und geriebenem Parmesan. »Ich muss mir noch überlegen, was für ein Geschirr ich will. Vielleicht ganz einfach schlichtes, formschönes Weiß auf farbigen Tischdecken? Oder lieber eines mit Dekor?«

»Du wirst schon das Richtige finden.« Clare schob sich den ersten Löffel Suppe in den Mund. »Schmeckt wirklich köstlich. Warum hast du meine Schale nur halb gefüllt?«

»Weil du auch noch die Mesquite-Tomaten-Creme testen musst.«

Sie füllte eine zweite Schale und gab kross gebratene Croutons und ein Blatt Basilikum dazu.

»Gott, das schmeckt einfach unglaublich. Samtig weich, cremig und doch mit Biss.«

»Hervorragend.« Sie nahm einen Löffel und tauchte ihn in die Suppe ein. »Ja, schmeckt wirklich gut. Kann so bleiben. Wenn du möchtest, geb ich dir was von beiden Suppen mit. Dann brauchst du heute Abend nicht zu kochen.«

»Soll das etwa heißen, dass ich diese Köstlichkeiten teilen muss?« Clare schlang einen Arm um ihre Freundin und sah sie mit einem sanften Lächeln an. »Wirst du es mir verraten, sobald du dich dazu in der Lage fühlst?«

Offenbar war sie wirklich eine jämmerliche Lügnerin. Sie gab sich geschlagen und lehnte sich seufzend an Clares Schulter. »Ja. Aber nicht jetzt.«

Über dem Kochen hatte sie ihren Jammer fast vergessen. Und aufgehört, sich selbst zu bemitleiden. Womit sie nämlich das genaue Gegenteil von dem erreichte, was sie bezweckte: Alle merkten, dass etwas mit ihr nicht stimmte.

Als Erstes beschloss sie, zu ihrem Vater zu fahren und mit ihm zu reden. Es wäre völlig falsch und nicht gerade ein Vertrauensbeweis, ihm Tracis Besuch zu verschweigen. Schließlich sprachen sie sonst immer offen über alles.

Sie füllte Portionen von den Suppen ab und packte ein Ciabatta ein. Bei einem gemeinsamen Essen redete es sich leichter über schwierige Dinge. Ihr Dad würde ihre Probleme bestimmt verstehen, machte sie sich Mut.

Als sie in die Einfahrt bog, sah sie dort einen leuchtend blauen Lexus aus Nevada stehen. Glühend heißer Zorn schoss in ihr hoch. Das konnte nur sie sein, denn sie kannte niemanden, der in Nevada lebte, und Willy B. ihres Wissens ebenfalls nicht.

Instinktiv spürte Avery, dass es gar nicht anders sein konnte. Nachdem ihre Mutter bei ihr abgeblitzt war, versuchte sie jetzt offenbar ihren Vater anzuzapfen.

Sie stürmte direkt in die Küche, und Willy sprang erschrocken auf. Traci hingegen blieb sitzen, die Augen tränenfeucht und ein zerknülltes Taschentuch in der Hand. Das gleiche Bild wie an dem Abend in ihrer Wohnung.

»Du hast wirklich Nerven«, brüllte Avery sie an.

»Avery! Beruhige dich!«

»O nein, ganz sicher nicht.« Sie baute sich vor ihrem Vater auf. »Hat sie dich schon gefragt, ob du ihr etwas ›leihen‹ kannst, oder ist sie noch dabei, dir zu erzählen, wie entsetzlich leid ihr alles tut?«

»Jetzt setz dich erst mal und … Was meinst du eigentlich?«

»Hat sie etwa zu erwähnen vergessen, dass sie bei mir schon war, um mich anzuhauen?«

Er schüttelte den Kopf und legte einen Arm um ihre Schulter. Eine Geste, die sie beruhigen und zugleich der Frau am Küchentisch demonstrieren sollte, dass sie beide eine fest gefügte Einheit waren. »Davon hat sie nichts gesagt.«

»Ich wollte es dir noch erzählen, ganz bestimmt. Zunächst musste ich einfach zu ihr gehen. Weil ich mir nicht sicher war, ob ich überhaupt den Mut aufbringen würde, dich aufzusuchen. Außerdem wollte ich Avery sagen, wie entsetzlich leid mir mein Verhalten tut. Ehrlich.«

»Wenn ich das richtig sehe, ging es dir in erster Linie um Geld.«

»Ich bin pleite und hab echte Schwierigkeiten. Aber mein Verhalten tut mir wirklich leid.« Mit zitternden Fingern fuhr sie sich mit dem Handrücken durch das Gesicht. »Ich wünschte, ich hätte damals alles anders gemacht. Doch das lässt sich nicht mehr ändern. Kurz vor Steves Tod haben wir unser Haus verloren, und irgendwie lief von da an alles schief. Er leierte ein paar Geschäfte an, aus denen am Ende nichts wurde. Weil ihm keine Zeit mehr blieb, um sie durchzuziehen.«

»In der Einfahrt steht ein schicker neuer Lexus«, sagte Avery süffisant. »Den könntest du ja verkaufen.«

»Er ist geleast, und die fälligen Raten kann ich ebenfalls nicht mehr bezahlen. Ich würde ihn zwar gerne behalten, als Erinnerung, nur brauch ich Geld, bis ich einen Job gefunden habe. Nicht nur für das Auto, sondern auch für eine Wohnung.«

»Du hast Geld von Avery genommen?«, fragte Willy, und Traci wurde rot. »Nur geliehen.«

»Wie viel?«

Als sie in Tränen ausbrach, wandte er sich seiner Tochter zu. »Wie viel?«

»Ich weiß es nicht genau. Was gerade in meinem Portemonnaie war. Mehr als ich normalerweise bei mir habe. Ich war an dem Tag mit Hope und Clare shoppen.«

Aus der für gewöhnlich ruhigen Stimme ihres Vaters klang jetzt ungewohnter Zorn. »Du hast mein Mädchen verlassen und dich nie wieder gemeldet, Traci. Und dann tauchst du nach all den Jahren plötzlich bei ihr auf und nimmst Geld von ihr?«

»Sie hat eine hübsche Wohnung und ein eigenes Restaurant. Ich bin schließlich ihre Mutter und hab früher mein Möglichstes für sie getan.«

»O nein, das hast du nicht.« Er küsste seine Tochter zärtlich auf den Kopf. »Warst du schon bei deiner Mutter, Traci?«

»Sie hat mir nach Steves Tod unter die Arme gegriffen. Weil ich völlig am Ende war wegen der vielen Schulden. Aber sie machte mir unmissverständlich klar, dass ich weitere Hilfe nicht erwarten könne. Und das meinte sie ernst. Ich hab's noch mal probiert, bevor ich herkam, doch sie rückte keinen Cent mehr raus.«

»Wie viel brauchst du?«

»Daddy, nicht …«

»Du hältst dich da raus.«

»Aber du kannst nicht …«

»Das ist ganz allein meine Sache.« Willy B. brauchte nicht laut zu werden, denn wie immer reichte es, die Tochter reglos anzusehen. »Sei also bitte still. Wie viel, Traci?«

»Wenn du mir fünftausend geben könntest, käm ich erst mal über die Runden. Ich zahl es dir bestimmt wieder zurück. Das schwör ich. Wenn du willst, unterschreib ich einen Schuldschein. Ich weiß, dass ich kein Recht und keinen Anspruch darauf habe, doch es gibt einfach niemanden sonst, zu dem ich gehen könnte.«

»Avery, du weißt, wo mein Scheckheft liegt. Geh rauf und hol es.«

»Nein.«

»Du tust, was ich dir sage, und zwar sofort. Falls du mit mir streiten willst, später gerne … Dann hör ich mir deine Meinung an, aber nicht jetzt – das hier betrifft nur mich und Traci.«

Avery erkannte, dass seine Entscheidung unumstößlich war, und gab sich geschlagen. »Meinetwegen«, knurrte sie. »Mach dich allerdings auf einen Riesenkrach gefasst.« Mit diesen Worten stürmte sie nach oben, um ihm kurz darauf das Scheckheft auf den Tisch zu werfen.

Er setzte sich und stellte einen Scheck aus. »Du bekommst das Geld.«

»Ich zahl's dir auf jeden Fall zurück.«

»Nein, das brauchst du nicht. Als einzige Gegenleistung verlang ich, dass du dich nicht mehr bei Avery blicken lässt – es sei denn, sie wünscht es. Nimm den Scheck und geh. Ich hoffe, du kommst irgendwie zurecht.«

»Ich weiß, dass du mich hasst …«

»O nein, ganz sicher hasse ich dich nicht. Immerhin hast du mir das größte Geschenk meines Lebens gemacht, meine Tochter, und das werde ich dir nie vergessen. Deshalb helf ich dir auch, und dann sind wir beide quitt.«

Eine klare Linie, dachte Avery.

»Schick mir deine Adresse oder eine Telefonnummer, sobald du eine Wohnung gefunden hast«, fuhr Willy B. mit ruhiger Stimme fort. »Mir, Traci, nicht Avery. Weil du zu ihr gegen ihren Willen nie mehr Kontakt aufnehmen wirst. Falls sie dich noch einmal sehen oder mit dir sprechen möchte, erfährt sie von mir, wie und wo sie dich erreichen kann.«

»Okay.«

Er faltete den Scheck und hielt ihn Traci hin.

»Danke. Du hast dieses Haus sehr gut in Schuss gehalten. Eigentlich sollte mich das nicht wundern, denn du warst immer schon sehr umsichtig und sehr sorgsam. Das meine ich ernst. Und Avery ist eine wunderschöne junge Frau geworden.« Sie presste eine Hand vor ihren Mund. »Es tut mir furchtbar leid. Alles tut mir furchtbar leid.«

»Ich glaub dir sogar. Trotzdem solltest du jetzt gehen. Es wird bald dunkel, und der Wetterbericht sagt Schneefälle voraus.«

Traci riss sich zusammen und stand auf. »Ich nehm an, du warst das Beste, was mir je in meinem Leben gelungen ist«, sagte sie zu Avery. »Obwohl ich eine denkbar schlechte Mutter war. Sich das einzugestehen fällt nicht leicht.«

Nachdem ihre Mutter weg war, trat Avery ans Fenster und beobachtete, wie ihr Wagen aus der Einfahrt auf die Straße bog. »Warum hast du ihr das Geld gegeben?«

»Weil sie trauert. Sie hat jemanden verloren, dem ihre Liebe galt, und mehr und mehr wird ihr zudem klar, dass sie vor Jahren etwas Kostbares leichtfertig wegwarf. Die Erkenntnis, es nicht ungeschehen machen zu können, verstärkt ihre Trauer nur. Deshalb hab ich ihr geholfen. Und auch um dieses Kapitel für uns beide endgültig abzuschließen.« Er sah sie fragend an. »Warum hast du mir nicht erzählt, dass sie bei dir war?«

»Aus diesem Grund bin ich hergekommen. Ich brauchte zunächst etwas Abstand, um überhaupt darüber zu sprechen. Ich weiß, ich hätte es dir gleich erzählen sollen. Dann wäre ihr Besuch nicht so überraschend für dich gewesen, aber irgendwie hab ich erst mal die Schotten dicht gemacht.«

»Ich weiß.« Er drehte sie vorsichtig zu sich um und zog sie sanft in seine Arme.

»Und als ich sie in deiner Küche sitzen sah, war ich bloß noch wütend.«

Er wiegte sie zärtlich hin und her. »Keine Angst. Wir kommen damit klar, Baby. Du und ich, wir werden nämlich mit allem fertig.«

Beruhigt durch seine Stimme, seine Nähe, den vertrauten Geruch schmiegte sie den Kopf an seine Brust. »Genau das hast du damals und seither bei allen möglichen Gelegenheiten gesagt. Und es war immer wahr. Ach, Dad, ich liebe dich so sehr.«

»Da ich deutlich größer bin als du, liebe ich dich noch viel mehr.«

Sie lachte leise. »Dafür hab ich Suppe für uns gekocht. Die MacTavish-Anti-Blues-Schinken-Kartoffel-Suppe.«

»Die ist jetzt bestimmt goldrichtig.«

»Okay. Während ich den Topf aus dem Auto hole, deckst du schon mal den Tisch.«

16

Owen arbeitete in der Werkstatt. Es war ein guter Ort für ihn, wenn er Zeit zum Nachdenken brauchte. Und im Augenblick gab es vieles, was ihn beschäftigte und worüber er ziemlich fruchtlos grübelte.

Was um alles in der Welt war los mit Avery? Während er den nächsten Schritt tun wollte, zog sie sich plötzlich zurück. Machte das etwa irgendeinen Sinn? Dabei bemühte er sich schließlich, ein aufmerksamer Freund zu sein, ihr zu zeigen, dass er ihre Beziehung nicht als selbstverständlich nahm, sondern sie zu vertiefen wünschte. Und genau in diesem Moment fand sie nicht einmal die Zeit, um auch nur einen Kaffee mit ihm zu trinken.

»Was soll der Mist?«, fragte er Cus, der mitfühlend mit seinem Schwanz wedelte.

Er maß ein Holzbrett ab, markierte es und nahm automatisch erneut Maß, bevor er es in die Säge schob. »Ich weiß, dass bei ihr leicht das Chaos ausbricht, wenn vieles auf einmal anfällt«, erzählte er dem Hund über das Kreischen der Säge hinweg. »Trotzdem könnte sie ein bisschen Zeit für mich erübrigen. Aber sie will weder mit mir ausgehen noch mag sie mich zu Hause besuchen und mit mir reden.«

Er schaltete die Säge aus, lehnte das Brett gegen die

Wand und zog seine Schutzbrille herunter. »Frauen können manchmal wirklich nervig sein.« Avery allerdings war das bisher nie gewesen, und genau da lag sein Problem. Er verstand nicht, warum sie sich plötzlich so ganz anders verhielt.

Etwas stimmte nicht mit ihr, keine Frage. Und eigentlich müsste sie wissen, dass er das bemerkte. Warum ging sie ihm trotzdem aus dem Weg? Sie benahm sich wie …

Owen erschrak. War er vielleicht zu weit gegangen oder zu schnell vorgeprescht, indem er sie in seine Planungen einbezog und ihr diesen symbolträchtigen Schmuck schenkte? Eindeutig hatte sich dadurch das Gleichgewicht verschoben. Lag es vielleicht daran, dass sie weitergehende Veränderungen in ihrem Verhältnis gar nicht wünschte? Alles war schließlich okay gewesen, bis er anfing, über eine ernsthafte, dauerhafte Beziehung nachzudenken.

Möglicherweise dachte sie ganz anders darüber, war zufrieden mit einer unverbindlichen und zwanglosen Affäre, die sich mehr oder weniger auf Sex beschränkte. Durchaus denkbar, dass sie mehr einfach nicht wollte. Warum auch immer.

Mit einem Mal kam Owen sich vor wie ein Riesentrottel.

Immer mehr steigerte er sich in seine trüben Gedanken hinein. Hätte sie nicht sagen können, dass ihr nichts an einer Beziehung mit Perspektive lag? So viel Ehrlichkeit durfte er wohl in Anbetracht ihrer lebenslangen Freundschaft erwarten, oder etwa nicht?

Und er fand, dass man, verdammt noch mal, über

so etwas redete. »Schließlich bin ich nicht ihr Sexspielzeug«, stieß er unbewusst hervor.

»Solche Worte hören Mütter von ihren geliebten Söhnen wirklich gerne.«

Er zuckte zusammen und stopfte die Hände in die Taschen seiner Jeans. »Hallo, Mom.«

Justine zog die Tür der Werkstatt zu und rieb sich die kalten Hände. »Also, was ist los?«

»Ich arbeite an einem der Einbauschränke für Becks Haus.«

»Du bist ein guter Bruder.«

»Tja. Ich kann gerade etwas Zeit erübrigen. Dein Wagen stand nicht in der Einfahrt, und da dachte ich, du seist nicht zu Hause.«

»Bin gerade zurückgekommen.« Schwanzwedelnd liefen die beiden Hunde auf sie zu. »Ich war bei Willy, um ihm etwas zu essen zu bringen. Dabei konnte ich mir gleich seine Sorgen anhören. Was du übrigens bei Avery ebenfalls tun solltest.«

»Inwiefern? Ich versteh nicht …«

»Hm. Sie hat dir also nichts gesagt?«

»Genau.« Verärgert schob er sein Werkzeug hin und her. »Im Grunde genommen spricht sie die letzten Tage überhaupt nicht mit mir. Angeblich hat sie alle Hände voll zu tun und deshalb keine Zeit. Kann mir vielleicht irgendjemand sagen, was los ist?«

»Du fragst sie am besten selbst.«

»Also bitte, Mom.«

»Nein, das ist eine Sache, über die sie von sich aus mit dir sprechen sollte. Falls sie es nicht tut – nun gut, dann werde ich es dir verraten. Anders wäre es allerdings besser. Ganz davon abgesehen bin ich der Meinung, sie hätte es schon längst tun müssen.«

»Langsam machst du mir Angst. Sie ist doch nicht etwa krank?«

»Nein, nein, nur im Moment völlig von der Rolle. Und leider hat sie sich in den Kopf gesetzt, das alleine mit sich auszumachen. Vorerst zumindest. Du weißt ja, wie stur sie sein kann, und jetzt scheint sie sich regelrecht verrannt zu haben.« Justine trat auf Owen zu und stieß einen leisen Seufzer aus. »Du bist ein total praktischer, vernünftiger Mensch. Doch du solltest in diesem Fall nicht deine Denkweisen auf sie übertragen. Geh vorsichtig und geduldig auf sie zu.«

»Ist sie in Schwierigkeiten?«

»Nein, aber sie hat ein Problem. Also sprich mit ihr, und danach werden wir beide uns unterhalten. Jetzt fahr erst mal los«, forderte sie ihn auf, während er bereits nach seiner Jacke griff. »Ich werde hier absperren.«

Sie folgte ihm mit ihren Blicken, streichelte die beiden Hunde, die sich links und rechts an ihre Beine schmiegten und zu ihr aufschauten. »Er ist eindeutig in sie verliebt. Nur bin ich mir nicht sicher, ob er selbst das bereits in der ganzen Tragweite erkannt hat. Und was Avery betrifft, die scheint noch weiter davon entfernt zu sein.«

Sie sog den Duft des Holzöls und des Sägemehls tief ein und schloss wehmütig die Augen. Für einen Augenblick glaubte sie, ihren verstorbenen Mann zu spüren, der flüchtig ihre Wange berührte. »Für uns beide war es einfacher, nicht wahr, Tommy?«, sagte sie. »Wir brauchten nicht lange nachzudenken – wir wussten gleich, dass wir füreinander geschaffen waren. Kommt, Jungs«, rief sie ihre Hunde. »Schließen wir die Werkstatt und machen uns auf den Heimweg.«

Er ging zuerst ins Restaurant, wo Dave, die Hände voller Pizzateig, hinter dem Arbeitstisch stand.

»Ist Avery hinten?«, fragte er.

»Sie fährt gerade Pizza aus, kommt aber noch mal her. Du weißt ja, dass sie unseren Fahrer gefeuert hat, oder?« Er grinste.

»Könntest du das Absperren heute eventuell übernehmen?«

Dave zog die Brauen hoch, während er weiter Tomatensoße auf dem ausgerollten Teig verteilte. »Sicher …«, sagte er zögernd.

Noch bevor er etwas hinzufügen konnte, griff Owen bereits nach seinem Handy und wählte Becketts Nummer. »Du musst mir einen Gefallen tun.«

Zwanzig Minuten später, als er mit einem Bier am Tresen hockte, trat Avery mit von der Kälte geröteten Wangen durch die Tür. »Es fängt an zu schneien«, sagte sie zu Dave. »Zum Glück bleibt bislang nichts liegen, und so ist das Fahren kein …«

Sie unterbrach sich, als sie ihn bemerkte. »Owen, was tust du hier?«

»Ich muss mit dir reden.«

»Ich hab gerade Pizzas ausgefahren.« Sie schwenkte die Styroporkisten, die als Wärmebehältnisse dienten. »Und ich muss …«

Er stellte sein volles Bierglas hin und stand auf.

»Komm mit«, sagte er, nahm ihre Hand und zog sie in Richtung Hintertür.

»Ich muss gleich wieder los.«

»Beckett springt für dich ein.«

»Was? O nein, das geht nicht.«

»Du wirst mit mir reden. Und zwar jetzt.«

»Später, versprochen. Lass mich erst die Lieferungen erledigen, absperren und …«

»Beck fährt Pizza aus, und Dave macht den Laden zu.«

Er sah, wie ihre Augen kampfeslustig aufblitzten. »Es ist mein Restaurant und nicht deins.«

»Trotzdem läuft der Laden ohne dich, bis wir miteinander gesprochen haben.«

»Das ist doch totaler Schwachsinn.«

Als sie sich an ihm vorbeischieben wollte, packte er sie wortlos, warf sie sich über die Schulter und marschierte zur Hintertür hinaus und hinauf in den ersten Stock.

»Bist du jetzt total verrückt geworden?« Sie versuchte, sich ihm zu entwinden, trommelte ihm mit den Fäusten auf den Rücken. »Das wirst du mir büßen«, rief sie zornig.

»Ich sollte dich einfach auf den Kopf fallen lassen, wenn du so weitermachst. Vielleicht bringt dich das ja zur Besinnung.« Er klemmte ihre Beine unter einen seiner Arme, zog mit seiner freien Hand sein Schlüsselbund aus der Jackentasche und suchte nach dem Schlüssel zu ihrer Wohnung.

»Owen, ich warne dich.«

Er öffnete die Tür und stieß sie mit dem Fuß wieder

zu, war ständig auf der Hut, dass sie nicht zum Angriff übergehen konnte. Schließlich wusste er, wozu sie im Zorn fähig war. Da sie ihm langsam zu schwer wurde, schleppte er sie erst einmal zu ihrem Bett.

»Denk am besten gar nicht daran …« Bevor sie den Satz zu Ende bringen konnte, war er schon über ihr und hielt ihre Arme links und rechts des Körpers auf der Matratze fest. »Reg dich erst mal ab«, empfahl er ihr.

»Sehr witzig!«

»Verdammt, jetzt spiel dich nicht so auf und rede mit mir. Ich werde dich erst loslassen, wenn du versprichst, dass du nicht schlägst, nicht trittst, nicht beißt und nicht mit irgendwelchen Sachen nach mir wirfst.«

Das Blitzen in ihren Augen verstärkte sich, und dann brach ein Feuerwerk los. »Was gibt dir das Recht, so mit mir umzuspringen? Bildest du dir etwa allen Ernstes ein, du könntest einfach in meinen Laden spazieren, meinen Leuten Anweisungen erteilen und mir in aller Öffentlichkeit vorschreiben, was ich tun und lassen soll?«

»Nein, das bilde ich mir nicht ein, und es tut mir leid, dass ich zu diesem Mittel greifen musste. Aber du lässt mir ja keine andere Wahl.«

»Und das tu ich nach wie vor nicht. Verdammt noch mal, hau einfach ab.«

»Denkst du, du bist die Einzige, die wütend ist? Ich kann die ganze Nacht so auf dir liegen bleiben, bis du endlich Vernunft annimmst und mir erklärst, was los ist. Unter vernünftigen Menschen ist das üblich.«

»Du tust mir weh.«

»O nein.«

Ihr Kinn begann zu zittern. »Meine Verbrennung …«

Er lockerte den Griff um den verletzten Arm, und sofort nutzte sie die Chance, um ihm heimtückisch wie ein Hai und schnell wie eine Schlange die Zähne in die Hand zu graben.

Zischend und fluchend holte er Luft, während er sie erneut niederrang. »Mein Gott, du hast so fest gebissen, dass ich blute.«

»Und ich beiß dich gleich ein weiteres Mal.«

»Also gut.« Der Schmerz in seiner Hand entfachte seinen Zorn. »Du willst es offenbar nicht anders. Deshalb lass ich dich nicht los, bis du mir endlich verrätst, was plötzlich in dich gefahren ist.«

»Genau dasselbe könnte ich dich fragen. Du zerrst mich aus meinem Restaurant, schleifst mich die Treppe rauf, schubst mich auf mein Bett …«

»Ich will bloß wissen, was an jenem Abend passiert ist. Was dich so verändert hat.«

Sie drehte ihren Kopf zur Seite und starrte die Wand an. »Ich will nicht mit dir reden.«

»Richtig, und zwar seit fast einer Woche nicht. Hab ich irgendwas vermasselt? Sag es mir. Wenn du unsere Beziehung beenden willst, möchte ich es zumindest aus deinem Mund hören. So viel Offenheit schuldest du mir. Und falls es sich um etwas anderes handelt, sollte ich ebenfalls eine ehrliche Antwort erhalten. Verdammt, Avery, mach endlich den Mund auf! Spuck es aus, ganz egal worum es geht!«

»Es betrifft letztlich das, was seit ein paar Wochen zwischen uns läuft.« Sie kniff unglücklich die Augen zu, weil sie diese Geschichte und sich selbst unendlich leid war. Sie hatte Owen wehgetan. Grundlos. Er war unglücklich, und das hatte er weiß Gott nicht verdient.

»Irgendetwas stimmt nicht, und du musst mir sagen, was.« Er ließ nicht locker.

»Hör auf, mich festzuhalten, Owen. So kann ich schon gar nicht reden.«

Vorsichtig lockerte er seinen Griff, und sie setzte sich auf. Vergrub das Gesicht zwischen den Händen und schüttelte den Kopf.

»Ist es die Pizzeria?« Etwas anderes fiel ihm einfach nicht ein. »Hast du einen finanziellen Engpass?«

»Nein. Nein. Der Laden läuft gut.« Sie stand auf und legte Jacke, Schal und Mütze ab. »Du weißt doch, dass meine Grandma mir ein Konto eingerichtet hat, nachdem meine Mutter abgehauen ist. Sie hatte ja nur noch mich.« Sie zuckte mit den Schultern. »Ein Teil des Geldes ist für das Vesta draufgegangen, und der Rest reicht für die Einrichtung des neuen Restaurants. Ich muss nur dafür sorgen, dass die Läden laufen, weiter nichts.«

»Ist deine Großmutter krank?«

»Nein. Wieso fragst du? Ihr geht es gut. Und du hast auch nichts vermasselt – so viel zu deiner Beruhigung.«

»Und was ist es dann?«

»Meine Mutter ist plötzlich bei mir aufgetaucht.«

»Deine Mutter? Wann?«

»Sie saß wartend auf der Treppe, als ich vom Shoppen mit Clare und Hope zurückkam. Es ist nicht wirklich gut gelaufen.« Sie setzte sich neben ihn aufs Bett und verschränkte die Hände fest in ihrem Schoß. »Ich hab sie nicht mal erkannt. Bis sie es mir sagte, hielt ich sie für eine Fremde.«

»Ist doch kein Wunder nach so vielen Jahren.«

»Ich weiß nicht, vielleicht hatte ich ihr Bild auch einfach verdrängt. Denn später merkte ich, dass sie kaum verändert aussah. Angeblich wollte sie mich sehen und beteuerte, wie leid es ihr täte, dass sie damals wegging. Aber ich mochte davon nichts hören. Ebenso wenig hat ihr Weinen mich berührt.«

»Weshalb hätte es auch?«

»Nun, sie erzählte mir ihre Geschichte, damit ich sie ein klein wenig verstehe. Sie habe damals eigentlich nur geheiratet, weil sie schwanger war. Allerdings behauptete sie, in meinen Dad anfänglich verliebt gewesen zu sein. Sie sei jedoch zu jung gewesen, neunzehn erst, und das Ganze sei ihr irgendwann über den Kopf gewachsen. Mein Dad, obwohl nur zwei Jahre älter, wurde trotzdem mit der Situation fertig. Mit seiner Rolle als Ehemann und Vater.«

»Willy B. war immer schon ein Teufelskerl«, bestätigte Owen und strich tröstend mit der Hand über ihr Bein.

»Ja, stimmt. So etwas ist vielleicht wirklich nicht jedem gegeben.« Sie hasste es zu weinen und wischte ärgerlich die aufsteigenden Tränen fort. »Hinzu kam, dass ich offenbar ein nerviges Baby war, das sie Tag und Nacht auf Trab gehalten hat. Sie habe einfach nicht mehr ein noch aus gewusst, sagte sie. Ich vermag nicht zu beurteilen, ob sie übertreibt, um sich zu rechtfertigen … Jedenfalls kam ein weiteres Kind für sie nicht infrage, und als ich drei war, ließ sie eine Abtreibung vornehmen und die Eileiter abbinden.«

Owen nahm ihre Hand. »Das zu hören war bestimmt

nicht leicht für dich. Du hast dir schließlich immer Geschwister gewünscht.«

»Das Schlimmste an der Geschichte war, dass sie es heimlich machte ohne Wissen und Zustimmung meines Vaters. Er hat erst im Nachhinein davon erfahren. Bis zu diesem Zeitpunkt wusste er nicht einmal, dass sie erneut schwanger gewesen war.« Sie schaute ihn aus tränennassen Augen an. »Wer tut so was? So geht man doch nicht mit seinem Ehepartner um. Meine Mutter meinte, sie habe es getan, weil er das nicht akzeptiert hätte. Ich finde, das ist keine Entschuldigung – sie hätte es zumindest versuchen müssen. Ihm die Wahrheit zu verschweigen, das war Verrat.«

Schweigend stand er auf, holte eine Packung Kleenex aus dem Bad und drückte sie ihr in die Hand.

»Danke. Heulen hilft zwar nicht, aber irgendwie komm ich einfach nicht damit zurecht.«

»Manchmal können Tränen heilsam sein.«

»Sie erzählte noch, dass mein Dad völlig ausgerastet sei, als ihr während eines Streits die Abtreibungsgeschichte versehentlich rausrutschte. Aber nach wie vor wollte er keine Trennung, sondern es noch einmal mit einer Eheberatung probieren. Meinetwegen. Sie hingegen fühlte sich in dieser Ehe, in ihrem Haus, in der Stadt gefangen. Als würde das Leben an ihr vorbeilaufen. Deshalb ließ sie sich auf Affären ein – wer weiß, wie viele es tatsächlich waren. Jedenfalls wussten alle im Ort offenbar Bescheid.« Sie sah ihm ins Gesicht. »Du auch, gib's zu. Obwohl du noch so jung warst.«

Er überlegte kurz, doch ihr Blick verriet, dass ihr die Wahrheit wichtig war. »Die meisten wussten es wohl.«

»Meine Mutter, das größte Flittchen der Stadt. So gesehen hatten wir es besser ohne sie.«

»Einfach war es sicher nicht«, erklärte er und küsste zärtlich ihre Hand.

»Mag sein, aber zumindest mussten Dad und ich nicht mehr mit ansehen, was sie so trieb. Allerdings ist sie bei dem Mann, für den sie uns verlassen hat, bis zu seinem Tod geblieben. Sein Name war Steve. Sie sagte, ihn habe sie wirklich geliebt, und ihre Trauer um ihn wirkte echt. Trotzdem konnte ich kein Mitgefühl für sie aufbringen.«

»Das musst du auch nicht unbedingt, denn du hast allen Grund, wütend und verletzt zu sein.«

»Ich wollte ihre Rechtfertigungen nicht akzeptieren und fand es zugleich schlimm, dass ich so hart zu ihr war. So unerbittlich und unversöhnlich. Zwischendurch war ich manchmal drauf und dran, mich etwas zurückzunehmen und es ihr zu glauben, dass alles ihr sehr leidtäte. Immer wieder beteuerte sie, wie stolz sie auf mich ist. Weil ich so hübsch und so erfolgreich obendrein sei. Und dann kam plötzlich raus, dass sie in der Klemme steckt, denn dieser Steve hat sie offenbar ohne einen Cent, dafür mit einem Haufen Schulden zurückgelassen. Sie brauchte Geld und wollte mich anpumpen – nur deshalb ist sie genau genommen aufgetaucht. Nicht aus später Reue.«

Er stand auf, trat ans Fenster und sah reglos in den immer dichter fallenden Schnee hinaus. Er konnte sich nicht einmal ansatzweise vorstellen, dass Eltern ihre Kinder auszunutzen versuchten. Avery musste sich erneut sehr verletzt gefühlt haben.

»Und wie hast du darauf reagiert?«

»Nun, ich hab ihr ein paar ziemlich hässliche Dinge an den Kopf geworfen. Daraufhin brach sie in Tränen aus und flehte mich richtiggehend an, ihr Geld zu geben und sie überdies bei mir wohnen zu lassen. Vorübergehend. Erst sprach sie von ein, zwei Wochen, zum Schluss bettelte sie wegen einer Nacht. Es hat mich einfach krank gemacht. Schließlich hab ich ihr alles Bargeld hingeworfen, das ich gerade in der Wohnung hatte, und gesagt, sie soll verschwinden.«

Er wandte sich ihr wieder zu. »Warum wolltest du mir nichts davon erzählen? Warum hast du geschwiegen, statt mich um Hilfe zu bitten?«

»Ich brachte es einfach nicht über mich, mit irgendjemandem darüber zu sprechen. Diese Begegnung hat mich völlig aus der Bahn geworfen.«

Er trat zu ihr und blieb direkt vor ihr stehen. »Bin ich bloß irgendjemand für dich? Ich hoffe nicht.«

»Nein. Nur: Wie hättest du meine Gefühle nachvollziehen können? Das kann niemand, der nicht die Erfahrung machen musste, unerwünscht zu sein. Trotz meines großartigen Vaters hatte ich dieses Gefühl oft. Du hast keine Ahnung, wie sehr ich dich um deine Familie beneidet habe, selbst als meine Mutter noch zu Hause war, und wie sehr ich euch alle brauchte. Ihr wart immer für mich da, und deshalb seid ihr neben meinem Dad für mich die wichtigsten Personen auf der Welt.«

»Wir sind nach wie vor für dich da – wir alle und ich hoffentlich besonders.«

»Dafür bin ich euch unendlich dankbar. Aber es ist ebenfalls wichtig für mich, dass ich mir und allen anderen zeige, was in mir steckt. Dass ich was aus mir machen kann. Vielleicht hängt das mit meiner Verlusterfahrung zusammen. Mag sein, dass ich die Schuld für den Weggang meiner Mutter bei mir suchte und mir deshalb minderwertig und schlecht vorkam und mir jetzt ständig das Gegenteil beweisen muss.« Sie hob hilflos die Hände. »Weißt du, ich dachte damals schon ein wenig, sie sei meinetwegen weg und ich hätte ihre Liebe nicht verdient. Da konnte mein Dad sagen, was er wollte. Oder auch deine Eltern. Nichts vermochte mich wirklich zu überzeugen, dass es mit mir nichts zu tun hatte. Und das Gefühl, wertlos, schlecht oder einfach unwichtig zu sein, nagte noch sehr lange an mir.«

»Wir haben doch alle versucht, dir das auszureden.«

»Das schon, und irgendwann hab ich es auch begriffen. Trotzdem blieben die Schuldgefühle – ich weiß nicht, warum. Es war einfach so. Und später begann ich ganz einfach, dieses Unbehagen durch Ehrgeiz und Zielstrebigkeit zu kompensieren. Insofern hatte die Tatsache, dass sie uns verließ, langfristig sogar ihr Gutes.«

Owen schwieg, denn er spürte, dass sie noch mehr beschäftigte.

Nach kurzem Zögern begann sie erneut zu sprechen. »Das ist die eine Sache. Hinzu kommt, dass diese Geschichte mich manchmal oder häufig blockiert. Ich frag mich sogar, ob ich deshalb bisher nie eine längere Beziehung eingegangen bin. Und tiefere Gefühle aus der Furcht heraus, ich könnte scheitern wie meine Mutter, erst gar nicht zugelassen habe. Zwar stürze ich mich schnell in Abenteuer, halte aber im gleichen Moment bereits nach einer Rückzugsmöglichkeit Ausschau. Weil ich nicht so werden will wie meine Mutter. Und der Gedanke, dass ich es womöglich doch bin, macht mir schreckliche Angst.«

»So darfst du nicht denken.«

»Tu ich aber. Wie du siehst, hab ich mich auch von dir zurückgezogen.« Sie hob den Kopf und sah ihn an. »Du hattest völlig recht – eigentlich hätte ich zu dir kommen sollen. Stattdessen zieh ich es vor, mich in mein Schneckenhaus zu verkriechen und dich zurückzuweisen.«

»Jetzt bin ich ja da, und du hast mir alles erzählt.«

»Aber nur, weil du mich praktisch dazu gezwungen hast. Freiwillig wäre ich kaum damit rausgerückt. Du bist ganz anders – stellst dich Problemen und gibst nicht auf, bis du sie gelöst hast.«

Er setzte sich wieder neben sie. »Und wie sieht in diesem Fall die Lösung aus?«

»Das musst du mir sagen.« Sie lehnte den Kopf an seine Schulter. »Es tut mir leid. Ich hab dich verletzt und dir das Gefühl gegeben, du hättest dich falsch verhalten. Das hast du nicht. Du weißt, dass meine Mutter schon immer ein Problem für mich war. Vor allem die Frage, inwieweit ich ihr ähnlich bin. Das alles türmte sich in dem Moment, als sie vor mir stand, zu einem Riesenberg auf, und plötzlich betrachtete ich auch unsere Beziehung unter diesem Aspekt. Deshalb hab ich erst mal dicht gemacht, um mit mir selbst wieder ins Reine zu kommen. Ich hätte aber wissen müssen, dass mein Verhalten dich kränkt … Sogar meinem Vater konnte ich nicht davon erzählen. Bis heute Nachmittag nicht.«

Er nahm ihre Hand und schaute sie lächelnd an. »Und was hast du gekocht?«

»O Gott.« Sie blinzelte gegen die Tränen an. »Ich bin anscheinend echt berechenbar. Suppe. Die wollte ich meinem Dad bringen und bei der Gelegenheit mit ihm reden. Doch sie ist mir zuvorgekommen und saß bereits in der Küche.«

Er küsste sanft ihr Haar. »Das hat es bestimmt nicht einfacher für dich gemacht.«

»Ich war furchtbar wütend, weil sie es wagte, bei ihm aufzutauchen und alte Wunden aufzureißen. Sie saß da und heulte, hatte ihm offenbar dieselbe Geschichte aufgetischt wie mir. Wie leid ihr alles täte und wie sehr sie ihr Verhalten bedauere und so weiter. Vermutlich stimmt es sogar teilweise, weil sie inzwischen merkt, dass sie wirklich ganz alleine dasteht und dass es kein Zurück mehr gibt. Dad meint, sie würde erst jetzt erkennen, was sie verloren hat. Er stellte ihr einen Scheck über fünftausend Dollar aus unter der Bedingung, dass sie sich nie mehr mit mir in Verbindung setzt. Außer ich wünsche es. Sie soll ihm ihre Adresse mitteilen, sobald sie irgendwo eine Bleibe gefunden hat.«

»Typisch Willy B.«

»Zunächst konnte ich nicht verstehen, warum er ihr überhaupt Geld geben wollte, aber später hat er es mir erklärt. Weil er ihr ewig dafür dankbar sei, dass sie mich zur Welt gebracht hat, und weil er sie in ihrer Trauer letztlich bemitleidet. Er ist einfach ein grundgütiger Mensch.«

»Und der beste Dad, den man sich wünschen kann. Aber nicht der einzige Mensch, der an dich denkt.«

»Ich weiß, und dafür bin ich dankbar. Auch wenn es gerade nicht so aussieht und ich alle Freunde vor den

Kopf gestoßen habe. Vor allem dich. Bloß kehrten all die bösen Gefühle der Unzulänglichkeit mit einem Mal wieder zurück, und ich dachte, ich müsste alleine damit fertig werden.«

Er wartete einen Moment. »Darf ich etwas dazu sagen?«

»Meinetwegen.«

»Nicht du bist unzulänglich, sondern sie. Und zwar weil sie dich verlassen und sich vor der Verantwortung gedrückt hat. Dadurch entging ihr wiederum der ganze Reichtum, den ein Kind bedeutet, und deshalb ist sie jetzt arm dran. Eine Tochter, die sie ohne Vorbehalt und bedingungslos liebt, wäre ihr in einer schwierigen Situation ein Trost. Und sie müsste sich nicht ganz verlassen fühlen. Das alles hat sie durch eigene Schuld verspielt. Sie ist unzulänglich, Avery, nicht du.«

»Ja, schon …«

»Ich bin noch nicht fertig. Sie hat auch deinen Vater verlassen und sich einem anderen zugewandt. Hat Willy sich deshalb unzulänglich gefühlt und sich die Schuld gegeben? Ich denke nicht. Er ist selbstbewusst geblieben wie eh und je und hat sich bestimmt nicht in seinem Wert herabgesetzt gefühlt. Und so musst du es ebenfalls halten. Nimm dir ein Beispiel an ihm.«

In ihrem Innern löste sich ein Knoten. »Es hilft mir, wenn du das sagst.«

»Eines will ich abschließend hinzufügen: Ob glücklich oder traurig, wütend oder fröhlich, du bist immer du selbst. Und falls du dir einbildest oder dir wünschst, ich würde dich nur mögen, wenn es keine Probleme gibt, dann irrst du gewaltig. So laufen die Dinge nämlich bei mir nicht. Unsere Beziehung war nie oberflächlich und wird es nie sein. Erst recht nicht, seit sie sich in eine neue Richtung bewegt.«

Ein Gefühl der Scham überkam sie. »Ich hab's vermasselt.«

Er grinste. »Dieses eine Mal verzeih ich dir noch.«

»Danke. Dafür hast du einen groben Schnitzer bei mir gut.«

»Ich werde dich zu gegebener Zeit daran erinnern. Und jetzt noch eine letzte Sache: Denk bitte nicht mehr darüber nach, warum deine früheren Beziehungen gescheitert sind. Jetzt geht es bloß um dich und mich. Und falls du zu dem Ergebnis kommst, dass es nicht funktioniert, ziehst du dich gefälligst nicht einfach zurück, sondern sagst es mir ins Gesicht. Ich bin nicht irgendein Loser, den du abschütteln musst. Was du allerdings versucht hast.«

»Ich weiß nicht, ob das Absicht war. Und ich weiß auch nicht, was ich wirklich damit bezwecken wollte. Vermutlich hab ich einfach nicht nachgedacht. So oder so lief jedenfalls alles in die völlig falsche Richtung. Denn ja, es geht um dich und mich und um sonst nichts.« Sie legte eine Hand an sein Gesicht. »Und ich geb dir mein großes Ehrenwort, in Zukunft immer offen zu dir zu sein.«

Bei diesen Worten rückte sie näher an ihn heran, ließ sich auf seinen Schoß ziehen und schlang die Arme um seinen Hals. »Ich bin wirklich froh, dass du dich wie ein Tyrann benommen und mich einfach aus dem Restaurant geschleift hast. Auch wenn das ein bisschen peinlich war, fühl ich mich jetzt total erleichtert.«

»Du hast mir keine andere Wahl gelassen mit deinem schwachsinnigen Benehmen.«

»Es macht es für mich nicht leichter, wenn ich zu allem Überfluss beschimpft werde. Und außerdem: Durch deinen Anruf bei Beckett hast du schlafende Hunde geweckt. Dein Bruder will bestimmt ganz genau wissen, was bei uns los war.«

»Ach was, er freut sich schlicht und ergreifend über das Trinkgeld, das er als Pizzalieferant bekommen hat. Bei drei Kindern kann man jeden Cent gebrauchen«, sagte er grinsend.

Lachend nahm sie seine Hand, die er sogleich mit einem Schmerzenslaut zurückzog.

»O Gott, hab ich etwa so fest zugebissen?«, fragte sie und begutachtete die Wunde. »Nicht schlecht, würde ich sagen.«

»Ach ja?«

»Trotzdem war es deine eigene Schuld.«

»Noch einmal lass ich mich sicher nicht dermaßen übertölpeln.«

»Komm, ich werde die Wunde vorsichtshalber desinfizieren.«

»Später.« Er zog sie an seine Brust und blieb eine Weile still sitzen. Gott sei Dank schien alles wieder ins rechte Lot zu kommen. »Du hast nicht zufällig noch was von dieser Suppe übrig, die dein Dad bekommen hat?«

»Nein, die ist alle, aber ich kann dir Mesquite-Tomaten-Creme anbieten.«

»Klingt lecker, sollten wir uns allerdings für später aufheben.« Er neigte den Kopf zu ihr herunter und suchte ihren Mund.

Sie antwortete, indem sie ihre Lippen über seine Stirn und seine Wangen wandern ließ, und schälte ihn gleichzeitig aus seinem Hemd. Als sie ihren Kopf an seinen Hals legte, stieg ihr ein leichter Geruch nach Sägemehl in die Nase. »Das hat mir gefehlt«, murmelte sie.

Im Grunde hatten sie sich nur ein paar Tage nicht gesehen, doch ihr kam es wie Wochen vor. Zu tief war der Graben gewesen, der sie in dieser Zeit trennte. Und jetzt saß er plötzlich hier, und sie spürte seine Wärme und Stärke, während er ihr mit seinen starken Händen zielstrebig den Pullover über den Kopf zog.

Er war immer für sie da, erkannte sie. Zuverlässig und unerschütterlich. Und bereit, ihren Schmerz zu teilen und ihr zu zeigen, dass sie nicht alleine war mit ihrem Kummer und ihrer Angst. Und er verstand sie, obwohl sie das kaum für möglich gehalten hätte.

Was ihn betraf, so begriff er erstmals, wie verletzlich sie trotz ihres couragierten Auftretens war und welch tief sitzende Selbstzweifel sie plagten. Es war eine ganz neue Seite ihrer Persönlichkeit, die sich ihm in diesen Stunden offenbarte.

Sanft und beruhigend glitten seine Hände über ihren Körper und spürten ihren Rundungen und ihrem gleichmäßigen Herzschlag nach. Ihre Seufzer wärmten seine Seele, und als sie lächelnd sein Gesicht umfasste und ihn zärtlich auf die Lippen küsste, atmete er erleichtert auf. Das war wieder die alte Avery. Sein Mädchen.

Sie streichelte seinen Rücken und seine Hüften, ließ ihre Finger erneut nach oben wandern, als müsse sie sich seiner Größe und Stärke vergewissern. In dem Wunsch zu geben, einfach nur zu geben, schlang sie ihm die Arme fest um den Hals und hörte, dass er fluchte, als sie unsanft seine Wunde berührte.

Sie stieß ein ersticktes Lachen aus, und plötzlich fielen Trauer, Schuldgefühle, Ausreden und Ängste von ihr ab. Er und sie, nur sie beide. Sie schmiegte sich enger an ihn an, knabberte an seiner Schulter, drückte ihn rücklings aufs Bett. »Ich hab dich einfach zum Fressen gern.«

»Willst du es etwa heute auf die harte Tour?«

»Damit hast schließlich du angefangen, als du meintest, mich gewaltsam hier raufschleppen zu müssen. Aber jetzt wollen wir mal sehen, wie dir selbst das gefällt.« Sie packte seine Handgelenke und schob sich auf ihn.

»Fühlt sich bisher sehr gut an.«

Sie neigte ihren Kopf und näherte sich mit ihrem Mund dem seinen, um sich sogleich wieder zurückzuziehen. »Gefällt dir das auch noch?«

»Du suchst anscheinend Streit.«

Erneut neigte sie den Kopf und glitt mit ihrer Zunge über seine Brust. O ja, dachte er, während das Blut heiß und verlangend durch seine Adern schoss. Lockend und spielerisch, erregend und verführerisch nahm sie jeden Zentimeter seines Körpers in Besitz, während sie sich der Reste ihrer Kleidung entledigten. Mit abwechselnd schnellen, harten oder beinahe schmerzlich sanften Küssen brachte sie ihn beinahe um den Verstand. »Owen, Owen, Owen«, wisperte sie ein ums andere Mal berauscht von ihrer Macht und ihrer Lust.

Dann hob sie sich über ihn, um ihn tief in sich aufzunehmen. Er stöhnte und presste eine Hand auf ihr wild klopfendes Herz, während sie ihn zitternd auf den Mund küsste, dabei das Tempo ihrer rhythmischen Bewegungen ständig steigernd, bis ein ungeheures Glücksgefühl sie erfüllte und allen Kummer der letzten Tage vergessen machte.

Später reinigte sie seine Wunde, hüllte sich in ihren Morgenrock und stellte die Suppe auf den Herd. Dann deckte sie liebevoll den Tisch mit Kerzen, während Owen ihnen Rotwein einschenkte. Da inzwischen starker Schneefall eingesetzt hatte, würde er bei ihr übernachten.

Als sie sich hinsetzten, zeigte die Uhr beinahe Mitternacht. Entspannt und zufrieden genossen sie das späte Mahl, tranken ihren Wein, während der Rest der Welt unter einer dicken weißen Schneedecke versank.

17

Solange er denken konnte, hatte Owen gerne getüftelt und ausprobiert. Er besaß eine scheinbar angeborene Vorliebe für Details und Berechnungen, Pläne und Listen, womit er sich als Koordinator des Familienunternehmens geradezu empfahl. Deshalb hatte er auch nie ernsthaft erwogen, einen anderen Beruf zu ergreifen. Ja, er konnte sich nicht einmal eine Tätigkeit vorstellen, die ihm solche Befriedigung verschaffen und ihn mit solchem Stolz erfüllen könnte wie das, was er tat.

Auch die Zusammenarbeit mit den Brüdern liebte er. Natürlich waren sie nicht immer einer Meinung, stritten, schimpften aufeinander und beschwerten sich mit schöner Regelmäßigkeit übereinander, doch das tat ihrem grundsätzlichen Einverständnis und der gegenseitigen Wertschätzung keinen Abbruch. Am Ende zogen sie immer an einem Strang. Sie konnten sich aufeinander verlassen, wussten, wie die anderen dachten und arbeiteten, und selbst mit den jeweiligen Schwächen kamen alle gut klar.

Obwohl die Brüder Owen oftmals als pedantisch bezeichneten und genervt auf seinen Kontrollzwang reagierten, waren sie zumeist recht froh, dass er sich um Probleme kümmerte, die sie selbst lieber nicht am Hals haben wollten. Dazu gehörte auch Lizzy, der Hotelgeist.

Was anfangs mit Entsetzen registriert wurde, war mittlerweile fast alltäglich geworden, zumal die meist unsichtbare Lady sich als zwar temperamentvoll, aber durchaus umgänglich erwies und bisweilen sogar zum Nutzen der Bewohner Schicksal spielte.

Deshalb wollte man ihr einen Herzenswunsch erfüllen, der sie offenbar auf dieser Erde festhielt, und den verschollenen Billy für sie finden.

Nur wer zum Teufel war dieser Billy? Es gab keinerlei Anhaltspunkte, wann er gelebt hatte und was mit ihm passiert war und welcher Art seine Beziehung zu Elizabeth gewesen sein mochte.

Der Ring an ihrem Finger deutete auf eine Verlobung hin, konnte aber auch eine andere Bedeutung haben. Und weil sich alles ziemlich kompliziert gestaltete, erhielt Owen den Auftrag, sich der Sache anzunehmen und nachzuforschen, wer Billy und Elizabeth überhaupt waren.

Sie gingen davon aus, dass sie zumindest zeitweilig früher in dem alten Haus lebte. Schließlich hielten Geister sich, soweit man wusste, bevorzugt an Orten auf, wo sie bereits zu Lebzeiten gewohnt hatten. »Deshalb sollten wir hier vor Ort mit der Suche beginnen«, schlug Owen vor, der mit seinem Laptop im Speisesaal saß. »Vielleicht hilft Lizzy uns ja sogar.«

Hope nickte zustimmend und stellte einen Kaffeebecher neben seinem Ellenbogen ab. »Weshalb sollte sie sonst hier sein?«

»Ich hab mich ein bisschen auf den Webseiten zu übernatürlichen Erscheinungen umgesehen. Dabei stößt man auf die absurdesten Geschichten, die bestimmt zum größten Teil totaler Schwachsinn sind. In einer Hinsicht jedoch besteht Einigkeit: dass jene Menschen, die nach ihrem Tod, wie soll ich sagen, nicht in eine andere Welt übergetreten sind, zumeist dort bleiben, wo sie gestorben sind. Oder sie kehren an einen Ort zurück, der ihnen im Leben wichtig war. Allerdings sagt das noch nichts darüber aus, wer sie war. Die Hausherrin? Ein Gast? Personal ist in Anbetracht ihrer Kleidung wohl auszuschließen.«

»Sollte man nicht mit den Sterberegistern anfangen? Das wäre zumindest ein Anhaltspunkt«, schlug Hope vor.

»Da hätten wir viel zu sichten.«

»Wir könnten die Suche eingrenzen. So wie du ihre Kleidung beschrieben hast, müsste sie etwa zur Zeit des Bürgerkriegs eine junge Frau gewesen sein. Zwar trägt sie keinen richtigen Reifrock mehr, aber ein Kleid mit weitem, bauschigem Rock. Um 1870 kam das langsam aus der Mode.«

»Der Rock war vielleicht so weit ...« Owen breitete die Arme aus. »Falls ich mich nicht irre. Schließlich hab ich sie nur ganz kurz gesehen.«

»Sie sollte sich lieber mir mal zeigen«, meinte Hope. »Dann wüsste ich ziemlich sicher zu sagen, wann man so was getragen hat.« Sie war fast schon sauer, dass Lizzy für sie unsichtbar blieb. Obwohl sie doch praktisch Hausgenossen waren und unter einem Dach lebten. »Und was war mit den Ärmeln?«

»Den Ärmeln?« Owen runzelte die Stirn.

»Wie waren die Ärmel geschnitten? Lang, kurz, weit oder eher eng?«

»Hm, lass mich nachdenken … Sie waren lang und, wenn ich mich recht entsinne, ein bisschen bauschig.«

»Handschuhe? Trug sie Handschuhe?«

»Ich glaube nicht … Oder doch, ja, so etwas Ähnliches zumindest. Ohne Finger und aus Spitze. Sie sahen ein bisschen aus wie die Häkeldeckchen meiner Großmutter. Und jetzt, wo ich darüber nachdenke – da war auch noch ein Tuch.«

»Ein Schultertuch also. Und ein Netz, hast du gesagt.«

Er starrte sie mit großen Augen an. »Das soll ich gesagt haben?«

»Ja, du hast mir von einem Haarnetz erzählt.«

»Stimmt. Jetzt fällt's mir wieder ein.«

»Lass mich mal kurz an deinen Laptop«, sagte sie.

Owen nickte und schob die Tastatur zu ihr herüber, und während er seinen Kaffee trank, gab sie eine Reihe von Suchbegriffen ein.

»Wenn man all diese Details zusammennimmt, bin ich mir ziemlich sicher, dass es sich nur um die Zeit zwischen 1860 und 1865 handeln kann.«

Sie wandte sich wieder ihrer Suche zu, und Owen hing seinen Gedanken nach, als Hope ihn plötzlich anstieß. »Schau dir das an«, sagte sie und drehte den Bildschirm in seine Richtung. »Was meinst du?«

Neugierig studierte er das Bild. Es zeigte eine kleine Gruppe von Frauen, die in einem Salon versammelt waren. »Ich frag mich bloß, warum sie Sachen tragen, die eigentlich nur unbequem sein können.«

»Kennst du das Sprichwort ›Wer schön sein will, muss leiden‹? Das galt früher in sehr viel höherem Maße als heute.«

»Okay, genauso oder so ähnlich sah Lizzys Kleid aus. Der Rock und die Ärmel waren so wie bei dem da, nur hatte es einen hohen Kragen so wie dieses hier. Vielleicht war noch ein bisschen Spitze oder etwas in der Richtung dran.«

»Dann muss es etwa 1862 gewesen sein. Starten wir die Suche doch in diesem Jahr. Und bestimmt kannst du dich auf höhere gesellschaftliche Kreise beschränken, denn nur die trugen solche Kleidung«, fügte Hope mit einem neuerlichen Blick auf die Illustration hinzu. »Ich denke, wir können mit ziemlicher Sicherheit davon ausgehen, dass es sich bei unserer Lizzy um eine wohlhabende junge Frau handelte.«

»Mag sein, dass du recht hast. Danke für die Hilfe.«

»Gern geschehen. Jetzt muss ich zurück ins Büro, aber falls du mich noch mal brauchst …«

Eigentlich wollte Owen nur noch eine halbe Stunde weitersuchen, da Ryder auf der Baustelle auf ihn wartete, doch dann vergaß er alles um sich herum. Versank ganz in alten Akten, Zeitungsartikeln und Genealogien und blickte nur flüchtig auf, als Hope ihm neuen Kaffee und frisch gebackene Kekse brachte.

Erst Ryder vermochte ihn ernstlich aufzuschrecken.

Wütend stapfte er in den Raum und fiel gleich über seinen Bruder her. »Was zum Teufel hat das zu bedeuten? Ich rackere mich drüben ganz alleine ab, und du sitzt hier herum und stopfst Plätzchen in dich rein.«

»Oh. Tut mir leid. Ich hab wohl die Zeit vergessen, aber ich weiß jetzt, wer sie ist. Glaub ich zumindest.«

»Wer?« Ryder nahm sich einen Keks, und seine Stirn glättete sich.

»Du weißt schon.« Owen zeigte Richtung Decke. »Sie.«

»Um Himmels willen, Owen, wir haben alle Hände voll zu tun. Meinetwegen kannst du gerne nach Feierabend Geisterjäger spielen, doch nicht während der Arbeitszeit.«

»Es handelt sich vermutlich um Eliza Ford von den New Yorker Fords.«

»Freut mich, dass wir das geklärt haben.«

»Wirklich, Ry, ich geh davon aus, dass sie es ist. Sie starb hier Mitte September 1862 infolge irgendeines Fiebers, liegt allerdings in New York begraben. Sie wurde nur achtzehn Jahre alt. Eliza, Elizabeth, Lizzy. Schon seltsam, dass der Name, den ihr Beck verpasst hat, beinahe richtig ist, findest du nicht auch?«

»Ich bin hin und weg. Wenn sie bereits seit hundertfünfzig Jahren hier herumgeistert, könnte sie sicher noch ein wenig länger warten, bis wir ihren Billy suchen. Meinst du nicht?« Er griff nach Owens Becher und hob ihn an den Mund. »Igitt, der Kaffee ist ja kalt.«

»Ich werde noch kurz raufgehen. Vielleicht kommt sie ja und gibt zu erkennen, wie sie auf die Neuigkeiten reagiert. Für das, was ich in der Bäckerei zu tun habe, bleibt noch genügend Zeit. So viel, dass ich rechtzeitig um sechs bei Avery sein kann.«

»Ich freu mich zu hören, dass dein kleiner Job in unserer Firma noch in deinen Terminkalender passt.«

Ryders aggressiver Ton reizte ihn. »Ich weiß schon, wie viel Zeit ich für was brauche, das solltest du eigentlich wissen, und, verdammt noch mal, wir sind ihr etwas schuldig. Schließlich hat sie uns damals gewarnt, als

Sam bei Clare eingestiegen ist. Die Sache wäre deutlich schlimmer ausgegangen, wäre Beck nicht gerade noch rechtzeitig dort aufgetaucht.«

Seufzend nahm Ry seine Baseballkappe ab und raufte sich das Haar. »In Ordnung, sprich mit deiner toten Freundin, aber mach zu. Du könntest mich etwas versöhnlicher stimmen, falls du mir noch mehr von diesen Keksen organisieren würdest.«

»Die hat mir Hope gebracht. Frag sie«, sagte er unwirsch und beobachtete, wie sein Bruder leise schimpfend den Raum verließ.

Ein paar Minuten später schaltete er den Laptop aus und ging in den ersten Stock hinauf. Seine Recherchen hatten ergeben, dass die Sterberegister von Boonsboro für den fraglichen Zeitraum etwa ein halbes Dutzend junger Frauen verzeichneten. Und Eliza Ford war eine von ihnen. Als er ihren Namen las, stand für Owen sofort nahezu außer Frage, dass es sich nur um sie handeln konnte.

Oben angekommen, fiel ihm ein, dass er den Schlüssel für das von Elizabeth beanspruchte Zimmer, das derzeit nicht vermietet war, vergessen hatte. Er wollte schon kehrtmachen, als die Tür einladend aufschwang.

»Okay. Das soll wohl heißen, dass ich willkommen bin.« Geißblattduft umfing ihn, als er eintrat. Dann fiel die Tür mit einem leisen Klicken hinter ihm ins Schloss, und er zuckte leicht zusammen.

»Also«, sagte er. »Du hast inzwischen zweifellos gemerkt, dass das Hotel eröffnet wurde und auch in diesem Zimmer bereits Gäste waren, die sich hier wohlfühlten. Es scheint dich nicht zu stören, und das ist gut. Wir haben zwar noch viel Arbeit, aber trotzdem hab ich ein bisschen recherchiert. Um herauszufinden, wer du bist. Denn wir können erst nach Billy suchen, wenn wir mehr über dich wissen. Ist dein Name Eliza?«

Das Licht fing an zu flackern, und obwohl er das bereits kannte, sträubten sich unwillkürlich seine Nackenhaare. »Bist du Eliza Ford?«

Erst sah er nur eine verschwommene Silhouette, dann deutlich eine junge Frau, die knickste und ihn freundlich anlächelte.

»Dachte ich's mir doch! Eliza.«

Sie griff sich mit einer Hand ans Herz, und er hätte schwören können, dass sie leise Lizzy sagte.

»Lizzy war dein Kosename, nicht wahr?«

Jetzt hörte er ein leises »Billy«.

»Billy hat dich so genannt. Was für ein Billy?«

Sie griff sich beidhändig ans Herz und schloss unglücklich die Augen.

»Du hast ihn geliebt – so viel ist klar. Lebte er hier in Boonsboro, oder stammte er aus der Gegend? Hast du ihn besucht? Hielt er deine Hand, als du starbst, oder war er da vielleicht selbst schon tot?«

Schockiert riss sie die Augen auf, und Owen merkte, dass er etwas Falsches gesagt hatte. Aber was? Wusste sie nicht, dass sie und Billy nicht mehr am Leben waren? Durchaus möglich, wenn man Hinweisen in Büchern glaubte, die sich mit Geistererscheinungen beschäftigten. »Ich meine, hast du ihn hier getroffen? In diesem Haus?«

Ihre Gestalt verblasste, und nach einem Augenblick

schwang die Balkontür auf und fiel krachend wieder zu.

»Okay, jetzt muss ich erst mal nachdenken. Bis später«, sagte er und wandte sich zum Gehen.

»Das hast du wirklich gut hingekriegt, Owen Montgomery«, murmelte er auf dem Weg zurück ins Erdgeschoss. »Wirklich ungeheuer taktvoll. Na, Lizzy, wie ist es, tot zu sein? Verdammt.«

Er brachte seinen Laptop nach draußen in seinen Pickup und griff stattdessen sein Werkzeug, um im Nachbarhaus für seinen wenig einfühlsamen Umgang mit der toten jungen Frau zu büßen, indem er bis zur Erschöpfung den Hammer schwang.

»Das ist wirklich traurig.« Avery kippte die Marinade, die sie schon am Morgen vorbereitet hatte, über ihre Thunfischsteaks. »Sie war also erst achtzehn Jahre alt. Ich weiß, die Menschen wurden damals nicht so alt wie heute, und die Frauen haben deutlich eher geheiratet und Kinder zur Welt gebracht. Trotzdem. Achtzehn ist echt jung. Und du sagst, dass sie an einem Fieber gestorben ist?«

»Mehr konnte ich bisher nicht herausfinden. Eine kurze Zeitungsnotiz, weiter nichts. Doch jetzt, wo ich den Namen weiß, lässt sich sicher leichter etwas eruieren.«

»Eliza. Welch ein Zufall, dass ausgerechnet ihr Zimmer einer Elizabeth gewidmet ist. Und Lizzy wurde sie offenbar tatsächlich genannt.«

»Das gibt einem das Gefühl, als ob alles Schicksal war. Mom hat den Namen für das Zimmer ausgesucht, und Beckett hat sie deshalb erst Elizabeth und dann Lizzy genannt. Und niemand wusste, dass sie schon lange vor uns das Haus bewohnte.«

»Ich weiß nicht, ob das Schicksal die Hand im Spiel hat – mir ist es irgendwie unheimlich, wenngleich auf eine durchaus positive Art. Ich bin gespannt, was du sonst noch entdeckst.«

»Ich werde jetzt ihre Spur verfolgen. Was tat Eliza aus New York in Boonsboro? Kam sie her, um diesen Billy zu treffen? Oder lernte sie ihn hier kennen? Stammte er aus dem Ort, oder kam er nur zufällig in die Gegend? Lauter Fragen, die geklärt werden müssen.«

Während sie Salat wusch, blickte sie über die Schulter zurück zu ihm. »September 1862. Das könnte die Lösung sein.«

»Warum?«

»Owen.« Sie warf die Salatblätter zum Trocknen in ein Sieb und wandte sich ihm zu. »Jetzt denk mal nach!«

»Verdammt, daran hab ich noch gar nicht gedacht. Du hast recht: die Schlacht am Antietam.«

»Oder die von Sharpsburg, wie die Konföderierten sie meist nannten. Sie fand am 17. September 1862 statt, dem blutigsten Tag des ganzen Bürgerkriegs.«

»Es spricht also einiges dafür, dass Billy bei der Armee war, vermutlich bei der der Nordstaaten«, spann er ihren Gedanken weiter. »Sie könnte hergekommen sein, um ihn zu treffen. Schließlich sind die Menschen damals sogar losgezogen, um dem Schlachtgetümmel zuzuschauen. Bei einem gemütlichen Picknick Grauen live. Echt bizarr.«

»Was einmal mehr beweist, wie seltsam Menschen

sich bisweilen verhalten. Aber zurück zu Lizzy: Jedenfalls fallen ihr Todestag und das Datum der Schlacht zusammen. Vermutlich kam sie wirklich eigens her, um diesen Billy zu sehen, denn da hier keine Angehörigen der Ford-Familie leben, dürfte es sich kaum um einen Verwandtenbesuch gehandelt haben. Deshalb nahm sie auch im Hotel Quartier – damals wurde das Gebäude doch als Hotel genutzt, oder?«

»So könnte es gewesen sein. Fragt sich nur, ob Billy aus Boonsboro stammte, oder ob er mit der Armee herkam.«

»Letzteres halte ich für wahrscheinlich. Wir können wohl davon ausgehen, dass es sich um einen jungen Mann handelte, und die mussten damals alle zu den Fahnen eilen. Im Norden wie im Süden. Hier, probier mal.« Sie hielt ihm einen dünnen, knusprigen Fladen hin.

»Lecker. Wirklich lecker. Und was ist das?«

»Ein Experiment. Hauchdünn ausgerollter Pizzateig mit ein paar frischen Kräutern, der ganz kurz im Ofen war. Ich überlege, ob ich das in meinem neuen Restaurant anbieten soll. Das nur nebenbei. Was Billy angeht, so scheint es mir wahrscheinlich, dass sie ihn hier treffen wollte, es jedoch nicht mehr dazu kam. Warum auch immer. Hätte sie ihn nämlich gesehen, würde sie ihn nicht mehr suchen. Und bestimmt wäre Billy an ihre Seite geeilt, als sie krank wurde. Wo war er also?«

»Du meinst, er konnte sich nicht von seiner Einheit entfernen? Vielleicht hat er sie auch einfach im Stich gelassen. Weil er bereits anderweitig gebunden oder ihre Anhänglichkeit ihm lästig war.«

Ehe er nach dem nächsten Fladen greifen konnte, riss

sie ihm den Teller weg. »Das ist völlig unromantisch und lieblos gedacht. Wenn du solche Dinge sagst, kriegst du nichts mehr von meinem Brot.«

»Ich denk bloß über die verschiedenen Möglichkeiten nach.« Er rollte mit den Augen, weil sie ihm immer noch den Teller vorenthielt. »Okay, einigen wir uns darauf, dass es sich um eine Bürgerkriegsausgabe von Romeo und Julia handelte und ihre Liebe unter einem schlechten Stern stand.«

»Nein. Romeo und Julia passt nicht. Schließlich hat Lizzy nicht Selbstmord begangen. Und Billy vermutlich ebenfalls nicht. Denk dir was anderes aus.«

»Ich kann nicht nachdenken, wenn ich hungrig bin.«

Sie gab nach und stellte ihm den Teller wieder hin. »So oder so werden dir diese Überlegungen bei deiner Suche nicht wirklich helfen.«

»Zunächst einmal muss ich schauen, was ich noch über Eliza herausfinden kann, und danach sehen wir weiter.«

Er brach einen Fladen in der Mitte durch und bot ihr die eine Hälfte an. »Du könntest es Crack-Brot nennen. Wegen des Geräuschs, wenn man es bricht, und auch weil es süchtig macht.«

»Haha. Mal sehen. Jedenfalls ist es hervorragend geeignet, zusammen mit Grissinis vor dem Essen oder zu Drinks gereicht zu werden.«

»Nicht mehr lange, und es wird ernst. Wenn alles gut läuft, können wir nächste Woche drüben beginnen.«

»Nächste Woche? Echt? So schnell?« Sie strahlte ihn an.

»Langsam, zunächst handelt es sich bloß um das Einreißen von Wänden und andere grobe Arbeiten. Ich kann die Baugenehmigung morgen Nachmittag abholen.«

»O Mann!« Sie trat hinter dem Küchentisch hervor und sprang auf seinen Schoß. »Ich bin ja so glücklich!«

Als sie ihren Mund wieder von seinen Lippen löste, blickte er sie grinsend an. »Ich kann es kaum erwarten, womit du dich revanchierst, wenn es an die Fertigstellung geht.«

»Owen.« Seufzend schmiegte sie sich an ihn an. »Es wird bestimmt eine verrückte Zeit – und wahrscheinlich werde ich selbst dabei ein bisschen verrückt.«

»Bist du das nicht immer?«

Sie kniff ihm in die Wange und rutschte von seinem Schoß. »Ich will nur, dass du dann nicht etwa denkst, es liegt an dir oder an unserer Beziehung, wenn ich gelegentlich ein bisschen seltsam bin.«

»Okay.« Er erhob sich. »Was mir gerade einfällt: Hat deine Mutter eigentlich deinem Dad ihre Adresse oder Telefonnummer geschickt?«

»Nein, bisher nicht.« Sie zuckte mit den Schultern. »Mag ja sein, dass sie noch keine Wohnung gefunden hat, oder sie will ihm ihren neuen Aufenthaltsort nicht verraten. Alles möglich. Es ging ihr sowieso im Grunde letztlich in erster Linie um das Geld. Ob sie auf weiteren Kontakt wirklich Wert legt, wie sie behauptete, scheint mir zweifelhaft. Ich kann nicht genau sagen, ob mich das kränkt«, fuhr sie mit rauer Stimme fort. »Auf jeden Fall ist es kein schöner Gedanke. Genauso wenig wie deine Unterstellung, Billy habe Lizzy womöglich gar nicht sehen wollen. Aber es gibt genügend Unerfreuliches auf der Welt, und zur Abwechslung täte mir ein bisschen Optimismus gut.«

»Dann gehen wir zumindest bei unserem Liebespaar aus Bürgerkriegszeiten davon aus, dass es kein böser Wille, sondern ein unbarmherziges Schicksal war.«

»Das gefällt mir deutlich besser. Was mich betrifft: Falls ich nie wieder von meiner Mutter hören sollte, wäre es für mich bestimmt kein Schicksalsschlag, weil sie einfach nicht mehr wichtig für mich ist.«

»Doch es schmerzt trotzdem. Und ich hasse es, das sehen zu müssen.«

»Was ich hasse, ist die Tatsache, dass ein Mensch, dem ich anscheinend nicht das Mindeste bedeute, eine derartige Macht über meine Gefühle hat. Nun ja, ich werde es überleben. Und jetzt genug davon. Schwamm drüber.«

Sie machte mit ihren Händen eine Bewegung, als würde sie die Erinnerung an ihre Mutter symbolisch wegwischen wollen. »Willkommen in MacT's Testküche. Ich bin heute Abend Köchin, Kellnerin und Sommelier in einer Person.«

»Alle Achtung.«

»Und wenn du Glück hast, nach dem Essen noch etwas mehr.«

»Scheint so, als ob ich heute ein echter Glückspilz bin.«

»Es gibt gebeiztes Thunfischsteak mit Pfefferkruste auf einem Bett aus grünem Salat und Gemüsestiften mit einer Champagnervinaigrette.«

»Wow. Wenn der Rest des Abends genauso gut wird …«

Sie ignorierte seine Anspielung. »Und als Vorspeise empfehle ich meinen hoffentlich in absehbarer Zeit berühmten Krabben-Artischockenherzen-Cocktail und dazu einen fruchtigen Sauvignon Blanc.«

»Mir läuft das Wasser im Mund zusammen.«

»Aber du musst mir ehrlich sagen, wie es schmeckt.«

»Versprochen.«

Lächelnd nahm sie eine Pfanne für den Thunfisch aus dem Schrank. »Dann wollen mir mal sehen, was der Abend uns noch so bringt.«

Unversehens war es März geworden. Die Nachforschungen über Eliza Ford und den unbekannten Billy lagen mehr oder weniger auf Eis, denn Owen fand kaum noch Zeit für Recherchen. Zu viel war zu tun: zum einen in dem Nebenhaus mit Bäckerei und Wohnungen, zum anderen in Averys neuem Laden, wo erst einmal ein durchgehender Raum geschaffen werden musste, und nicht zuletzt in Becketts Haus. Je näher der April und die Hochzeit rückten, umso öfter arbeiteten sie dort mit Hochdruck, damit alles rechtzeitig fertig wurde.

Eines Sonntagsnachmittags wurde es plötzlich warm, und der geschmolzene Schnee verwandelte das Grundstück in ein Meer aus Schlamm. Die Männer legten im Haus Pappe aus, um das glänzende Parkett zu schonen.

»Sieht alles gut aus«, stellte Beckett fest. »Morgen werden die Arbeitsplatte in der Küche und die Waschtische in den Badezimmern eingebaut. Mit etwas Glück schaffen wir es, dass bis zur Hochzeit alles fertig ist.«

»Keine Sorge, das kriegen wir hin.« Owen, der Spezialist für Terminpläne, gab sich zuversichtlich. Knapp, aber machbar, lautete seine Einschätzung.

»Wenn du das Haus nicht jahrelang halb fertig hättest stehen lassen, bräuchte sich jetzt niemand dermaßen den Arsch aufzureißen«, hielt Ryder seinem Bruder zum wiederholten Mal vor.

»Ja, okay. Ist nun mal so gelaufen. Doch im Nachhinein finde ich es besser, dass das Haus nicht fertig war. Ich hätte seinerzeit schließlich nicht für eine ganze Familie, sondern für mich alleine gebaut. Änderungen wären also ohnehin fällig gewesen. Außerdem ist es sehr schön, dass Clare bei der Ausgestaltung und Einrichtung mitreden kann.«

»Sagt der Mann, der sich darauf gefasst macht, bald unter dem Pantoffel zu stehen.«

»Nein. Sagt der Mann, der bald die Liebe seines Lebens heiraten wird.« Beckett schaute sich zufrieden in der Küche um. »Das Licht ist gut und die Größe perfekt. Ich freu mich echt darauf, endlich wieder mehr Platz zu haben. In Clares Haus gibt es keine einzige Ecke, in der man nicht auf Kinder oder Hunde tritt.«

»Und du denkst, dass sich das nach dem Umzug ändern wird?«, erkundigte sich Owen skeptisch.

»Nein.« Er dachte kurz nach und lachte. »Ist auch okay für mich, und ich freu mich sogar darauf. Trotzdem wird es hier angenehmer, weil sich alles mehr verteilt und vielleicht doch ein paar Ecken frei bleiben von Kinder- und Hundespielzeug. Einen Monat noch, und dann ist es so weit.«

»Was ist eigentlich mit einem Junggesellenabschied?« Ryder schob die Daumen zwischen Hosenbund und Werkzeuggürtel und sah Beckett fragend an. »Ich hör immer nur von Planungen für Clares Abend mit den

Weibern. Müssen wir dich nicht ebenfalls ordentlich verabschieden, bevor du dich ins große Abenteuer stürzt?«

»Ich arbeite einen Plan aus«, rief ihm Owen in Erinnerung.

»Was gibt's da großartig zu planen? Warum besuchen wir nicht einfach irgendeine Tittenbar? Das ist nicht ohne Grund ein echter Klassiker für solche Anlässe.«

»Poker, Zigarren und Whiskey – wenn's dem Bräutigam gefällt.«

»Okay, aber bitte keine Stripperinnen«, schränkte Beckett ein. »Das käme mir irgendwie unpassend vor.«

»Du brichst mir das Herz.«

»Wenn du an der Reihe bist, kriegst du eine Stripperin, okay?«

»Dann werde ich zu alt sein, um mich noch an ihrem Anblick zu erfreuen. Weil ich mich nicht auf so ein Wagnis einlasse, bevor ich mich dem Rentnerdasein nähere. Wobei ein Mann angeblich nie zu alt für die Reize nackter Frauen ist. Also merkt euch das.«

In diesem Moment sahen sie ihre Mutter vollbepackt vor der Terrassentür stehen. Owen öffnete ihr und nahm ihr die prall gefüllte Isotasche und die große Thermoskanne ab.

Justine nickte ihren Söhnen zur Begrüßung zu und sah sich mit großen Augen um. »O Beckett, es ist einfach großartig geworden.«

»Ohne uns hätte der Kerl das nie geschafft«, mischte sich Ryder ein.

»Genau. Einer für alle und alle für einen, so ist es richtig«, stimmte sie ihm fröhlich zu und blickte wieder Beckett an. »Wenn es ganz fertig ist, wird es ein wunderschönes Zuhause für eine Familie. Ihr alle habt unglaublich viel geleistet.«

»Soll ich dich herumführen? Du warst immerhin seit ein paar Wochen nicht mehr hier. Inzwischen hat sich so einiges getan.«

»Gerne, aber erst sollten wir etwas essen. Ich hab Minestrone, Schinken-Käse-Sandwichs und Apfelkuchen mitgebracht.«

»Du bist einfach die beste Mom der Welt.« Ryder machte sich bereits an der Tasche zu schaffen.

»Ich werde mich mit einer Suppe begnügen.« Owen legte eine Hand auf seinen Bauch. »Seit ich für Avery den Restaurantkritiker spiele, esse ich deutlich mehr als sonst. Hinzu kommt, dass ich in letzter Zeit weniger Sport treibe als früher.«

»Apropos Sport«, warf Justine ein, während sie Löffel, Pappteller und Suppenschalen aus ihrer riesigen Tasche zog. »Es gibt da etwas, über das ich mit euch reden will. Kalte Getränke sind übrigens im Wagen.«

»Wir haben genug hier.« Beckett öffnete die Kühlbox, die in einer Ecke stand.

»Auch eine Cola light?«

»Was sollten wir denn wohl damit?«, fragte Ryder und schüttelte verständnislos den Kopf.

»Ach, was soll's – gebt mir einfach, was ihr habt«, beschloss Justine. »Die Kalorien bekomm ich mit Sport wieder weg. Spätestens in ein paar Monaten, sobald das Fit Boonsboro eröffnet hat.«

Ryder verschluckte sich beinahe an seinem Schinken-Käse-Sandwich und sah seine Mutter strafend an. »Mom!«

Lächelnd füllte Justine Suppe in eine der Schalen und hielt sie Owen hin. »Wusstet ihr eigentlich, dass das Gebäude hinter dem Hotel, mit dem wir uns momentan den Parkplatz teilen, zu verkaufen ist?«

Beckett seufzte. »Mom.«

»In diesem Zusammenhang kam mir der Gedanke, dass es in Boonsboro und Umgebung nirgendwo ein Fitnessstudio gibt. Die Leute müssen ewig mit dem Auto fahren, um zu trainieren. Und Hope hat mir erzählt, dass schon einige Gäste nach so einem Studio gefragt haben.«

Owen starrte seine Schüssel an. »Mom!«

Justine scherte sich nicht einen Deut um die wenig begeisterten Reaktionen ihrer Söhne. »Im Augenblick wirkt das Gebäude nicht besonders attraktiv und bietet zudem vom Hotel aus keinen schönen Anblick. Aber das ließe sich ändern. Vor allem könnten wir das ganze Hofareal ansprechender gestalten.«

»Findest du es nicht übereilt, jetzt schon wieder Neues in Angriff zu nehmen? Die Bäckerei ist noch nicht fertig, vom Restaurant ganz zu schweigen«, rief Owen ihr in Erinnerung.

»Von allen meinen Söhnen müsstest du am ehesten verstehen, wie sinnvoll es ist, langfristig zu planen. Vorerst steh ich sowieso nur in Verhandlungen mit den Besitzern. Ihr könnt ganz beruhigt sein: Ohne Rücksprache mit euch würde ich nichts unterschreiben. Doch sofern alles glattläuft, könnte Beckett sich an die Entwürfe machen, sobald er von seiner Hochzeitsreise zurück ist.«

»Mom, wirklich.« Beckett konnte es nicht fassen. »Warst du in letzter Zeit mal in dem Haus?«

»Allerdings. Und ich weiß sehr wohl, dass man einiges

an Arbeit investieren müsste. Aber seht es mal so: Wir sind inzwischen schließlich Experten für alte Gebäude, und so kompliziert wie die Renovierung des Hotels wird es bestimmt nicht.«

»Man sollte diesen Kasten höchstens kaufen, um ihn abzureißen«, brummte Ryder.

»Du weißt, dass das nicht stimmt. Entkernen ja, abreißen nein.«

»Wie ich sehe, bist du fest entschlossen, auch ohne Rücksprache mit uns, und scheinst bereits recht konkrete Vorstellungen zu haben.«

Sie sah Owen lächelnd an. »Nur ein paar Ideen. Mir schwebt ein kleineres Studio vor, individueller als die großen Ketten, und doch auf dem neuesten Stand. Ein modernes Fitnessstudio mit Kleinstadtcharme. Und natürlich mit einem großen Angebot an Kursen.«

»Dafür braucht man Personal. Trainer, Physiotherapeuten, was weiß ich.«

»Überlasst das einfach mir.« Justine war nicht zu bremsen. »Ich denke an einen großen Übungsraum, eine kleine Spielecke für Kinder und vielleicht einen Massageraum im ersten Stock und an einen Fitnessbereich mit diversen Geräten, einschließlich Saunaanlagen und Ruheraum für Damen und Herren. Uns wird schon das Richtige einfallen, nicht wahr?«, sagte sie und tätschelte Beckett aufmunternd die Wange.

»Steht zu befürchten.« Er seufzte. »Aber erst musst du den Zuschlag für das Gebäude kriegen.«

Ihr Lächeln wurde noch ein wenig breiter. »Das überlasst ebenfalls mir. Und wie sieht's jetzt mit der Hausbesichtigung aus?«

»Na, dann los. Am besten fangen wir oben an und arbeiten uns nach unten vor.«

Stirnrunzelnd sah Ryder ihr hinterher, als sie mit Beckett verschwand. »Verdammt. Ich geb es ja nicht gerne zu, aber die Idee ist wirklich gut.«

»Das sind ihre Ideen fast immer«, meinte Owen, »aber leider auch stressig. Das würde auf jeden Fall bis Ende des Frühjahrs, Anfang des Sommers dauern, bis Beck die Pläne fertig hätte, vermute ich mal.«

»Gott sei Dank. Allerdings freu ich mich schon darauf, die Bude zu entkernen«, überlegte er. »Ist zwar kein richtiger Abriss, jedoch nahe dran. Voraussetzung für das Ganze ist meiner Meinung nach allerdings, dass die Bäckerei bis dahin verpachtet wird. Außer es kommt Mom urplötzlich in den Sinn, eigenhändig Kuchen und Brot zu backen und zu verkaufen.«

»Ich wüsste vielleicht jemanden. Eine Bekannte von Avery, die aus Washington hergezogen ist. Eine gelernte Konditorin, die sich gerne in der Gegend selbstständig machen möchte.«

»Noch so eine Tussi aus der Großstadt?«, meinte Ryder skeptisch. »Und wie sieht sie aus?«

»Uninteressant in diesem Fall – sie ist verheiratet.«

»Sehr gut, dann nimm sie mal unter die Lupe. Wir müssen jetzt arbeitsteilig vorgehen, nachdem Beck Moms neuesten Plan am Hals hat. Was mich betrifft, kümmere ich mich darum, dass unser Bruder hier wirklich in einem Monat einziehen kann. Ich bete bloß inständig, dass unserer Mutter nicht nur irgendwann die Ideen, sondern auch die alten Häuser ausgehen.«

»Darauf solltest du dich lieber nicht verlassen«, warnte Owen lachend und nahm sich trotz seiner Vorsätze ein Schinken-Käse-Brot.

»Ein Fitnessstudio?«, fragte Hope.

»Wenn es nach Justine geht, ja. Vorausgesetzt natürlich, sie bekommt das Haus.« Avery und Hope saßen im Speisesaal und gingen die Pläne für den Junggesellinnenabschied der Freundin durch. »Owen sagt, dass es unmöglich ist, sie von der Idee abzubringen.«

»Für das Hotel wäre es nur gut, wenn man nicht immer ein so hässliches Gebäude im Blick hätte. Allein die grüne Fassade! Die würde doch zumindest frisch gestrichen, oder?«

»Bestimmt. Und soviel ich weiß, soll außerdem das Flachdach durch ein Satteldach ersetzt werden.«

»Aus meiner Sicht eine Superidee. Nicht nur wegen der Optik, sondern weil ich zudem gerne mal wieder ins Fitnessstudio gehen oder einen Yogakurs besuchen würde. Vor dem Fernseher mit einer DVD Übungen zu machen ist nicht sonderlich inspirierend.«

»Da schließe ich mich dann an – Yoga wollte ich immer schon mal ausprobieren. Früher dachte ich, dass man noch wächst, wenn man sich richtig streckt, aber die Hoffnung hab ich längst aufgegeben. Zurück zu Clares Party: Ich könnte alles, was wir jetzt notiert haben, Ende der Woche beim nächsten Großeinkauf für meinen Laden besorgen. Soll ich?«

»Das wäre perfekt. Wird bestimmt ein tolles Fest: gutes Essen und viel Sekt, überall Blumen, eine witzige Deko und ein paar alberne Preisspiele – ein richtiger Junggesellinnenabschied eben.«

»Und bevor wir uns versehen, ist Clare unter der Haube«, meinte Avery ein wenig wehmütig.

»Und wie sieht's bei dir und Owen aus? Habt ihr schon über so was nachgedacht?«

»Nein, nein«, erklärte Avery abwehrend. »Alles super und schön, wie es ist. Besser könnte ich es mir nicht wünschen. Aber heiraten? Ich weiß nicht, ob ich das überhaupt will. Irgendwann zusammenziehen, das schon.«

»Warum nur entsteht bei deinen Worten der Eindruck, dass du etwas behauptest, woran du selbst nicht glaubst. Du liebst ihn doch! Tu also nicht so unverbindlich.«

»Das will ich gar nicht bestreiten, doch ich muss erst noch meine Uraltliebe zu Owen mit dieser neuen Liebe zusammenbringen, was mir nach wie vor recht schwerfällt.« Jetzt war es raus. Sie hatte zugegeben, dass sie diesen Mann liebte. Einfach so. »Ich muss mich erst daran gewöhnen und zudem sehen, ob das Gefühl zwischen uns von Dauer ist. Alles braucht seine Zeit, und man sollte nichts übers Knie brechen. Zumal wir beide bis zum Hals in Arbeit stecken.«

»Ich dachte, du liebst es, viel um die Ohren zu haben, und Owen geht es nicht anders. In dieser Hinsicht seid ihr euch ähnlich.«

»Was ja nicht unbedingt von Nachteil sein muss.«

»Himmel nein, ganz im Gegenteil. Immer wenn ich euch zwei zusammen sehe, finde ich, dass ihr perfekt zueinanderpasst. Und dann wünsche ich dir, dass du die Chance ergreifst.«

Ein wenig nervös wischte sich Avery die Hände an den Oberschenkeln ab. »Du machst mir ein bisschen Angst.«

»Das liegt mir fern, und du sollst dir auch Zeit lassen. Nur gibt es meines Erachtens keinen Grund für langes Überlegen. Wenn Owen dich nicht fast noch mehr liebt als du ihn, dann zweifle ich an meiner Menschenkenntnis und an meiner Eignung für einen Job in einem Hotel.«

»Falls du nicht aufhörst, werde ich mich revanchieren und dich mit Ryder verkuppeln.«

»Jetzt machst du mir große Angst – und deshalb kommt kein einziges Wort mehr über meine Lippen.«

18

Avery gönnte sich eine zusätzliche Stunde in Owens bequemem Bett. Sie hatte noch ein bisschen länger Zeit, während Owen bereits früh wegmusste. Sehr früh sogar, denn er wurde um sieben Uhr bei einer Besprechung erwartet.

Es ging um die Baumaßnahmen in ihrem künftigen Restaurant, weshalb sie kurz erwogen hatte mitzufahren. Natürlich war sie neugierig, doch sie wusste zugleich, dass sie bei der Besprechung störte. Sie würde einfach später kurz vorbeischauen.

Sie kuschelte sich unter die Decke und ließ ihre Gedanken schweifen. In weniger als einem Monat heiratete Clare: Sie und Beckett würden einander das Jawort geben, eine Familie gründen, eine Art Wunder feiern.

Die Liebe zwischen zwei Menschen kam Avery stets wie ein Wunder vor, doch hatte sie bislang daran gezweifelt, ob es so etwas wirklich gab. Erst als sie miterlebte, wie Clare und Beckett sich fanden, gab ihr das den Mut, auch für sich auf dieses Wunder zu hoffen. Und wer weiß, vielleicht würde sie ebenfalls eines Tages mit dem Mann ihres Lebens in ein Tropenparadies fliegen, um dort romantische Flitterwochen zu verbringen.

Überhaupt könnte sie sich mal wieder einen Urlaub gönnen wie alle anderen Leute auch, dachte sie, während sie zum Fenster schaute und den grau verhangenen, trüben Himmel sah. Sobald das neue Restaurant problemlos lief, würde sie sich für die viele Arbeit belohnen und irgendwohin fliegen, wo es jede Menge Sonne, weiße Strände und leuchtend blaues Wasser gab. An einen Ort, wo sie noch nie gewesen war und wo niemand sie kannte.

Und vielleicht käme Owen ja mit.

Avery träumte, wie es sein würde mit ihm, wenn es nichts zu tun gab und keine Verwandten und Freunde ihr Recht forderten. Wenn da nichts wäre außer ihm und ihr und ringsum nichts als Einsamkeit – wenn sie Fremde wären unter Fremden in einem fernen, exotischen Paradies.

Clare und Beckett hatten sich für die Karibikinsel St. Kitts entschieden. Und anschließend wollten sie mit den Jungen noch einen einwöchigen Urlaub anhängen. Eine Familienhochzeitsreise, wie Murphy das nannte. Auch nicht schlecht, dachte Avery, vor allem in einem Fall wie diesem, denn schließlich heiratete Beckett ja tatsächlich eine Familie.

Von dem Paar, das sein Happy End gefunden hatte, wanderten ihre Gedanken zu Lizzy, die seit etwa hundertfünfzig Jahren im BoonsBoro Inn gefangen war, weil sie auf ihren Billy wartete. Hatten sich die zwei geliebt, bevor eine Tragödie über sie hereinbrach? Oder war des Rätsels Lösung am Ende gar nicht romantisch, sondern höchst desillusionierend, wie Owen es unterstellen wollte? Hatte das Mädchen womöglich von einer Liebe fürs Leben geträumt, während der junge Mann seiner Wege ging?

Jeder träumte schließlich von einem Märchenprinzen, sie nicht ausgenommen. Zumindest als Kind hatte sie das getan. Bis sie begriff, dass es Wunder wie im Märchen in der Wirklichkeit nicht gab. Es sei denn, man bewirkte sie selbst, und zwar durch Fleiß, Zielstrebigkeit und Ausdauer.

Avery hatte ihre Lektion gelernt und war gut damit gefahren. Zufrieden streckte sie sich noch einmal und beschloss, dass es Zeit war aufzustehen und an weiteren Wundern zu arbeiten.

Sie richtete sich im Bett auf und sah, dass Owen den Kamin angezündet hatte. Er war so fürsorglich, so bemüht um ihr Wohlbefinden und ihre Bequemlichkeit. Sie konnte sich wirklich glücklich schätzen, dass ein solcher Mensch Teil ihres Lebens geworden war.

Als ihr Handy den Eingang einer SMS meldete, galt ihr erster Gedanke ihm, doch die Nachricht kam von Clare. Die Freundin bat sie, auf dem Weg nach Hagerstown, wo sie den Großeinkauf erledigen wollte, noch kurz bei ihr im Buchladen vorbeizuschauen. Warum, das schrieb sie nicht.

Sie sprang unter die Dusche, zog Jeans, Bluse und Pullover an und begutachtete kritisch ihr noch feuchtes Haar. Die letzte Tönung war inzwischen leicht verblasst – Zeit für eine neue Farbe. Im Drugstore würde sie anhand der Farbpalette prüfen, welcher Farbton ihrer aktuellen Stimmung am ehesten entsprach.

Als sie in die Küche kam, fand sie warm gestellten Kaffee vor. Sie lächelte. Auf Owen war eben Verlass. Außer ihrem Vater gab es sicher keinen Mann auf der ganzen weiten Welt, der so verlässlich und solide war wie er. Und weil sie ihrer Freude irgendwie Ausdruck verleihen zu müssen glaubte, malte sie auf die Schiefertafel an der Wand spontan ein Herz mit ihrer beider Initialen. Dann trank sie schnell einen Becher Kaffee, löffelte einen Joghurt und zog Mantel, Schal und Stiefel an.

An der Haustür entdeckte sie einen gelben Haftzettel. »Es soll heute regnen«, hatte Owen darauf notiert. Auch das war typisch für ihn, dachte sie und griff nach dem bereitstehenden Schirm.

Auf halbem Weg nach Boonsboro klatschten bereits die ersten dicken Regentropfen gegen ihre Windschutzscheibe. Owen hatte mal wieder recht behalten. Trotzdem sprang sie, ohne an den Schirm zu denken, wenig später aus dem Wagen und hastete durch den Regen zum Laden der Freundin. Als sie sich drinnen gerade die Nässe aus den Haaren schüttelte, kam Clare aus dem im ersten Stock gelegenen Büro herunter. »Der Kaffee ist fertig.«

»Ich hab zwar schon welchen getrunken, aber eine Latte macchiato könnte ich noch vertragen.«

»Geht in Ordnung«, sagte Clare. »Und danke, dass du vorbeigekommen bist.«

»Kein Problem. Bei der Gelegenheit schau ich gleich drüben rein. Sie beginnen nämlich heute mit dem Rausreißen der Trennwände.«

»Ich weiß, Beckett hat es mir erzählt.« Während Clare die Milch aufschäumte, betrachtete Avery die Bestseller im Schaufenster.

»Ich brauch dringend einen freien, möglichst regnerischen Nachmittag, damit ich endlich mal wieder zum

Lesen komme. Wobei mir das Buch, das wir gerade im Buchclub lesen, nicht wirklich gefällt. Wie soll ich mich zum Elend eines anderen Menschen stellen? Froh sein, dass es mir besser geht? Oder traurig, weil ich nicht helfen kann? Auf alle Fälle hat mich die Lektüre total deprimiert.«

»Mir ist es ähnlich ergangen. Es hat mich an Lebertran erinnert, der angeblich gut für mich war, den ich aber trotzdem kaum runterbekam. Mag ja sein, dass man Nutzen oder Lehren aus diesem Buch zu ziehen vermag, doch ich selbst fand es nicht gut für mich.«

»Genau.« Avery nahm einen Thriller aus dem Schaufenster und überflog den Klappentext. »Außerdem will ich, wenn ich gemütlich auf der Couch liege und lese, keinen Lebertran, sondern heiße Schokolade oder ein Eis mit Karamellsoße. Jetzt, wo ich davon rede, merk ich, wie hungrig ich bin.«

Sie wandte sich wieder der Freundin zu und streckte lächelnd eine Hand nach ihrem Becher aus. »Danke. He, du siehst ein bisschen fertig aus.«

»Ich bin heute Morgen nicht ganz auf dem Damm.«

»Fang dir um Gottes willen nichts mehr ein.« Avery bedachte sie mit einem sorgenvollen Blick. »Du heiratest in weniger als einem Monat und darfst unter keinen Umständen krank werden.«

Clare schüttelte den Kopf. »Ich hab mir nichts eingefangen – jedenfalls nicht so, wie du denkst. Das Wort Umstände war gar nicht so falsch von dir gewählt.« Sie atmete tief durch. »Ich bin nämlich schwanger.«

»Was? Jetzt? Schwanger wie in *Baby an Bord*?«

»Ja. Ganz genau.« Lachend griff Clare sich an den

Bauch und sah plötzlich kein bisschen blass und kränklich, sondern kerngesund und strahlend aus.

»O Clare, du Heuchlerin. Dir geht's total gut.« Avery stellte ihren Kaffeebecher hin, lief hinter den Tresen und schlang Clare die Arme um den Hals. »Ich freu mich für dich. Seit wann weißt du es? Wie weit bist du? Was hat Beck gesagt?«

»Ich weiß es gerade erst, bin also ganz am Anfang, war bisher nicht beim Arzt und hab Beckett bislang nichts davon gesagt.«

»Warum nicht?«

»Weil du mir einen Gefallen tun musst. Du fährst doch gleich nach Hagerstown, oder?«

»Ja. Zum Einkaufen.«

»Könntest du mir dort bitte einen Schwangerschaftstest besorgen?«

»Du hast noch keinen gemacht? Wieso bist du dir dann so sicher?«

»Weil mir schon zum zweiten Mal in Folge nach dem Aufstehen übel war. Ich kenn die Symptome, denn schließlich verfüge ich über einige Erfahrung. Außerdem bin ich ständig müde, und mein Körper fühlt sich ... irgendwie anders an. Ich weiß nicht, wie ich es beschreiben soll«, sagte sie und betastete Bauch und Busen. »Bevor ich es Beckett verrate, will ich sichergehen, dass es kein Fehlalarm ist. Und hier oder in Sharpsburg möchte ich nicht in die Apotheke gehen, du weißt schon ...«

»Es würde sich sofort herumsprechen.«

»Genau, und weil du sowieso nach Hagerstown fährst, dachte ich, du könntest mir so einen Test besorgen.«

»Mit Vergnügen. Wow. Hochzeit, erste Flitterwochen

zu zweit, zweite Flitterwochen mit den Jungs und jetzt zusätzlich ein Baby an Bord. Beckett wird außer sich sein, oder?«

»Vor Freude hoffe ich.« Sie holte ein Ginger Ale aus dem Kühlschrank unter dem Tresen. »Eigentlich hatten wir noch ein paar Monate warten wollen, aber offensichtlich haben wir nicht ernsthaft aufgepasst. Wenn ich richtig gerechnet habe, werden wir im nächsten Januar zu sechst sein.«

»Darf ich es Hope erzählen, wenn ich sie später treffe? Wenn nicht, ist es auch kein Problem.«

»Warten wir lieber das Testergebnis ab. Sobald Beckett es weiß, kannst du es ihr erzählen.«

»Okay, bis dahin wird mein Mund versiegelt sein. Das ist eine wirklich gute Nachricht. Eine wunderbare Nachricht sogar«, sagte sie und schlang Clare erneut die Arme um den Hals. »Ich werde gleich losfahren, ohne zur Baustelle zu gehen. Damit du deinen Test so schnell wie möglich bekommst. Ich bin ja so schrecklich gespannt und beeil mich auch nach Kräften. Junge, Junge!«

»Es wäre mir lieber, wenn du ›Mädchen, Mädchen‹ denken würdest«, meinte Clare lächelnd. »Ich weiß, dass es eigentlich total egal ist, aber ich hoffe sehr auf eine kleine Tochter.«

»Dann mach dir einfach rosige Gedanken«, riet Avery. »Ich bin so schnell wie möglich zurück.«

»Warte, ich geb dir einen Schirm. Draußen schüttet es immer noch.«

»Schon gut. Ich hab einen im Auto.« Sie rannte durch die Tür und war klitschnass, bis sie wieder hinter dem Steuer ihres Wagens saß.

Trotzdem war sie während der ganzen Fahrt nach Hagerstown in glänzender Laune.

Auch Owen befand sich auf dem Weg nach Hagerstown. Er hatte sich kurzfristig dazu entschlossen, weil ihnen einiges an Material fehlte und die Brüder für den Moment ganz gut ohne ihn klarkamen.

Er bedauerte, dass ihm das nicht früher eingefallen war, denn sonst hätte er gemeinsam mit Avery fahren können. Hoffentlich war sie nicht ohne Schirm los, dachte er, als er in den strömenden Regen schaute. Was ihn betraf, er zog dieses Wetter auf alle Fälle dem Schnee vor, der noch immer ganze Regionen von Maryland unter sich begrub.

Er wusste, dass Avery Spätschicht hatte, und so nahm er sich schon einmal vor, abends im Vesta zu essen und anschließend in ihrer Wohnung noch ein bisschen Papierkram zu erledigen, bis sie das Restaurant abschloss. Inzwischen war ihre Beziehung so weit gediehen, dass sie einander ungefragt besuchten und voraussetzten, dass sie willkommen waren. Auch über Nacht.

Ob Avery allerdings für den nächsten Schritt schon bereit war, da plagten ihn Zweifel. Doch weil er um ihre speziellen Probleme wusste, wollte er ihr Zeit lassen. Außerdem war er selbst nicht unzufrieden mit dem augenblicklichen Stand der Dinge.

Sobald er die Stadt erreichte, erledigte er zügig die diversen Besorgungen. Ging in die Eisenwarenhandlung, fuhr beim Holzhändler vorbei und holte Farben und Teppichmuster für die über der Bäckerei gelegenen Apartments ab.

Am Ende standen nur noch ein paar persönliche Dinge auf seiner Liste, und er steuerte den nächsten Supermarkt an. Gerade als er in der Drugstore-Abteilung Aspirin für Beckett besorgte, entdeckte er im nächsten Gang Avery.

Sein Gesicht leuchtete auf, und voller Freude wollte er sich leise an sie heranschleichen und ihr kurz die Augen zuhalten. Sicher würde sie zusammenfahren, kreischen, sich erschrocken umdrehen und dann fröhlich lachen.

Beim Näherkommen bemerkte er jedoch, dass sie angestrengt in ein Regal blickte und Packungen herausnahm und wieder zurückstellte, bis sie sich schließlich für eine entschied, diese zu Shampoo, Duschgel und Mundwasser in den Einkaufswagen warf und weiterging.

Er stand wie angewurzelt da und völlig schockiert über seine Beobachtung: Avery hatte einen Schwangerschaftstest gekauft. Sein Gehirn lief auf Hochtouren. Ein Schwangerschaftstest? Wozu denn das, zum Teufel? Sie nahm schließlich … Und er benutzte zudem …

Wie in aller Welt konnte das passieren? Und warum hatte sie kein Wort darüber verloren? Spazierte vielmehr vergnügt in einen Drugstore und kaufte so nebenbei einen Test. Dabei könnte dessen Ergebnis ihrem Leben eine völlig neue Richtung geben.

Am liebsten wäre er hinterhergelaufen, doch es schien ihm weder der rechte Zeitpunkt noch der rechte Ort für ein derart wichtiges Gespräch zu sein. Ganz abgesehen davon, dass er sich dazu momentan nicht in der Lage fühlte. Er war so verwirrt, dass er seinen eigenen Wagen mit Einkäufen einfach stehen ließ und mit wackeligen Knien zu seinem Truck wankte.

Zurück in Boonsboro drosch er mit aller Kraft auf die restlichen Zwischenwände ein. Nichts half bei ihm besser gegen Stress und Ärger, als einen Vorschlaghammer zu schwingen. Er zerrte riesengroße Brocken aus der alten Backsteinwand, riss meterlange Stücke gesplitterten Holzes aus den Rahmen und zertrümmerte persönlich einen alten Tresen, der in einer Ecke stand. Trotzdem war er immer noch verunsichert, frustriert und zum Zerreißen angespannt.

Weil Avery möglicherweise schwanger war.

Er fragte sich, wann sie wohl das Ergebnis dieses Tests bekäme und wie zuverlässig das Resultat sein mochte. Und ärgerte sich, dass er nicht in dem Drugstore heimlich auf einer Packung nachgeschaut hatte, wie so ein Test funktionierte. Woher sollte er so was schließlich wissen?

Wenn sie sich einen solchen Test besorgte, dann war ihre Periode ausgeblieben, so viel stand fest. Frauen kauften das nicht einfach bloß zum Spaß, und niemand schaute ohne Grund nach, ob eine Schwangerschaft vorlag.

Nur warum hatte sie ihm nichts von ihren Befürchtungen erzählt? War es denn so schwer, ihm reinen Wein einzuschenken? Einfach zu sagen: Hör zu, ich hab meine Tage nicht gekriegt und mach jetzt einen Test. Doch das Naheliegende tat sie nicht. Sie musste völlig panisch sein.

Obwohl sie auf ihn nicht im Geringsten so wirkte, sondern im Gegenteil ruhig und ausgeglichen. Wollte sie womöglich schwanger sein und es ihm erst gestehen, sobald sie sicher war? Um ihn nicht unnötig zu alarmieren. Falls es sich so verhielt, fände er das irgendwie nicht richtig. Nein, es wäre sogar völlig verkehrt. Irgendwie störte es ihn, ganz von ihren Informationen abzuhängen und nur auf Vermutungen angewiesen zu sein. Hätte er sie nicht zufällig beobachtet, stünde er noch dümmer da und wäre völlig ahnungslos. Er hoffte bloß, dass sie ihn bald ins Vertrauen zog.

Schließlich sollte sie aus eigenem Erleben besser als alle anderen wissen, dass auch der Vater – Gott, vielleicht würde er Vater – einen Anspruch darauf hatte, von einer Schwangerschaft zu erfahren. Zumal wenn diese nicht Resultat eines bedeutungslosen One-Night-Stands war. Ihn und Avery verband gefühlsmäßig immerhin eine ganze Menge, und ihre Beziehung beschränkte sich nicht darauf, hin und wieder zum Vergnügen miteinander in die Kiste zu gehen.

Welcher Art auch immer ihr Verhältnis derzeit sein mochte – ohne Vertrauen und Ehrlichkeit lief auf Dauer nichts.

Jedenfalls wollte er keine Neuauflage der Geschichte, die er gerade erst mit ihr erlebt hatte: dieses totale Abschotten, das ihn ratlos machte, und dieses Schweigen, das ihn verletzte.

Ein zweites Mal würde er sich nicht aus ihrem Leben aussperren lassen. »Verflixt und zugenäht!« Er runzelte die Stirn und warf eine kaputte Sperrholzplatte wütend zu dem anderen Bauschutt.

»Nun spuck schon aus, was dich so in Rage bringt«, forderte ihn Beckett auf.

Er trat kraftvoll gegen den Container. »Das kann ich dir sagen. Avery ist schwanger.«

»Heiliges Kanonenrohr.« Beckett winkte ab, als einer ihrer Arbeiter sich ihnen näherte, nahm Owen am Arm und zog ihn aus dem Regen unter das Verandadach. »Seit wann weißt du es?«

»Seit heute früh. Und rat mal, wie ich es herausgefunden habe! Sie hat kein Sterbenswörtchen zu mir gesagt. Ich hab sie zufällig im Drugstore gesehen, als sie gerade einen Schwangerschaftstest in ihren Korb warf.«

»Meine Güte. Und er war tatsächlich positiv?«

»Keine Ahnung.« Owens Zorn schwoll immer mehr an, und ruhelos marschierte er auf und ab. »Sie sagt mir ja nichts. Statt mir von ihrem Verdacht zu erzählen, kauft sie klammheimlich in Hagerstown einen Test, damit niemand es hier mitkriegt. Aber das lass ich mir nicht bieten.«

»Jetzt reg dich erst mal ab.« Beckett stellte sich dem Bruder in den Weg und hob beschwichtigend die Arme. »Du weißt also gar nicht, ob sie schwanger ist.«

»Und so, wie es aussieht, werde ich wahrscheinlich der Letzte sein, der es erfährt.« Mit einem Mal klang er weniger wütend als verletzt. »Das kann sie mit mir nicht machen.«

»Was hat sie denn gesagt, als du sie darauf angesprochen hast?«

»Nichts. Ich hab sie noch gar nicht gefragt.«

Beckett starrte seinen Bruder an und fuhr sich mit den Händen durchs Gesicht. »Du bist in dem Laden nicht zu ihr hingegangen?«

»Nein. Ich war wie gelähmt, okay? Himmel. Sie hat dieses Ding in ihren Einkaufskorb geworfen, als sei es eine Tüte Bonbons oder so, und dabei sogar gelächelt.

Ich war völlig durcheinander und hatte einfach keine Ahnung, was ich machen sollte. Was zum Teufel hättest du an meiner Stelle getan?«

»Bei mir und Clare liegen die Dinge anders.« Beckett schaute in den gleichförmigen Regen. »Wir sind uns einig, dass wir ein Baby wollen. Aber vermutlich war das bei euch noch kein Thema, und deshalb dürfte es auch keine Absprachen geben, was ihr im Fall einer unerwarteten Schwangerschaft tun wollt.«

»Nein. An diese Möglichkeit hab ich zumindest bisher keinen Gedanken verschwendet. Trotzdem hätte sie es mir sagen sollen, Beck, das ist es, worum es mir in erster Linie geht. Warum bildet sie sich ein, dass sie immer alles ganz alleine mit sich ausmachen muss? So kann es zwischen uns nicht funktionieren, und so will ich auch nicht leben.«

»Nein, das versteh ich.« Beckett war klar, dass Owen eine andere Art des Zusammenlebens brauchte. Sein Bruder war der geborene Teamplayer, glaubte an Partnerschaft und geteilte Last. Für ihn waren Geheimnisse etwas für Weihnachten und für Geburtstage und nichts, was im Alltag Sinn machte. »Du musst auf alle Fälle mit ihr reden, allerdings nicht auf der Stelle. Nicht zur Mittagszeit, wenn die Bude voll ist. Da solltest du nicht in die Pizzeria stürmen, um über Schwangerschaft oder nicht zu reden. Beruhige dich erst mal.«

»Das fällt mir verdammt schwer. Je länger ich darüber nachdenke, umso wütender werde ich.«

»Dann richte deine Gedanken auf etwas Konstruktives. Beispielsweise darauf, was du machen willst, falls sie tatsächlich schwanger ist.«

»Dann sollten wir wohl heiraten.«

»Ich hab nicht gefragt, was du machen *solltest*, sondern was du machen *willst.*«

»Ich …« Es dauerte einen Moment, bis er den feinen, aber alles entscheidenden Unterschied begriff. »Wenn wir ein Baby kriegen, will ich heiraten.«

»Okay, dann nimm dir eine Stunde oder mehr Zeit und überleg, was du ihr sagen willst. Du findest sicher eine Lösung, Owen, denn Lösungen sind schließlich deine Spezialität. Sobald du so weit bist, kannst du rübergehen und ihr sagen, dass du unter vier Augen mit ihr reden möchtest. Allerdings wäre es nicht schlecht, vorher herauszufinden, ob sie tatsächlich schwanger ist. Nicht dass du dich lächerlich machst.«

»Du hast recht. Himmel, mir ist ein bisschen …«

»Etwa schlecht?«

»Nicht wirklich. Eher ein bisschen schwindelig. Ich hätte nie gedacht, dass mir mal so etwas passieren würde …«

»Weil du es nicht geplant hast, meinst du, dass es nicht in deine Welt passt. Doch es gibt Dinge, mit denen man sich arrangieren muss und es auch kann«, sagte Beckett und schlug ihm aufmunternd auf die Schulter.

Nach einer Stunde fand Owen, dass er sich genug abgeregt hatte, und ging durch den strömenden Regen hinüber zur Pizzeria und zu Avery. Würziger Soßenduft schlug ihm entgegen, aber zum ersten Mal verlockte er ihn nicht zum Essen.

Avery kassierte gerade bei einem Gast und zwinkerte ihm fröhlich zu. Erneut stieg Zorn in ihm auf. Das konnte sicher nicht der rechte Augenblick für kesses Zwinkern sein.

»Du kommst genau im richtigen Moment«, erklärte sie. »Der Ansturm ist vorüber, und ich wollte gerade rübergehen, um zu sehen, was ihr Jungs schon alles abgerissen habt.«

»Ich muss mit dir reden.«

»Sicher, setz dich. Ich sag nur schnell Franny Bescheid, dass sie übernehmen soll. Willst du ein Stück Pizza?«

»Nein. Und ich muss oben mit dir reden. Unter vier Augen.«

»O verdammt, hört sich ernst an. Ist drüben etwas schiefgelaufen?«

»Damit hat es nichts zu tun.«

»Womit dann?«

»Avery.« Seine Stimme klang plötzlich drohend, sodass sie überrascht die Brauen in die Höhe zog. »Oben, jetzt. Nur du und ich.«

»In Ordnung, meinetwegen. Aber mach mir bloß nicht meine gute Laune kaputt.« Sie ging in Richtung Küchentür. »Franny? Gehst du bitte für eine Weile nach vorne?« Sie zog ihre Schürze aus, hängte sie an einen Haken und sah wieder Owen an. »Weshalb bist du so sauer?«, fragte sie, als sie vor ihm durch die Tür nach draußen trat. »Ich hab nichts getan, was dich verärgern könnte.«

»Bist du dir da so sicher?«

Inzwischen war Avery ebenfalls verärgert. »Also, raus mit der Sprache, wo liegt verdammt noch mal dein Problem?«, sagte sie ziemlich rüde, während sie die Tür zu ihrer Wohnung aufschloss.

Seine sorgfältig einstudierte, vernünftige Rede wollte

ihm einfach nicht mehr einfallen, und so polterte er unbeherrscht los. »Warum, zum Teufel, hast du mir nicht gesagt, dass du vielleicht schwanger bist?«

»Wie bitte?«

»Jetzt tu nicht so. Ich hab dich vor ein paar Stunden im Drugstore in Hagerstown gesehen, als du diesen Test in deinen Einkaufskorb geworfen hast.«

»Du …« Sie stemmte die Fäuste in die Hüften. »Du hast mir nachspioniert?«

»Red keinen Unsinn. Ich hab Besorgungen dort gemacht und dich zufällig entdeckt. Und zwar vor dem Regal mit den Tests. Herrgott, was ist nur mit dir los, dass du mir das verschwiegen hast? Ich dachte, wir wollten einander vertrauen und uns respektieren. Was du tust, sieht anders aus. Es wäre doch nichts dabei gewesen, es mir zu sagen.«

»Vielleicht liegt das Problem darin, dass ich es gar nicht bin.«

»Dass du was nicht bist?«

»Schwanger, du Hornochse.«

Er hätte nicht sagen können, was genau er in dem Augenblick empfand. »Der Test war negativ?«

»Nein, der Test war positiv«, erklärte sie, während sie ihr iPhone aus der Hosentasche zog.

Sein Herzschlag setzte aus. »Wenn er positiv war, dann bist du doch schwanger. So langsam kapier ich überhaupt nichts mehr.«

Sie drehte ihr Handy so, dass er das Bild von dem Stäbchen mit dem blauen Streifen sah. »Es war Clares Test – ich hab ihn nur für sie besorgt.«

»Beck hat nichts davon gesagt. Wenn Clare schwanger wäre, wüsste er es und würde es mir und Ry erzählen.«

»Er weiß es noch nicht. Clare will es ihm sagen, wenn sie alleine sind. Damit es ein besonderer Moment für Beckett wird. Wärst du nicht ein solcher Kontrollfreak, würdest du das verstehen. Sie hat mich gebeten, es niemandem zu verraten. Jetzt hab ich mein Versprechen gebrochen, nur weil du ausgerastet bist – und das macht mich ziemlich sauer.«

»Um Himmels willen, von mir erfährt niemand etwas.« Unsicher und verlegen fuhr er sich mit beiden Händen durchs Haar, sodass es noch wirrer aussah als vorher. »Mein Gott, was hätte ich denn sonst denken sollen? Konnte ich ahnen, dass du den Test für eine Freundin kaufst?«

»Keine Ahnung. Warum hast du mich nicht einfach gefragt? So ganz locker: netter Zufall, dich zu treffen. Was ist denn das da in deinem Korb?«

»Ich muss mich erst mal setzen«, meinte er und sank ermattet auf die Couch. »Gott sei Dank hab ich bei dir einen groben Schnitzer gut. Damit wären wir dann quitt.« Er atmete tief durch. »Ich konnte einfach nicht mehr denken. Und bis ich einigermaßen zur Besinnung kam, warst du schon wieder weg.«

Sie sah ihn schweigend an. Normalerweise verlor Owen nie dermaßen die Kontrolle. »Es hat dir einen Schock versetzt?«

»Ja, vielleicht.«

»Und du hast voreilige Schlüsse gezogen?«

»Es war eben das erste Mal, dass ich dich beim Kauf eines Schwangerschaftstests beobachtet habe.«

Sie überlegte kurz und nickte: »Irgendwie verständlich, dass du ein bisschen panisch warst.« Sie grinste. »Du hast dir vor Angst in die Hosen gemacht, stimmt's?«

»Nur fast«, schränkte er ein. »Vor allem war ich sauer und … fühlte mich verletzt. Weil du mich ausschließen wolltest, dachte ich. Schließlich wäre es ja auch mein Kind gewesen. Wir haben noch nie über das Thema gesprochen.«

Sie atmete langsam aus. »Ich finde, das ist nichts, worüber man sich einfach so en passant unterhält. Außerdem ist es nicht allzu dringend, weil Clare ein Kind erwartet und nicht ich. Sie ist übrigens total glücklich, und Beckett wird es bestimmt ebenfalls sein.«

»Ganz sicher.«

»Also sollten wir uns einfach mit ihnen freuen, und ich darf ein bisschen feixen, weil du dich wie ein Idiot benommen hast. Ich muss übrigens heute Clares Söhne von der Schule abholen, damit sie es Beckett sagen kann. Die Kinder sollen es erst nach der Hochzeit erfahren. Vorerst werden nur wir, Ryder und Hope sowie die Großeltern in spe davon wissen.«

»Also gut.« Owen erhob sich. »Trotzdem denken wir beide gelegentlich über dieses Thema nach, denn schließlich weiß man nie …«

»Meinetwegen, obwohl ich mir darüber nicht halb so sehr den Kopf zerbreche, wie du es anscheinend plötzlich tust. Auf jeden Fall ist dies ein wunderbarer Tag. Trotz deines Ärgers.«

»Da hast du recht.« Er atmete erleichtert auf, als sie ihm sanft über die Haare strich. »Es ist wirklich ein wunderbarer Tag.«

»Deshalb freuen wir uns heute mit Clare und Beckett. Sie werden heiraten, eine Familie mit den Kindern gründen, die sie bereits haben, bald ein viertes bekommen – es ist das Leben, wie sie es sich wünschen.«

Er streckte seine Arme nach ihr aus und zog sie eng an sich. »Ja, wir sollten uns wirklich für die beiden freuen. Tut mir leid, dass ich grundlos sauer auf dich war.«

»Für mich war es ein Erlebnis der besonderen Art, dass du dich auch mal wie ein Narr benommen hast. Kommt ja nicht gerade häufig bei dir vor.« Lachend legte sie den Kopf zurück und küsste ihn. »Und jetzt lass uns endlich rübergehen, damit ich sehe, was ihr in meinem neuen Laden inzwischen angestellt habt und ob überhaupt noch eine Wand steht. Kann ich vielleicht noch irgendwas kaputt schlagen?«

»Ich werde was für dich finden. Denn zum Ausgleich für mein peinliches Benehmen hast du ein paar Schläge mit dem Vorschlaghammer gut. Macht echt Spaß, du wirst sehen.«

19

Hope rückte die Vase mit den weißen Rosen ein Stückchen nach links. »So?«

Obwohl Avery keinen Unterschied erkennen konnte, nickte sie zustimmend. Auf dem langen Tisch, den sie sich aus Clares Buchladen geborgt hatten, war eine weiße Leinendecke ausgebreitet, darauf verteilt standen viereckige Glasvasen mit frisch aufgeblühten weißen Rosen und zahlreiche weiße Teelichter in kleinen Silberhaltern. Es sah ausgesprochen hübsch aus und dem Anlass entsprechend.

Allerdings ging es noch nicht um die Hochzeit, sondern um den Junggesellinnenabend, den Clare im Kreis ihrer Freundinnen verbringen würde.

Hope stand in dem üppig dekorierten Speisesaal, stemmte die Hände in die Hüften und begutachtete ihr Arrangement. Sie nickte zufrieden. »Den Stuhl hast du echt super hingekriegt.«

»Ich hab mich vermutlich selbst übertroffen«, meinte Avery und sah zu ihrem Werk hinüber.

Den hochlehnigen Stuhl, in dem Clare sitzen würde, krönte eine riesige weiße Tüllschleife, deren Stoff bis zum Boden reichte. Passend dazu hatte Avery die Sprossen der Rückenlehne sowie Armlehnen und Stuhlbeine mit zart rosafarbenem und weißem Satin umhüllt. »Ich hatte ganz vergessen, wie schön ich so mädchenhafte Sachen finde«, meinte sie.

Die Absätze von Hopes knallroten High Heels klapperten auf dem Parkett, als sie vor einen der Tische trat, um eine Kerze zurechtzurücken. »Ich stell noch ein paar Karaffen mit Wein und Knabbersachen in die Lounge, damit die Gäste sich dort am Anfang schon ein bisschen einstimmen können.«

Bist du darauf vorbereitet, dass einige das Hotel gezeigt bekommen möchten?«

»Klar, ich werde sie überall herumführen, sofern die Zimmer nicht vermietet sind. Schade nur, dass wir nicht wenigstens den Begrüßungsdrink auf der Terrasse einnehmen können – dazu ist es heute einfach zu kalt. Wie dem auch sei, hier drinnen ist es super geworden, und wir beide …«, sie packte Avery bei den Schultern und drehte sie mit sich zu dem großen, goldgerahmten Spiegel an der Wand um, »wir beide sehen einfach fantastisch aus.«

»Darauf sollten wir vielleicht mit einem Gläschen anstoßen, bevor die anderen eintrudeln.«

Sie gingen in die Küche, und Hope füllte zwei Gläser mit Sekt. »Auf die beiden Brautjungfern und zukünftigen Patentanten.«

»Ein doppelter Grund zum Feiern.«

»Ja, und in ungefähr acht Monaten richten wir die Babyparty aus.«

»Vier Kinder. Wow.« Avery stieß noch einmal mit der Freundin an. »Ich wünsche Clare und Beckett jede Menge Kraft, denn die können sie bestimmt gebrauchen.«

»Sie schaffen das bestimmt spielend – es liegt ihnen

einfach. Und vergiss nicht: Wenn Liebe der Motor des Lebens ist, läuft alles viel einfacher.«

»Glaubst du?«

»O ja.« Hope glitt auf einen Barhocker. »Wie lange, denkst du, können sie die Sache mit dem Baby noch geheim halten? Es fällt ihnen sicher inzwischen selbst schwer, es nicht zu verraten. Sie strahlen ja um die Wette.«

»Die meisten Leute werden denken, dass es wegen der Hochzeit ist, was ja auch stimmt. Und allein mit Rücksicht auf die Jungs ist es sicher nicht schlecht, bis nach der Hochzeitsreise mit dieser Ankündigung zu warten.«

»Aber dass du es mir fast vierundzwanzig Stunden lang verschwiegen hast, das nehm ich dir beinahe übel.«

»Ich hatte Clare versprochen, nichts zu sagen, bevor Beckett es nicht wusste.« Avery schwang sich ebenfalls auf einen Hocker und zupfte den engen Rock von ihrem frühlingsgrünen Kleid zurecht. »Und dann kam noch diese Geschichte mit Owen dazwischen.«

Hope lehnte sich amüsiert zurück und brach in Lachen aus. »Also wirklich, das war ja wohl der Hammer, dass er ausgerechnet in dem Moment im Drugstore auftauchte, als du einen Schwangerschaftstest in deinen Einkaufswagen schmeißt.« Sie konnte sich gar nicht mehr beruhigen. »Der arme Kerl. Stell dir nur mal vor, was ihm in dem Moment so alles durch den Kopf geschossen ist.«

»Ich hab ehrlich gesagt keine Ahnung. Normalerweise ist Owen gut zu durchschauen, nur diesmal nicht. Und er war ungewöhnlich ernst, ohne dass ich sagen könnte, ob wütend, erschrocken oder sonst was.«

»Wahrscheinlich eine Mischung aus beidem.«

»Merkwürdig ist bloß, dass es anhielt, als er bereits Bescheid wusste. Wieso das? Das beschäftigt mich irgendwie. Wir sind dann nicht mehr näher auf das Thema eingegangen, und ich weiß einfach nicht, was in ihm vorging. Wo genau sein Problem bei der Geschichte lag und warum er das Ganze derart hochspielte. Vielleicht weil er unterstellte, ich hätte ihm etwas verheimlichen wollen?«

»Ja, das könnte es gewesen sein. Zudem musste er vermutlich erst mal verarbeiten, dass es zwar um Clare ging, aber durchaus um dich hätte gehen können. Hast du darüber nicht nachgedacht?«

»Doch, ein bisschen zumindest. Weil ich mir angesichts seiner Reaktion selbst die Frage gestellt habe, was wäre gewesen wenn. Owen ist ein Mensch, der immer alles plant. Für den immer alles seine Ordnung haben muss. Jemand, der tatsächlich nach dem Haltbarkeitsdatum auf Milchpackungen schaut, bevor er sie kauft.«

»Das tu ich genauso.«

»Deshalb kannst du dich so gut in ihn hineinversetzen. Und eine ungeplante Schwangerschaft?« Avery verdrehte die Augen. »Dadurch würde ja seine gesamte Lebensplanung auf den Kopf gestellt.«

»Wie sieht die denn aus?«

»Keine Ahnung, aber du kannst darauf wetten, dass er eine hat.«

»Ich glaube, du irrst dich.« Hope füllte die Gläser wieder auf. »Das behaupte ich, weil ich ihm wirklich ziemlich ähnlich bin. Wahrscheinlich gibt es eine Art Basisplan mit bestimmten Eckdaten und Zielvorstellungen. Doch bestimmt nichts Konkretes. Und selbst wenn, er wäre flexibel genug, seine Planung zu ändern.« Sie hob eine Hand und zeigte auf den Raum, in dem sie saß. »Hab ich schließlich auch gemacht.«

»Klar, anpassen kann er sich schon.« Effizienz und Organisationstalent waren schließlich ohne diese Fähigkeit nicht denkbar. Obwohl in ihren Augen diese Mischung eine gewisse Steifheit erzeugte. »Okay, da wir die Sache gerade gedanklich durchspielen: Wäre dieser Test für mich und das Ergebnis positiv gewesen, hätte er seine Pläne mit ziemlicher Sicherheit umgestellt. Und Schritt eins wäre gewesen, mich zu heiraten.«

»Und das findest du falsch?«

»Nein! Nein, das nicht. Nur würde ich nicht bloß deshalb heiraten wollen, weil es in einer Situation das Richtige zu sein scheint.«

»Besser als etwas zu tun, von dem man von vornherein weiß, dass es falsch ist«, warf Hope lakonisch ein.

»Du weißt, was ich meine. Wenn ich heirate, muss ich es wirklich wollen. Weil ich innerlich dazu bereit, total verliebt und von dem Gedanken hingerissen bin, den Rest meines Lebens mit einem bestimmten Menschen zu verbringen.«

Hope griff in eine Schale mit rosa Pfefferminzbonbons. »Du würdest also Nein sagen.«

»Das weiß ich nicht.«

»Ich schon. Du sähest dich gezwungen, dir und allen anderen etwas zu beweisen, und ihn gehen lassen. Ihn zurückweisen und kränken.« Hope schlug ihre Beine übereinander und sah Avery über den Rand ihres Sektglases hinweg an. »Du würdest allen zeigen wollen, dass du für dich selbst sorgen kannst und dass er nicht verpflichtet ist, dich zu heiraten. Dass er zwar die Verantwortung für das Kind mit dir teilen und ein wichtiger Bestandteil seines Lebens werden soll, dir persönlich gegenüber aber keinerlei Verpflichtung hat.«

»Das klingt ein bisschen hart.«

»Nein, es entspricht den Tatsachen und klingt einfach nach dir – nach dem für dich typischen Stolz, nach deinem großen Herzen und nach den Problemen, die du immer noch mit deiner Mutter hast.«

»Hätten meine Eltern geheiratet, wenn sie nicht schwanger geworden wäre?« Avery kippte den Rest ihres Sekts hinunter. »Wohl eher nicht.«

»Sieh es mal anders. Wäre das mit der Schwangerschaft nicht passiert, würdest du jetzt nicht hier sitzen und dir diese Fragen stellen. Die Sache hat also auch einen durchaus positiven Aspekt.«

»Wie kann man nur so praktisch und logisch denken?«

»Glaub mir, es hilft. Meistens zumindest. Hör zu, ich stand selbst erst vor Kurzem vor einer schwierigen Entscheidung. Ob ich herkommen sollte oder nicht. Ich musste in den letzten Monaten viel darüber nachdenken und bin zu dem Schluss gekommen, dass ich mich richtig entschieden habe, denn ich fühle mich hier sehr glücklich. Glücklicher sogar als in meiner besten Zeit mit Jonathan. Im Nachhinein sieht manches anders aus, das sollte man immer bedenken. Und zur Not eingefahrene Denkweisen und Überzeugungen über Bord werfen.«

Avery dachte kurz nach. »Ich versteh, was du damit sagen willst, aber vergleichen lässt es sich nicht. Der Kerl war ein Idiot, den du einfach abschießen musstest.«

»Ja, nur dachte ich sehr lange, er sei *mein* Idiot.« Hope stieß lachend mit ihr an und fügte nach einem Blick auf ihre Uhr hinzu: »Wir sollten langsam anfangen, das Büfett aufzubauen.«

Kaum hatten sie damit begonnen, als Clare an die Foyertür klopfte. »Tut mir leid, ich bin ein bisschen früh dran. Ich musste die Jungs zum neuen Haus bringen, weil Beckett und seine Brüder sich allen Ernstes einbilden, sie könnten sich dort nützlich machen. Gott steh ihnen bei.« Sie stutzte und schaute sich um. »Aber hallo, diese Blumenpracht! Das ist ja ein Traum.«

»Wenn du jetzt schon hin und weg bist, komm erst mal in den Speisesaal. Vielleicht solltest du vorher den Mantel ausziehen. Gib her. Wir haben für deine Gäste einen eigenen Garderobenständer dort hinten aufgestellt. Wie fühlst du dich übrigens? Du kannst ganz offen reden, denn außer Hope und mir ist bisher noch niemand da.«

»Gut.« Lachend schüttelte sie ihre sonnenhellen Haare. »Okay, morgens ist es nicht so toll. Doch wenn ich mich übergeben muss, sag ich mir immer, dass Beck und ich ein Kind bekommen, und dann geht's mir gleich besser.«

Als Clare sich an den Bauch griff, meinte Avery mit einem leichten Grinsen: »Lass das lieber, man sieht nämlich nichts. Und deshalb solltest du nicht darauf aufmerksam machen.« Dann zog sie die Freundin in den Speisesaal.

»Na, gefällt es dir?«, erkundigte sich Hope.

»Es ist wunderschön, einfach wunderschön. All die Blumen und Kerzen. Und dieser Thron, gigantisch!« Clare wollten vor lauter Rührung die Tränen kommen. »Sorry, ich bin im Moment total nahe am Wasser gebaut. Wobei ich nicht sagen kann, ob das an meinem Glück oder an den Hormonen liegt. Ich könnte schon losheulen, wenn Beck mir wie heute Morgen das Frühstück macht.«

»Eine Braut hat alles Recht der Welt, bei ihrem Junggesellinnenabschied rührselig zu sein«, erklärte Hope.

»Also dann, tausend Dank für alles. Nicht nur für die Mühe und Arbeit, das alles zu organisieren, sondern auch und vor allem dafür, dass ihr immer für mich da seid und ich mich immer auf euch verlassen kann.«

»Wenn du so weitermachst, fangen wir gleich an zu schluchzen«, warnte Avery. »Deshalb bring ich jetzt erst mal deinen Mantel weg, bevor ich es ganz vergesse.«

Sie eilte ins Foyer, hängte den Mantel an die Garderobe und wollte schnell wieder zurück, als irgendetwas sie zum Innehalten bewog. Sie ging zum Fuß der Treppe, denn von dort meinte sie, etwas gehört oder eher gefühlt zu haben. Statt in den Speisesaal zu den Freundinnen zurückzukehren, lief sie in den ersten Stock hinauf.

Die Tür des Elizabeth-und-Darcy-Zimmers stand offen. Was nichts heißen musste, denn Hope hatte für Clares Gäste die Türen der unbewohnten Räume geöffnet, damit sie sich ungehindert umsehen konnten. Im E&D jedoch war obendrein die Balkontür offen, und ein Hauch von Geißblatt wehte mit der kühlen Märzluft hinein.

Avery spürte einen Hauch von Trauer oder Wehmut. Was von beidem, wusste sie nicht so genau.

»Bitte, komm herein«, murmelte sie. »Komm wieder zurück ins Haus. Ich weiß, dass du unglücklich bist, aber Owen versucht deinen Billy zu finden. Und bis dahin bist du nicht allein. Es ist nämlich schrecklich, sich einsam und verlassen zu fühlen. Ich hab jahrelang darunter gelitten.«

Sie machte einen Schritt in Richtung Tür und blieb abwartend stehen. »Dabei war ich eigentlich gar nicht allein, ich hab es mir nur eingebildet. In Wirklichkeit war immer jemand für mich da, selbst als mir alles schwer und ausweglos vorkam. Und auch du bist nicht alleine, denn wir sind für dich da.«

Sie zögerte und überlegte, womit sie Lizzy, die eine romantische junge Frau zu sein schien, locken konnte. »Soll ich dir ein Geheimnis verraten? Du musst es allerdings für dich behalten. Es ist etwas sehr Schönes. Wenn du reinkommst, erzähl ich es dir.«

Wie in Zeitlupe glitt die Balkontür zu, und Avery setzte sich abwartend aufs Bett. Der Geißblattduft verstärkte sich leicht. »Wir feiern heute Abend unten eine Party. Clares Junggesellinnenabschied.« Da sie sich nicht sicher war, ob es so etwas zu Elizas Zeiten bereits gegeben hatte, fügte sie hinzu: »Das macht man, wenn ein Mädchen heiratet. Da feiert man noch einmal mit allen Freundinnen, Männer sind nicht eingeladen. Es gibt zu essen und zu trinken, wir veranstalten lustige Spiele und bringen der Braut Geschenke mit. Aber Clares Geheimnis kennen nur ganz wenige. Sie hat sicher nichts dagegen, wenn ich es dir verrate, weil du sie, Beckett und die

Jungen gernhast. Sie sind eine echt nette Familie, und in ein paar Monaten kommt Zuwachs. Clare ist nämlich schwanger.«

Lizzy schien näher zu kommen, denn der Duft wurde intensiver.

»Du freust dich für sie, das ist schön. Schließlich hast du mitbekommen, wie sie sich ineinander verliebt haben, denn immerhin ist es im Hotel passiert – und jetzt werden sie hier ihre Hochzeit feiern. Alles an ihnen kommt mir so sicher und so stark und völlig richtig vor. Das ist etwas Seltenes, meinst du nicht auch? Den Menschen zu finden, der genau zu einem passt und der sämtliche Lücken füllt, das ist nicht jedem vergönnt …«

Sie senkte den Kopf, und dicke Tränen tropften auf die Hand, die den kleinen Schlüssel aus Platin, der an einer Kette um ihren Hals hing, fest umklammert hielt. »Clares Tränen scheinen ansteckend zu sein. Denn eigentlich bin ich nicht traurig …«

Etwas strich ihr sanft über das Haar, und sie fragte sich, weshalb diese Berührung derart tröstlich war. »Ich bin nicht traurig«, wiederholte sie »Nur einfach nicht so sicher und so stark, wie ich es gerne wäre. Wie schaffen die Menschen das, ein solches Wagnis wie eine Ehe einzugehen? Du hast für Billy bestimmt auch sehr viel riskiert oder warst bereit dazu. Wie macht man das?«

Während sie auf die Balkontür sah, beschlug plötzlich das Glas. Und auf die beschlagene Scheibe malte eine unsichtbare Hand ein Herz.

»Du meinst, dass es so einfach ist? Ich wünschte, ich könnte es glauben …«

Von unten drangen Stimmen und Gelächter herauf.

»Die Party beginnt, und ich muss wieder zu den anderen.«

Sie erhob sich , trat vor den kleinen Spiegel und beseitigte die Spuren ihrer Tränen. »Magst du nicht ebenfalls herunterkommen zu Clares Fest? Es wäre doch schade, wenn unten fröhlich gefeiert wird und du hier oben alleine bist. Also, ich erwarte dich dann«, sagte sie und verließ den Raum. Kehrte in dem Bewusstsein in den Speisesaal zurück, dass sie nicht nur Lizzys geisterhafter Erscheinung, sondern auch sich selbst Mut gemacht hatte.

Es wurde ein gelungenes Fest, das Avery aus vollem Herzen genoss. Sie hatte sogar Freude an Dingen, die sie sonst bisweilen als unwichtig abtat. Etwa hübsche Kleider und Mode, belangloser Smalltalk und anzüglicher Klatsch und Tratsch.

Zwischendurch schenkte sie Getränke nach, räumte leere Teller und Platten weg und schleppte frisches Geschirr und neue Kanapees heran, während Hope notierte, wer welches Geschenk mitgebracht hatte, und Carolee aus Bändern und Schleifen ein kunstvolles Sträußchen bastelte.

Dann die eher närrischen Spiele, die sie normalerweise belächelte. Was war schon witzig daran, wenn eine Braut unter Pfeifen und Johlen ein fast durchsichtiges schwarzes Nachthemd auf der Tanzfläche auspackte? Nichts, doch heute Abend war Avery bereit, alles lustig zu finden, und freute sich über Justines anerkennende Worte. »Ihr Mädels habt eure Sache wirklich gut gemacht. Ich hätte es nicht besser hingekriegt.«

»Es war für uns ein Riesenspaß«, gab Avery zur Antwort und meinte es wirklich ehrlich.

»Darauf sollten wir noch eine Flasche Sekt kippen. Machst du sie mir auf? Du bist schließlich vom Fach.«

Avery lachte. »Na klar doch.«

»Im Grunde wollte ich nur kurz mit dir allein sein«, sagte Justine und zog sie zur Seite, als sie mit dem Sekt zurückkam.

»Okay.«

Sie nahm Avery die Flasche ab und stellte sie auf den Tisch. »Ich bin eine wirklich gute Mutter.«

»Ich wüsste keine bessere.«

»Die gibt's schließlich auch kaum.« Justine sah Avery mit einem breiten Grinsen an, bevor ihre Miene ganz weich wurde. Sie strich der jungen Frau übers Haar. »Ich hab dich schon immer als Mitglied unserer Familie betrachtet.«

»Justine, das ist …«

»Ich dachte immer, das sei klar, und ich müsste es dir nicht eigens sagen. Vielleicht lag ich mit dieser Einschätzung falsch.«

Vor lauter Rührung musste Avery erst mal schlucken, bevor sie antworten konnte. »Ich wusste immer, dass ich mich auf dich verlassen und mit allem zu dir kommen kann.«

»Ich hoffe sehr, das beherzigst du auch, Avery. Du bist einer der intelligentesten und fröhlichsten Menschen, die ich kenne, und es tut mir leid, dass du in den letzten Wochen einen Teil von deiner natürlichen Heiterkeit verloren hast.«

»Ich arbeite daran.«

»Das brauchst du nicht, wenn dir im Moment nicht danach ist … Du hast das Recht, deine Gefühle auszuleben, wie immer sie aussehen mögen.«

Ähnliches hatte Owen zu ihr gesagt, erinnerte sich Avery. Ein Satz, der wie das Streicheln ihres Haares unglaublich tröstend wirkte.

»Ich trau mich jetzt was und sag dir meine ehrliche Meinung über deine Mutter. Vielleicht hätte ich das schon vor Jahren tun sollen. Traci war und ist eine flatterhafte, egoistische Person, die nie mit etwas zufrieden war und anderen immer die Schuld daran gab. Und wenn sie etwas bekam, war es nie richtig oder genug, und schuld waren wieder die anderen. Aber du, Avery, du bist das genaue Gegenteil von ihr. Ich hab dich aufwachsen sehen und weiß genau, was für ein Mensch du bist.«

»Glaubst du, sie hat mich jemals geliebt?«

»Ja«, erklärte Justine nachdrücklich und drückte Avery die Hand. »Das hat sie damals getan und tut es nach wie vor. Nur eben nicht genug.«

»Das ist ja vielleicht noch schlimmer.«

»Möglich, aber es ist nicht deine Schuld. Nichts von alledem ist deine Schuld, Schätzchen. Die Schuld trägt Traci ganz alleine, und ich hoffe, dass du das zumindest tief in deinem Innern weißt. Du hast liebe Freundinnen, du hast deinen Vater, und du hast uns, und dennoch sehnt sich ein Mädchen manchmal einfach nach seiner Mutter. Wenn du willst, bin ich als Ersatz für dich da.«

Avery trat auf sie zu und fiel ihr in die Arme. »Das wusste ich schon immer, aber trotzdem tut es gut, es noch einmal bestätigt zu bekommen. Ich will nicht, dass du dir Sorgen um mich machst.«

Justine legte eine Hand unter ihr Kinn und sah sie lächelnd an. »Wie gesagt, du bist ein fröhlicher und intelligenter Mensch, der schon immer seinen Weg gegangen ist und ihn auch weitergehen wird. Davon bin ich zutiefst überzeugt.«

Nach der Party räumten sie schnell auf, und Hope begleitete Avery noch auf einen Absacker in ihre Wohnung. Es war immer gemütlich, am Ende eines Abends die Ereignisse Revue passieren zu lassen.

»Endlich.« Seufzend ließ sich Avery auf ihr Sofa fallen und legte ihre müden Beine auf den Couchtisch. »Haben wir doch gut hingekriegt, oder?«

»Es hätte nicht besser laufen können. Mann, bin ich k.o.«

»Das passiert immer, wenn man so lange unter Strom gestanden hat.«

»Hauptsache, es hat sich gelohnt, und das war eindeutig der Fall.«

»Und die Hochzeit wird bestimmt genauso toll.« Zufrieden mit sich und der Welt streckte Avery die Arme aus und ließ die verspannten Schultern kreisen. »Ich mach uns gleich einen Tee, und dann ziehen wir ein bisschen über Janice her. Wer zum Teufel hat ihr diese grauenhafte Hose angedreht? Ihr Hintern sah darin aus wie ein überdimensionales Beefsteak.«

Hope legte den Kopf zurück und schloss kichernd die Augen. »O Gott, das stimmt. Laurie hingegen sah total süß aus – und dann ihre Aufregung, weil sie ebenfalls bald heiratet.«

»Charlene hat mich übrigens kurz angesprochen. Sie

kümmert sich um die Junggesellinnenparty für Laurie und hat angefragt, ob das nicht ebenfalls bei uns im Hotel stattfinden könnte. Allerdings muss ich darüber erst mit Justine sprechen, weil wir bislang noch keine regulären Angebote für solche Events haben.«

Avery stand auf, um Teewasser aufzusetzen, als es an der Tür klopfte. Hoffentlich niemand aus der Pizzeria, betete sie. Dafür hatte sie keinen Nerv mehr. Sie öffnete und sah Owen.

»Ich hab Licht bei dir gesehen und dachte, wir könnten … Hallo, Hope.«

»Hallo. Ich wollte gerade gehen.«

»Stimmt ja gar nicht. Ich war soeben dabei, uns einen wohlverdienten Tee aufzubrühen. Willst du auch einen?«, wandte sie sich an Owen. »Oder lieber ein Bier?«

»Ein Bier bitte. Aber ich will euch nicht stören.«

»Mein Gott, jetzt hock dich endlich hin.« Sie schob ihn zu einem Sessel. »Ich hasse solch übertriebene Höflichkeit.«

»Sie ist einfach unglaublich gastfreundlich«, sagte er zu Hope und warf sich, den angebotenen Sessel ignorierend, auf die Couch. »Vielleicht kann ich euch meine Anwesenheit damit versüßen, dass ich euch von meinen neuen Nachforschungen erzähle.«

»O ja, bitte«, rief Avery aus der Küche.

Hope nickte zustimmend. »Nach der Hochzeit kann ich dir auch wieder helfen. Großes Ehrenwort.«

»Kein Problem. Ich muss mich im Moment ebenfalls mehr um anderes kümmern. Schließlich soll Becketts Haus fertig werden.«

»Und wie weit seid ihr?«, fragte Avery.

»Wir haben's fast geschafft. Bis auf ein paar Kleinigkeiten wie nachstreichen, Steckdosen anbringen und so ein Kram.«

»Kommt mir irgendwie bekannt vor«, meinte Hope mit einem leichten Lächeln.

»Ich bin gerade dabei, einen Zeitplan aufzustellen.«

»Was mir wiederum sehr bekannt vorkommt«, rief Avery aus der Küche.

»Es wird alles ziemlich knapp, und mir scheint fraglich, dass der Umzug noch vor der Hochzeit möglich ist. Deshalb hab ich mir überlegt, ob wir anderen das nicht während der Hochzeitsreise erledigen könnten. Möbel rüberschaffen und einigermaßen reinstellen, sodass für die beiden nur noch die Feinarbeiten bleiben.

»Es ist einfach typisch für dich, dass du an so was denkst«, sagte Avery, die soeben mit einem Tablett aus der Küche kam, und gab ihm einen Kuss.

»Ich fände es einfach nett, wenn sie direkt nach ihrer Rückkehr einziehen könnten.«

»Ganz bestimmt, und ich werde helfen, wo ich kann«, versprach Hope. »Ich weiß von Clare außerdem so in etwa, wo was hingehört.«

»Hope hat ein Gedächtnis wie ein Elefant, musst du wissen«, erklärte Avery.

»Aber kein so dickes Hinterteil.«

Während Avery vergnügt losprustete, zog Owen angesichts so viel ungewohnter Albernheit verwundert die Brauen hoch. »Wie dem auch sei, dann planen wir den Umzug einfach für die Woche nach der Hochzeit. Und wie war euer Abend?«

»Super.« Hope zog die Beine unter ihren Körper. »Wir hatten sogar einen Überraschungsgast. Ich hab ihren Duft immer mal wieder gerochen – und mir kommt's sogar so vor, als habe sie sich vom Sekt bedient. Können Geister so was? Jedenfalls stand bei meiner letzten Runde ein leeres Glas oben im E&D.«

»Ich hatte sie eingeladen, nach unten zu kommen.« Nachdenklich trank Avery den ersten Schluck von ihrem Tee. »Ich war kurz vorher oben und hatte irgendwie das Gefühl, als ob sie traurig sei. Um sie aufzumuntern hab ich ihr dann von der Party und Clares Schwangerschaft erzählt. Es scheint ihr gefallen zu haben.«

»Typisch, dass du an so was denkst«, murmelte Owen. »Was mich betrifft, so hab ich mich inzwischen mit ihrer Familie befasst. Außer unserer Eliza gab es noch eine jüngere Schwester und zwei ältere Brüder, von denen einer im Krieg geblieben ist. Der andere überlebte, heiratete und setzte vier Kinder in die Welt. Und ein paar Jahre später hat die Schwester ebenfalls eine Familie gegründet: Bei ihr waren es fünf Kinder, von denen eins im Säuglingsalter starb. Die Schwester selbst erreichte ein hohes Alter und wurde über neunzig. Sie lebte übrigens in Philadelphia. Vielleicht könntest du dich darum kümmern, Hope, denn dort verfügst du über die besseren Kontakte.«

»Okay.«

»Kennst du eine Schule namens Liberty House?«

Hope hob überrascht den Kopf. »Allerdings. Warum?«

»Bei meinen Recherchen kam ich irgendwie vom Thema ab und stieß rein zufällig auf die Liberty House

School, die 1878 von der Schwester unserer Lizzy mitbegründet wurde. Damals eine Pioniertat, denn Mädchen und Frauen hatten in jener Zeit so gut wie keinen Zugang zu Bildung und Ausbildung. Heute ist das Institut eine angesehene Privatschule, die auch Jungen aufnimmt.«

»Tolle Schule, ich war selbst dort.«

»Echt?« Überrascht beugte sich Owen vor und stützte seine Unterarme auf den Oberschenkeln ab. »Das ist ja hervorragend. Hast du vielleicht auch Zugang zu den Schularchiven?«

»Davon geh ich aus.« Hope stellte ihren Becher auf den Tisch. »Und wie hieß die Schwester?«

»Äh, Catherine.«

»Und mit Nachnamen? Ich meine nach ihrer Heirat.«

»Darby. Catherine Darby. Sofern ich mich recht erinnere, trägt die Schulbibliothek ihren Namen.«

»Mein Gott, langsam wird mir die Geschichte unheimlich … Wollt ihr wissen, warum? Weil nämlich jene Catherine Darby, die die Schule mitbegründete, meine Ururgroßmutter war.«

»Ist ja ein Ding …« Avery fiel vor lauter Staunen die Kinnlade herunter, doch plötzlich sprang sie wie elektrisiert auf. »Dann wärst du ja mit unserem Hausgeist verwandt als so eine Art Ururgroßnichte.«

Owen konnte es kaum glauben. »Bist du dir völlig sicher?«

Hope bedachte ihn mit einem strengen Blick. »Owen, ich bitte dich. Ich werde doch meine Familiengeschichte kennen. Zudem hab ich von der Vorschule bis zum Ende der Highschoolzeit die Liberty besucht. Genau wie meine Schwester und mein Bruder, wie vor uns meine Mutter und mein Onkel und meine Grandma mütterlicherseits. Das ist bei uns Familientradition. Aber bevor du fragst: Ich weiß leider sonst wenig über meine Vorfahren. Für mich war Catherine Darby immer nur die alte Frau auf dem Gemälde in der Bibliothek. Dass wir verwandt sind, war mir zunächst ebenso unbekannt wie ihr Geburtsname Ford. Schade eigentlich, denn jetzt könnten wir das gut gebrauchen.«

»Glaubst du, irgendjemand aus deiner Familie könnte ein bisschen mehr wissen?«

»Keine Ahnung, aber ich frag gerne mal nach. Das alles ist wirklich ausgesprochen seltsam. Und unheimlich. So, und deshalb mach ich mich jetzt auf den Heimweg, um die Neuigkeit in aller Ruhe zu verdauen und Lizzy mit ganz anderen Augen zu sehen.«

»Soll ich mitkommen und heute Nacht bei dir bleiben?«

»Nein, nicht nötig. So unheimlich ist es nun auch wieder nicht. Schließlich sind wir, meine Hausgefährtin und ich, ja Verwandte.«

Owen wollte aufstehen, um sie bis zum Hotel zu begleiten, doch Hope wehrte mit einem leisen Lachen ab. »Also bitte. Die paar Meter über den Markt schaff ich mit Sicherheit allein. Ist lieb gemeint, aber unnötig.«

Avery brachte die Freundin zur Tür. »Ruf an, falls du Gesellschaft brauchst, okay?«

»Mach ich. Allerdings ist es meist besser für mich, alleine und in aller Ruhe nachzudenken.« Sie tippte sich gegen die Stirn. »Du weißt doch, wie ich bin.«

»Wenn ich das nicht wüsste, würde ich dich ganz bestimmt nicht gehen lassen. Hope?«

»Was?«

»Es ist der totale Wahnsinn, oder?«

»Das kannst du laut sagen.«

Nachdem Hope gegangen war, kehrte Avery ins Wohnzimmer zurück und blickte Owen an. »Irre.«

»In der Tat«, murmelte er nachdenklich. »Ich versuch gerade zu überlegen, warum ich mich überhaupt näher mit der Schwester beschäftigt habe. War wohl so eine Art Eingebung. Oder es hat mich aus einem bestimmten Grund interessiert, schwer zu sagen. Versprochen hab ich mir jedenfalls nichts von dieser Spur. Und jetzt? Ich weiß, dass es Zufälle gibt, aber das geht eindeutig darüber hinaus.«

»Und was soll es sonst sein? Schicksal?«

»Das würde ich stark annehmen.« Er stand auf und wanderte durch den Raum. »Du bist in Boonsboro geboren und aufgewachsen, Hope in Philadelphia. Auf dem College lernt ihr euch kennen, teilt ein Zimmer, werdet Freundinnen. So gute, dass eure Freundschaft die Jahre übersteht und Hope auf deine Veranlassung hin die Managerposition in dem Hotel annimmt, dessen Renovierung sich meine Mutter in den Kopf gesetzt hat und in dem eine junge Frau herumspukt, die sich plötzlich als ferne Verwandte von Hope entpuppt.«

Avery begeisterte sich immer mehr für die Geschichte. »Du vergisst die Details. Eigentlich sah es doch aus, als würde Hope den Job nie annehmen. Weil sie ganz andere Hotels geführt hatte und für so einen kleinen Laden wie das BoonsBoro Inn überqualifiziert war. Und sie wollte ursprünglich nicht in einer Kleinstadt leben. Dass sie trotzdem herkam, das müsste dann ebenfalls Fügung gewesen sein. Irgendjemand da oben hatte offenbar seine Hand im Spiel.«

»So muss man es wohl sehen. All diese Wendungen und Umwege führten am Ende dazu, dass Hope jetzt unter einem Dach mit Lizzy lebt. Hoffen wir, dass diese Entwicklung uns hilft, auch noch die Wahrheit über Billy herauszufinden.«

»Glaubst du, dass sie das alles weiß – Eliza, meine ich?«

»Keine Ahnung. Aber vermutlich eher nicht. Sonst hätte sie bestimmt mehr Kontakt zu Hope hergestellt. Bisher hat sie sich ja ziemlich an uns drei Brüder und an dich gehalten.«

»Vergiss Murphy nicht. Schließlich hat er sie, wenn uns nicht alles täuscht, zuerst gesehen.«

»Kinder«, stellte Owen schulterzuckend fest. »Ihnen fällt es leicht, an Unmögliches und Unsichtbares zu glauben. Wir Erwachsenen tun uns da erheblich schwerer.

Er sah sie grinsend an. »Das ist ja megacool und mir noch gar nicht aufgefallen.«

»Was meinst du jetzt schon wieder?«

»Deine Haare. Sie sind wieder original Avery. Nichts mehr von Granat und Kupfer und weiß der Teufel was.« Er fuhr mit seinen Fingern durch die rotgoldene Pracht. »Dein Haar ist wunderschön, so wie es ist.«

»Ja, ich dachte, es sei mal wieder an der Zeit, mehr ich selbst zu sein. Um auszuprobieren, wie sich das anfühlt.«

»So gefällst du mir am besten.«

»Wirklich?« Sie warf ihm einen prüfenden Blick zu. »Und warum hast du das bisher nie gesagt?«

»Weil es deine Haare waren, obwohl sie nicht so aussahen … Nein, ich wollte dir nicht dreinreden.« Er beugte sich etwas vor und schnupperte. »Es fühlt sich nach deinen Haaren an, riecht nach deinen Haaren, und jetzt sieht es auch wieder so aus. Endlich, denn ich bin total verrückt nach deinen Haaren.«

»Also bitte.«

»Und weißt du was? Ich hab noch nie mit dir geschlafen ohne schrill gefärbte Haare.«

Sie begann zu lachen und lachte immer noch, als er sie in seine Arme zog.

»Das sollten wir schleunigst nachholen. Für eine Vergleichsstudie sozusagen.«

»Gute Idee«, stimmte er ihr zu und trug sie zum Bett.

20

Am Tag der Hochzeit erstrahlte das BoonsBoro Inn in einem schier märchenhaften Glanz. Dafür sorgten schon die Blumenfülle und der weiche Schein von unzähligen Kerzen, die im ganzen Haus verteilt standen.

Selbst der Wettergott präsentierte sich seit Tagen in bester Laune und beschenkte das Brautpaar und seine Gäste mit einem leuchtend blauen, wolkenlosen Himmel, der sogar trotz der frühen Jahreszeit eine Feier im Freien erlaubte. In der Luft lag ein betörender Duft nach Rosen und Lilien, in den sich ein süßer Hauch von Geißblatt mischte.

Im Titania-und-Oberon-Zimmer, das sich mit seinem elfenhaften Charme für eine Braut geradezu anbot, stieg Clare vorsichtig in ihr Hochzeitskleid, atmete tief durch und blickte ihre Mutter an. »Nicht weinen, Mom.«

»Du siehst wunderschön aus.« Während Hope am Saum des Kleides zupfte, blinzelte Rosie gegen die aufsteigenden Tränen an und drückte die Hand der Tochter. »Und vor allem glücklich.«

»Perfekt.« Hope trat einen Schritt zurück und stellte sich neben Avery.

»Ja, das ist es wirklich«, sagte Clare, als sie in den Spiegel blickte. »Rundherum perfekt.«

»Und jetzt raus auf die Veranda, damit wir die ersten

Fotos machen können«, drängte Hope. »Um diesen Moment für alle Zeiten festzuhalten.«

»Bist du sicher, dass Beckett nicht irgendwo draußen herumläuft? Er soll mich nicht vor der Trauung sehen. Ist natürlich lächerlich, ich weiß.«

»Nein, ist es nicht, sondern ein schöner, alter Brauch«, korrigierte Avery sie. »Ich geh schnell nach hinten und sag Bescheid, dass sich hier vorne in der nächsten Viertelstunde kein Mann blicken lassen soll.«

»Aber komm schnell wieder, denn wir brauchen dich für die Fotos«, mahnte Hope.

»Versprochen. Ich sammle nur die Jungs und Justine ein – in fünf Minuten bin ich zurück«, erklärte sie und stürzte los.

Die Tür des E&D stand einladend offen. »Ich kann dich gerade nicht besuchen, komm aber später vorbei«, rief sie im Vorübergehen. Ihre schicken neuen Schuhe klapperten, und ihr Kleid, das die Farbe prickelnden Champagners hatte, schwang seidig weich um ihre Beine, als sie weiterlief.

Schon von ferne hörte sie aus dem Männerzimmer polterndes Gelächter und aufgeregtes kindliches Jauchzen. »Seid ihr für Damenbesuch gerüstet?«, fragte sie und öffnete vorsichtig die Tür.

»Hereinspaziert, dann siehst du es selbst«, antwortete Ryder, und sie trat lachend ein.

Justine war ebenfalls bereits anwesend und umarmte gerade ihren Jüngsten, der heute heiraten würde. Ein rührendes Bild, fand Avery. Ryder und die Jungs saßen in ihrem Hochzeitsstaat auf dem Bett und spielten Karten.

»Es ist so weit«, rief Liam aufgeregt.

»Noch nicht ganz. Aber euch drei nehm ich gleich mit. Wegen der Fotos, ihr wisst schon. Wo ist Owen?«

»Der holt gerade was zu trinken.«

»Ihr seht alle umwerfend aus. Absolut großartig und schrecklich elegant. Gott, wirklich toll. Außer Justine und den Jungs bleiben bitte alle hier. Ich möchte nicht, dass sich einer von euch heimlich nach vorne schleicht.«

»Vielleicht könnten wir ja währenddessen ein Stück Pizza essen«, meinte Ryder, und prompt brachen die Kinder in lautes Freudengeheul aus.

»Pizza mit den schönen Anzügen?« Ein kurzer Blick von Justine reichte, um Clares Söhne zur Räson zu bringen. Bestimmt hatte sie es früher mit ihren dreien genauso gemacht. Sie küsste Beckett auf die Wange und wandte sich zum Gehen. »Auf geht's, Kinder.«

»Ich hab Durst«, jammerte Murphy und sah sie flehend an.

»Okay, ich schau nach, wo Owen mit den Getränken bleibt, während ihr mit Justine schon losgeht«, versprach Avery und wandte sich noch kurz Beckett zu. »Du siehst echt super aus«, sagte sie. »Aber du hast Clare noch nicht gesehen …«

»Lasst mich nicht mehr ewig warten, denn ich werde langsam ungeduldig. Gehört sich schließlich für einen Bräutigam, oder?«

Avery lachte. »Dafür wirst du reich belohnt«, tröstete sie ihn und lief aus dem Raum.

Kurz darauf ging sie die Balkone entlang und warf einen raschen Blick in den Hof, wo weiße, verschwenderisch geschmückte Zelte auf die Gäste warteten. Perfekt, würde Hope vermutlich bei diesem Anblick sagen, und dem war nichts hinzuzufügen.

Endlich entdeckte sie Owen, der ein Tablett mit Gläsern und Flaschen balancierte. Ihre Blicke versenkten sich ineinander, und für einen Moment hatte sie das wunderbar romantische Gefühl, als bliebe die Zeit stehen.

Er konnte seinen Blick nicht von ihr lösen. »Du siehst einfach unglaublich aus.« Mit dem in der Sonne schimmernden rotgoldenen Haar kam sie ihm wie die Königin der schottischen Kriegerinnen aus den Highlands vor. »Wirklich unglaublich«, wiederholte er.

»Es ist einfach alles wunderschön. Weißt du noch, wie es vor einem Jahr hier ausgesehen hat? Wahnsinnig, was in dieser kurzen Zeit alles passiert ist, was sich alles verändert und entwickelt hat.«

Er sah ihr unverändert ins Gesicht. »Genau das dachte ich gerade ebenfalls.«

»Justine hat die Jungs bereits mit nach vorne genommen. Gib mir einfach dein Tablett.«

Die praktische Aufforderung brach den Bann und holte ihn in die Realität zurück, in der drei Kinder auf ihre Getränke warteten. Er gab sich einen Ruck. »Okay. Ja, natürlich … Ich hab Sprite geholt, weil Liam meinte, die sehe aus wie Sekt. Und ein Glas Sekt für Mom. Echten, kein Sprite.«

»Fein. Wir brauchen etwa noch eine Viertelstunde, bis die ersten Aufnahmen gemacht werden. Steht zumindest in dem Zeitplan, den Hope schon den ganzen Morgen in der Gegend herumschwenkt. Anschließend kommt der

Fotograf nach hinten und schießt ein paar Bilder von euch.«

»Ich werde aufpassen, dass alle dann fertig sind. Ich hab den Zeitplan nämlich auch im Kopf«, sagte er, reichte ihr das Tablett und ging in die andere Richtung davon. Sie hörte ihn noch »erstaunlich, wirklich überaus erstaunlich« murmeln.

Zurück bei seinen Brüdern erinnerte er sie an etwas, was sie beinahe schon vergessen hatten. »Wisst ihr noch, wie ich gesagt habe, dass ich Avery heiraten will, falls sie schwanger wird?«

»Meine Güte, ist sie inzwischen etwa auch schwanger?« Ryder hatte zwischenzeitlich Bier organisiert und nahm sich eins.

»Nein, aber mir ist inzwischen etwas klar geworden. Ich war damals wohl ein bisschen enttäuscht, dass nicht sie das mit der Schwangerschaft war – deshalb meine blöde Reaktion.«

Seine Brüder schauten ihn erwartungsvoll an. »Nun spuck's schon aus«, forderte Ryder ihn auf. »Sonst gerätst du noch mit deinem eigenen Zeitplan in Verzug.«

Owen holte tief Luft und setzte eine feierliche Miene auf. »Das ist nicht alles, was ich euch sagen will. Ich möchte sie auch heiraten, wenn sie nicht schwanger ist.« Erwartungsvoll schaute er zwischen den Brüdern hin und her. »Ich will Avery MacTavish heiraten. Was sagt ihr dazu?«

»Tja. Darauf sollten wir einen trinken.« Beckett nahm sich ebenfalls ein Bier und hielt Owen eine Flasche hin. »Hier.«

»Seid ihr denn nicht wenigstens ein bisschen überrascht?« Owen schien enttäuscht.

»Nein, nicht das allerkleinste bisschen.«

»Warte einen Augenblick.« Ryder trat einen Schritt zurück und starrte den Jüngeren aus zusammengekniffenen Augen an. »Du hast gesagt, du willst sie *heiraten?* Erst Beckett und jetzt auch noch du?« Er bedachte die Bierflasche mit einem argwöhnischen Blick. »Ist vielleicht irgendwas in dem Bier? Irgendeine Droge, die bewirkt, dass man heiraten will? Dann stell ich die Flasche lieber wieder weg.«

»Es liegt nicht am Bier, du Blödian.« Beckett grinste Owen an. »Du solltest heute noch mit ihr reden und ihr einen schönen, altmodischen Antrag machen. Wenn du das auf einer Hochzeit tust, bringt euch das sicher Glück.«

Owen atmete vernehmlich aus. »Da muss ich erst mal genau überlegen, wo und wie und wann genau.«

»Na, schön, wenn du meinst.« Ryder trank einen großen Schluck von seinem Bier und nickte dem neuen Heiratskandidaten zu. »In diesem Sinne viel Spaß.«

Eine Viertelstunde später waren die ersten Aufnahmen im Kasten.

»Bei den Männern braucht der Fotograf noch ungefähr zwanzig Minuten«, verkündete Hope. »Dann sind sie so weit, dass sie nach unten gehen.«

Avery schaute sie verwundert an. »Woher weißt du das jetzt so genau?«

»Owen hat mir eine SMS geschrieben.«

»Ihr beiden gleicht den Zeitplan minutiös ab?« Avery

konnte es nicht fassen. »Ich dachte, es sollte eine ganz zwanglose Feier werden.«

»Zwanglos heißt nicht schlampig. Übrigens sind bereits die ersten Gäste eingetroffen.«

»Dann fängt der Countdown also an.« Avery griff nach der Sektflasche und fragte: »Möchte außer mir noch irgendwer ein Glas?«

»Ich nicht«, sagte Clare spontan, um sich dann zu korrigieren. »Das heißt, vielleicht einen kleinen Schluck. Das schadet bestimmt nicht und bringt uns sicher Glück.«

»Also ein Schlückchen für die Braut und zwei möglichst volle Gläser für die Brautjungfern.«

Hope erhob ihr Glas. »Auf die Braut.«

Clare schüttelte den Kopf. »Nein, auf die Ehe. Darauf, dass man halten kann, was man sich verspricht, und immer Lösungen findet. Und vor allem darauf, dass man dauerhaft glücklich miteinander ist.«

»Also auf die Ehe«, stimmte Hope zu, und sie stießen miteinander an.

»Und auf die Familie«, fügte Clare nach einem winzig kleinen Schluck hinzu. »Weil es schließlich nicht nur um die Ehepartner, sondern auch um ihre Kinder und Eltern geht. Und um die Menschen, durch die ein Leben erst stabil und reich und vollständig wird. Um Freunde wie ihr zwei.«

»Du willst uns anscheinend unbedingt zum Weinen bringen«, stellte Avery mit belegter Stimme fest.

»Eigentlich dachte ich, dass ich heute alles unter Wasser setzen würde vor lauter Ergriffenheit und Rührung.« Clare nippte noch einmal an ihrem Glas, bevor sie es wegstellte. »Aber ich bin erstaunlicherweise völlig gelassen. Letzte Nacht musste ich an Clint denken und bin mir völlig sicher, dass er sich für mich freuen würde. Und auch darüber, wieder einen Mann in meinem Leben und in dem seiner Söhne zu wissen. Darüber bin ich froh. Und jetzt will ich endlich runter in den Hof und mit dem Kind in meinem Bauch zu Beckett gehen.«

»Nachdem ich deinen Lippenstift nachgezogen und deine Haare ein letztes Mal gerichtet habe«, verkündete Hope und machte sich ans Werk.

Avery trat unterdessen auf den Balkon und stützte nachdenklich die Arme auf die Brüstung, als sie plötzlich bemerkte, wie ein Stück weiter die Balkontür des Nebenzimmers lautlos aufschwang. Offenbar bekam sie unsichtbare Gesellschaft.

Sie wandte ihr Gesicht zur Seite. »Ich kann nicht beschreiben, wie's mir gerade geht. Irgendwie merkwürdig: nicht traurig, aber auch nicht glücklich. Vielleicht ein bisschen wehmütig und neidisch, dass ich nicht so sein kann wie Clare. Wie macht sie das bloß, sich ihrer Sache so völlig sicher zu sein? Schließlich ist es ein folgenschwerer Schritt. Und trotzdem wirkt sie kein bisschen nervös und zweifelt nicht im Geringsten daran, dass sie das Richtige tut. Was ist das für ein Gefühl? Wie gelangt man an diesen Punkt?«

In geschäftlicher Hinsicht verfügte sie ebenfalls über diese Sicherheit. Da war sie ausgesprochen mutig und selbstbewusst, doch im persönlichen Bereich neigte sie zum Zögern und Zaudern. Fragte sich, was einen Menschen dazu bewog, auf jemand anderen zuzugehen und ihn später auf seinem Lebensweg zu begleiten.

»Egal. Es geht hier schließlich nicht um mich. Dieser Tag gehört allein Clare, und ich sollte mich uneingeschränkt für sie freuen, statt über mich nachzugrübeln.«

Als sie sich umdrehte, um wieder ins Haus zu gehen, sah sie, dass mit einem Mal etwas auf dem Tisch zwischen den Balkontüren lag. Sie griff nach dem kleinen Stein und betrachtete ihn verwundert. Er war glatt wie ein Kiesel und wie ein Herz geformt. Dann entdeckte sie die eingravierten Initialen: L.F. und B.R.

L.F. für Lizzy Ford. Und B für Billy.

Es konnte gar nicht anders sein. Nur das R blieb vorerst ein Geheimnis.

Mit wild klopfendem Herzen blickte sie sich um. Die Tür des Nebenzimmers stand noch immer offen, und sie roch den süßen Sommerduft, so fein wie der von den Blütenblättern einer kostbaren Rose.

Sie wandte erneut den Kopf. »Hat er dir den Stein geschenkt? So muss es gewesen sein. Und du hast ihn all die Jahre aufbewahrt. Aber wie kann das sein? Du bist unsichtbar, doch der kleine Kiesel sieht aus wie ein richtiger Stein. Wie kommt er plötzlich hierher? Wie kann …«

»Avery«, rief Hope, »es geht los.«

Sie schloss die Hand um ihren Fund. »Ich werde den Stein Owen zeigen, denn deshalb hast du ihn mir vermutlich geschenkt. Versprochen«, sagte sie feierlich und legte die Hand, in der sie den kleinen Kiesel hielt, auf ihr Herz. »Ich geb dir mein Ehrenwort.«

»Avery!«

»Eine Sekunde noch.« Eilig lief sie zurück ins Haus, griff nach ihrer Handtasche und versteckte den Stein darin. Würde er sich womöglich kurzerhand in Luft auflösen und nicht mehr da sein, wenn sie ihn später suchte?

Avery wusste nicht, was sie von dieser Geschichte halten sollte.

Als der Himmel sich langsam rötlich zu färben begann, gaben Clare und Beckett sich vor dem im Hof aufgebauten, festlich geschmückten Altar das Jawort. Gerührt hörte Avery zu, wie sie sich versprachen, immer füreinander und für ihre Kinder da zu sein, und beobachtete, wie sie die Ringe tauschten, die wie zur Bestätigung dieses Versprechens im warmen Licht der Nachmittagssonne funkelten.

Die beiden strahlten eine so schlichte, tiefe und innige Freude aus, dass etwas davon auf Avery übersprang. Auch sie spürte das Wunder dieses Augenblicks, diesen verzauberten Moment, in dem zwei Menschen sich fürs Leben aneinanderbanden. Unauflöslich.

Dann jedoch wurde es fröhlich, und jegliche Rührung war wie weggeblasen. Nachdem Clare ihren ersten Kuss als frischgebackene Ehefrau bekommen hatte, stürmten alle auf das Brautpaar zu, um es zu umarmen und zu beglückwünschen.

Musik ertönte, und Avery ließ sich von Owen durch den Gang zwischen den Stuhlreihen in Richtung Foyer ziehen, wo Murphy zur allgemeinen Erheiterung laut verkündete, er müsse »Pipi machen«, und zwar sofort.

»Okay, aber schnell, denn du sollst doch mit auf die Fotos«, mahnte Hope, bevor er davonstürmte, und wandte sich dann an die Hochzeitsgesellschaft. »Erst vom Brautpaar und sämtlichen Gästen, dann von Clare und Beckett und den Jungen und danach von den beiden allein.« Sie sah den Fotografen an. »Wenn Sie damit in fünfundvierzig Minuten fertig sind, bleiben wir zeitlich im Rahmen.«

»Hast du etwa eine Stoppuhr in der Hand?«, erkundigte sich Ryder spöttisch.

»Die hat sie hier oben«, antwortete Avery an Hopes Stelle und tippte sich gegen die Stirn.

»Es steht schließlich noch eine Menge auf dem Programm: das Hochzeitsessen, die Hochzeitstorte und der Hochzeitstanz. Und daneben soll Clare und Beckett schließlich noch ein bisschen Zeit bleiben, ihren Ehrentag zu genießen«, verteidigte sich Hope.

»Ich glaube kaum, dass die beiden sich selbst solche Gedanken machen«, stellte Ryder lakonisch fest und deutete auf das verliebte Ehepaar, das sich gerade küsste und die Welt ringsum zu vergessen schien. »Also entspannen Sie sich, Commander.«

»Entspann dich erst mal selbst«, murmelte Hope, während sie die Gästeschar zusammentrieb.

Avery überlegte unterdessen, wann sie Owen den Stein zeigen sollte. Es müsste ein ruhiger Moment sein, entschied sie, also keiner wie dieser, wenn Lärm und Hektik herrschten. Später, wenn die Feier zu Ende ging, würde sich bestimmt eine passende Gelegenheit finden.

Es wurde ein rauschendes Fest. Nachdem der Fotograf seine Arbeit erledigt hatte, stießen alle mit Champagner auf das Glück von Clare und Beckett an, während der Brautvater und Justine jeweils eine kurze Rede hielten.

Danach wurde das Büfett eröffnet, und Clare und Beckett gingen unter dem Applaus der Gäste zu der großen Tanzfläche im Hof. Inzwischen war die Sonne nur noch als roter Ball am Horizont zu sehen, doch die ungewöhnlich warmen Temperaturen dieses Apriltags sorgten zusammen mit großen Heizstrahlern dafür, dass niemand fror.

Avery nahm Owen zur Seite. »Komm mit nach drinnen. Ich muss dir was zeigen.«

»Ich wollte jetzt eigentlich mit dir tanzen und dann etwas essen ...«

»Machen wir alles später – so viel wie du willst«, sagte sie und zog ihn hinter sich her in den ersten Stock. »Die Sache hat eine Vorgeschichte«, fing sie an. »Ich stand draußen auf dem Balkon, bevor wir vor der Trauung heruntergekommen sind. Ich war ein bisschen nachdenklich gestimmt, weil so ein Ereignis einen schließlich nicht unberührt lässt. Und dann kam sie zu mir. Besser gesagt, die Balkontür schwang auf. Ich dachte gerade an Clare und Beck, ans Heiraten, an die Versprechen, die man sich bei einer Hochzeit gibt, und hab mich gefragt, woher Leute den Mut nehmen, einen solchen Schritt zu tun. Dafür braucht man ganz schön viel Rückgrat.«

»Mit Rückgrat hat das nichts zu tun.«

»Was auch immer.« Sie öffnete die Tür zum T&O, in dem noch immer ihre Handtasche lag. »Als ich vorhin wieder nach drinnen gehen wollte, sah ich plötzlich etwas auf dem Tisch neben der Balkontür liegen.« Sie wühlte in der Tasche und atmete erleichtert auf, als ihre Fingerspitzen den Kiesel ertasteten. »Das hier«, sagte sie und streckte ihm ihre Hand entgegen.

»Wow. Ein Stein.«

»Dein Spott ist völlig unangebracht. Sieh ihn dir lieber mal genauer an.« Sie drückte ihm den herzförmigen Kiesel in die Hand und beobachtete, wie sich seine Miene veränderte. Aus Belustigung wurde erst Verwirrung, dann grundstürzendes Erstaunen.

»Sie hat ihn dir gegeben.« Es war keine Frage, sondern eine Feststellung.

»Ja, anders kann es nicht sein. Sie muss ihn auf den Tisch gelegt haben, denn als ich rausging, war er noch nicht da. Sie wollte mir offenbar etwas damit sagen. Oder was meinst du?«

»Ich finde das Ganze total verrückt: Ein Geisterwesen gibt dir einen sehr realen Gegenstand, den man jedoch nicht sieht, wenn sie ihn bei sich trägt. Irrer geht's kaum.«

»Darüber denkt man am besten gar nicht nach, sonst zweifelt man am Ende noch an seinem gesunden Menschenverstand. Trotzdem: Billy muss ihn ihr gegeben haben – alles andere macht keinen Sinn. Allein schon wegen der eingravierten Initialen. Unser Billy ist offenbar ein Romantiker gewesen. Entdeckt vermutlich durch Zufall diesen außergewöhnlich geformten Stein und widmet ihn ihr als Talisman. Diese unvollendete Liebe rührt mich immer mehr.«

»Ja, und ich freu mich, dass wir die Initialen gefunden haben. Vielleicht hilft uns ja die Information weiter, dass sein Familienname mit einem R begann. Vermute ich zumindest.«

»Ja, wir sollten Hope den Stein so schnell wie möglich zeigen. Nicht heute natürlich. Könnte immerhin sein, dass in der Familie doch noch irgendwelche Schriftstücke auftauchen, die Catherines Schwester Eliza mit einem jungen Mann in Verbindung bringen. Vielleicht könnte sie ihn ja in Philadelphia herumzeigen.«

»Sie hat dir den Stein gegeben und nicht Hope.«

»Geben würde ich das nicht nennen. Sie hat ihn höchstens für mich auf den Tisch gelegt.«

»Das ist kaum ein großer Unterschied.«

»Wieso sollte sie etwas dagegen haben, dass Hope den Stein bekommt? Schließlich ist sie die Ururenkelin ihrer Schwester.«

»Trotzdem hat sie ihn nicht so hingelegt, dass Hope ihn findet.« Er gab Avery den Stein zurück. »Sie wollte, dass du ihn nimmst. Warum, weiß ich nicht. Behalt ihn erst einmal, vielleicht bringt dich der Stein ja auf eine Idee, was Lizzy damit zum Ausdruck bringen wollte. Und in der Zwischenzeit such ich diesen Billy R.«

»Also gut, doch irgendwann wird sie ihn bestimmt zurückwollen.« Sie zog die Initialen mit den Fingerspitzen nach, bevor sie den Stein wieder in ihrer Handtasche verschwinden ließ.

»Hab ich dir schon gesagt, dass du unglaublich aussiehst?«

Sie sah ihn mit blitzenden Augen an. »Höchstens so ganz nebenbei. Im Vorübergehen sozusagen.«

»Dann noch einmal und mit allem Nachdruck: Du siehst toll aus, wirklich unglaublich. Und ich …« Er unterbrach sich. Im Gegensatz zu Beckett hielt er es nicht für eine grandiose Idee, während der Hochzeitsfeier seines Bruders um ihre Hand anzuhalten. Es musste an einem Tag sein, der nur ihrer wäre. »Was hast du eigentlich damit gemeint, dass man zum Heiraten Rückgrat braucht?«, wechselte er schnell das Thema. »Rückgrat braucht man, um sich nicht verbiegen zu lassen, bei seiner Meinung zu bleiben, selbst wenn man sich damit unbeliebt macht … Aber beim Heiraten?«

»Ich meinte damit, dass die Heirat ein Schritt von großer Tragweite ist und man sich dessen bewusst sein muss. Schließlich verspricht man sich, bis in den Tod oder zumindest bis zur Scheidung füreinander da zu sein.«

»Warum bist du immer so zynisch?«

»Ich bin nicht zynisch.« Sie bedachte ihn mit einem bösen Blick. »Bloß realistisch – und vor allem neugierig. Eine neugierige Realistin, aber keine Zynikerin bitte. Komm, lass uns wieder nach unten gehen.«

Schweigend gingen sie nebeneinander die Treppe herunter, jeder in Gedanken versunken.

»Sieh dir das mal an«, sagte er, als sie die Tanzfläche erreichten. Clare und Beckett, seine Mom und ihr Dad, die Eltern von Clare und ein paar andere Paare wirbelten vergnügt herum. »Sie alle haben, deiner Definition nach, Rückgrat bewiesen. Es kann also nicht so schwer sein, oder? Das ist die Realität.«

Und genau die wünschte er sich so brennend mit ihr, fügte er im Stillen hinzu.

»Vielleicht. Jedenfalls ist es ein schöner und ermutigender Anblick. Wir sollten uns ebenfalls unter die Tänzer mischen.«

»Gute Idee.«

Er gab sich alle Mühe, möglichst locker zu wirken, doch irgendetwas nagte an ihm. Ihr Zynismus, der angeblich keiner war? Ihre scheinbar durch und durch negative Einstellung zur Ehe?

Auch sie spürte, dass sie ihm die Stimmung verdorben hatte.

Die gespannte Atmosphäre zwischen ihnen hielt an, ohne dass sie darüber gesprochen hätten. Zu viel sei zu tun, redete Avery sich ein, denn innerhalb einer Woche wollten sie schließlich den Umzug von Becks Familie in das neue Haus schaffen. Bei ihrer Rückkehr von der Hochzeitsreise sollte das junge Paar alles einigermaßen gebrauchsfertig vorfinden. Inzwischen waren sie ein eingespieltes Team: die Montgomery-Brüder und die beiden Freundinnen. Als Avery zusammen mit Hope Gläser, Geschirr, Besteck, Töpfe, Pfannen und Servierplatten in die diversen Küchenschränke räumte, kam es ihr vor, als hätte sie all das gerade erst erlebt. Was so falsch nicht war, denn immerhin lagen Hopes Umzug und die Einrichtung des Hotels noch nicht lange zurück.

»Hoffentlich ist Clare nicht enttäuscht, dass sie den Umzug nicht selbst machen kann«, meinte sie.

Die Freundin schüttelte den Kopf. »Die Befürchtung hatte ich zunächst auch. Aber inzwischen bin ich überzeugt, dass sie gottfroh sein wird. Schließlich muss sie sich sofort nach ihrem Urlaub wieder um den Laden und die Kinder kümmern. Außerdem ist es ja nicht so, als ob für sie nichts mehr zu tun bliebe. Bestimmt räumen wir zudem nicht alles nach ihrem Geschmack ein. Das Schleppen von Möbeln und Kisten vermisst sie allerdings bestimmt nicht. Sollte sie wegen der Schwangerschaft im Übrigen lieber lassen.«

»Dann wollen wir das Beste hoffen. So ist es im Grunde perfekt. Auch dass Clares Eltern mit anpacken und die anderen Großeltern die Kinder hüten. Die freuen sich bestimmt, ihre Enkel mal ganz für sich alleine zu haben.«

Ja, dachte Avery, es war alles bis ins Letzte durchorganisiert. Und bei zwei so generalstabsmäßig denkenden Menschen wie Hope und Owen hatte sie etwas anderes kaum erwartet. Wo war Owen überhaupt? Sie schaute nach draußen und sah, wie er gerade eine schwere Kiste vom Wagen hob.

Hope machte eine Pause und streckte die Hand nach ihrem Handy aus. »Ich muss kurz überprüfen, ob Carolee die Blumenbestellung aufgegeben hat. Das neue Haus soll Clare und Beckett mit einer verschwenderischen Fülle von Frühlingsblumen begrüßen.«

»Du weißt ganz genau, dass sie das erledigt hat. Also entspannen Sie sich, Commander.«

»Wenn er mich noch ein einziges Mal so nennt, tret ich ihm in die Eier.« Die sonst so korrekte, damenhafte Hope klang plötzlich gar nicht ladylike. »Da wir gerade von dem einen Montgomery reden – was ist eigentlich mit dem anderen und dir?«

»Nichts. Was soll schon sein?«

Hope blickte Richtung Treppe. »Rose und Justine sind im ersten Stock beschäftigt, und Owen und Ryder holen gerade die letzten Möbel ab. Wir können also ganz ungestört reden.«

»Okay, irgendwas stimmt seit der Hochzeit nicht, und wahrscheinlich ist es meine Schuld. Als ich ihm den Stein gezeigt habe, sind mir ein paar Bemerkungen übers Heiraten rausgerutscht, die er zynisch fand. Weil ich mir letztlich nicht vorzustellen vermag, wie man sich zu einem solchen Wagnis überhaupt durchringen kann, hab ich indirekt gesagt, dass das Versprechen, bis in den Tod füreinander da zu sein, kaum noch gehalten werde und es deshalb richtiger sei, von Trennung durch Scheidung zu sprechen. Trotzdem bin ich keine Zynikerin.«

»O nein, das bist du nicht. Aber in deinem Kopf geistert nach wie vor die Hinterlassenschaft deiner Mutter herum. Deine Wohnung hast du entrümpelt – fang endlich mal mit deinem Kopf an.«

»So ein Blödsinn«, antwortete Avery unwirsch, um kurz darauf einzuräumen: »Das heißt, wahrscheinlich hast du recht. Zwar hab ich schon eine Menge Ballast abgeworfen, doch vermutlich nicht genug. Jedenfalls ist das Verhältnis zwischen Owen und mir seit der Hochzeit ziemlich seltsam – und das ist das Letzte, was ich will. Allein schon wegen unserer langjährigen Freundschaft.«

Sie schaute sich um, um sicherzugehen, dass sie nicht belauscht wurden. »Gestern Abend hab ich das hier aus meiner Schatzkiste rausgesucht«, sagte sie, öffnete ein Innenfach ihrer Handtasche und zog einen herzförmigen pinkfarbenen Plastikring hervor. »Den hat er mir geschenkt, als ich etwa sechs und total in ihn verschossen war.«

»O Avery, das ist ja unglaublich süß.«

»Das war es auf jeden Fall. Ein Ring aus einem Kaugummiautomaten – ich war total selig. Und so wie damals ist er heute noch. Liebevoll und immer bemüht, einem eine Freude zu machen.«

»Ich muss schon sagen, dass ich es ausgesprochen bemerkenswert, um nicht zu sagen aufschlussreich finde, dass du all die Jahre einen billigen Plastikring aufgehoben hast.«

»Wieso? War schließlich mein erster Verlobungsring.« Sie lachte und schob ihn sich spaßeshalber auf den Finger, doch zu ihrer Überraschung rief der Anblick eine leise Traurigkeit in ihr wach. »Damals war alles so einfach, ganz im Gegensatz zu heute.« Sie streifte den Plastikring vom Finger. »Vielleicht fühlt er sich ja …«

Sie brach ab, weil die Tür geöffnet wurde, hob mahnend ihren Zeigefinger an die Lippen und steckte den Ring schnell wieder ein. Aber es waren bloß Justine und Rosie, die hereinkamen.

Owen sah sie erst gegen Abend. Nachdem sie in der Küche fertig war, hatte sie noch die Bäder hergerichtet und ein wenig im Wohnzimmer geräumt, damit der Raum einigermaßen behaglich aussah.

Als sie irgendwann nach oben kam, entdeckte sie Owen, der im Spielzimmer der Jungen gerade ein gerahmtes X-Men-Poster aufhängte.

»Hallo, du bist ja immer noch fleißig.«

Er sah sie über die Schulter an. »Der größte Teil der Arbeit ist geschafft, und für heute reicht es auch. Ryder ist bereits heimgefahren, und ich werde seinem Beispiel bald folgen. Mom und Carolee übernehmen es übrigens, den Kühlschrank zu füllen.«

»Großartig. Ich bin mit meinem Pensum für heute ebenfalls durch. Anfangs sah es aus, als würden wir es nicht schaffen, und jetzt haben wir sogar noch etwas Luft.«

»Weil wir genug Helfer hatten.«

»Und weil ihr beiden Organisationstalente mal wieder ganze Arbeit geleistet habt. Das Haus ist übrigens super geworden. Rundum zum Wohlfühlen und zugleich sehr übersichtlich zum Arbeiten. Was bei einer Großfamilie schließlich nicht unwichtig ist. Möchtest du zur Feier des erfolgreichen Umzugs vielleicht ein Bier?«

»Keine schlechte Idee.«

Sie ging in die Küche, nahm zwei Flaschen aus dem Kühlschrank und öffnete sie. Schrecklich, wie förmlich sie miteinander umgingen, schoss es ihr durch den Kopf. Nüchtern und distanziert wie Fremde.

Avery fasste einen Entschluss, denn sie hatte endgültig genug von diesem Eiertanz. Sobald er durch die Tür trat, würde sie reinen Tisch machen. Und dann war er da.

»Bist du sauer auf mich?«

»Nein.« Er sah sie ruhig aus seinen blauen Augen an und legte seinen Werkzeuggürtel ab. »Warum sollte ich?«

»Ich weiß nicht. Aber wir … Ich – irgendwie läuft es seit der Hochzeit seltsam zwischen uns.«

Er bedachte sie mit einem nachdenklichen Blick und trank einen Schluck Bier. »Vielleicht hast du recht.«

»Wenn das mit uns für dich nicht funktioniert, wäre ich dir dankbar, wenn …«

»Wie kommst du bloß auf die Idee? Warum denkst du automatisch sofort, dass es zwischen uns nicht funktionieren oder zumindest nicht von Dauer sein kann?«

»So meine ich das doch nicht. Ich …« Als er einfach abwinkte, trat sie ans Fenster und presste mit rauer Stimme hervor: »Du *bist* sauer auf mich.«

»Allmählich werde ich es.« Wieder trank er von seinem Bier, stellte die Flasche auf den Tresen zurück und sah sie eindringlich an. »Was für ein Gefühl wäre das für dich, wenn ich dir erklären würde, das zwischen uns funktioniere für mich nicht? Und komm mir nicht mit irgendwelchen faulen Ausreden, sondern sei völlig ehrlich, Avery. Sag es mir, wie du dich fühlen würdest. Denn zugleich würde das ja bedeuten, dass ich eigentlich nicht richtig will, dass ich nicht an uns glaube.«

Sie biss die Zähne zusammen, um ein Zittern zu unterdrücken. »Es würde mir das Herz brechen. Ist es das, worum es dir geht? Musst du wissen, dass du diese Macht über mich hast?«

Er schloss seine Augen und atmete tief durch. »Ja. Genau das ist es, was ich wissen muss und worum es mir geht.«

»Gut, es würde mich zutiefst verletzen und kränken und aus der Bahn werfen, trotzdem …«

»Hör auf«, sagte er in ruhigem Ton. »Ich will nicht Schluss machen, ganz und gar nicht. Mein Problem besteht vielmehr darin, dass *du* uns keine Chance zu geben scheinst, dass du weder an mich noch an dich selbst noch an uns zwei glaubst.«

»Wie kommst du bloß auf diese dumme Idee? Natürlich glaub ich an uns.« Noch während sie die Worte aussprach, wusste sie mit einem Mal, was schiefgelaufen war: dass sie genau diesen Eindruck vermittelt hatte. »Ach Owen, ich rede manchmal dummes Zeug, denke dummes Zeug. Und du solltest mich gut genug kennen, um das richtig einzuschätzen.«

»Ich kenn dich sogar sehr gut und weiß, dass du loyal und großzügig, zäh und ehrgeizig bist. Aber du stellst dich viel zu sehr infrage und machst dir viel zu viele Gedanken darüber, ob du möglicherweise deiner Mutter nachschlägst. Avery, du bist eine völlig andere Persönlichkeit, das genaue Gegenteil von ihr. Das warst du immer schon, und es macht mich furchtbar sauer, dass du das nicht sehen willst.«

»Ich bemühe mich.«

»Hoffentlich, aber das hast du schon häufig gesagt, ohne dass sich etwas verändert hätte.« Er streckte die Hand nach seiner Flasche aus, ließ sie jedoch stehen. »Wir drehen uns im Grunde die ganze Zeit im Kreis und kommen keinen Schritt voran. Und das ist nicht okay, weil ich dich nämlich liebe.«

»O mein Gott.«

»Vermutlich hab ich dich immer schon geliebt – obwohl es eine halbe Ewigkeit dauerte, bis ich das kapierte. Und weil ich es lange selbst nicht wusste, hab ich von mir auf dich geschlossen und wollte dir Zeit lassen. Aber jetzt reicht's«, erklärte er. »Siehst du dieses Haus hier?«

Sie schaute ihn fragend an.

»Es ist mehr als nur ein großartig konzipiertes Gebäude zum Wohnen – es ist vor allem ein Ort, an dem man etwas aufbauen und an den man stets zurückkommen kann. Ein Platz, um ganz man selbst zu sein.«

In seine Worte legte er alles hinein, was er für sie empfand, was er sich für sich und mit ihr wünschte. Das Haus seines glücklich verheirateten Bruders lieferte ihm die Inspiration.

»Ich wünsche mir, dass mein Haus auch ein solcher Ort wird und dass du mir hilfst, es dazu zu machen. Gemeinsam wollen wir dort etwas aufbauen: eine Partnerschaft, eine Ehe, eine Familie. Unser Heim soll unsere Zuflucht sein, wo wir ganz wir selbst und füreinander da sind. Und du sollst dich auf dieses Haus allzeit verlassen können, genauso wie auf mich.«

»Du willst, dass ich bei dir einziehe?«

Verdammt. Die Unterhaltung lief wieder einmal in eine falsche Richtung. Und das trotz seiner gründlichen Vorüberlegungen, die er seit der Hochzeit angestellt hatte. Jetzt half nur noch, aufs Ganze zu gehen. Alles oder nichts. »Ich möchte, dass du mich heiratest.«

»Himmel.« Sie atmete stoßweise. »Mir bleibt die Luft weg.«

»Ich hätte mir denken sollen, dass deine Reaktion frustrierend sein würde.«

»Tut mir leid. Lass mir bitte einen Moment Zeit.«

»Nein. Verdammt. Es geht hier nicht um Rückgrat, Mut und Risikobereitschaft wie bei einer Geschäftseröffnung, sondern ausschließlich um Liebe, Hoffnung und Vertrauen. Auf der Hochzeit meines Bruders wusste ich plötzlich, dass ich genau das will. Vermutlich wollte ich es immer schon und hab es bloß verdrängt. Weil der Zeitpunkt immer falsch war und auch die Frau. Trotzdem hatte ich nie Zweifel, dass ich eines Tages eine Familie gründen würde. Und dieser Tag ist jetzt gekommen, denn du bist es, mit der ich diesen Traum verwirklichen will. Irgendwie bin ich meiner allerersten Freundin immer treu geblieben.«

»Ich muss mich setzen«, stieß Avery hervor, ließ sich auf den Küchenboden sinken und umklammerte den kleinen Schlüssel, der an einer Kette um ihren Hals hing.

Den Schlüssel für eine Tür, durch die sie bisher nie zu treten wagte. Sie nahm allen Mut zusammen. »Wie würdest du dich fühlen, wenn meine Antwort Nein wäre und ich so weit nicht gehen kann oder will?«

Er ging vor ihr in die Hocke, und in seinen Augen brannte ein Feuer. »Es würde mir das Herz brechen.«

»Das könnte ich nicht zulassen.«

»Mit anderen Worten: Du wärst bereit, mich aus Rücksicht auf meine Gefühle zu heiraten?«

»Ich liebe dich genug, um das zu tun. Mein Herz hat schon früher bei deinem Anblick verräterisch geflattert – nur gewöhnte ich mich im Laufe der Jahre einfach daran, und es fiel mir nicht mehr wirklich auf. Doch inzwischen ist es mehr als bloß ein Flattern. Für keinen anderen Mann hab ich jemals so empfunden wie für dich, und das machte mir anfangs irgendwie Angst. Ich begann sogar zu glauben, dass mit mir etwas nicht stimmt … Vielleicht weil ich im Gegensatz zu dir nicht die Gewissheit verspürte, eines Tages auch das Wunder der Liebe zu erleben. Weil ich mich immer unzulänglich fühlte.«

Er setzte sich ihr gegenüber. »Aber jetzt stimmt alles, Avery. Also sag bitte Ja.«

»Warte. Ich möchte gerne in Worte fassen, was ich für dich empfinde …« Sie zögerte, suchte nach den richtigen Formulierungen. Und plötzlich wusste sie es. »O Gott, meine Gefühle für dich sind so beschaffen wie der herzförmige Stein: solide, stark und dauerhaft. Ob sie ihn mir deshalb hingelegt hat? Damit ich das merke? Owen, ich hätte nie zu hoffen gewagt, dass du genauso für mich empfindest, und deshalb schob ich den Gedanken an dich beiseite, verdrängte diese Gefühle jahrelang. Und sich und anderen das plötzlich einzugestehen, Owen, dazu braucht man Rückgrat und Mut.« Sie wischte sich eine Träne aus dem Gesicht. »Es dauerte eine ganze Weile, wie du weißt, bis ich von beidem genug besaß.«

Er nahm ihre Hand. »Ich liebe dich, Avery. Sag bitte Ja.«

»Und wenn ich als Ehefrau eine totale Niete werde?«

»Das ist mein Problem.«

Sie sah in das Gesicht, das ihr so vertraut und kostbar war. Zwischen ihnen stimmte wirklich alles, merkte sie. »Gibst du mir bitte meine Handtasche?«

»Warum denn das?«

»Ich brauch sie wirklich dringend.«

»Tolles Timing«, murmelte er und reichte ihr das Gewünschte. Doch dann riss er ungläubig die Augen auf, als sie den pinkfarbenen Plastikring aus einem Seitenfach nahm und ihn hochhielt.

»Ich möchte dein Problem sein, Owen, und zwar für alle Zeit.«

»Du hast ihn all die Jahre aufbewahrt«, sagte er zärtlich und wollte ihr den Ring mit einem breiten Grinsen anstecken, aber sie ließ es nicht zu. »Mach keinen Quatsch und sag endlich Ja.«

»Einen Augenblick. Ich besitze weder die Gelassenheit von Clare noch bin ich so praktisch wie Hope.«

»Was interessiert mich das? Will ich etwa eine dieser Damen heiraten?«

»Nein, aber ich bin noch nicht fertig. Owen, mir fehlt

es neben allem anderen an Geduld, und ich kann dem lieben Gott nur auf Knien dafür danken, dass er dir davon die doppelte Portion geschenkt hat. Nur werde ich diese Geduld wahrscheinlich sehr häufig auf die Probe stellen …«

»Sag endlich Ja.«

»Ich liebe dich. Weil du mein Freund und mein Geliebter und mein Partner bist.« Sie küsste ihn zärtlich auf die Wange und stellte lächelnd fest: »Mein erster Freund wird offensichtlich auch mein letzter sein. Also: Ja.« Sie hielt ihm ihre Hand hin und streckte die Finger aus. »Ja.«

»Er passt ja noch. Oder beinahe«, stellte Owen fest, als er ihr den Ring auf den Finger schob.

»Als ich ihn von dir bekam, war er mir viel zu groß.« Sie setzte sich auf seinen Schoß und wackelte mit ihren Fingern. Aber dieses Mal nicht traurig oder wehmütig, sondern so glücklich wie nie zuvor.

»Es ist nur ein Platzhalter für den richtigen Verlobungsring, den du noch bekommst.« Wieder nahm er ihre Hand und küsste den Finger mit dem pinkfarbenen Plastikherz. »Du weißt schon, mit einem Diamanten oder was immer dir gefällt.«

»Dieser hier ist für mich ein richtiger Verlobungsring – doch einen Diamanten nehm ich trotzdem.«

Er zog sie dicht an sich heran. »Ach Avery«, flüsterte er, küsste sie zärtlich auf den Mund und lächelte sie an. Weil er sein Glück in den Armen hielt. »Jetzt haben wir's geschafft.«

»Du und ich«, flüsterte sie. »Jetzt versteh ich endlich, was Clare meinte.«

»Inwiefern?«

»Als sie vor der Hochzeit kein bisschen nervös war, konnte ich das nicht verstehen.« Sie umfasste zärtlich sein Gesicht. »Aber jetzt geht es mir genauso. Ich bin mir meiner Sache völlig sicher und vollkommen ruhig. Weil du meine Zukunft bist. Also lass uns nach Hause fahren und damit beginnen, diese Zukunft aufzubauen.«

Er zog sie auf die Beine, und gemeinsam machten sie die Lichter aus, schlossen die Türen ab und gingen Hand in Hand den Weg hinab.

Sie dachte an ihre Kette mit dem Schlüssel, an das Herz aus Stein, das immer noch in ihrer Tasche lag, und an den albernen, jedoch unglaublich süßen Plastikring, den sie am Finger trug.

Drei Symbole für geöffnete Türen und für Liebe, die niemals vergeht.

Von Nora Roberts bei Blanvalet bereits erschienen:

Mitten in der Nacht · Das Leuchten des Himmels · Ein Haus zum Träumen · Im Sturm der Erinnerung · Im Schatten der Wälder · Die letzte Zeugin · Ein dunkles Geschenk · Die Stunde der Schuld · Am dunkelsten Tag · Nach dem Sturm · Im Schutz der Nacht · Rache im Blick

Die Irland-Trilogie: Töchter des Feuers · Töchter des Windes · Töchter der See
Die Templeton-Trilogie: So hoch wie der Himmel · So hell wie der Mond · So fern wie ein Traum
Die Sturm-Trilogie: Insel des Sturms · Nächte des Sturms · Kinder des Sturms
Die Insel-Trilogie: Im Licht der Sterne · Im Licht der Sonne · Im Licht des Mondes
Die Zeit-Trilogie: Zeit der Träume · Zeit der Hoffnung · Zeit des Glücks
Die Ring-Trilogie: Grün wie die Hoffnung · Blau wie das Glück · Rot wie die Liebe
Die Nacht-Trilogie: Abendstern · Nachtflamme · Morgenlied
Die Blüten-Trilogie: Rosenzauber · Lilienträume · Fliedernächte
Die Sternen-Trilogie: Sternenregen · Sternenfunken · Sternenstaub
Die Das Tal der Grünen Hügel-Trilogie: Mondblüte · Himmelsblüte · Sonnenblüte

Entdecken Sie auch J. D. Robb, die andere Seite der Nora Roberts:

Rendezvous mit einem Mörder · Tödliche Küsse · Eine mörderische Hochzeit · Bis in den Tod · Der Kuss des Killers · Mord ist ihre Leidenschaft · Liebesnacht mit einem Mörder · Der Tod ist mein · Ein feuriger Verehrer · Spiel mit dem Mörder · Sündige Rache · Symphonie des Todes · Das Lächeln des Killers · Einladung zum Mord · Tödliche Unschuld · Der Hauch des Bösen · Das Herz des Mörders · Im Tod vereint · Tanz mit dem Tod · In den Armen der Nacht · Stich ins Herz · Stirb, Schätzchen, stirb · In Liebe und Tod · Sanft kommt der Tod · Mörderische Sehnsucht · Ein sündiges Alibi · Im Namen des Todes · Tödliche Verehrung · Süßer Ruf des Todes · Sündiges Spiel · Mörderische Hingabe · Verrat aus Leidenschaft · In Rache entflammt · Tödlicher Ruhm · Verführerische Täuschung · Aus süßer Berechnung · Zum Tod verführt · Das Böse im Herzen · So tödlich wie die Liebe · Im Namen des Todes · Der liebevolle Mörder · Im Licht des Todes · Eiskalte Nähe · Sein teuflisches Herz · Kälter als die Lüge · Blutige Verehrung · Teure Rache · So böse sein Ende · Der Kuss der schwarzen Witwe · Mörderspiele. Drei Fälle für Eve Dallas · Mörderstunde. Drei Fälle für Eve Dallas · Mörderlied. Vier Fälle für Eve Dallas

Nora Roberts ist J. D. Robb:
Ein gefährliches Geschenk